Zum Buch:

Bjarne ist tief verbunden mit seiner norwegischen Heimat. Beim Anblick der majestätischen Berge und des glitzernden Meeres verspürt er eine innere Zufriedenheit. Doch dann taucht Annabell in dem idyllischen Elvasund auf und bringt Bjarnes ruhiges Leben gehörig durcheinander. Sie ist seit Langem die erste Frau, die in ihm eine Sehnsucht nach mehr weckt. Aber es fällt ihm schwer, sich jemandem zu öffnen, zu oft wurde er in der Vergangenheit verletzt. Als er allen Mut zusammennimmt, Annabell bei einem romantischen Date unter den Nordlichtern zu gestehen, was er für sie empfindet, geschieht etwas Schreckliches, durch das er sie für immer verlieren könnte …

Zur Autorin:

Julie Larsen, Jahrgang 1979, liebt ihre Familie, Hunde, Katzen, Vögel, Kinder und das Meer. Sie lebt und arbeitet in der Nähe von München, träumt sich mit ihren romantischen Geschichten aber in den hohen Norden nach Skandinavien, wo sich Himmel und Meer begegnen, die Sommertage lang und die Winternächte unendlich erscheinen.

JULIE LARSEN

Nordlichtträume am Fjord

ROMAN

HarperCollins

2. Auflage 2021
Originalausgabe
© 2021 by HarperCollins in der
Verlagsgruppe HarperCollins Deutschland GmbH, Hamburg
Umschlaggestaltung von zero Werbeagentur, München
Umschlagabbildung von iacomino FRiMAGES, sunnyfrog, Zukerman,
Alexander Chaikin / Shutterstock
Innenabbildung von Larry-Rains / Shutterstock
Gesetzt aus der Stempel Garamond
von GGP Media GmbH, Pößneck
Druck und Bindung von GGP Media GmbH, Pößneck
Printed in Germany
ISBN 978-3-7499-0253-8
www.harpercollins.de

Für alle Familien –
die großen und kleinen,
die lauten und die leisen,
die herrlich unperfekten.
Die, in die wir geboren werden,
und ganz besonders die,
die erst das Leben schafft.

1

Der Mini rumpelte auf dem Schotterweg über Steine und Wurzeln. Annabell war seit etwas über siebzehn Stunden unterwegs, die Digitaluhr in der Mittelkonsole zeigte kurz nach sechs Uhr am Abend an. Trotzdem warf die Sonne, gedämpft durch das Blatt- und Nadelwerk der Bäume, noch immer unregelmäßige goldene Flecken auf den Schotter. Das Spiel aus Licht und Schatten blendete sie. Sie kniff die Augen zusammen, und dann, im nächsten Moment, öffnete sich der Blick, und der Weg führte aus dem Schutz der Bäume hinaus auf eine freie Fläche. Ihr Atem stockte. Es war, als wäre eine Kinderbuchillustration zum Leben erwacht. Das hier könnte Bullerbü sein oder Saltkrokan, auch wenn sie sich dafür im falschen Land befand. Wie Bauklötzchen formierten sich mehrere Gebäude am Ende einer Landzunge zu einem bunten Haufen. Das Grün der umliegenden Wiesen ließ die Farben grell erscheinen. Aus der Internetanzeige wusste sie, dass der Hof eine historische Spinnerei war. Jedes Haus war andersfarbig gestrichen, ein längliches Gebäude zeigte sich in dem typisch skandinavischen Rot mit weißen

Giebeln und Fensterrahmen. Zwei weitere hatten einen warmen Ockeranstrich, und eines – Annabell schätzte, dass es das Wohnhaus sein musste – strahlte in einem so hellen Taubenblau, dass es fast grau wirkte. Runde, in weiße Folie geschweißte Rollen Heu lagen verstreut auf den Wiesen der Landzunge. Wie Schaumwölkchen auf einem Meer aus Grün grasten ein paar Schafe auf der Weide, und dahinter, bleigrau und geheimnisvoll, lag der Fjord. In winzigen Wellen schwappte das Wasser gegen die blank gewaschenen Steine, die den Strand der Landzunge bildeten. Drei Inseln konnte sie in der Ferne erkennen, dunkle Felsformationen, gekrönt von tiefschwarzen Tannen mitten im Wasser. Das gegenüberliegende Ufer erhob sich als anthrazitfarbene Spitzenborte vom Horizont.

Ein Gefühl machte sich in ihrer Brust breit – eine Art atemlose Wärme. Es war so ... schön hier. So ruhig und friedlich. Beinah gegen ihren Willen fand ihre rechte Hand den Weg vom Schaltknüppel zu ihrem Bauch. Es war die richtige Entscheidung gewesen, hierherzukommen. Sollten alle anderen doch denken, was sie wollten. Nichts an diesem Abenteuer war verrückt. Manchmal ermöglichte erst Abstand einen klaren Blick auf die Dinge, und in Hamburg hätte sie niemals Abstand gefunden. Nicht, wenn jede Straßenecke, jedes Café und die ewige Hektik der Großstadt sie in einem fort daran erinnerten, wie verquer die Situation war, in die sie sich manövriert hatte.

Mit neuem Elan gab sie Gas für die letzten Meter ihrer Reise. Im Näherkommen erkannte sie drei Autos, die auf der Fläche, um die sich die Gebäude gruppierten, parkten. Am Rand eines kleinen Pfuhls in einer Senke zwischen den

Häusern planschten Gänse. Ein paar Hühner pickten im Schotter nach Körnern, wurden jedoch von einem eifrigen Hahn in einen Verschlag getrieben, als Annabells Auto die Idylle zerstörte.

Weil neben den anderen Wagen kein Platz mehr war, parkte sie ihren Mini quer hinter den Fahrzeugen. Sicher würde man ihr gleich sagen, wo sie den Wagen abstellen konnte, damit er nicht im Weg war. Sie griff nach ihrer Handtasche und stieg aus. Sofort weckte die frische Luft ihre Lebensgeister, Salzgeruch kitzelte ihr in der Nase, vermischt mit einer leicht metallischen Note. Sie streckte sich ausgiebig und machte sich auf den Weg zum Wohnhaus. An der Haustür fand sie weder ein Namensschild noch eine Klingel, also probierte sie es mit Klopfen.

Nichts passierte.

Sie klopfte erneut, fester diesmal. Die Holztür rüttelte in den Angeln, doch eine Antwort bekam sie nicht.

»Hallo? Ist da wer?«, fragte sie, und ihre Stimme klang kratzig. Seit über einem Tag hatte Annabell mit kaum einer Menschenseele gesprochen. Ein paar Wortfetzen hier und da, als sie das Ticket für die Fährüberfahrt gekauft hatte, mehr nicht.

Immer noch keine Antwort. Seltsam, sie hatte ihre Ankunft doch angekündigt. Berit Solberg, ihre künftige Arbeitgeberin, hatte ihr per E-Mail eine Bestätigung geschickt.

Unschlüssig, wie sie weiter vorgehen sollte, drehte sie sich einmal im Kreis. Da war niemand. Der ganze Hof wirkte wie ausgestorben. Idylle schön und gut, aber Menschen hatte sie dann doch erwartet – zumindest irgendjemanden, der sie in Empfang nehmen würde.

Weil ihr sonst nichts einfiel, legte sie probehalber eine Hand auf den Türknauf und versuchte, ihn zu drehen. Wunder über Wunder, das Schloss gab nach, und die Tür öffnete sich.

Vorsichtig warf sie einen Blick ins Hausinnere und fühlte sich dabei wie ein Eindringling. Drinnen sah sie ein niedriges Schuhregal, das seitlich an der Wand eines rechteckigen Flurs lehnte. Rechts, direkt neben der Haustür, führte eine Treppe ins Obergeschoss. Vage meinte sie, Musik aus einem der Zimmer im ersten Stock zu hören. Es war also sehr wohl jemand da. Sie wagte einen Schritt weiter ins Haus.

»Nei!« Eine resolute weibliche Stimme ließ Annabell erstarren. Ihr Norwegisch war zwar nicht perfekt, was »Nein« bedeutete, wusste sie allerdings.

»Unnskyld«, entschuldigte sie sich, zu leise, um gehört zu werden. Das Geschimpfe aus dem Raum, der sich an den Flur anschloss, ging weiter. Das Nein hatte offenbar nicht ihr gegolten. Wie Hagelkörner bei einem Donnerwetter prasselten die Worte nieder. Annabell verstand nicht alles, aber sie wollte auf gar keinen Fall den Eindruck erwecken, zu lauschen, also machte sie ein paar vorsichtige Schritte in die Richtung, aus der sie die Stimme hörte, und wollte sich bemerkbar machen. Alles in ihr schrie danach, die Flucht anzutreten. Zu oft in ihrem Leben hatte sie sich in der Mitte eines Sturms wiedergefunden, der im Grunde nichts mit ihr zu tun hatte, dem sie sich aber nicht entziehen konnte.

Ein paar Schritte vor der Tür blieb sie stehen. Das Blatt stand weit genug offen, um zu erkennen, was in dem angrenzenden Raum passierte. Licht flutete durch Sprossenfenster in eine gemütliche Küche. Die Einrichtung war allerdings das einzig Gemütliche an der Szenerie. Wie in einem Kampfring standen sich ein Mann und eine Frau gegenüber. Die Frau schätzte sie auf Anfang sechzig. Die Frisur, zu der ihre kupferfarbenen Haare toupiert waren, hatte Annabell zum letzten Mal bei Peggy Bundy in einer uralten Folge von *Eine schrecklich nette Familie* gesehen. Ihre Beine steckten in engen Jeans, dazu trug sie einen Pullover aus cremefarbenem Strick. Sie hatte die Fäuste in die Hüften gestemmt und funkelte ihr Gegenüber aus grellblau geschminkten Augen an. Der Mann wirkte ein paar Jahre älter. In einem Wettbewerb um das groteskere Outfit wäre schwer zu sagen, wer von den beiden als Gewinner hervorgehen würde. Ihr Streitpartner überragte die Frau um gut einen Kopf. Er war dünn wie ein Weidenzweig mit einem eckigen, hervorstrebenden Kinn, einer großen Falkennase und Augen, die von runden Brillengläsern betont wurden. Das alles wäre noch nicht so bemerkenswert gewesen, wäre da nicht die Tatsache, dass er seiner Gegnerin in Anzughose, weißem Hemd, Brokatweste und passender Fliege entgegentrat. Gekrönt wurde das schillernde Ensemble von einem dunkelblauen Pork-Pie-Hut mit rundherum gleichmäßig verlaufender Falte, schmalem, aufgeschlagenem Rand und einem hellblauen Seidenband, das rings um die Krempe lief. Etwas abseits der beiden Streithähne versuchte ein zweiter Mann vergeblich, mit der Umgebung zu verschmelzen. Er war deutlich jünger als die beiden anderen, und seine ganze Haltung wies darauf hin, dass der Arme sich mindestens genauso unwohl fühlte wie Annabell.

Okay. Innerlich zählte sie bis drei. Zeit, den Rückzug anzutreten. Was auch immer dort in der Küche gespielt wurde,

Annabell wollte nichts damit zu tun haben. Wenn Peggy Bundy tatsächlich ihre neue Arbeitgeberin war, musste das Kennenlernen warten, bis der Zeitpunkt besser passte. Selbst wenn sie die ganze Nacht im Auto verbringen musste, ganz sicher würde sie sich nicht in dieses Theater einmischen. Dann hätte sie genauso gut zu Hause bleiben können.

Ebenso leise, wie sie den Flur betreten hatte, zog sie sich zurück. Erst nachdem sie wieder im Freien war, beschleunigte sie ihre Schritte und wollte zu ihrem Wagen flüchten.

Weit kam sie nicht. Ein weißer Blitz schoss wütend schnatternd und fauchend aus ihrem Augenwinkel auf sie zu. Bevor ihr Verstand verarbeiten konnte, was für ein Angreifer sie attackierte, pickte das Vieh sie in den Hintern. Sie machte einen Satz nach vorne. Der weiße Blitz, den sie jetzt als eine aufgebrachte Gans erkannte, folgte ihr. Wütend schlug das Tier mit den Flügeln und reckte den Hals in die Höhe. Verdammt, war das Vieh groß! Voll aufgerichtet reichte ihr der Gänsehals locker bis auf Brusthöhe.

Annabell begann zu rennen. Die aufgebrachte Gans blieb ihr auf den Fersen. Immer wieder hieb sie mit dem Schnabel nach ihr, zwickte sie in die Seiten, den Po oder die Oberschenkel. Das Geschnatter klingelte ihr in den Ohren. Sie streckte die Hand nach dem Türgriff aus, doch das wild gewordene Federvieh hatte andere Pläne mit Annabell. Energisch hackte es nach ihrer Hand. Keine Chance! Wenn sie ihre Finger behalten wollte, hatte Annabell keine Möglichkeit, in den Wagen zu kommen.

So dicht es ging, drückte sie sich mit dem Rücken gegen den Mini. Die Gans – oder war es ein Gänserich? Wahrscheinlich war es ein Gänserich, denen sagte man doch nach, sie seien besonders aggressiv – verfolgte jede ihrer Bewegungen aus teuflischen kleinen Augen. Nur wenn sie ganz still stand, ließ er sie einigermaßen in Ruhe.

Okay, sagte sie sich. *Alles gut. Alles in Ordnung. Das wird schon werden.* Bisher hatte Annabell immer für alles eine Lösung gefunden. Und sie hatte sich schon in absurderen Situationen befunden, als das Opfer eines wütenden Gänserichs zu werden. Vielleicht konnte sie sich gerade nicht mehr daran erinnern, was genau das für Situationen gewesen waren, aber es hatte sie gegeben. Bestimmt.

Langsam, so langsam, dass selbst der gefiederte Dämon vor ihr es nicht bemerkte, ließ sie die Hände sinken, um sie schützend vor dem Körper zu verschränken. Wie lange war es her, dass sie diesen Ort als friedvoll und idyllisch wahrgenommen hatte? Zehn Minuten? Fünf? Nun, diese Illusion war einen schnellen Tod gestorben. Das hier war keine Idylle. Es war ein Irrenhaus! Und sie hatte sich dazu verpflichtet, für die kommenden vier Monate hier zu leben. In einer ganzen Reihe idiotischer Entscheidungen erschien ihr diese momentan wie die verheerendste von allen.

Bjarne Ødegård bereute, ausgerechnet heute beschlossen zu haben, Berit die Wolle zu bringen. So dringend brauchte Berit sie weiß Gott nicht. Die Zeiten, in denen die alte Spinnerei noch in Betrieb gewesen war, waren lange vorbei. Heute spann Berit nur noch zum Vergnügen für den Eigengebrauch. Auf einen Tag mehr oder weniger Wartezeit kam es also nun wirklich nicht an, und jeder am Hemnefjord wusste, dass man der Besitzerin des Solgårds besser aus dem Weg ging, wenn sie erst mal Fahrt aufgenommen hatte. Dabei konnte niemand sie so schnell so nachhaltig auf die Palme bringen wie Thorbjørn Haltvik. Wenn Bjarne nur richtig aufgepasst hätte, wäre ihm der Wagen des ehemaligen Tierarztes sicher aufgefallen. Aber wie so oft war Bjarne mit den Gedanken schon zehn Schritte weiter gewesen und hatte die Gelegenheit verpasst, rechtzeitig Fersengeld zu geben. Jetzt hatte er den Salat.

»Bjarne! Steh hier nicht nur rum, sondern sag was!« Diesmal richtete sich Berits Wut direkt auf ihn. Er verlagerte sein Gewicht von einem Bein aufs andere. Das, genau das war der Grund, warum er in einer Gegend lebte, in der es zigmal mehr Schafe als Menschen gab. Er hasste es, im Mittelpunkt zu stehen, und nichts konnte seine Zunge sicherer dazu bringen, jeden Dienst zu versagen, als in Bedrängnis gebracht zu werden.

»Jetzt lass den Jungen in Frieden.« Thorbjørn bewahrte Bjarne davor, die Worte mit Zwang aus seiner Kehle zu quetschen. »Er hat nichts mit unserem Streit zu tun. Und er ist viel zu anständig, um dir direkt ins Gesicht zu sagen, dass du dich wegen nichts und wieder nichts aufregst. Dich ärgert nur, dass ich recht habe.«

Berit schnaubte. »Du willst recht haben? Dass ich nicht lache. Ich will in den Ruhestand gehen. Lass es mich noch mal ganz langsam sagen. Ru-he-stand. Das kommt von Ruhe! Seine Ruhe haben, verstehst du? Nichts anderes wollte ich, seit mein lieber Erik von uns gegangen ist. Wenn ich mich von dir vor deinen Karren spannen lassen würde, damit du und deine Leute diese irrwitzige Idee durchsetzen könnt, wäre das das genaue Gegenteil von Ruhe. Nenn mir einen vernünftigen Grund, warum ich das wollen würde.«

»Weil du weißt, dass es das Beste für unsere Region ist.«

»Pah!«

»Außerdem ist es das, was Erik gewollt hätte.«

Berit holte Luft, um zum erneuten Angriff überzugehen, aber Thorbjørn ließ sie nicht zu Wort kommen.

»Und weil du mich magst.« Zwar war Thorbjørn schon beinah siebzig, aber seine Augen funkelten wie bei einem verliebten Teenager. »Du willst mich nicht mögen, aber du tust es doch. Und auch wenn du Erik jeden Tag vermisst, weißt du, dass er niemals gewollt hätte, dass du dich vergräbst. Er hat das Leben in vollen Zügen genossen, und er hätte gewollt, dass du lebst.«

»Bilde dir nur nichts ein, Thorbjørn Haltvik! Ich mag dich kein bisschen. Du bringst mich auf die Palme. Wenn ich dich nur sehe, werde ich ganz wuschig.« Berit konnte protestieren, soviel sie wollte, ihr Körper verriet sie. Ihren Worten zum Trotz öffneten sich ihre Fäuste. Die Angriffslust in ihrer Körperhaltung verebbte, selbst ihre Stimme wurde weicher und verzerrte den Vorwurf zu etwas, das sich deutlich mehr nach einer Liebeserklärung anhörte.

Auch Thorbjørn entging das nicht. Er machte einen Schritt auf Berit zu. Wer Thorbjørn und Berit kannte, wusste, dass dieser Vorstoß auf genau zwei Arten enden konnte: Entweder der Streit der beiden ging in die nächste Runde, oder der alternde Casanova kam mit seinem Werben durch und schaffte es, Berit einen Kuss zu rauben. In beiden Fällen wollte Bjarne so weit wie möglich entfernt sein.

Er nahm seinen Mut zusammen und hob beide Hände. »Ich gehe«, sagte er. »Die W-W-Wolle ist im Sch---uppen.« *Sieh ihnen in die Augen. Mach dich nicht klein. Das verdammte W kann machen, was es will. Es macht dich nicht zu einem Trottel, auch wenn es sich was von dem verdammten Zischlaut abgeguckt hat und einfach nicht über deine Zunge will.*

Es wäre perfekt gewesen, wenn sein Körper dieses Memo auch erhalten hätte. Hatte er aber leider nicht. Trotz seiner mentalen Selbstanfeuerung brachte er es nicht fertig, Berits Blick weiter standzuhalten.

Das Mitleid, das sich bei seinem Gestammel auf ihrem Gesicht zeigte, erkannte er sogar aus dem Augenwinkel. Ganz toll.

»In Ordnung, Bjarne«, meinte sie, »danke.« Als sie sich wieder zu Thorbjørn drehte, war das Bedauern aus ihrer Miene verschwunden, stattdessen funkelten ihre Augen angriffslustig.

Bjarne wandte sich ab. Er musste raus hier. Was für ein Idiot wünschte sich, zur Zielscheibe weiblicher Wut zu werden? Die Antwort fiel simpel aus: ein Idiot wie er. Ein Idiot, der auf dem Gesicht seines Gegenübers alles lieber las als Mitleid. Er zog sich die Kapuze seines Mantels über den Kopf und stopfte die Hände so tief in die Jeanstaschen, wie es nur ging.

Niemand hier würde sehen, wenn er die Schultern bis zu den Ohren zog, als würde er sich in sich selbst verstecken. Er musste keine Show abziehen. Er hasste es, wenn der Druck, etwas sagen zu müssen, so groß wurde, dass er gar nichts mehr sagen konnte. An den meisten Tagen lief es besser, zum

Beispiel, wenn er Zeit hatte, sich die Worte vorher zu überlegen und sich daran zu erinnern, woran sein Logopäde und er immer wieder arbeiteten. Das Schlimmste war, dass gute und schlechte Tage keinen Regeln folgten. Nichts und niemand konnte ihn im Vorfeld warnen, wann sein verdammter Sprechapparat zum nächsten Mal streiken würde.

Aufgeregtes Schnattern und Fauchen brachte sein Gedankenkarussell zu einem abrupten Stopp.

Was in drei Teufels Namen war nun schon wieder los? Er kniff die Augen zusammen und blinzelte gegen das Licht im Freien. Martin, Berits Ganter, machte seinem Ruf als jähzorniger Hofwächter alle Ehre. Zu seiner vollen Größe aufgerichtet, hatte er eine Frau in die Zange genommen. Eine Touristin, nahm Bjarne an. Es kam immer wieder vor, dass Urlauber in veralteten Reiseführern, im Internet oder auf Social-Media-Seiten von der Spinnerei lasen und dann hier auftauchten, unwissend, dass Berit heutzutage die Tore der Spinnerei nur noch unregelmäßig für die Allgemeinheit öffnete.

Was auch immer die Fremde auf den Solgård geführt hatte, sie verdiente es nicht, von einem wütenden Gänserich attackiert zu werden, und hatte offenbar nicht die geringste Ahnung, wie sie das aufgeregte Tier loswerden sollte.

Wenige schnelle Schritte brachten Bjarne zu den beiden. Martin war so auf sein Opfer fixiert, dass er Bjarne gar nicht beachtete. Der musste also nur die Hand ausstrecken, den Ganter packen, und das ganze Drama nahm ein Ende. Einmal im Griff, hörte Martin schnell auf, sich zu wehren. Problemlos konnte sich Bjarne auch den Rest des Gänsekörpers unter den Arm klemmen und den Ausreißer über den Zaun quer über den Hof hinweg zurück in den Pfuhl zu seinen Artgenossen tragen.

Das erledigt, wandte er sich zu der Fremden um und ging auf sie zu.

»Tusen takk!«, bedankte sie sich schon, als er noch gut zwanzig Meter von ihr entfernt war. Ihr Norwegisch klang etwas ungelenk, aber es freute ihn, dass sie sich bemühte. Kaum ein Tourist lernte ihre Landessprache, oder auch nur Bröckchen davon. Die meisten gingen davon aus, dass jeder Norweger Deutsch oder wenigstens Englisch sprach. Dass die Fremde es probierte, trotz ihrer hörbaren Mühe, die ungewohnten Klänge richtig aneinanderzureihen, imponierte ihm.

»Gerne.« Er überbrückte die verbliebene Distanz zwischen ihnen. »An Martin ist ein waschechter Wachhund verloren gegangen. Der verteidigt den Hof besser als jeder Rottweiler.«

Seine Beschwichtigung schien sie nicht zu erreichen. Mit der rechten Hand rieb sie den linken Unterarm und umgekehrt. Jetzt, aus der Nähe, erkannte er auch, wie müde sie aussah. Nicht nur verschreckt, sondern bis zum Umfallen erschöpft. Der Eindruck wurde von dem Gegensatz zwischen ihrer blassen Haut und den dunkelbraunen Haaren noch weiter verstärkt. Es ließ sie zerbrechlich wirken und ein wenig geheimnisvoll.

»Bist du sicher, dass dieser Vogel keine Tollwut hat? Ich glaube, der hat Tollwut!« Je länger sie sprach, desto aufgeregter wurde sie. Ihr Akzent ging davon nicht verloren, ihre Unsicherheit sehr wohl. »So was muss doch untersucht werden! Der war so aggressiv, das kann unmöglich normal sein. Ich hab ihm gar nichts getan, und er hat mich einfach so angegriffen.«

Ihm gefiel ihre offensive Art, sich der eigenen Unsicherheit zu stellen. Gerade eben, zwischen den Fronten von Berit und Thorbjørn, hatte er sich noch gewünscht, selbst ein bisschen mehr so sein zu können. Er lachte leise auf.

»Ich bin ziemlich sicher, dass Martin keine Tollwut hat. Bei Vögeln gibt es diese Krankheit nur äußerst selten.«

»Und wie willst du dir sicher sein, dass er nicht zu den wenigen Ausnahmen gehört?«, fragte sie und zog eine der perfekt gezupften Augenbrauen hoch. Die Brauen waren noch dunkler als ihr Haar. Und darunter, die Augen, so grün, wie er es selten zuvor bei einem Menschen gesehen hatte. Vielleicht sogar noch nie. »Bist du Tierarzt?«

Grinsend schüttelte er den Kopf. »Kein Tierarzt. Schäfer. Aber wenn du mir nicht vertraust und die Meinung eines Fachmanns auf diesem Gebiet brauchst, kannst du gerne da reingehen.« Mit dem Kopf deutete er in Richtung des Wohnhauses. Da Berit und Thorbjørn immer noch dort drinnen waren, standen die Chancen gut, dass sie mittlerweile die nächste Runde ihres Nahkampfes eingeläutet hatten. »Nur sag hinterher nicht, ich hätte dich nicht gewarnt. Was wirkt wie eine Tollwuterkrankung, kannst du da drinnen nämlich hervorragend erleben. Nicht bei einem Gänserich, aber bei Berit. Die ist gerade noch wütender als ihr Ganter.«

Dies entlockte auch der Fremden ein kleines Lachen. Mit Daumen und Zeigefinger rieb sie sich die Augenbrauen. »Ja, ich hab's gesehen. Deshalb habe ich den Rückzug angetreten, ehe mich einer von den beiden entdecken konnte.«

»Du hast gelauscht? Tststs. Das macht man aber nicht.«

»Ich hab nicht gelauscht!« Jetzt überschlug sich ihre Stimme fast. »Ich werde erwartet. Also, ich meine, ich dachte, ich würde erwartet werden. Aber dann ...« Sie verstummte.

»Ich heiße Bjarne.« Mit zum Gruß ausgestreckter Hand stellte er sich vor. Er konnte ihr nicht dabei helfen, ihre Gedanken zu sortieren. So, wie sie aussah, hatte sie einen echt beschissenen Tag gehabt. Was er allerdings tun konnte, war, ihr zu zeigen, dass er es nicht schlimm fand, dass die Ereignisse an ihr nagten und sie aus dem Tritt gebracht hatten. Er wusste, wovon er redete. Ihm passierte genau das schließlich am laufenden Band.

»Bjarne Ødegård. Mein Hof ist am anderen Ende von Elvasund, dort den Berg hinauf. Ich habe Wolle gebracht.« Am liebsten hätte er sich selbst gegen die Stirn geschlagen. *Ich habe Wolle gebracht?* Was kam als Nächstes? *Ich habe Wassermelonen getragen?*

»Annabell Herzig.« Sie schüttelte seine Hand. »Ich komme aus Deutschland.« Sie nickte zu dem kanariengelben Mini Cooper, an den sie sich zum Schutz vor Martin gequetscht hatte. Es war das etwas sportlichere Modell des Kleinwagens, mit vier Türen und einer Heckklappe. »Aus Hamburg, um genau zu sein. Ich soll für ein paar Monate auf dem Solgård aushelfen.«

»Und du suchst dir ausgerechnet das Ende der Welt für deine Auszeit aus?«

»Ja.« Sie errötete leicht. »Skandinavien hat mich schon immer fasziniert. Ich habe Fremdsprachenkorrespondentin gelernt, weil ich so gerne reise. Wenn ich durch die Arbeit hier eine weitere Sprache lerne, umso besser. Ich habe schon angefangen, besonders weit bin ich in den zwei Wochen seit der Jobzusage natürlich noch nicht gekommen. Aber im Land lernen sich Sprachen ja immer am schnellsten.«

»Das ...« Er wusste nicht, was er sagen sollte, und ausnahmsweise lag das nicht an seiner Schüchternheit oder dem Stottern. Gab es tatsächlich Menschen, die innerhalb von ein paar Tagen eine neue Sprache lernten? Nun, wie es aussah, schon. Was eine Frau wie Annabell, offenbar weltgewandt, intelligent und freundlich, wenn auch nicht besonders geschickt im Umgang mit wütenden Gänserichen, ausgerechnet in diesem versteckten Winkel der Erde machte, blieb ihm ein Rätsel. Die Sprache hätte sie auch in Oslo, Trondheim oder einer anderen größeren Stadt lernen können. »Und du willst wirklich hier arbeiten? Hat Berit dich eingestellt?« Das konnte er kaum glauben. »Als Saisonaushilfe?« Warum? Solange die alte Spinnerei nicht in Betrieb war, und sei es als Touristenattraktion, gab es kaum Bedarf für ein weiteres Paar helfende Hände. Und hatte Berit Thorbjørn nicht gerade erst sehr nachdrücklich versichert, dass sie ihre Ruhe haben wollte? Das alles passte nicht zusammen.

»So in der Art. Ich habe den Vertrag im Auto, da steht alles genau drin. Ich bin vor eineinhalb Wochen durch Zufall über die Anzeige im Internet gestolpert und habe drauf geantwortet. Danach ging alles sehr schnell.«

»Oh.«

»Meinst du, ich sollte da noch mal reingehen?« Sie war hier. Natürlich wollte sie ihren Job beginnen, und sicher hatte sie eine lange Anreise hinter sich. Das Problem war nur, er wollte nicht, dass ihre Unterhaltung so schnell vorbei war. Es kam nicht oft vor, dass er jemanden in Elvasund traf, den er nicht schon seit der Geburt kannte. Und am wenigsten eine hübsche Frau.

»Bloß nicht.« Er schüttelte den Kopf so heftig, dass ihm ein paar Haarsträhnen in die Stirn fielen. »Berit erwischt man besser auf einem guten Fuß. Aber es kann nicht mehr lange dauern, bis sie und Thorbjørn sich entweder umgebracht oder versöhnt haben. Danach kommen die sicher von selbst raus.«

»Danke für den Tipp.« Wieder lächelte sie. Ein Lächeln, das die Macht hatte, sein Herz zum Stottern zu bringen, so wie es sonst nur besonders harten Vokalen mit seiner Aussprache gelang. Er wünschte, er könnte etwas Cooles sagen. Irgendwas Charmantes. Nur was? Er dachte zu lange nach, denn sie ergriff bereits wieder das Wort.

»Ist einer von den beiden Wagen deiner?« Mit dem Zeigefinger deutete sie auf die beiden Autos, die sie mit dem Mini zugeparkt hatte.

»Der Volvo.« Er nickte.

»Dann lass ich dich wohl mal besser raus. Nur weil ich mir hier die Beine in den Bauch stehen muss, musst du das ja nicht auch tun. Danke noch mal für die Hilfe.«

»Bitte.« Und bevor er sonst noch was sagen konnte, dass er sich freuen würde, sie bald wiederzusehen, zum Beispiel, dass er ihr gerne die Gegend zeigen würde oder seinen Hof, duckte sie sich und verschwand in ihrem quietschgelben Matchbox-SUV, um Bjarne den Weg freizugeben. Mal wieder zu spät. Im Rückspiegel erkannte er gerade noch, wie sie den Parkplatz nahm, den er soeben frei gemacht hatte.

Bis Bjarnes Wagen in dem Mischwäldchen verschwunden war, sah Annabell dem Auto nach. Sie vergaß sogar zu blinzeln.

Hm, das also war ihr neuer Nachbar. *Interessant*. Normalerweise stand sie nicht so auf bärtige Naturburschen, doch diesem Bjarne stand der Bart ganz hervorragend. Was daran liegen konnte, dass es bei ihm kein Look war, sondern authentisch. Sie war sich ziemlich sicher, dass der rote Vollbart noch nicht allzu viele Grooming-Produkte gesehen hatte. Und die wilden roten Strähnen, die unter der Kapuze von Bjarnes Dufflecoat hervorgeblitzt hatten, waren mit Sicherheit nicht stundenlang mit Gel auf die genau richtige Weise verwuschelt worden, sondern von fahrigen Fingern und Wind. Außerdem hatte Bjarne sie vor einem wütenden Gänserich gerettet. Brauchte es noch mehr Gründe, ihn toll zu finden? Annabell grinste in sich hinein. Ein Schaf im Wolfspelz, ja, genau so hatte Bjarne auf sie gewirkt. Als es darauf angekommen war, hatte er zupacken können, aber danach war er vorsichtig ihr gegenüber gewesen, beinah schüchtern. Wie er nicht offensiv geflirtet, sondern den Augenkontakt immer wieder unterbrochen hatte. Wie seine Scherze zwar bewiesen hatten, dass er klug und schlagfertig war, er diese Eigenschaften jedoch in keinem Moment gegen sie gewendet hatte. Die meisten Männer sahen einen Flirt als Wettkampf, bei dem sie sich als klüger, stärker, besser als ihre Flirtpartnerin darstellen mussten. Natürlich mochten sie kluge Frauen, aber wehe, eine Frau war klüger als sie. Das wurde nicht so einfach verziehen.

Das Klappen einer Tür riss sie aus den Gedanken. Ihr Blick flog zu dem Wohnhaus. Wie Bjarne prophezeit hatte, hatten die beiden Streithammel mittlerweile scheinbar Frieden geschlossen. Seite an Seite kamen sie auf den Parkplatz zu.

Jetzt oder nie. Annabell fasste sich ein Herz und stieg aus dem Mini. Eine Hand legte sie über die Augen, um in der Abendsonne besser sehen zu können.

»Berit Solberg?«, fragte sie, laut genug, um sicher sein zu können, gehört zu werden.

»Ja?« Die Angesprochene hob den Kopf und erwiderte den Blick. Im Haus hatten ihre Haare mehr braun als rot gewirkt, doch hier draußen glühte die toupierte Lockenpracht wie reines Feuer. Ob Berit mit Bjarne verwandt war? Aber nein, das hier war Farbe aus der Tube, während Annabell wetten wollte, dass Bjarnes Lockenpracht zu hundert Prozent echt und Natur war.

»Ich bin Annabell Herzig. Wir hatten per Mail Kontakt. Ich freue mich, endlich hier zu sein.« Annabell nahm die Hand von den Augen und streckte sie stattdessen Berit zum Gruß hin. Entschlossen machte sie ein paar Schritte auf das ältere Paar zu.

Statt ihr entgegenzukommen, wich Berit zurück. Annabells unerwiderter Gruß lag zwischen ihnen wie ein Päckchen, das niemals von der Post abgeholt worden war.

»Ich habe mit niemandem gemailt.« In Berits Stimme steckte mindestens ebenso viel Feuer wie in ihrer Haarfarbe. Und Annabell dachte hier nicht an ein gemütliches Kaminfeuer, sondern eher an die Art von Feuersbrunst, die ganze Häuser oder Landstriche vernichtete. Es kostete sie einiges an Selbstbeherrschung, nicht zurückzuweichen, aber gelernt war gelernt. Insgeheim dankte sie jedem ätzenden, cholerischen Kunden, mit dem sie es je zu tun gehabt hatte. So schnell brachte sie nach knapp eineinhalb Jahrzehnten in der Werbebranche nichts mehr aus dem Konzept.

»Doch, natürlich. Ich kann dir die Korrespondenz zeigen. Du hast mich als Saisonkraft eingestellt. Wir hatten den fünfzehnten September als Starttermin festgelegt, und – voilà – hier bin ich.« Sie streckte die Hände rechts und links vom Körper aus und grinste. Ein bisschen Albernheit konnte nie schaden, wenn man das Eis brechen wollte. Bei Berit Solberg schien es das Gegenteil zu bewirken.

Sie sah zu ihrem Begleiter. »Thorbjørn, die Frau ist verrückt! Es ist eine Irre auf meinem Hof. Sag ihr, dass sie spinnt. Sie soll von meinem Hof fahren!«

»Sussebass, jetzt beruhig dich, ja? Sicher ist sie nicht verrückt. Das ist bestimmt ein Missverständnis.« Hinter den Brillengläsern hoben sich seine Augenbrauen. Wortlos formte er das Wort *sorry* in Annabells Richtung. Halb hinter seinem Rücken fuchtelte er in Richtung von Annabells Mini.

Sie verstand und bückte sich nach der Dokumentenmappe mit den Papieren, die sie noch in Deutschland ausgedruckt hatte.

Unterdessen wandte er sich noch mal an Berit. »Die nette Frau ...«

»Annabell«, korrigierte Annabell aus den Tiefen des Minis.

»Annabell«, berichtigte er sich, »hat gesagt, sie hat Papiere dabei. Wollen wir uns die nicht erst einmal anschauen, bevor du sie vom Hof jagst?«

»Pah, Fälschungen. Komm schon, Thorbjørn, kannst du dir vorstellen, dass ich eine Saisonaushilfe anheuere? Oder eine E-Mail schreibe? Hatten wir nicht gerade eben eine lebhafte Diskussion zu dem Thema?« Selbst die Hühner, die sich zwischenzeitlich wieder aus ihrem Verschlag getraut hatten, bekamen es mit der Angst zu tun. Laut gackernd stob eine Henne mit einer auffälligen weißen Schwanzfeder auf und rannte eiligst in die andere Richtung.

»Schon, aber ...«, versuchte es Berits Begleiter noch einmal.

Es war Zeit, zum Angriff überzugehen. Dass diese durchgeknallte Peggy Bundy sie eine Verrückte nannte, war das eine. Das andere war, dass Annabell knapp achtzehn Stunden Autofahrt und die Attacke eines tollwütigen Gänserichs hinter sich hatte. Normalerweise rühmte sie sich für ihren kühlen Kopf, doch irgendwann war genug wirklich genug, und diesen Moment hatte sie erreicht.

Die Dokumentenmappe vom Beifahrersitz fest in der Hand, konfrontierte sie ihre Kontrahentin damit. Wie einen Fehdehandschuh hielt sie die Unterlagen vor Berits Brust.

»Da ist alles drin. Vertrag, E-Mail-Wechsel, Korrespondenz. Alles. Bitte, schau. Unten links auf dem Vertrag, das ist deine Unterschrift. Vom fünfzehnten September bis zum fünfzehnten Januar helfe ich euch auf dem Hof, im Gegenzug dazu habe ich Anspruch auf Kost und Logis, und weißt du was? Nach einer höllenhaften Anreise habe ich wirklich Hunger und bin echt müde. Sowohl Kost als auch Logis wären gerade sehr willkommen. Also ...?«

»Was fällt dir ...«

»Darf ich?« Thorbjørn erstickte Berits Tirade, indem er mit der einen Hand Annabell die Prospekthülle abnahm und mit der anderen Berit hinter seinen Rücken schob. Seine langen Finger griffen nach den Papieren in dem Umschlag. Die Augen hinter den Brillengläsern huschten von links nach rechts und wieder nach links, während er das oberste Schreiben überflog. Den Vertrag. »Annabell hat recht«, meinte er schließlich. »Das hier ist eine rechtskräftige Vereinbarung zwischen dir und ihr. Es ist genau, wie sie gesagt hat.«

»Aber ...«

»Wollen wir nicht erst mal reingehen?«, schlug er als Kompromiss vor. »Bei einer schönen, heißen Tasse Tee lässt sich das doch sicher alles besser klären.«

Wenn diese Furie weiter an der Lüge festhalten würde, Annabell hätte das alles irgendwie eingefädelt, würde sie ... Hm. Sie wusste nicht, was sie dann tun würde. Sie wusste nur, dass sie mittlerweile echt verdammt wütend war und dass diese Berit Solberg nicht die Einzige war, die es draufhatte, ihr Gegenüber zusammenzufalten. Wenn sie also noch einmal ...

»In Ordnung.« Zum Glück musste sich Annabell nicht mehr überlegen, was sie dann machen würde, denn offenbar war Berit doch vernünftig genug, um zu wissen, wann sie verloren hatte. Ihr Seufzen klang, als trüge sie die ganze Last der Welt auf ihren Schultern. »Gehen wir rein. Und dann versuchen wir, dieses ganze Kuddelmuddel auseinanderzuklamüsern. Sieht aus, als gäbe es ein ziemliches Missverständnis.«

2

Sie belauerten sich wie Wölfe, die man in gegenüberliegende Ecken verbannt hatte, damit sie sich nicht an die Gurgel gingen. Jedes Mal, wenn Berit eine Seite umblätterte, raschelte das Papier leise.

Thorbjørn machte sich in der Küche zu schaffen. Schubladen klappten, Wasser lief. Wenig später erfüllte das gemütliche Blubbern des Wasserkochers den Raum.

Annabell gönnte sich einen Moment Entspannung und sah sich um. Ohne die Streithammel in der Mitte wirkte die Küche richtig einladend. Viel Holz, das meiste in Weiß lasiert, dazu Akzente in Puderblau, Hellgrau und Creme. Ein dreiarmiger, silbrig schimmernder Kerzenleuchter stand auf dem Fensterbrett vor einem der drei Fenster. Unter den beiden anderen war der Rahmen eines alten Holzbettes an die Wand gerückt. Ganz offensichtlich diente es nicht als Sitzmöbel, sondern als eine Art Kommode. Ein paar Zierkissen lagen in dem matratzenlosen Rahmen, hübsch bezogen, mit diesen altmodischen Hüllen mit Volants und Häkelspitze. Außerdem nutzte jemand den sonst leeren Rahmen als Ablagefläche für einen Stapel Magazine. An dem runden Esstisch neben dem Bett saßen Annabell und Berit gerade. Dazu gab es eine Vitrine, in der, hübsch gestapelt, Steingutgeschirr präsentiert wurde. Shabby Chic war ganz offenbar der bevorzugte Einrichtungsstil von Berit Solberg. Selbst die Becher, Tassen, Teller und Schalen in der Vitrine passten sich dem Farbthema in der Küche an. Grau, Creme und Pastellblau wechselten sich dort ab. Die Küchenzeile hatte weiße Fronten, durch deren Lack noch die natürliche Holzmaserung zu sehen war, dazu rautenförmige Kupferapplikationen, in denen die runden Knäufe zum Aufziehen der Schubladen platziert waren. Alles war sehr sauber. Der ganze Raum könnte eins zu eins in einem Prospekt für skandinavisches Wohnen abgebildet sein, inklusive der leicht unregelmäßigen Holzwände und dem etwas schiefen Fußboden. Diese Küche war die perfekte Symbiose von Alt und Neu, stilsicher arrangiert. Etwas, das Annabell einer Frau, die sich heutzutage die Haare immer noch toupierte, nicht zugetraut hätte.

Thorbjørn schüttete losen Tee in eine bauchige Kanne. »Ich hoffe, du magst Früchtetee? Diese Mischung besteht aus kandierten Früchten. Deshalb muss man sie nicht abseihen.« Kaum traf das sprudelnde Wasser auf die Teemischung, flutete vanilliges Mandelaroma die Küche. Beinah gleichzeitig schob Berit die Papiere zusammen, die sie gelesen hatte, und Thorbjørn stellte drei Becher und die Teekanne auf den Tisch.

»*Himmlisches Vergnügen* nennt sich die Mischung. Ich dachte, wir können ein wenig göttliche Intervention gebrauchen. Verbrennt euch nur nicht die Zunge. Am besten, der Tee zieht noch eine Weile.«

Annabell lächelte schief. »Wer nicht heiß anfassen kann, kann auch nicht heiß lieben, behauptet meine Mutter. Ich schätze das gilt auch für heiß trinken.« Sie goss sich eine Tasse ein und pustete auf die dampfende Flüssigkeit. Das herrliche Aroma zu atmen beruhigte ihre Anspannung ein wenig.

»Oh, eine ganz Toughe. Dann bist du also hart im Nehmen?« Zum ersten Mal richtete sich Berit direkt an sie. Eine perfekt gezupfte Augenbraue hob sich in die Stirn der Älteren.

»Ich scheue mich nicht, anzupacken, wenn etwas getan werden muss. Ich bin es gewöhnt, hart zu arbeiten. Und ich habe mich auf diese vier Monate hier gefreut, Berit. Mein Leben in Hamburg ist in Kisten verpackt. Ich habe keinen Job, keine Wohnung und absolut keine Ahnung, was ich machen würde, wenn du jetzt plötzlich sagst, du möchtest auf meine Hilfe verzichten.« Normalerweise war es nicht Annabells Ding, zu flehen, aber in diesem Fall war sie bereit, über ihren Schatten zu springen.

Einige lange Sekunden breiteten sich ihre Worte in dem Schweigen zwischen ihnen aus. Annabell trank einen großen Schluck Tee und konnte sich ein Stöhnen nicht verkneifen. »Mmmmh«, machte sie genüsslich und schickte Thorbjørn ein dankbares Lächeln.

»Du bist Marketingfachfrau, steht in den Unterlagen.«

Berit sagte es nicht als Frage, dennoch nickte Annabell. »Ja. Ursprünglich habe ich ein Studium als Fremdsprachenkorrespondentin gemacht. Für Englisch, Schwedisch und Russisch. Dann habe ich gemerkt, dass mir Sprachenlernen zwar liegt, aber der Job nicht so wirklich. Zu viel Reiserei und so. Durch Zufall bin ich im Marketing gelandet. Eine internationale Werbeagentur in Hamburg hatte gerade Mitarbeiter mit guten Fremdsprachenkenntnissen gesucht.« Sie zuckte mit den Schultern. »Der Rest ist Geschichte, wie man so schön sagt.«

»Du kennst dich mit Marketing und Werbung aus?« Hinter den Brillengläsern wurden Thorbjørns Augen groß. »Das ist ja wunderbar. Kind, dich schickt der Himmel. Ich hatte gerade versucht, Berit zu überzeu…«

Ein strenger Blick von Berit ließ ihn mitten im Satz verstummen. »Nun gut. Ich habe zwar immer noch keine Ahnung, wie meine Unterschrift – die übrigens ganz und gar nicht aussieht wie meine Unterschrift – auf diese Papiere gekommen ist, und ganz sicher habe ich mir nicht seit Wochen E-Mails mit dir hin- und hergeschrieben, aber vor die Tür setzen kann ich dich wohl auch schlecht. Was da schiefgelaufen ist, werden wir noch klären, doch bis auf Weiteres kannst du bei uns bleiben. Nur dass dir eines klar ist: Du bist als landwirtschaftliche Saisonaushilfe hier angestellt, verstanden?«

»Gehört da auch Arbeit in der Spinnerei dazu? Ich habe keine Ahnung, was in einer Spinnerei passiert, aber …«

»Von der Spinnerei reden wir nicht.« Berit unterbrach sie. »Und das Marketingzeugs in deinem Kopf bleibt schön dort, wo du hergekommen bist. Das hat bei uns nichts zu suchen, kapiert?« Die letzte Frage richtete Berit eindeutig nicht an Annabell, sondern an Thorbjørn. Der wurde ganz klein auf seinem Stuhl, presste die Lippen zusammen und machte mit Daumen, Zeige- und Mittelfinger eine Geste, als wollte er sich den Mund verschließen. Hinter der Hand zwinkerte er Annabell zu. Trotz ihrer Müdigkeit konnte sie sich ein Grinsen nicht verkneifen. Sie war sich absolut sicher, dass das letzte Wort in dieser Sache noch lange nicht gesprochen war.

»Ich bin schon ruhig«, sagte Thorbjørn an Berit gerichtet. »Von mir wird die liebe Annabell kein Wort davon erfahren, wie sie dir wirklich helfen könn...«

»Thorbjørn!« Berit schlug mit der Faust auf den Tisch, dass das Geschirr wackelte. »Siehst du? Es fängt schon wieder an. Ich habe schon wieder dieses Kribbeln in den Fingern, und wenn du jetzt nicht sofort aufhörst...«

»Danke für den himmlischen Tee!« Annabell warf das Erstbeste in den Raum, was ihr einfiel. Gute Güte, sie hatte wirklich keine Nerven für den nächsten Streit zwischen den beiden. »Der war wirklich lecker. Kannst du mir jetzt zeigen, wo mein Zimmer ist? Ich bin schrecklich müde von der Fahrt. Ich bin mittlerweile seit fast zwanzig Stunden wach.«

»Selbstverständlich.« Mit einem letzten großen Schluck leerte Berit ihre Tasse. »Ein Zimmer und wo das Bad ist, das kann ich dir zeigen. Das war's dann aber auch schon. Dass das Bett bezogen wird und du dein Gepäck bis hoch unters Dach kriegst, liegt an dir. Wo Thorbjørn schon mal da ist, könnte er sich zur Abwechslung allerdings auch mal nützlich machen und dir damit helfen.« Das Lächeln, das sie Thorbjørn zuwarf, war so zuckersüß wie das von Hannibal Lecter. »Der alte Kauz meckert immer, er würde sich zu wenig bewegen. Tu ihm einen Gefallen und erlöse ihn aus seiner Lethargie.«

»Das wäre wirklich supernett.« Annabells Worte richteten sich an Thorbjørn. Der erhob sich und setzte zu einem altmodischen Diener an, während er gleichzeitig seinen Hut ein wenig lüpfte.

»Stets gern zu Diensten, junge Dame.«

Berit schnaubte. »Lass dir das nur nicht zu Kopf steigen. Wir sind kein Hotel. Bedient wird hier niemand.«

»Verstanden.« Annabell nickte, so ernst, wie sie konnte. Bei aller Mühe konnte sie das Zucken ihrer Mundwinkel jedoch nicht unterdrücken. Mochte Berit sich noch so viel Mühe geben, die unnahbare Kratzbürste zu spielen, in Wahrheit war ihr Herz so weich wie Sahnetoffee. Wer sonst würde eine gestrandete Saisonkraft aufnehmen und zudem dafür sorgen, dass sich Annabell nach ihrer langen Reise nicht mit ihrem Gepäck abmühen musste? Ihre Hand zuckte, und sie wollte sie auf ihren Bauch legen, unterdrückte aber den Drang. Eins nach dem anderen. Immer eins nach dem anderen. Erst mal musste sie ankommen. Für weitere Fragen war sie einfach noch nicht bereit.

Bjarnes Pfiff echote durchs Tal und wurde vom Hang zurückgeworfen. Sofort reagierten die Schafe. Was auch immer die vier Tiere oben hinter dem Stapel aufgeschichteter Holzscheite getrieben hatten, jetzt galoppierten sie mit wedelnden Ohren auf ihn zu. Wie hüpfende Schaumwolken sah das aus. Ihr Mähen begrüßte ihn. Frida war wie immer die Forscheste und drängte sich an ihn. Mit seinem ganzen Gewicht musste er sich gegen sie stemmen, damit sie ihn nicht umwarf.

In sich hineinlachend, grub er eine Hand in das weiche Fell an ihrem Kopf. Mit der anderen angelte er in der

Jackentasche nach einem Stückchen Karotte. Ohne ein Leckerli für seine Schützlinge ging er so gut wie nie aus dem Haus. Natürlich wussten das die Damen und ließen ihn nie davonkommen, ehe er sie verwöhnt hatte.

Seit dem Tag seiner Geburt lebte Bjarne mit Tieren zusammen. Trotzdem war das Gefühl samtweicher Mäuler an seiner Haut noch immer etwas Besonderes für ihn. So frech die Tiere manchmal waren, genauso sanft konnten sie sein. Frida schmatzte zufrieden auf dem Karottenstück herum. Ida kam als Nächste, um sich ihr Leckerli zu erbetteln. Saga hatte offenbar keinen Hunger. Sie sah ihren Kameradinnen zu, käute zufrieden wieder und rülpste herzhaft. Malziger Grasgeruch stieg in Bjarnes Nase. Noch einmal verteilte er Streicheleinheiten, fuhr durch fedrig weiche Wolle, kratzte hinter schlackernden Ohren und kraulte die Tiere auf dem langen Nasenrücken, wo sie es besonders gernhatten. Schließlich verabschiedete er sich von seinen Zöglingen. Die drei Damen hatten im Frühjahr ihre Artgenossen nicht auf die Sommerweiden begleiten können, weil ein Virus ihnen zugesetzt hatte. Wochenlang hatte er sie von Hand mit Spezialfutter aufpäppeln müssen. Das war nichts Besonderes. Auch wenn der Großteil seiner Herde den Sommer über die Freiheit in den Bergen genoss, gab es immer auch genug Tiere, die das ganze Jahr über seine Aufmerksamkeit benötigten, und was er ihnen an Zuwendung zuteilwerden ließ, vergolten sie mit unerschütterlicher Treue. Eine Loyalität, die er auch in ihren Blicken spürte, während er sich auf den Weg zum Haus machte.

Das war eines der Dinge, die er an seiner Arbeit liebte. Die Tiere kannten ihn. Sie mochten und vertrauten ihm, ganz ohne Worte. Ihretwegen musste er nicht auf seine Aussprache achten, musste sich nie verstellen. Sie nahmen ihn, wie er war, stellten keine Fragen, sondern folgten ihren Instinkten.

Stille begrüßte ihn, als er reinging. So mochte er es. Er streifte sich die Schuhe von den Füßen, zog sich die Jacke aus, hängte sie an den Garderobenhaken über dem Schuhregal und stapfte barfuß ins Gästebad, um sich Hände und Gesicht zu waschen. Selbst der besten Seife gelang es nie, auch die letzten Spuren von Erde, Lanolin und Schweiß von seiner Haut zu tilgen. Seine Fingernägel waren stets ein wenig rissig, die Haut an den Handballen schwielig und grob. Arbeiterhände, die ihn als das ausweisen würden, was er war, selbst wenn er jemals wieder auf die Idee kommen würde, ein anderes Leben zu versuchen.

So sauber wie eben möglich lief er weiter in die Küche, wo er sich zuallererst eine Kanne Kaffee aufsetzte.

Der Anrufbeantworter blinkte. Das Teil war ein Relikt aus der Zeit, als seine Eltern noch auf dem Hof gelebt hatten. Immer wieder nahm Bjarne sich vor, das Ding wegzuwerfen, und behielt es dann doch. Im Grunde machte es nur Ärger. Heutzutage hatte jeder Mensch ein Handy, sogar er. Wenn er nicht erreichbar war, dann hatte das in aller Regel einen Grund, nämlich dass er nicht erreicht werden wollte. Das hektische Blinken eines antiquarischen Technikkastens auf der Küchenanrichte änderte sicher nichts an seiner Einstellung.

Während der Kaffee kochte, zündete er ein Feuer im Ofen im Wohnzimmer an. Sobald die Sonne versank, wurde es schnell kalt im Haus. Die Scheite knackten, der Kamin wummerte und sog zischend den Rauch ein. Aus dem

Kühlschrank nahm Bjarne eine Packung Kjøttkaker in brauner Sauce, kippte die zähflüssige Pampe in einen tiefen Teller und packte das Ganze für sechs Minuten in die Mikrowelle. Seine Mutter würde ihm die Leviten lesen, wenn sie wüsste, dass Bjarne sich von Fertigfleischklößchen ernährte, doch sie würde es ja nicht erfahren.

Er leerte eine zweite Tasse Kaffee, wartete darauf, dass sein Essen fertig war, und konnte schließlich keinen weiteren Grund finden, den Anrufbeantworter zu ignorieren. Er drückte auf den Knopf.

Kurz knackte es in der Leitung, dann erklang die Stimme, die ihn bis heute, jedes Mal, wenn er sie hörte, mit einem Schwall schlechten Gewissens überschüttete.

»Hey, altes Haus, ich bin's. Ich weiß ja, dass du immer schwer beschäftigt bist, gerade jetzt im Herbst, aber es ist schon wieder viel zu lange her, seit wir zum letzten Mal miteinander gesprochen haben. Lass doch mal von dir hören. Ich überlege, ob ich dich zum Schafabtrieb nicht mit einem Besuch beehre. Ich hätte mal wieder Lust auf eine richtige Feier mit dir, und wie sagt man so schön: Wenn der Prophet nicht zum Berg kommt, muss der Berg zum Propheten und so weiter. Also, melde dich, ja? Du weißt, dass du mir nicht vom Haken kommst, also zier dich nicht. Bis dann.« Ein leises Klicken bedeutete, dass die Aufnahme zu Ende war. Eine Roboterstimme sagte: »Zum Wiederholen der Nachricht drücken Sie 1. Zum Speichern 3. Wenn Sie die Nachricht löschen wollen, drücken Sie ...«

Bjarne drückte auf die 5, ehe die Roboterlady zu Ende sprechen konnte.

Sekundenlang starrte er auf die Anzeige des Anrufbeantworters, auf der jetzt wieder eine 0 zu sehen war. Wenn sich Erinnerungen nur genauso einfach löschen lassen würden ...

Die Mikrowelle pingte und rettete ihn davor, sofort eine Entscheidung treffen zu müssen. Dabei hatte Ole recht. Sie beide wussten, dass Bjarne früher oder später nachgeben und sich dem Gespräch stellen würde. Es war nur eine Frage der Zeit.

Wie fast immer, wenn er sich sein Abendessen in der Mikrowelle zubereitete, war der Teller glühend heiß, die Speisen darauf dagegen bestenfalls lauwarm. Trotzdem schob er sich Löffel um Löffel des Fertiggerichts in den Mund. Kauen, schlucken, nächster Bissen. Er schmeckte kaum, was er aß. Er arbeitete hart, und dafür brauchte er Energie. Alles andere war unnötiger Firlefanz. Je weniger man vom Leben erwartete, desto weniger konnte man enttäuscht werden.

Kaum dass er sein spärliches Mahl heruntergeschlungen hatte, klingelte das Telefon erneut. War es idiotisch, sich einzureden, dass er am Klingeln hören konnte, wer es war? Er seufzte. Nein, es war einfach nur sein schlechtes Gewissen, das da zu ihm sprach. Natürlich könnte er auch diesen Anruf auf den AB laufen lassen. Ole würde es ihm nicht einmal übel nehmen. So, wie er ihm nie etwas übel nahm, ganz gleichgültig, wie viel Grund er hatte. Er gab sich einen Ruck. Seine Schuldgefühle Ole gegenüber würden nicht kleiner werden, wenn er immer mehr Fehler auf den stetig wachsenden Berg seiner Verfehlungen häufte.

Er nahm den Anruf an. »Hey. Ich w-w-wollte dich g---gerade zurückrufen.«

Das Lachen, das Ole durch die Leitung schickte, klang nur ein klein wenig neckend. »Natürlich. Und morgen geht der Teufel Schlittschuh fahren. Aber weißt du was? Es ist egal. Jetzt habe ich dich an der Strippe, und so schnell entkommst du mir nicht. Hast du meine Nachricht bekommen? Ich überlege, zum Schafabtrieb zu kommen.«

»D-d-das ist schon in zehn Tagen.«

»Brauchst du mehr Zeit, um dich auf den Besuch eines alten Freundes vorzubereiten? Was hast du vor?« Wieder lachte Ole. »Ich bin doch nicht deine Schwiegermutter, Mann. Meinetwegen musst du nicht putzen und das Haus auf Vordermann bringen. Überleg mal, wie wir als Studenten gehaust haben. So sehr habe ich mich nicht verändert, dass ich ein bisschen Staub nicht mehr abkönnen würde.« Es war eine Lüge, und sie wussten es beide. Oles ganzes Leben hatte sich verändert, weil Bjarne Bjarne war. Dass sein alter Freund sich konsequent weigerte, diese Tatsache anzuerkennen, machte es für Bjarne umso schwerer.

Er rang sich ein Geräusch ab, das ebenso gut Zustimmung wie Ablehnung sein konnte. Ole würde sich das Passende raussuchen.

»Wie auch immer, wir haben uns schon ewig nicht mehr gesehen, und ich vermisse meinen Kumpel. Seit deine Eltern weggezogen sind, hast du viel zu viele Möglichkeiten, dich in dich selbst zurückzuziehen. Das tut niemandem gut. Und sag nicht, dass ich mich irre. Wann hast du zum letzten Mal mit jemandem mehr als zwei Sätze gesprochen?«

»Heute.« Da, schluck das, dachte er. Zugegeben, es gefiel ihm, Ole diese Antwort auftischen zu können. »Und zwar nicht mal mit der Kassiererin im Supermarkt oder dem Fahrer, der den Müll abholt.«

»Oh. Das ist … wow.«

»Hab ich dich sprachlos gemacht?«, fragte Bjarne leise glucksend.

»Allerdings. Wie heißt sie? Kenne ich die Dame der Wahl?«

»Ich habe mit keinem Wort behauptet, dass es eine Dame ist.«

»Ich bitte dich! Hast du den Unterton in deiner Stimme gehört? Das klang, als ob dir gleich der Sabber aus dem Mund laufen würde. Also, wer ist sie?«

Tief atmete er ein. Und aus. »Niemand«, sagte er schließlich. Was hätte er Ole denn schon erzählen können? Dass es sich gut angefühlt hatte, mit einer Frau zu sprechen, ohne vor jedem Wort Angst zu haben? Dass er sich nützlich gefühlt hatte und stark, nicht wie ein Freak. Das war doch lächerlich. Ole redete jeden Tag mit Frauen. Ach was, er flirtete andauernd und ließ sich dabei von seinem Handicap nicht zurückhalten. Eine alltägliche Begegnung zu etwas Besonderem hochzustilisieren, würde nur wieder einmal betonen, wie groß die Kluft zwischen Ole und ihm in Wahrheit war.

Zum Glück bekam sein Freund nichts von Bjarnes innerer Selbstgeißelung mit. »Jaja, und ich bin der Kaiser von China. Gut, du willst nicht über sie reden. Bitte schön. Aber glaube ja nicht, dass du mich jetzt noch von meinem Besuch abhalten kannst. Hast du Kerrys Checkliste noch?« Kerry war Oles Physiotherapeutin. Vor Oles letztem Besuch hatte sie Bjarne eine Übersicht von Dingen geschickt, auf die es zu achten galt, wenn er sicherstellen wollte, dass Ole sich während seines Aufenthalts mit Rollstuhl und Krücken möglichst frei bewegen konnte und sich nicht verletzte.

Seufzend massierte er sich den Nacken. »Ja. Irgendwo in meinem E-Mail-Postfach ist sie sicher noch. Den Toilettenstützgriff habe ich noch irgendwo hier, und Teppiche liegen hier ohnehin nicht rum. Wir kriegen das schon hin.« Was hatte sonst noch auf Kerrys Liste gestanden? Er wusste es nicht mehr. »Lass mich wissen, wann genau du ankommst. Damit ich da bin.«

»Mach ich.« Übergangslos wechselte Ole das Thema. Er erzählte von seiner Arbeit, von Kollegen. Im Winter plante er, sich mit ein paar Freunden eine Hütte in der Nähe von Trondheim zu mieten. Dort gab es barrierefreie Loipen, und Ole konnte es gar nicht erwarten, seinen neuen Langlaufschlitten auszuprobieren. Vorher musste er noch ein paar Projekte in der Arbeit zum Abschluss bringen. Was genau er in seinem Job als Software-Entwickler machte, hatte Bjarne nie ganz begriffen. Er war ein Landjunge, Ole ein Stadtkind, aber ihrer Freundschaft hatte das nie geschadet. Vom ersten Tag in der zugigen WG in Oslo an hatten sie sich verstanden. Ole war einer der wenigen Menschen, die niemals versucht hatten, Bjarne zu verbiegen. Er ließ ihn immer ausreden, beendete niemals einen Satz für ihn, egal, wie störrisch sich seine Zunge und die Stimmbänder verhielten. Ole hatte ihm nie das Gefühl gegeben, dumm zu sein. Er ignorierte sein Stottern nicht, aber er maß ihm kein sonderlich großes Gewicht zu. Er sollte sich wirklich öfter bei ihm melden, aber jedes Mal, wenn er mit seinem Freund sprach, erinnerte er sich an den schlimmsten Tag seines Lebens.

Als sich ihr Telefonat dem Ende zuneigte, stand der Mond bereits als schmale Sichel am Himmel. Das silbrige Licht reichte nicht einmal, um die Umrisse des Stalls und der

Scheune draußen klar herauszuarbeiten. Wenn Ole am anderen Ende der Leitung nicht wäre, könnte Bjarne tatsächlich glauben, er sei ganz allein auf der Welt.

»Dann also bis zum Vierundzwanzigsten. Ich schreib dir noch mal.«

»Ja, bis dann.« Bjarne war eben im Begriff, den Hörer vom Ohr zu nehmen, als Oles Stimme ihn noch einmal aufhielt.

»Ach, und Bjarne?«

»Ja?«

»Ich freue ich darauf, deine Mystery-Woman kennenzulernen.«

»Ich hab dir doch gesagt, dass ...« Bevor er den Satz beenden konnte, hatte Ole aufgelegt. Das Tuten der unterbrochenen Leitung echote in Bjarnes Ohren. Er legte auf und kontrollierte das Feuer im Kamin. Die Scheite waren heruntergebrannt, doch er legte kein Holz mehr nach. Im Fernsehen lief nur der übliche Mist. Kurz überlegte er, in die Scheune zu gehen, um weiter an dem Möbelstück zu arbeiten, das gerade entstand, verwarf den Gedanken aber wieder. Nach dem Gespräch mit Ole würde er sich ja doch nicht konzentrieren können. Vor seinem inneren Auge sah er immer wieder die Fremde vom Solgård. »Mystery-Woman« traf eigentlich genau ins Schwarze – sie hatte wirklich etwas Geheimnisvolles an sich. Nicht nur wegen ihres unerwarteten Auftauchens hier, in ihrem gottvergessenen Örtchen am Rande der Welt. In ihren Augen schimmerten Geheimnisse. Sie scheute sich nicht zu lächeln, aber es war kein kokettes Lächeln, sondern eines, das das Schicksal herausforderte. Komm doch, sagte dieses Lächeln, zeig, was du draufhast, mich bekommst du so schnell nicht klein. Zu gerne hätte

Bjarne gewusst, was oder wem die Herausforderung galt. Wenn sie wirklich vorhatte, hierzubleiben, würden ihr die Designer-Outdoorklamotten, in denen sie angereist war, nicht dabei weiterhelfen, ihren Kampf auszufechten. Die Boots, die sie angehabt hatte, mochten schick aussehen, gegen Matsch und Kälte konnten sie jedoch kaum was ausrichten. Er versuchte, sie sich in Gummistiefeln vorzustellen, mit windzerzaustem Haar und kälteroten Lippen.

Nein. Es war falsch, auf diese Weise an sie zu denken. Er kannte sie ja kaum. Sein Verstand wusste, dass sich so was nicht gehörte. Doch bis in den Schlaf hinein verfolgte ihn die Erinnerung an sie.

3

Stöhnend richtete Annabell sich auf. Ihre Augen tränten. Blind tastete sie nach der Wasserspülung und zog ab. Liebe Güte, diese Übelkeit wurde mit jedem Tag schlimmer. Noch vor einer Woche hatte sie es für ein idiotisches Klischee gehalten – die heimlich Schwangere, die entlarvt wurde, weil sie sich bei jeder Gelegenheit die Seele aus dem Leib kotzte. Doch je länger ihr Zustand andauerte, desto mehr Beachtung verlangte das Wesen in ihrem Bauch. Zehn Wochen zog sich das, was ein einmaliges Sommerabenteuer hätte sein sollen, bereits hin. Genau aus diesem Grund hatte sie niemals Kinder gewollt. Nicht mal auf der Welt, schon brachten sie alles durcheinander.

Statt zu versiegen, kamen ihre Tränen in immer heftigeren Schluchzern. Gott, das war alles so ungerecht. Der kleine Wurm war nicht mal so groß wie ein Gummibärchen und verfügte bereits über ihr Leben. Sie wollte das nicht. Es war verdammt nochmal ungerecht, dass sie ihr Leben lang für einen Fehler zahlen sollte, den sie nicht allein begangen hatte. Doch was half es? In den zwei Wochen, seit sie auf den positiven Schwangerschaftstest gestarrt hatte, hatte sie sich oft genug selbst bemitleidet. Weitergebracht hatte sie das nicht. Auch jetzt würde die lächerliche Sentimentalität, die Morgen für Morgen auf das Erbrechen folgte, nichts retten.

Mit dem Handrücken wischte sie sich die Tränen von den Wangen. Sie hatte einen Job zu erledigen. Berit war gestern sehr klar in ihren Anweisungen gewesen. Ja, Annabell konnte bleiben. Vorausgesetzt, sie stellte keine Fragen, tat, was Berit ihr sagte, und erwies sich als nützlich. Dass Annabell darauf bestanden hatte, das Abendessen ausfallen zu lassen und sich stattdessen direkt in ihr Zimmer zurückzuziehen, hatte Berit ihr noch einmal durchgehen lassen. Sich nach knapp zwanzig Stunden auf den Beinen nur noch nach einem Bett zu sehnen war ja durchaus verständlich. Länger konnte sie sich beim besten Willen nicht mehr verkriechen.

Sie schaute sich im Bad um. Wie im ganzen Haus war auch hier der Boden leicht schief. Annabell schätzte, das lag an der Holzbauweise. Das ganze Gebäude knarzte und knackte, als würde es leben, und sie hatte noch keine einzige echte Steinwand gefunden. Eine gläserne Duschkabine befand sich am einen Ende des kleinen Raumes, daneben die Toilette. Dazu noch ein Einzelwaschbecken mit Unterschrank und ein Regal, auf dem Handtücher ordentlich übereinandergestapelt lagen. Das war's. Trotz der relativen Enge des kleinen Bades war sofort ersichtlich, dass jemand sich viel Mühe mit der Renovierung gegeben hatte. Die weißen Badezimmermöbel waren modern und bildeten einen hübschen Kontrast zu dem dunkelbeigen Fliesenspiegel. Dass Berit in puncto Inneneinrichtung ein deutlich glücklicheres Händchen besaß als bei ihrem Haarstyling, hatte auch schon das Zimmer gezeigt, in dem Annabell die nächsten Monate leben würde. Wie das Bad befand es sich direkt unterm Dach des Hauses. Im ersten Stock waren die Schlafzimmer der Familie, hatte Berit ihr erklärt, und auch noch ein weiteres, größeres Badezimmer, falls Annabell mal baden wollte. Ihr Refugium unterm Dach war winzig. Nur in der Raummitte konnte Annabell aufrecht stehen. Das Bett stand rechts von der Tür, ein Tisch mit einem Spiegel und einer Waschschüssel. Einen Schrank gab es nicht. Nur eine Kleiderstange, die so weit es ging in die Dachschräge geschoben worden war. Luftige weiße Spitzenvorhänge mit zarten Volants hingen vor dem Fenster. Die Bettwäsche war mit winzigen zartblauen Streublümchen bedruckt, die Möbel weiß lasiert. Ein Mädchentraum, ganz weich und lieblich. Ein Zimmer, wie sie es niemals selbst eingerichtet hätte. In ihrer Wohnung in Hamburg gab es keine Spitze oder Volants. Die wenigen Möbel, die sie besaß, waren Designerstücke. An den Wänden hing Kunst, ausgewählte Unikate, die ein befreundeter Galerist ihr empfohlen hatte. So hatten Philipp und sie es gewollt. Eine schicke Wohnung für ein schickes Paar. Ordentlich. Aufgeräumt. Eine Wohnung, die mehr Statussymbol war als Heim. Bei Freunden hatte ihr Penthouse immer auch eine Portion Neid hervorgerufen. Zumindest hatte Annabell das geglaubt. Womöglich war es aber auch Mitleid gewesen, sicher konnte sie sich nicht mehr sein. In Philipp hatte sie sich schließlich auch getäuscht. Sie hatte immer gedacht, er und sie würden in dieselbe Richtung blicken, wenn sie an die Zukunft dachten. Als sie seinen Antrag abgelehnt hatte, hatte sie das nicht getan, weil sie ihn nicht liebte, sondern weil es ihr so viel wertvoller erschienen war, seine Partnerin zu sein statt seine Ehefrau. Warum etwas verändern, was perfekt ist, so wie es ist, hatte sie damals gedacht. Eine Ehefrau hatte er sich kurz darauf besorgt. In seinem Leben gab es jetzt eine Frau Rotschild. Die hatte Philipp sofort geheiratet, ohne zu zögern, ohne zu diskutieren. Annabell wollte wetten, dass die neue Frau Rotschild während ihrer Schwangerschaft vor Stolz geradezu glühte. Wahrscheinlich kam dieses Strahlen von allein, wenn man sich bewusst zu diesem Schritt entschieden hatte.

Die Dusche, die sich Annabell gönnte, half nur bedingt gegen die schlechte Stimmung. Ihr Magen brannte. Ihr Kreislauf war durcheinander. Sie riss das Fenster in ihrem Zimmer auf und verlor sich in dem Ausblick. Nebel hing über dem Fjord, ein feiner Tropfenschleier. Am Himmel bauschten sich Wolken zu flauschigen Fetzen in Rosa, Violett und Grau. Nur wo die Sonne die Wolken vertrieben hatte, leuchtete der Himmel in einem glänzenden Goldton. Wie ein Spiegel aus poliertem Malachit warf das Wasser die Silhouette des gegenüberliegenden Ufers zurück. Von wegen Kleinmädchentraum, dieser Blick veränderte alles. Magie lag in der morgendlichen Stille, Kraft und Ursprünglichkeit. Die raue Natur war das perfekte Gegengewicht zu der Lieblichkeit des Zimmers, machte aus zwei Teilen ein Ganzes.

Gierig sog Annabell die kühle Morgenluft in die Lungen. Mit jedem Atemzug spürte sie, wie Leben in ihre Glieder zurückfloss. Sie musste nichts sofort entscheiden. Sie konnte abwarten. Einen Tag nach dem anderen nehmen. Überlegen. Schon vor ihrem Fehltritt im Sommer hätte sie wissen müssen, wohin Impulsivität führte. Ihre Mutter war das Paradelehrstück dafür. Ein mal hatte Annabell sich nicht an ihre eigenen Regeln gehalten, und nun zahlte sie den Preis. Ein zweites Mal würde es ihr nicht passieren. Keine Schnellschüsse mehr in ihrem Leben. Punkt.

Sie zog sich an und machte sich für den ersten Arbeitstag bereit. Kaffeeduft stieg ihr in die Nase, sobald sie die Treppe ins Erdgeschoss nahm. Offenbar war sie nicht die Erste auf den Beinen.

In der Küche wartete nicht nur Berit auf sie. Mit ihrer Vermieterin am Küchentisch saßen drei weitere Personen: eine Frau, etwa in Annabells Alter, ein Teenager mit schwarz gefärbten Haaren, bleicher Haut und diversen Piercings in den Ohren und ein Mädchen, dessen Alter sie schwer schätzen konnte. Was wusste Annabell schon von Kindern? Älter als fünf war die Kleine sicherlich. Und jünger als fünfzehn. Alles dazwischen? Keine Ahnung.

»God Morgen.« Im Türrahmen blieb Annabell stehen. Etwas linkisch hob sie die Hand zum Gruß.

Berit sah auf. »Ach, da bist du ja. Komm rein. Ich habe Camilla und den Kindern schon von dir erzählt. Hier, das ist für dich.« Von dem unbenutzten Gedeck neben sich nahm Berit einen Becher, aus dem es heftig dampfte, und schob ihn ein Stück in Annabells Richtung. »Setz dich. Fenchel-Anis-Kümmel-Tee. Tut dem Magen gut.«

Annabell spürte, wie ihr Hitze in die Wangen stieg. Dann hatte Berit also ihre Morgenübelkeit mitbekommen. »Danke.«

»Das hier sind meine Tochter Camilla«, Berit deutete auf die blonde Frau ihr gegenüber, »und ihre beiden Kinder

Liam und Linnea.« Mit schokoladenverschmierten Zähnen grinste das Mädchen Annabell an.

»Schön, dich kennenzulernen«, sagte Camilla. Nur der Junge – Liam – tat, als wäre Annabell nicht da. Von seinen Ohren führten zwei dünne Kabel in seinen Hoodie. Die Chancen, dass er kein Wort von Berits Vorstellung gehört hatte, standen gut.

»Himmel, Liam, kannst du mal die Dinger aus den Ohren tun? Sag hallo zu Annabell. Sie wird uns für die nächsten Wochen im Haushalt und auf dem Hof helfen.«

Gehorsam nuschelte Liam irgendetwas. Die Kopfhörer blieben, wo sie waren.

Annabell nahm neben Berit Platz und nippte an dem Tee. Das starke Aroma nach Anis und Fenchel stieg ihr in die Nase. Normalerweise war sie kein Freund von Kräutertee, die Früchtemischung gestern war etwas anderes gewesen – mehr Süßigkeit als Getränk. Aber womöglich hatte Berit recht und das Zeug würde ihr guttun.

»Also, Annabell«, ergriff Camilla das Wort. »Meine Mutter und ich haben spekuliert, was da schiefgelaufen sein kann, mit der Kommunikation und so. Irgendjemand hat sich einen bösen Scherz erlaubt, aber nichtsdestotrotz bin ich froh, dass du nun hier bist. Mutter braucht Hilfe. Sie ist nur viel zu stolz, um danach zu fragen.« Den letzten Satz flüsterte sie nicht gerade leise hinter vorgehaltener Hand. Als sie zwinkerte, funkelten ihre Augen. Sie waren blau, wie die von Berit. Doch statt die Haare rot zu färben, setzte Camilla auf ihr natürliches Blond. Sie war klein und drahtig und Annabell auf Anhieb sympathisch.

»Mein Stolz ist absolut kein Problem. Mein Problem sind

Menschen, die der Meinung sind, über mein Leben verfügen zu können. Ich wollte nichts als Ruhe haben. Und dann kommst erst du mit den Kindern, dann Thorbjørn mit seiner Schnapsidee, ich sollte mich der Genossenschaft anschließen, und nun auch noch Annabell.«

»Und wenn du ehrlich wärst, müsstest du zugeben, dass du uns alle liebst.« Ein Hauch Herausforderung lag in der Art und Weise, wie Camilla die Augenbraue hochzog. »Als ich mit den Kindern noch in Trondheim gewohnt habe, hast du immer gesagt, wir sollen Jonas endgültig verlassen.«

»Das war, weil dieser Idiot ein egoistischer Faulpelz war, der dich ausgenutzt hat und sich kein bisschen um seine Kinder gekümmert hat.«

»Aber immer noch deren Vater ist.«

»Willst du mir vorwerfen, dass ich dich aufgenommen habe, als du vor dem Nichts standest?«

»Nein.« Camilla umrundete den Tisch und drückte ihrer Mutter einen Kuss auf die Stirn. »Ich will dir sagen, dass du die Beste bist. Aber wie auch immer, ich muss los zur Arbeit. Kinder, fertig? Auf geht's. Wir müssen, sonst kommt ihr zu spät zur Schule.«

Bereitwillig folgten Liam und Linnea ihrer Mutter. Ihr Frühstücksgeschirr ließen sie stehen. Das schien sie ebenso wenig zu interessieren wie die Tatsache, dass ihre Großmutter ihren Vater einen egoistischen Faulpelz genannt hatte. Offenbar war Annabell nicht die einzige Anwesende mit einer etwas eigenwilligen Familienhistorie.

»Dann will ich auch mal.« Berit erhob sich ebenfalls. »Frühstücke in Ruhe fertig. Danach kannst du die Küche aufräumen und dich umziehen. Wenn du so weit bist, sag mir Bescheid. Dann zeige ich dir den Hof und was zu tun ist. Mal sehen, wie du dich als landwirtschaftliche Hilfskraft anstellst.«

Feiner Regen perlte vom Himmel, als Berit und Annabell ihren Rundgang beendeten. Er legte sich als grauer Schleier in die Luft, überzog alle Farben mit einem Filter aus Düsternis. Die Schottersteine auf dem Hof glänzten feucht, Pfützen bildeten sich im Sand. Nicht einmal einen halben Tag war Annabell in Norwegen, und schon zierten ihre schönen Wildleder-Boots deutliche Schmutzspuren. Berit hatte Annabell den Hühnerstall gezeigt, die Boxen, aus denen die beiden Ponys jeden Morgen auf die Weide geführt und am Abend wieder zurückgebracht werden mussten, und das Gehege der vier Zwergkaninchen. Den Enten- und Gänsepfuhl hatte Annabell nur äußerst ungern betreten. Berit, die ihr Zögern bemerkte, lachte sich halb kringelig, als sie von Martins Attacke hörte, und versprach, die Aufgabe, Näpfe und Wassergefäße der Gänse zu reinigen, auch in Zukunft selbst zu übernehmen.

Den Kragen ihres Parkas hochgeklappt, die Hände in die Hüften gestützt, blieb Berit schließlich mitten im Hof stehen. »Das war's. Meinst du, du konntest dir alles merken?«

»Ich denke schon.« Annabell hatte Projektbudgets in Höhe von mehreren Hunderttausend Euro verwaltet. Eier einsammeln, Ställe ausmisten und ab und zu ein Pony streicheln sollte drin sein. »Was ist in dem Gebäude? Das haben wir uns noch nicht angeschaut.« Sie deutete auf das lange Haus mit dem eisenroten Anstrich, das ihr bereits bei ihrer Ankunft aufgefallen war. »Ist das eine Scheune, für Werkzeug und so? Oder ist das tabu für mich?«

»Nein.« Ein Seufzen fand den Weg tief aus Berits Brust. »Was soll's, irgendwann wirst du es ja doch erfahren. Es ist ein solches Chaos da drinnen, und alle liegen mir in den Ohren damit, die alte Spinnerei wieder herzurichten. Dieser verfluchte Kasten ist der Grund für so viele Streitereien. Wir können trotzdem mal reinschauen. Vielleicht habe ich dann endlich jemanden auf meiner Seite, der sieht, warum ich mich nicht darum kümmern will.«

Das also war die alte Spinnerei, der Grund, warum sie die Anzeige im Internet überhaupt derart interessant gefunden hatte. Ein geschnitztes Vordach schützte die Eingangstür an der schmalen Seite des Gebäudes. *Museum* war in unregelmäßigen Buchstaben in ein an den Giebel des Vordachs angebrachtes Holzschild geflämmt. Die Glasfenster an den Seiten waren fast alle blind. In den Ecken der Fensterrahmen hatten Spinnen kunstvolle Netze gesponnen. Dort sammelte sich Feuchtigkeit zu glänzenden Perlen. Annabells Herz begann zu klopfen. Schon als Kind hatte sie kaum etwas mehr begeistert als verschlossene Türen. Mit den Jahren hatte sie herausgefunden, dass sich das, was sich auf der anderen Seite befand, selten mit ihrer Fantasie messen konnte. Da hatte sie ihre Faszination verloren. Aber jetzt, während Berit an ihr vorbeigriff, um die Tür zu öffnen, und das ganze Gebäude sich mit einem Knacken und Knarzen in atemloser Erwartung zu strecken schien, fühlte sie ein Echo der damaligen Aufregung in ihrer Brust.

Die Tür öffnete sich, Berit trat als Erste über die Schwelle. Sie betätigte einen Lichtschalter, und eine Reihe nackter Glühbirnen, die in regelmäßigen Abständen an vergilbten Kabeln von der Decke hingen, erwachte zum Leben.

Annabell schnappte nach Luft. Das war ... Wow! Sie wusste nicht, was sie nach Berits Warnung erwartet hatte. Das hier jedenfalls nicht. Maschinen standen in langen Reihen an der einen Seite der Wand, riesige Dinger aus schwarzem Gusseisen, mit Dornen und Stacheln, Rollen und Kolben. Auf der anderen Seite waren Tische aufgestellt, deren Oberflächen von jahrzehntelangem Gebrauch ganz abgeschabt waren. Mehrere Säcke, aus denen Rohwolle quoll, hingen in einem Alkoven direkt neben dem Eingang. Gegenüber davon trennte ein Holzgitter eine Art Verschlag ab. Staubpartikelchen tanzten im Licht der Glühbirnen. Es roch süßlich. Ein wenig erinnerte sie das Aroma an zerflossene Butter, nur dass noch eine zweite Note darunterlag. Erdiger, ursprünglicher. Sie musste die Nase gekräuselt haben bei dem Versuch, den Geruch einzuordnen, denn Berit lachte.

»Das ist das Lanolin in der Wolle. Das Sekret aus den Talgdrüsen der Schafe. Wenn du schon mal einen Wollpullover gewaschen hast, weißt du, dass der Geruch nie ganz aus den Fasern verschwindet.«

Je besser sich ihre Augen an das Halbdunkel gewöhnten, desto mehr Details erkannte sie. Was sie zuerst für ein Schattenspiel an den Wänden gehalten hatte, waren in Wahrheit alte Schwarz-Weiß-Fotografien. Magisch angezogen, trat sie darauf zu.

»Was ist das?«

»Bilder aus der Zeit, als in der Wollmühle noch zwanzig Frauen gearbeitet haben, die mit der Spinnerei ihre halbe Familie ernährt haben. Anfang des zwanzigsten Jahrhunderts war der Solgård einer der größten Arbeitgeber in der Gegend.«

»Oh.« Zu mehr reichte es nicht. Das, was Annabell auf den Bildern sah, zusammen mit dem, was Berit ihr erklärte, raubte ihr die Sprache. Tatsächlich, wenn sie genauer hinsah, erkannte sie die Maschinen wieder. Auf den Bildern waren sie voll mit Wolle in verschiedenen Verarbeitungsstadien, angefangen von der wirren Rohwolle bis hin zum fertigen Garn. Mehr noch als die Maschinen faszinierten sie die Menschen auf den Fotografien. Frauen in schwarzen Kleidern, in gebückter Körperhaltung und mit Haaren, die zu Zöpfen geflochten oder zu einem Dutt gesteckt waren. Weiße Spitzenschürzen, im Rücken gebunden. Wollflocken auf dem Boden, unendliche Reihen von Garn auf den Maschinen, ordentlich angeordnet, Strang um Strang. Auf einem der Bilder posierten zwei Mädchen für das Foto. Beide hatten die Arme abwehrend vor dem Körper verschränkt. Schon vor den Zeiten von Selfies und Handykameras ließen sich offenbar nicht alle gerne fotografieren. Mit dem Finger fuhr Annabell das Gesicht des einen Mädchens nach. Sie sah so jung aus, nach heutiger Ansicht würde sie bestimmt noch als Kind gelten, doch ihre Augen waren alt. Geprägt von harter Arbeit und Not. »Wann war das?«

»Um 1920. Das war die goldene Zeit der Wollmühle. Bis in die Achtzigerjahre des letzten Jahrhunderts war sie immer noch in Betrieb. Danach haben die großen Kooperativen übernommen. Oder staatliche Betriebe, die die Wolle aus ganz Norwegen zentral verarbeiten.« Berit ächzte und ließ sich mit dem Hintern gegen einen der Arbeitstische fallen. »Die Idee mit dem Museum kam von meinem zweiten Mann. Er war stolz auf die Vergangenheit und hatte einen Blick für die Zukunft. Er wollte aus dem Kasten hier eine Touristenattraktion machen. Ähnlich wie die alte Klippfischfabrik in Kristiansund.« Sie lachte, aber es klang kein bisschen freudig. »Ich hatte schon immer ein Faible für Spinner – Wortspiel beabsichtigt.«

»Du willst an der Idee nicht festhalten?«

Als ließen sich unliebsame Gedanken vertreiben wie Fliegen, machte Berit eine wegwerfende Handbewegung. »Ich weiß nicht mehr, was ich will. Als mein Erik gestorben ist, wollte ich mich nur noch verkriechen. Da sucht man sich einen Kerl, der fünfzehn Jahre jünger ist, und dann stirbt er einem einfach weg. Von einem Tag auf den anderen. Geplatztes Aortenaneurysma. Aber dann ...« Sie zuckte mit den Schultern. »Das Leben geht weiter, sagen sie einem ja immer, und irgendwie stimmt das schon. Plötzlich stand Camilla mit den beiden Kurzen vor der Tür und hat Hilfe gebraucht. Und als die drei dann da waren – na ja, mit Kindern im Haus war es plötzlich schier unmöglich, sich die Decke über den Kopf zu ziehen und die Welt auszusperren. Was hätte ich tun sollen? Sie brauchten mich. Was wäre ich für eine Mutter, nicht für sie da zu sein?«

»Mich darfst du das nicht fragen. Von Kindern verstehe ich nichts.«

Selbst im Halbdunkel erkannte Annabell, wie Berit fragend eine Augenbraue hob. »Dann ist das ziemlich doof mit dem Winzling in deinem Bauch, was? Noch nicht mal auf der Welt, und schon bringt das Würmchen dein Leben aus dem Tritt.«

Annabell schloss die Augen. So viel dazu, ihren Zustand geheim zu halten. »Wie kommst du darauf?« Vielleicht half es ja, sich dumm zu stellen?

Berit schnaubte. »Ach, komm schon. Ich bin nicht auf den Kopf gefallen. Dass das keine Wunschschwangerschaft ist, musst du mir nicht erklären. Keine Frau, die gemeinsam mit dem Partner voller freudiger Erwartung ist, packt ihr Leben in Kisten, wie du es so schön gesagt hast, und sucht sich einen Job als Saisonaushilfe am Arsch der Welt.«

»Ich weiß nicht …«

»Du musst auch nicht wissen«, unterbrach Berit sie. Nicht unfreundlich, aber bestimmt. »Und erklären musst du mir schon gar nichts. Schau dich um. Hier herrscht das Chaos, und ich meine nicht nur die Spinnerei. Dich hat es nicht an einen ruhigen Ort zum Nachdenken verschlagen, sondern in einen Hort des Wahnsinns. Um Ratschläge zu verteilen, wie man nach einem unerwarteten Tritt des Schicksals wieder alles in den Griff bekommt, bin ich nicht die Richtige. Und Camilla auch nicht, wenn ich es mir recht überlege. Bei ihrem schlechten Händchen für Männer.«

Berit machte eine so saure Miene, dass Annabell lachen musste. Nicht lange, nicht laut, dennoch von Herzen. Mit der Schulter stupste sie Berit an. Woher auch immer es kam, auf einmal spürte sie eine Verbundenheit zu dieser Frau, die sie nicht erklären konnte. Annabell gehörte nicht zu den Menschen, die leicht Vertrauen fassten. Sicher, in Hamburg hatte sie unzählige Bekannte – Kollegen und Geschäftspartner, Leute, die man auf Partys traf oder die dieselben

Yogakurse besuchten. Aber echte Freunde? Da sah es düster aus. Bei keinem hatte sie das Bedürfnis verspürt, sich auszusprechen, als sie den verdammten Test mit den zwei blauen Streifen vor sich gehabt hatte. Berit war anders. Nach außen hin wirkte sie laut und schrill. Aber sie gab ihren Wachteln und Hühnern Namen und ging offen mit ihren Zweifeln und Problemen um. Als wären ihre Schwächen nichts, wofür sie sich schämen musste, sondern ebenso Teil von ihr wie diese schreckliche Peggy-Bundy-Frisur. Ehe Annabell wusste, wie ihr geschah, kamen Worte über ihre Lippen, die sie in einer anderen Situation so nie ausgesprochen hätte. »Vielleicht können wir uns ja gegenseitig helfen. Klar zu sehen, meine ich.«

Einen Herzschlag lang sagte Berit gar nichts. Annabell fürchtete, zu weit gegangen zu sein. Aber dann, leise und mit einer Stimme, die vor Sehnsucht vibrierte, meinte Berit: »Ja. Vielleicht.«

Und plötzlich, zusammen mit dem Geruch nach Wollfett und den tanzenden Staubpartikeln, lag ein Hauch Hoffnung in der Luft.

4

Bald. Die Ställe waren vorbereitet. Das Heu eingefahren, das Kraftfutter bestellt. Wie jedes Jahr, wenn die Nächte länger wurden, ergriff ein inneres Kribbeln von Bjarne Besitz. Als Kind hatte er den Schafabtrieb noch mehr geliebt als Weihnachten oder Ostern. Womöglich lag es daran, dass dem Fest der eigentliche Abtrieb voranging, wie eine Schnitzeljagd in freier Natur, so war ihm die Suche nach den Schafen auf ihren Sommerweiden damals vorgekommen. Wem gelang es, die meisten Tiere aufzuspüren? Wer kannte die beliebtesten Verstecke? Wer hatte das beste Händchen darin, den erfahrenen Schäfern dabei zu helfen, die verstreuten Herden zusammenzuführen und zu sortieren? Irgendwo, in einer Kiste auf dem Speicher der Scheune, mussten noch die Wimpel sein, die Bjarne sich als Winzling beim Schafabtrieb erkämpft hatte. Lange, eigentlich bis er zum Studium nach Oslo aufgebrochen war, waren diese Schleifen sein größter Stolz gewesen.

Er ließ den Hammer sinken und wischte sich den Schweiß von der Stirn. So früh am Morgen kletterte das Thermometer zu dieser Jahreszeit selten in den zweistelligen Bereich, doch die körperliche Arbeit forderte ihren Tribut. Nur noch diesen und den Weidezaun auf der anderen Seite der Straße musste er kontrollieren, dann hatte er es geschafft. Dass die Zäune über den Sommer, wenn sie nicht gebraucht wurden, Schwachstellen bekamen, gehörte dazu. Manche Pfähle wurden morsch, manche fielen Wind und Sturm zum Opfer, andere gingen in die Knie, weil Elche sie als Rückenkratzer benutzten. Aber Bjarne hatte gute Arbeit geleistet. Ein Dutzend Pflöcke noch, maximal, dann wäre die Weide wieder sicher.

Er ging zur nächsten Markierung. Den Pfahl, den er plante, dort einzuschlagen, hatte er sich zurechtgelegt. Gerade wollte er sein Werkzeug wieder aufnehmen, als eine Bewegung an der Straße seine Aufmerksamkeit auf sich zog. Der Hof seiner Familie lag abgelegen, nur selten verirrten sich Besucher zu ihm. Dieser Wagen bog von der Hauptstraße ab und hielt direkt auf das Gehöft zu. Er kniff die Augen zusammen und stöhnte. Den cremefarbenen Land Rover Defender kannte er nur zu gut. Niemand wunderte es, dass ausgerechnet Thorbjørn sich als Erster in Elvasund einen E-Pick-up zugelegt hatte. Der ehemalige Tierarzt war ein schriller Vogel. Sobald es Neues zu entdecken gab, fand man ihn in der ersten Reihe. Der Weidezaun würde warten müssen. Offenbar suchte Thorbjørn ihn, und wenn der ehemalige Tierarzt sich etwas in den Kopf gesetzt hatte, hielt ihn nicht mal ein Wintersturm auf.

Bjarne schulterte den Hammer und machte sich auf den Weg hinunter zum Haus.

An seinen Wagen gelehnt, erwartete ihn Thorbjørn – ein aus der Zeit gefallener Dandy mit seiner modernen Kutsche.

Die Fliege des Tages schimmerte in einem tiefen Waldgrün und hatte eine Art Schlangenmuster, dasselbe Design verzierte die Weste, die er unter dem kamelhaarfarbenen Sakko trug. Im Gegensatz zu Bjarne würde Thorbjørn niemals Gefahr laufen, mit der Umgebung zu verschmelzen.

»Hei, Thorbjørn. Das ist eine Überraschung.«

»Eine gute, hoffe ich.« Der Ältere stieß sich vom Auto ab und kam auf ihn zu. Sein Blick huschte zu dem Hammer auf Bjarnes Schulter, glitt von dort weiter. Er nahm die fleckige Arbeitshose in Augenschein, die schlammverkrusteten Gummistiefel, den groben Wollpullover, den er über diverse andere Kleidungsschichten angezogen hatte, um sich, wenn die Arbeit anstrengender wurde, nach und nach von den einzelnen Schichten befreien zu können. »Du siehst aus, als ob du eine Pause gebrauchen könntest. Eigentlich wollte ich mich zum Frühstück bei dir einladen, aber dafür scheint es zu spät zu sein.«

»Sei froh. Mehr als Knäckebrot und ein paar Tuben Kavli im Kühlschrank hätte ich nicht zu bieten.«

»Brrr.« Gespielt theatralisch schüttelte sich Thorbjørn. »Nichts für ungut. Aber Käse mag ich lieber am Stück als aus der Tube. Auch wenn ich damit eine Schande für unsere Nation bin.« Ganz selbstverständlich fielen sie nebeneinander in Schritt. Bjarne steuerte die Scheune an. Dort hatte er sich eine Werkstatt eingerichtet. Dein Haus kann unordentlich sein, hatte sein *Bestefar* immer gesagt. Aber beim Werkzeug muss alles seinen Platz haben. Gott, er vermisste seinen Großvater. Als die Eltern den Entschluss gefasst hatten, zu Vibeke nach Trondheim zu ziehen, hatte ihn das nicht weiter gestört. Bjarne und sein Vater – das war schon immer eine komplizierte Geschichte gewesen. Aber Bestefar, den hatte Bjarne geliebt. Immer noch, beinah zehn Jahre nach dem Tod seines Großvaters, stellte er sich dessen vom Alter zerknittertes Gesicht vor, wenn er mit einer Entscheidung haderte oder überlegte, was das Beste für den Hof wäre. Früher, als es mit seinem Stottern und der verfluchten Schüchternheit noch viel schlimmer gewesen war, war Bestefar der Einzige gewesen, der Bjarne das Gefühl gegeben hatte, richtig zu sein, so wie er war. Womöglich machte Bjarne das so empfänglich für Thorbjørn. Die alten Männer mochten unterschiedlich sein wie Tag und Nacht, aber beide hatten nie versucht, ihn zu verändern.

In der Scheune angekommen, sah Thorbjørn sich interessiert um. Auf der Werkbank lagen drei dicke Baumscheiben – die Einzelteile des Beistelltischs, an dem Bjarne gerade arbeitete. Ihm hatte die Maserung der Rinde gefallen und die leicht unregelmäßige Kreisform des Stammes. Übereinandergestapelt und verleimt würden die Baumscheiben ein dekoratives Stück abgeben.

Thorbjørn fuhr mit der flachen Hand über die polierte Oberfläche einer der Scheiben. »Was wird das? Ein Tisch?«

Bjarne nickte. »Ich m-m-muss mir nur noch überlegen, wie ich ihn leichter machen kann. Einen B---eistelltisch muss man v-v-verrücken können.« Himmel nochmal, warum? Warum klebte seine Zunge schon wieder am Gaumen? Thorbjørn hatte es doch gut gemeint. Seine Frage war freundlich gewesen und interessiert. Und doch, kaum sah sich Bjarne im Mittelpunkt der Aufmerksamkeit, bockten die Buchstaben wie junge Zicklein.

»Kannst du sie aushöhlen?«

Er zuckte mit den Schultern. »Werde es probieren«, nuschelte er. Wenn er undeutlich genug sprach, fiel das Stottern weniger auf.

»Eine Schande, dass du nicht mehr aus dem Talent machst. Ich wette, eine Menge Leute würden gutes Geld für deine Kreationen zahlen. Skandinavische Möbel sind en vogue.«

Aber Verkaufen bedeutet Verhandeln, hätte er gerne geantwortet. Mit Leuten in Kontakt treten. Charmant sein. Offen, nahbar. Alles Dinge, von denen Bjarne genau das Gegenteil war. Doch das zu erklären schien der Mühe nicht wert. Seine Möbel waren eine Spielerei. Eine Möglichkeit, sich in langen Nächten die Zeit zu vertreiben. Wenn er das Singen der Kreissäge hörte, das Zischeln von Sandpapier auf grobem Holz, begleitet von dem vereinzelten Blöken der Schafe, das vom angrenzenden Stall zu ihm herübertrieb, fühlte er sich nicht mehr ganz so allein.

»Aber weißt du was, das bringt mich auf den Punkt. Du kannst dir ja denken, dass das kein Zufallsbesuch ist.«

Bjarnes Mundwinkel zuckte.

»Ich hatte mich gefragt, ob du dich nicht unserer Genossenschaft anschließen willst.«

»Thorbjørn ...«

»Nein, lass mich ausreden.«

»Ich bin Schäfer. Mein Vater war Schäfer. Ebenso wie mein Großvater und Urgroßvater. Was s-s-soll ich bei einer Genossenschaft?« Vor ein paar Wochen, als Thorbjørn und ein paar seiner Jünger damit angefangen hatten, nach Unterstützern zu suchen, hatte er noch einmal nachgeschlagen, was genau eine Genossenschaft ausmachte: eine Gesellschaft mit nicht festgelegter Mitgliederzahl, die beabsichtigte, die wirtschaftliche oder kulturelle Bedeutsamkeit ihrer Mitglieder zu fördern, indem sie ihre geschäftlichen Tätigkeiten ganz oder teilweise zusammenlegten. Es war nicht so, dass die Absicht solcher Gesellschaften ihm nicht einleuchtete. Das Problem war viel eher, dass er nicht sah, wie er in eine solche Genossenschaft passen sollte. Ausgerechnet er, Bjarne Ødegård, der Schafjunge, den schon in der Schule die Mitschüler gehänselt hatten, weil er anders roch als sie. Weil seine Kleidung mit Grasflecken übersät und oft viel zu groß gewesen war und er außerdem noch Mühe hatte, auch nur einen einzigen geraden Satz zu formulieren. So ein Mensch eignete sich nicht für Gemeinschaftsprojekte. In der Uni war es anders gewesen. Vor allem dank Ole war es Bjarne dort leichter gefallen, Anschluss zu finden. Eine Zeit lang hatte er tatsächlich den Traum gehegt, ein ganz normaler Kerl sein zu können, mit Freunden und Partys und Urlauben im Süden. Es hatte nicht gut geendet, und Bjarne hatte seine Lektion gelernt.

»Ach, Junge, rede dich doch nicht klein.« Thorbjørn stieß ihn mit dem Ellenbogen in die Seite. »Schau es dir wenigstens mal an. Ich habe Unterlagen dabei, vom *Goldenen Umweg* in Inderøy. Ich habe mit den Initiatoren dort geredet. Alle Betriebe, die sich angeschlossen haben, profitieren von der Genossenschaft. Jedes Jahr haben sie mehr Besucher.« Thorbjørn zauberte eine Broschüre aus der Innentasche seines Jacketts. Ein quadratisches Heftchen, hübsch in Hochglanz gestaltet, das auf der Titelseite die goldene Herbstlandschaft der Halbinsel Inderøy zeigte. Ohne wirkliches Interesse blätterte Bjarne darin herum.

Den »Landschaftsrausch der norwegischen Toskana« versprach ein einleitender Text. »Eine Reise zu Tradition, Genuss und Kunst.« Auf der nächsten Seite folgte eine Straßenkarte, auf der die einzelnen Stationen des *Goldenen Umwegs* eingezeichnet waren. Einundzwanzig Betriebe hatten sich der Genossenschaft angeschlossen, darunter Restaurants und Cafés, aber auch Museen und Galerien. Eine Trachtenmanufaktur gehörte dazu, Biohofläden, eine Metzgerei ebenso wie eine Craft-Beer-Brauerei, ein Schmuckladen und einige mehr. Die Mitglieder seien Nischenproduzenten, klärte der Flyer auf, alle der Nachhaltigkeit verpflichtet, und setzten sich mit großer Leidenschaft für den Erhalt stolzer Handwerkstraditionen ein. Gegen seinen Willen war Bjarne beeindruckt. Die Fotos machten selbst ihm Lust, den gut eineinhalbstündigen Weg von Elvasund auf die Halbinsel Inderøy auf sich zu nehmen und das zu erleben, was der Prospekt versprach. Gastfreundlichkeit, atemberaubende Natur, abgelegene Höfe – all die Schmuckstücke eines Landes, das auch ihn geprägt und geformt hatte. Er konnte sich gut vorstellen, wie diese Flyer Besucher in die Region zogen. Ein Kribbeln setzte sich in seinen Magen, ähnlich wie die Vorfreude auf den Schafabtrieb, aber anders. Den Schafabtrieb kannte er. Da war es das Vertraute, Nostalgische, welches das Kribbeln hervorrief. Thorbjørns Idee hatte nichts Vertrautes. Sie war ... hoffnungsvoll. Abenteuerlich. Etwas, das Veränderung in eine Gegend bringen konnte, ohne dass sich die Menschen, die hier heute noch lebten wie vor hundert Jahren, verbiegen mussten.

»Ich weiß nicht.« Sein Protest klang schwach.

»Je mehr Betriebe aus unserer Gegend mitmachen, desto interessanter werden wir für Besucher.« Zweifel, vor allem so zögerlich vorgetragene, konnten Thorbjørns Enthusiasmus nicht aufhalten. »Ich würde meinen Honig verkaufen. Du könntest deine Möbel ausstellen. Und natürlich hübsche Sachen aus Wolle. Wenn Berit endlich über ihren Schatten springen und die alte Spinnerei herrichten würde, hätten wir einen weiteren Trumpf in der Hand. Der Alpakahof oben am Fjord hat schon Interesse bekundet. Die Fischer vom Hafen sind dabei. Mette Ibsen backt für ihr Leben gerne Kuchen und sucht immer neue Möglichkeiten, den an zahlungskräftige Schleckermäuler zu bringen. Denk an den Elchschinken von den Pettersons, und am Elvasgård vermieten sie doch schon immer Fremdenzimmer. Die wollen auch mitmachen. Du müsstest das alles ja nicht allein auf die Beine stellen. Genau das ist ja das Tolle an der Idee mit einer Genossenschaft.«

»I--i---i...« Er gab auf.

Thorbjørn wartete, bis er sich sicher sein konnte, dass Bjarne nicht doch noch weiterreden würde, dann klopfte er dem Jüngeren auf die Schulter. »Überlege es dir. Ich bin kein Staubsaugerverkäufer, heute musst du nichts unterschreiben, und ich verspreche dir, dass ich dir auch nicht heimlich ein Abo andrehen will.« Er zwinkerte. »Wenn wir dann in ein paar Tagen die Schafe aus den Bergen holen und den Abtrieb feiern, kannst du mit allen reden. Zur Feier am Abend wird ohnehin ganz Elvasund versammelt sein. Warum das nicht nutzen?«

Eine Antwort blieb Bjarne schuldig. Gründe gab es viele, zumindest für ihn. Die meisten existierten nur in seinem Kopf, aber das machte sie nicht weniger real.

Wieder drängte ihn Thorbjørn nicht. »Ich lass dir die Broschüre da«, meinte er nur. »Jetzt muss ich weiter. Du weißt ja, niemand ist beschäftigter als ein Mensch im Ruhestand.«

Bjarne stieß sich von der Werkbank ab, um den ehemaligen Tierarzt nach draußen zu begleiten.

Thorbjørn hielt ihn auf. »Nicht nötig, mein Junge. Den Weg finde ich allein. Ich will dich nicht länger aufhalten.«

Dankbar nickte Bjarne. Er sah Thorbjørn nach. Der Flyer in Bjarnes Hand wog tonnenschwer, also legte er ihn auf die Werkbank. Von dort, neben den halb bearbeiteten Baumscheiben auf einem Bett aus Sägespänen, stahl er sich nun immer wieder in sein Bewusstsein. Bjarne hatte viel zu tun. Er sollte zurück auf die Bergweide gehen und den Zaun fertig reparieren, tat es aber nicht. Stattdessen griff er nach einem Fetzen Sandpapier und begann, die Oberfläche der ersten Scheibe zu bearbeiten. Gleichmäßige Bewegungen. Das Ratschen winziger Siliziumkörnchen auf rohem Holz. Das Vibrieren, das von seinen Fingerspitzen in die Hand floss und von dort durch den ganzen Körper. Handwerk und Kunst. Er war Schäfer, genau wie er Thorbjørn gesagt hatte. Er liebte die Tiere und war schlecht im Umgang mit Menschen, fremden und bekannten. Aber er war auch mehr. Die Frau kam ihm in den Sinn. Schon wieder. Annabell. Mit ihr hatte er reden können, ganz ohne Stottern. Bei ihr war er mehr gewesen, und sei es nur für ein paar Minuten. Wie viel mehr wäre möglich?

5

Seit knapp einer Woche verbrachte Annabell ihre Tage auf dem Solgård. Nach und nach hatte sich eine Art Routine eingestellt. Morgens, nachdem sie die Übelkeit hinter sich gebracht hatte, erwartete Berit sie mit einer Tasse Fenchel-Anis-Kümmel-Tee und einem grummeligen »Guten Morgen«. Camilla und die Kinder nahmen ihr Frühstück meist schweigend ein. Liam lebte ohnehin in seinem Handy, die kleine Linnea war zu sehr mit ihren Frühstücksflocken beschäftigt, und Camilla lief – nach eigener Angabe – vor dem zweiten Becher Kaffee nicht rund. Etwas, das Annabell verstehen konnte. Zu schade, dass sie selbst ihren Kaffeekonsum zurzeit auf eine Tasse pro Tag beschränkte. Auch wenn ihr der Verzicht unzureichend vorkam, gemessen an all dem, das sie dem Ungeborenen nicht gab, war es das Mindeste, was sie tun konnte.

Sobald Ruhe im Haus einkehrte, kümmerte sich Annabell um den Abwasch. Berit brachte die Ponys auf die Weide, zu Annabells Aufgaben gehörten die Hühner und Wachteln. Vögel waren ihr immer suspekt vorgekommen, aber ihre Erfahrungen mit Federvieh beschränkten sich auch bisher auf

Hamburger Stadttauben mit ihrem aufdringlichen Betteln und die alljährliche Weihnachtsgans. Die Hühner hier waren anders. Schon am dritten Tag auf dem Solgård hatte Annabell gelernt, die Tiere voneinander zu unterscheiden. Da war die vorwitzige Henne mit der einen langen Schwanzfeder, die stets als Erste den Weg nach draußen fand. Die schüchterne, kleine mit dem dunklen Gefieder. Die Glucke, die an manchen Tagen nicht nur ein Ei legte, sondern zwei. Die freundliche mit dem weißen Fleck auf der Brust, die es nie abwarten konnte, von Annabell gestreichelt zu werden, und ihre Kuscheleinheiten förmlich einforderte, und, natürlich, der Hahn. Ein stolzer Gockel – im wahrsten Sinne des Wortes – mit schillernden Schwanzfedern und durchdringender Stimme. Anfangs hatte Annabell sich vor ihm gefürchtet. Dann hatte sie herausgefunden, dass Rocky, wie sie ihn insgeheim getauft hatte, zwar ein Angeber war, hinter der mutigen Fassade aber nicht viel steckte. Beim kleinsten Geräusch suchte er Deckung im Brombeergestrüpp. Er hatte nicht viel für die Körner, die sie den Hühnern zum Picken in den Hof warf, übrig, aber auf gekochte Nudeln mit gemörserten Eierschalen war er so scharf, dass er dafür sogar seine Lieblingshenne verraten würde.

Die Wachteln waren ein anderes Kaliber. Sie waren niedlich und klein, versteckten sich jedoch am liebsten in ihrem Kasten. Sie kamen Annabell unendlich zerbrechlich vor. Viel zu fragil, um sie zu streicheln oder gar in die Hand zu nehmen. Bei jeder Bewegung fürchtete Annabell, irgendwas an den winzigen Tierchen kaputt zu machen. Immer wenn sie den Wachtelkäfig säuberte, lief ihr Angstschweiß den Rücken hinunter.

Wenn sie alle ihre Aufgaben erledigt hatte, blieb ihr meist noch viel zu viel Zeit. Dann stromerte sie über den Hof, plauderte mit Berit und streichelte die Ponys. Noch immer fragten Berit und sie sich, wer die Anzeige für die Saisonaushilfe geschaltet und Annabell absichtlich in die Irre geführt hatte. Doch sosehr sie sich den Kopf zerbrachen, eine plausible Erklärung fanden sie nicht. Also machte Annabell das Beste aus ihrer Zeit auf dem Solgård und half, so gut sie eben konnte.

Die Johannisbeersträucher im Obstgarten trugen die letzten Früchte. Süß wie Zuckerperlen zerplatzten sie auf der Zunge. Auch Himbeeren gab es zur Genüge. Wie Unkraut wucherten sie am Rand des Gänsepfuhls. Annabell liebte Himbeeren, aber das Picken überließ sie lieber Berit. Der Schrecken von ihrem Zusammenprall mit dem tollwütigen Gänserich saß ihr noch immer in den Knochen. Sie klaubte Fallobst auf der Wiese auf. Äpfel, die Wochen länger Zeit gehabt hatten zu reifen, kleiner als die Früchte zu Hause und um diese Jahreszeit schon etwas schrumpelig. Dafür verbreiteten sie schon in der Hand ein Aroma, das Annabell das Wasser im Mund zusammenlaufen ließ. Vielleicht sollte sie ihre Zeit einfach mit Essen verbringen. Der kleine Parasit in ihrem Bauch ließ sich nämlich am leichtesten mit Nahrung besänftigen. Ernsthaft, wenn sie nicht genau wüsste, wer dieses Ding erschaffen hatte, würde sie denken, sie hätte einen Hobbit im Bauch. Nur wenn das winzige Wesen mindestens fünf Mahlzeiten am Tag bekam, gab es Ruhe und quälte Annabell nicht mit Übelkeit. Gut, frische Luft und Bewegung schienen ihm auch zu behagen. Womöglich war sein Vater voll der Wandertyp. War immerhin möglich, oder?

Für Annabell stand Wandern jedenfalls erst mal nicht auf dem Programm. Die schönen Stiefel, die sie sich extra für ihre Zeit in Norwegen angeschafft hatte, starben bereits an Tag fünf einen grausamen Tod, als Annabell auf der Ponyweide in eine Schlammpfütze trat und darin so tief versank, dass sie den Fuß kaum wieder befreien konnte.

»Hilfe!« Ihr Schrei echote über die Wiese. »Ist da wer?«

Natürlich bekam sie keine Antwort. Nur eines der Ponys gab ein halbherziges Wiehern von sich. Ganz toll. Als hätte die Aktion mit dem Gänserich nicht genügt, um sie bis aufs Blut zu blamieren, versank sie jetzt auch noch in der Pferdeweide. Ein idiotischeres Missgeschick gab es kaum.

Mit beiden Händen umfasste sie den Unterschenkel des versunkenen Fußes, zerrte und zog. Was ihre Muskelkraft hergab, setzte sie ein, um sich zu befreien. Endlich gab der Morast nach. Ein saugendes Geräusch kam tief aus dem Schlamm, gleichzeitig löste sich ihr Fuß aus dem Schuh. Annabell taumelte nach hinten, dann landete sie auf dem Hintern. Noch einen kurzen Blick erhaschte sie auf die Wildlederstiefelette, dann schloss sich der Morast über dem guten Stück und versperrte ihr die Sicht. Das also war das Ende ihres modischen Fußkleids. Der Stiefelette war ein Ende als Moorleiche beschieden, und Annabell blieb nichts anderes übrig, als durchnässt, dreckverkrustet und mit nur noch einem Schuh zurück zum Haus zu humpeln.

»Was hast du denn gemacht?« Selbstverständlich ersparte ihr das Schicksal die Schande nicht, von Berit ertappt zu werden. »Hast du Krebse im Fjord gesammelt? Das machen die Kinder ganz gerne. Die ziehen aber dann beide Schuhe aus.«

»Ich war bei den Ponys.«

»Und die fressen seit Neuestem Schuhe?«

»Das nicht.« Annabell legte den Kopf schief. Wenn Berit sich auf ihre Kosten einen Scherz erlauben wollte, bitte schön. Wer den Schaden hatte, brauchte für den Spott nicht zu sorgen. »Aber die Schlammwiese ist ein schuhfressendes Monster. Wer sie betreten will, muss Zoll bezahlen, und tut man das nicht freiwillig, nimmt sie sich, was sie als ihres betrachtet.«

Berit lachte. Ein ehrliches, fröhliches Lachen, das sie um Jahre verjüngte. »Du liebes bisschen. Ich hoffe, du hast noch Ersatzschuhe dabei. Oder soll ich dir helfen, den verlorenen Schuh wieder auszugraben?«

Annabell schüttelte den Kopf. »Der ist für alle Zeit verloren.«

»Auch gut. Wirklich praktisch war er ohnehin nicht.«

»Praktisch nicht, aber hübsch. Und teuer.« Sie zuckte mit den Schultern. »Aber was soll's. Ärgern bringt ihn auch nicht zurück. Wenigstens ist es immer noch meistens warm genug, damit ich meine Sneaker anziehen kann.«

»Hier auf dem Hof schon«, erwiderte Berit nach einer kurzen Pause. »Aber spätestens übermorgen wirst du damit nicht weiterkommen. Für den Schafabtrieb brauchst du das richtige Schuhwerk.«

Der Schafabtrieb. Ganz Elvasund schien kein anderes Thema mehr zu haben. Besonders Linnea war aufgeregt wie vor einem großen Feiertag. Die Kleine glühte geradezu vor Vorfreude. Sie plapperte ohne Unterlass, und mittlerweile konnte sich Annabell richtig gut vorstellen, worauf sie sich vorbereiten musste. Der Tag würde früh beginnen,

Suchtrupps würden die verstreuten Herden in den Bergen aufspüren und sie anschließend ins Tal treiben. Nach der erfolgreichen Suche gab es ein riesiges Fest, und da Annabell ja nun in Elvasund lebte – und sei es nur vorübergehend –, wurde von ihr erwartet, am Schafabtrieb teilzunehmen und sich in irgendeiner Weise nützlich zu machen. Sei es bei den Vorbereitungen für die abendliche Feier oder der Suche in den Fjells.

Sie seufzte. »Wenn du das sagst. Scheint also, als würde es Zeit für richtige Wanderschuhe werden. Bekomme ich die in Elvasund?«

Berit lachte herzhaft.

»Was gibt es da zu lachen?«

»In Elvasund bekommst du an guten Tagen einen günstigen Haarschnitt und an schlechten nichts als Gottes Segen. Zum Einkaufen musst du mindestens bis nach Kyrksæterøra fahren. Aber einen Laden mit vernünftiger Wetterkleidung und Wanderausrüstung gibt es dort auch nicht.«

»Na, bis nach Oslo und zurück schaffe ich es auf die Schnelle sicher nicht.«

Nachdenklich wischte sich Berit mit dem Handrücken über die Stirn. Zurück blieb ein dünner Streifen Schmutz. Es schien sie nicht zu stören.

»Das nicht. Wenn ich mich richtig erinnere, gibt es in Hemne ein Sportfachgeschäft. Am besten rufst du Camilla an, die wird es wissen. Linnea und Liam brauchen ja alle naselang Ausrüstung für den Schulsport.«

»Das ist eine gute Idee, danke.«

»Wo du die Nummer findest, weißt du?«

Annabell nickte. Dies war eine der Gelegenheiten, bei denen es sich als praktisch erwies, dass Berit in manchen Dingen recht altmodisch war. Zwar besaß sie ein Handy, ihre Telefonnummern sortierte sie aber ganz anachronistisch in einem Notizbuch mit geblümtem Cover und Seiten, die bereits vom Alter vergilbt waren. Dass sie kein Fan moderner Kommunikationsmittel war, stimmte also durchaus. Mal wieder spukte Annabell die Frage durch den Kopf, wer mit ihr gemailt und sie so auf den Solgård gelockt hatte.

Sie erreichte Camilla, die ihr bestätigte, dass es in Hemne ein Sportgeschäft gab, in dem Annabell sicher vernünftige Wanderschuhe bekommen würde. Ihr Mini freute sich über die Bewegung. Von Elvasund bis Hemne war es nicht weit. Eine Viertelstunde, hatte Camilla ihr gesagt. Zuerst am Fjord entlang, dann am Ufer des Rovatnet-Sees.

Auf dem Hinweg konzentrierte sie sich ausschließlich auf die Fahrbahn. In Hemne angekommen, fand sie den Laden, begutachtete die immense Auswahl von drei verschiedenen Modellen in ihrer Größe und entschied sich für das, welches preislich in der Mitte war.

»Gute Wahl«, beschied ihr die Verkäuferin. »Willst du die Schuhe direkt anziehen?«

Annabell schüttelte den Kopf. »Nein, ich muss sie schonen. Am Samstag brauche ich sie für eine lange Wanderung.«

Einen Augenblick lang sah es aus, als wollte die Verkäuferin ihr widersprechen, dann jedoch wurde ihr Lächeln breiter, und sie nickte. »Kein Problem.« Mitsamt dem Karton packte sie die Wanderschuhe in eine Tüte und reichte Annabell den Einkauf. »Bitte schön. Viel Spaß auf deiner Wanderung.«

»Den werde ich sicher haben.« Das Klingeln eines Windspiels über der Eingangstür des Ladens verabschiedete Annabell.

Auf dem Rückweg ging sie es gemächlicher an. Sie ließ den Blick schweifen und genoss die Aussicht. Keine einzige Welle kräuselte die Wasseroberfläche des Sees. Wie ein blank polierter Spiegel warf sie die Bilder der umliegenden Berge und Wälder zurück. Das Wetter war gut heute, zumindest für norwegische Verhältnisse. Immer wieder blitzte durch den wolkengrauen Himmel ein Streifen Sonnenlicht, und wo es auf den feinen Nebelfilm über dem See traf, funkelten Wassertropfen wie Diamanten in der Luft. Auf der uferabgewandten Seite der Straße reichten die Berge bis fast zur Fahrbahn. Steile Kurven führten um Felsnasen, lebenshungriges Krüppelgewächs klammerte sich an blanken Stein, wuchs in verrückten Formen in den Himmel. Dazwischen Farn und Moos und immer wieder blanker Fels, aus dem majestätische Tannen wuchsen. In der Senke zwischen zwei Bergrücken erkannte Annabell ein paar Hüttchen. Drei, vielleicht vier Stück, eng aneinandergekuschelt und von einem windschiefen Holzzaun umgeben, waren sie kaum in der Umgebung auszumachen. Grassoden bedeckten die Dächer, sodass es aussah, als wüchsen die Häuser direkt aus dem Boden. Die Wiese, auf der die Häuser standen, musste schon lange nicht mehr gemäht worden sein. Mindestens hüfthoch wogten die Halme hin und her, wie ein grüngelbes Meer. Ob noch jemand in den Hütten lebte? Oder waren es Ferienhäuser? Am Ufer des Sees lag ein umgekipptes Ruderboot. Wenn es die Rumpelwichte aus Ronja Räubertochters Wald wirklich gäbe, könnten diese Häuser hier ihr perfektes Zuhause sein. Der Anblick faszinierte Annabell so sehr, dass sie um ein Haar das weiße Etwas übersehen hätte, das wie aus dem Nichts auf der Fahrbahn auftauchte.

Sie trat auf die Bremse. Autoreifen quietschten. Annabell wurde in den Gurt geschleudert, der nicht nur unangenehm gegen ihr Brustbein, sondern auch in ihren Bauch drückte. Gegen ihre Blase, genauer gesagt, und einen fürchterlichen Augenblick lang meinte sie, sich gleich in die Hose machen zu müssen. Dann kam der Wagen zum Stehen, etwa einen halben Meter vor dem überdimensionalen Wollknäuel. Langsam kauend hob das Schaf den Kopf und blickte Annabell durch die Windschutzscheibe an. Wieso denn so aufgeregt? schien es zu fragen. *Wir haben alle Zeit der Welt, und gerade noch fandest du es hier doch so hübsch. Warum nicht ein wenig verweilen?*

Der Meinung waren offenbar auch weitere Mitglieder aus der Herde des Schafs. An immer mehr Stellen tauchten sie jetzt aus dem Nadelwald auf, hüpften auf die Straße und trotteten träge über den Asphalt. Manche legten sich sogar hin, ganz so, als wären sie genau jetzt, genau hier, bereit für ein Nickerchen.

Annabell entfuhr ein Lachen. Das war jetzt nicht wahr, oder? Sicher, sie hatte davon gelesen, dass Schafe in Norwegen immer Vorfahrt hatten. Aber dass diese Viecher von ihrem Privileg auch Gebrauch machten, damit hatte sie nicht gerechnet. Und jetzt, wo der Schreck vorbei war, erinnerte sie ihre Blase mit wachsender Hartnäckigkeit daran, dass Annabell eigentlich bereits in Hemne auf die Toilette gemusst hatte. Nun, wenn sie ehrlich war, musste sie zurzeit eigentlich immer auf die Toilette. Nur der Dringlichkeitsgrad variierte, und der Gurtdruck gerade eben hatte diesen von milde auf höchste Eisenbahn erhöht. Unruhig wippte sie auf dem Fahrersitz hin und her. Einfach an den Schafen vorbeizufahren kam nicht infrage. Mittlerweile waren es gut und gerne ein Dutzend Tiere, die munter mähend und sich gegenseitig anstupsend in Zickzacklinien über die Straße schlenderten. Sie warf einen Blick in den Rückspiegel. Soweit sie sehen konnte, kein weiteres Auto. Auch sonst schien sie weit und breit die einzige Menschenseele zu sein.

Also gut, was zum Geier? So wie sie es sah, blieben ihr nach dem Schreck und dem Bremsmanöver genau zwei Möglichkeiten. Erstens, sie pinkelte sich in die Hose. Oder, zweitens, sie gab dem Ruf der Natur nach und suchte sich ein stilles Plätzchen im Freien, um die Gräser und Moose ein wenig zu düngen. Selbstredend fiel die Wahl auf Option Nummer zwei.

Die Beine so fest es ging aneinandergepresst, stieg sie aus dem Mini und tänzelte zum Fahrbahnrand auf der dem Fjord zugewandten Seite. Der Straßengraben war deutlich steiler und tiefer, als sie vom Auto aus erahnt hatte. Dafür würde der Wall ihr einen relativ guten Sichtschutz bieten, sobald sie es erst einmal bis nach unten geschafft hatte. Zwischen die Bäume auf der anderen Fahrbahnseite zu klettern, kam nicht infrage. Dort ging der Hang so steil bergan, dass sie mit ihren Sneakern absolut keine Chance hätte. Jetzt bereute sie es doch, nicht auf die Verkäuferin gehört und ihre neuen Wanderschuhe direkt anbehalten zu haben. Doch für Reue blieb keine Zeit mehr, das sagte ihr der Druck auf der Blase mittlerweile unmissverständlich.

Sich ein Herz fassend, kletterte Annabell über die Leitplanke. So weit, so gut. Nun begann der heikle Teil. So lange es ging, hielt sie sich an der Leitplanke fest, während sie sich mit tastenden Schritten den Abhang des Straßengrabens herabtastete, immer vorsichtig einen Fuß vor den anderen setzend. Weit kam sie auf diese Weise nicht, denn ihre Arme waren keine zwei Meter lang. Sie musste loslassen und darauf vertrauen, die paar Meter auch so nach unten zu kommen. Unter ihren Sohlen lösten sich ein paar Kiesel. Annabell rutschte, ruderte mit den Armen, fing sich wieder. Okay. Der nächste Schritt. Und der nächste. Sie wurde mutiger, angetrieben von dem immer stärker werdenden Drang, sich zu erleichtern. Nicht mehr weit. Noch während sie das dachte, wurde ihr bewusst, dass sie sich zu früh gefreut hatte. Erneut lösten sich Kieselsteine unter ihrer Schuhsohle. Diesmal konnte sie den Sturz nicht aufhalten. Ihre Beine rutschten unter ihr weg, sie konnte die Balance nicht mehr halten. Schmerzhaft landete sie auf ihrem Hinterteil. Ein spitzer Stein bohrte sich in ihr Fleisch, sie schlitterte abwärts, schrammte sich die Handflächen auf, in dem erfolglosen Versuch, die Rutschpartie frühzeitig zu beenden. Am Ende siegte die Schwerkraft. Erst am Fuße des Grabens nahm ihr Abgang ein Ende, und sie kam zum Liegen.

»Aua. Verdammte Schafe.« Ihr Jammern kam ihr reichlich wehleidig vor, aber was sollte es? Niemand war hier, um sie zu hören. Und das Schlimmste war – trotz der Peinlichkeit ihres Sturzes, der Schmerzen in ihrem Po und der aufgeschürften, dreckigen Hände – das, woran sie am allermeisten litt: der unerträgliche Drang, endlich pinkeln zu können. Sie kam auf die Knie, nestelte an der Knopfleiste ihrer Jeans herum, schob den Stoff gerade weit genug über die Oberschenkel, während sie sich irgendwie in die Hocke balancierte und ... Ahhh, diese Erleichterung.

Um ein Haar wären ihr die Tränen gekommen, so viel besser fühlte sie sich hinterher. Leider hielt das Hochgefühl nur so lange an, bis ihr klar wurde, dass sie nun den Abhang wieder emporklettern musste.

Bereits der erste Schritt bewies, dass sie ohne Hilfe kaum eine Chance hatte. Hier unten war der Boden rutschiger als oben, die Steigung deutlich heftiger, und ihre Muskeln zickten und krampften von dem unsanften Abgang zuvor.

Aller Ausweglosigkeit zum Trotz probierte sie es wieder und wieder. Das Ergebnis blieb dasselbe. Selbst wenn sie es ein paar Zentimeter nach oben schaffte, rutschte sie mit dem nächsten Schritt wieder nach unten.

»Verdammt nochmal!« Sie klaubte einen Stein vom Boden auf und pfefferte ihn von sich. Sie hatte nicht vor, irgendwas Bestimmtes zu treffen, alles, was sie suchte, war ein Ventil für ihren Ärger. »Verdammte Scheiße, Mist, Kack, au!«

»Hallo?«

Was? Annabell hatte sich gerade so richtig schön in Rage geschimpft, als ihr klar wurde, dass sie nicht mehr allein war.

Sie ballte die Hände zu Fäusten, schloss die Augen und versuchte, ihren Frust herunterzuschlucken. Ja, genau das hatte ihr noch gefehlt. Ein Zeuge für ihre vertrackte Situation war wirklich das Allerletzte, was sie jetzt gebrauchen konnte. Andererseits ... Einen tiefen Atemzug nehmend, zwang sie sich, die Sache nüchtern zu betrachten. Hilfe war womöglich nicht das, was sie wollte, aber ganz sicher das, was sie brauchte. Gerade eben hatte sie doch noch festgestellt, dass sie allein den Abhang so schnell nicht wieder emporkommen würde. Jetzt hieß es also die Arschbacken zusammenkneifen und das bisschen Stolz, das ihren Sturz überlebt hatte, auch noch zu begraben.

»Ja! Hallo! Hier unten!«, rief sie zurück. »Ist da wer? Ich brauche Hilfe.«

»Moment. Ich komme.« Oben an der Straße gaben gleich mehrere Schafe ein aufgebrachtes *Mähh* von sich, untermalt vom Klingeln der Glocken, die einige der Tiere um den Hals trugen. »Was ist passiert?«

»Ich ... Bjarne?«

»Annabell?«

Sie und der Fremde erkannten einander im selben Moment. Sie schloss die Augen, unfähig, sich dieser Situation weiter zu stellen. Ein Mal, ein einziges Mal, fand sie einen Typen attraktiv, nett und zuvorkommend, und dann machte sie sich beide Male, wenn sie ihm begegnete, zum absoluten Vollidioten.

»Bist du abgestürzt? Ich habe den Wagen oben an der Straße gesehen und wollte gucken, ob jemand Hilfe braucht.« Noch während er sprach, kletterte er über die Leitplanke und hielt ihr eine helfende Hand hin. »Was wolltest du denn da unten? Dir muss doch klar gewesen sein, dass das gefährlich ist. Der Graben ist steil.«

»Ehrlich?« Sie zog eine Augenbraue hoch, griff aber dennoch nach seiner Hand. Wenn er sich nach unten beugte und sie sich nach oben reckte, schafften sie es gerade so, ihre Hände ineinander zu verschränken. »Gut, dass du das sagst. Ich wär alleine gar nicht draufgekommen.«

Einen Ruck, mehr brauchte es nicht, und Annabell flog förmlich den Abhang nach oben. Tatsächlich verlieh Bjarnes Kraft ihr so viel Schwung, dass sie gegen seine Brust taumelte.

»Uff.« Ein atemloser Laut quetschte sich aus ihrem Brustkorb. Als sie anschließend wieder einatmete, flutete gemeinsam mit dem Aroma von Wald und Natur eine weitere Note ihre Sinne. Harzig und herb. Sehr männlich, nicht unangenehm und ganz eindeutig von Bjarne ausgehend. Dass ihr jetzt ein bisschen schwindelig wurde, hatte ausnahmsweise wenig damit zu tun, dass sie bereits seit ein paar Stunden nichts mehr gegessen hatte.

»Geht es wieder?« Sacht schob er sie von sich weg. Erst da wurde ihr bewusst, dass sie sich immer noch an ihn klammerte.

Sie wich seinem Blick aus und nickte.

»Dann klettere jetzt vorsichtig zurück über die Planke.«

Um nicht noch einmal die Balance zu verlieren, stützte sie sich mit beiden Händen auf das kalte Metall.

»Ähm, Annabell?«

»Ja?«

»Vielleicht solltest du dir erst die Hose zumachen. Dann geht es besser. Nicht dass sie rutscht.«

Eins. Zwei. Es dauerte genau drei Herzschläge lang, bis Annabell begriff.

»Oh Gott!« Sie schlug die Hände vors Gesicht, schüttelte den Kopf. Wieder und wieder. Dann kamen Laute aus ihrer Kehle. Zuerst dachte sie, es seien Schluchzer, aber sie weinte nicht. Im Gegenteil, sie lachte. So sehr und so heftig, dass sie sich kaum mehr auf den Beinen halten konnte. Ihr Bauch tat schon weh vom Lachen. Irgendwie gelang es ihr trotzdem, sich zurück auf die Straße zu hieven, wo sie sich auf den Hosenboden fallen ließ, ihre Arme auf den angewinkelten Knien verschränkte, den Kopf darauf abstützte und dem Irrsinn, der sich in ihr ausbreitete, einfach freie Fahrt ließ. Sie lachte und lachte und konnte einfach nicht aufhören.

»Oh Gott«, wiederholte sie. »Was du dir denken musst! Ehrlich, so einen Scheiß kann sich doch niemand ausdenken! Da sitzt eine Frau im Straßengraben, halb nackt, und will was von dir.« Ein erneuter Lachflash hinderte sie am Weitersprechen. »Lass dir das auf der Zunge zergehen. Eine Frau im Graben. Und das, während zig Augenpaare sich auf euch richten. Augenpaare von Schafen. Schafen! Die sind irgendwo aus dem Nichts aufgetaucht. Und du spielst trotzdem den Retter und fragst: *Was machst du denn da unten?*« Sie ahmte seine Stimme nach. Viel tiefer als ihre und mit diesem sexy Kratzen in den tiefen Tönen, die sein Akzent hervorlockte. Ihre unzulängliche Imitation lockte direkt die nächste Lachattacke hervor. »Gott, wenn du das jemandem erzählst, der glaubt dir das doch nie. So was passiert doch sonst nur in schlechten Sketchen.« Noch immer gackerte sie, was gut war. Wenn sie nämlich einmal aufhören würde, würde ihr wieder bewusst werden, wie peinlich ihr die ganze Situation sein sollte. Noch ging es. Noch befand sie sich in dieser Zwischenwelt, gefangen zwischen vollkommener Albernheit und absoluter Beschämung, gewürzt mit einer Prise Hysterie, und irgendwie war es nicht einmal schlimm, dass er das miterlebte. Im Gegenteil. Eine Situation wie diese gemeinsam zu durchleben schweißte wahrscheinlich auf immer und ewig zusammen.

Sie riskierte einen Blick auf Bjarne. Der sah sie an, als wüsste er nicht so recht, was er mit der dreckigen Irren mit den aufgekratzten Händen und den durchnässten Jeans zu seinen Füßen anfangen sollte. Aber halb von seinem Bart verdeckt zuckte ein Mundwinkel, und seine Augen funkelten. Für gemeingefährlich hielt er sie offenbar also nicht. Weder für sich selbst noch für den Rest der Welt. Geduldig wartete er, bis sie sich einigermaßen beruhigt hatte.

»Im Ernst«, fragte er dann. »Geht es dir gut? Oder hast du dir wehgetan?«

Sie wischte sich über die Wange und stand auf. »Es geht. Nur ein paar Kratzer. Du warst mal wieder im richtigen Moment zur Stelle.« Sie zeigte ihm ihre Handinnenflächen. »Die kann ich desinfizieren, wenn ich zurück auf dem Solgård bin.«

»Das solltest du tun.« Er furchte die Augenbrauen. Ein wenig sah das so aus, als wollte er einen weiteren Ratschlag hinterherschieben, sich aber zurückhielt, aus Angst, dann die nächste vollkommen überzogene Reaktion von ihr hervorzurufen.

»Was machst du eigentlich hier? Sag nicht, dich hat auch der Ruf der Natur ereilt und du warst drauf und dran, mir auf den Kopf zu pinkeln.«

»Um Himmels willen, nein.« Heftig schüttelte er den Kopf.

»Aber was dann?« Annabell sah sich um. Immer noch war ihr Mini das einzige Auto weit und breit. Wenn Bjarne ihr jetzt erzählen würde, er sei geradewegs aus der Erde gekrochen, nur um ihr zu helfen, wäre sie geneigt, ihm zu glauben. Lebten Trolle der Legende nach nicht unter der

Erde? *Ha!* Ein Trollkönig, extra für sie. Das gefiel ihr. »Irgendwas musst du ja hier vorgehabt haben. Außer in Bedrängnis geratene Ausländerinnen zu retten, meine ich. Obwohl du darin echt gut bist. Das war immerhin schon das zweite Mal.« Himmel, wo kamen die ganzen Worte her? Zuerst lachte sie wie hysterisch, jetzt plapperte sie wie ein Wasserfall. Das musste immer noch vom Schock kommen. Oder vom Adrenalin ihres Sturzes. *Aufhören.* Sie zwang sich dazu, die Lippen aufeinanderzupressen und abzuwarten, was er zu sagen hatte.

Falls er ihren linkischen Flirtversuch wahrnahm, ließ er es sich jedenfalls nicht anmerken. Vielleicht machte er sich zwar ganz gut als Retter, stand aber nicht auf Jungfern in Nöten. Vor allem dann nicht, wenn er sie erst vor tollwütigem Federvieh und bei nächster Gelegenheit vor flauschigen Straßensperren retten musste. Konnte ja sein, dass solche Heldentaten in Norwegen dazugehörten.

Er räusperte sich. »Ein Nachbar hat mich angerufen.«

Zuerst verstand sie nicht, was er damit meinte. Allein, dass er ihrem Blick beim Sprechen auswich, schien wichtig.

»Die Schafe haben sich verstiegen und sind über seine Salatbeete hergefallen. Eigentlich müssen alle Landbesitzer ihren Grund mit Zäunen sichern, damit die Schafe keinen Schaden anrichten. Von allein wissen die nicht, wohin sie dürfen und wohin nicht.« Er sog Luft zwischen den Zähnen ein und schüttelte missbilligend den Kopf. »Aber wenn dann mal was ist, dann sind natürlich die Tiere schuld. Wie auch immer.« Er zuckte mit den Schultern. »Ich bring sie nach Hause. Bald hätten sie ohnehin zurück ins Tal gemusst. So ist ihr Sommer eben schon ein paar Tage eher zu Ende.«

»Du redest vom Schafabtrieb, oder?«

Er nickte.

»Ich werde auch da sein.« Himmel, sie klang wie ein Welpe, der unbedingt beachtet werden wollte.

»Ah.« Sein Blick fiel auf ihre Schuhe. Nach ihrem letzten Abenteuer waren nun auch die Sneaker ein Fall für die Tonne. Hätte ihr vor ihrer Abreise mal wer sagen sollen, dass Schuhe hierzulande ein Verschleißprodukt waren. »Dann sehen wir uns wohl dort.«

»Ich schätze schon.« Ein Schaf blökte und füllte die Stille, die ihren Worten folgte, mit Ungeduld. Annabells Jeans war durchnässt. Sie sollte ihre Wunden versorgen, und sicher begann Berit sich bereits zu fragen, wo sie abblieb. Trotzdem wollte Annabell nicht gehen. Sie mochte es, Bjarne anzusehen. Nicht auf eine unheimliche oder lustvolle Weise, sondern so, als ob sein kräftiger Körper, die breiten Schultern und die muskulösen Oberschenkel sichere Landungsstege für ihre Blicke wären. Orte, wo ihnen nichts Böses passieren, wo sie sich nicht verirren konnten, wie es Blicke so oft taten.

Doch sie spürte, dass diese Begegnung zu Ende war. Mit dem Handücken wischte sie sich über die Augen und richtete sich auf. »Also dann«, sagte sie. »Danke. Mal wieder. Für die Rettung. Und überhaupt.«

»Bis dann«, sagte auch er, aber er wandte sich nicht ab, sondern blieb stehen, wo er war. Eine Hand halb in ihre Richtung ausgestreckt, als wäre er sich nicht sicher, ob er sie ihr schützend in den Rücken legen sollte oder nicht.

Annabell traf die Entscheidung für ihn. Sie machte einen Schritt zur Seite, trat so außerhalb seiner Reichweite, und doch wollte sie schwören, dass sie die Wärme seiner Hand auf ihrem Rücken spüren konnte. Ein Phantom, das über sie wachte und sie schützte.

Ja, genau, dachte sie. *Träum weiter. Als ob ausgerechnet du es dir leisten könntest, auf diese Weise an einen Mann zu denken.*

6

Ganz egal, wie oft Annabell sich von da an vornahm, nur noch an Dinge zu denken, die sie unmittelbar betrafen, bewegten sich ihre Gedanken in den kommenden Tagen in jedem unbeachteten Moment in eine von genau zwei Richtungen.

Da war zum einen Mr. Feuerbart – Bjarne. Sie mochte es, wie sein Name klang, wenn sie ihn leise aussprach. Es war kein lieblicher Name, nicht modisch oder hip. Die Silben sträubten sich ein wenig, wenn sie versuchte, sie aneinanderzureihen. Bjarne war ein kerniger Name für einen kernigen Mann, und sosehr sie auch versuchte, sich vom Gegenteil zu überzeugen, sie konnte es einfach nicht abwarten, mehr über ihren Retter zu erfahren.

Zum anderen war da die alte Spinnerei. Jedes Mal, wenn sie an dem langgestreckten Gebäude vorbeikam, fiel es ihr schwerer, es zu ignorieren. Da war ein Drängen in ihr, ein kaum zu unterdrückender Impuls, in die Wunderwelt auf der anderen Seite der Tür einzutauchen. Wie damals als Kind, wenn Verbote die einfachste Art gewesen waren, Annabell für etwas zu interessieren. Ihre Mutter hatte nicht viel darauf gegeben, die kleine Annabell zu beaufsichtigen. In den allermeisten Dingen war sie der Ansicht, am besten würde ein Kind dadurch lernen, selbst Fehler zu machen. Wenn Annabell Hunger hatte, musste sie sich bereits mit fünf Jahren etwas kochen. Wenn sie es vorzog, bis früh am Morgen zu lesen, musste sie am nächsten Tag eben müde zur Schule gehen. Wenn sie lieber schwänzen wollte, so war sogar das meist kein Problem. Die wirklich wichtigen Dinge, davon war ihre Mutter überzeugt, lehrte einen das Leben selbst. Wenn ihre Mutter Annabell also doch einmal etwas verbot, konnte das nur bedeuten, dass es sich um etwas wirklich Wichtiges, wirklich Großartiges handelte. Meistens dauerte es nicht lange, bis Annabell ihrer Neugier erlag. Genauso erging es ihr auch jetzt, einen Tag nach dem Wiedersehen mit Bjarne. Unter ihrer Hand schwang leise knarzend die Tür auf.

Es war alles noch wie vor ein paar Tagen. Staubig und geheimnisvoll. Am meisten packte sie der Geruch, diese Mischung aus Staub, Wollfett und Erinnerung. Es hatte etwas Tröstliches, diesen Duft zu atmen, er roch so echt, nicht wie die idealisierte, gephotoshoppte Version einer alten Spinnerei, sondern wie das richtige Leben. Es wäre wundervoll, das alles wieder im alten Glanz zu sehen. Vor ihrem inneren Auge tanzten Bilder. Jahre im Marketing hatten sie verdorben, sie konnte gar nicht anders, als sich die Webseite und Flyer vorzustellen, die das Museum für Besucher greifbarer machen könnten. Hochglanzfotografien des Solgård, satte Farben, die skandinavische Herbstromantik versprachen. Dazu Bilder in Sepia, die das Leben und Arbeiten der Menschen zur Hochzeit der Spinnerei zeigten. Kurze erklärende

Texte, ein historischer Abriss. Ein Absatz zur Bedeutung von Wolle in Norwegen. Wer kannte ihn nicht, den typischen Norwegerpulli? Infos zu Öffnungszeiten. Ein Foto von Berit, in all ihrer Glorie, der Herrin des Solgård und der Spinnerei. Erbin einer uralten Wolldynastie.

Ohne ihren Impuls zu hinterfragen, holte Annabell sich einen Besen aus dem Stall, füllte einen Eimer mit Wasser und schnappte sich ein paar alte Lumpen. Zurück in der Spinnerei, begann sie systematisch mit der Arbeit. Zuerst kehrte sie die Wände ab, entfernte Staubmäuse und Spinnweben. Schnell brachte die Arbeit sie ins Schwitzen. Ehe sie sich's versah, hatte sie dreimal das Wasser ausgewechselt und Schweiß prickelte unter ihrem Pulli auf der Wirbelsäule.

»Hei.« Vertieft in ihre Arbeit, hatte sie nicht bemerkt, dass sie nicht mehr allein war. Erschrocken fuhr sie herum. Im Türrahmen stand Liam.

»Hei.« Annabell zog die Augenbrauen hoch. »Mit dir habe ich am wenigsten gerechnet. Suchst du mich?«

Er zuckte mit den Schultern und kam näher. Im Vorbeigehen strich er mit den Fingern über die Rohwolle, die aus den aufgehängten Säcken quoll. »Du machst hier sauber?«

»Ich dachte, der Laden könnte mal ein paar Eimer Putzwasser gebrauchen.«

Im Dämmerlicht war es unmöglich, Liams Miene zu deuten, doch irgendetwas geschah mit dem Jungen. Vielleicht war es ein Ruck, der ihn durchfuhr, ein kurzes Aufrichten des Rückens oder auch der Geist eines Lächelns, das an seinen Mundwinkeln zupfte. Nur nicht zu viel von sich preisgeben, schien seine Devise zu lauten. Dass er ausnahmsweise keine Kopfhörer in den Ohren hatte, musste was bedeuten. »Erik wollte die Spinnerei zu einem Museum machen. Das Schild draußen am Giebel hatte er schon bei Bjarne in Auftrag gegeben und die Fotos aufgehängt und so. Aber dann ...« Moment! Bjarne hatte das Schild draußen an der Tür gemacht? Schon bei ihrem ersten Besuch mit Berit war Annabell aufgefallen, wie kunstfertig das Holz bearbeitet war. Also war Bjarne nicht nur Schäfer, sondern auch Künstler? Egal. Sie zügelte ihre Gedanken und rief sich zur Ordnung. Um den Schäfer mit dem Feuerbart und dem schüchternen Lächeln, der immer dann aufzutauchen schien, wenn sie ihn am meisten brauchte, ging es hier nicht. Sie konzentrierte sich wieder auf Liam, doch der sprach nicht weiter. Den Rest musste Annabell sich zusammenreimen. *Aber dann ist Erik gestorben und seine Ideen mit ihm.*

»Willst du mir helfen?« Was hätte sie sonst sagen können? Teenager waren ohnehin ein Buch mit sieben Siegeln für sie. Und trauernde Teenager? Da hätte ihr genauso gut jemand eine scharfe Handgranate in die Hand drücken können.

»Keine Ahnung.«

»Da drüben sind noch ein paar Lappen. Du kannst anfangen, die Maschinen abzustauben. Im Internet findest du sicher eine Anleitung, wie man das Metall poliert, ohne dass es Schaden nimmt oder die Patina zerstört wird. Für mich klingt das nach einem Job für dein Smartphone.«

Wortlos folgte Liam ihrer Aufforderung. Eine Weile tippte und wischte er auf dem Display seines Handys herum. Dann besorgte er sich einen Lappen, und sie arbeiteten schweigend Seite an Seite. Aus dem Augenwinkel beobachtete Annabell, mit wie viel Sorgfalt und Vorsicht der Junge vorging. Wahrscheinlich würde sich Liam eher die Zunge abbeißen, als das zuzugeben, aber ihm lag etwas an dem Familienerbe.

»Bestemor wollte früher immer weg aus Elvasund.« Er sah sie nicht an, als er das sagte. Trotzdem hielt Annabell die Luft an. »Ich meine, halloooo? Wer will das nicht? Hier ist ja nichts los. Aber dann hat ihr Vater sie gezwungen, Bestefar zu heiraten. So war das damals. Abgefahren, oder? Wenn die Frage, welches Stück Land an welches grenzt, bestimmt, wen du heiraten sollst.«

»Ziemlich abgefahren.« Dass Annabell es generell abgefahren fand, wenn eine Ehe als gesellschaftlicher Zwang vorausgesetzt wurde, behielt sie lieber für sich. Ihre Intuition riet ihr, Liam ausreden zu lassen. So viele Worte wie jetzt hatte sie aus dem Mund des Fünfzehnjährigen noch nie gehört.

»Die Ehe muss total ätzend gewesen sein. Als Bestefar gestorben ist, hat Bestemor ihm keine Träne nachgeweint, sagt Mama immer. Da hat sie dann angefangen, jeden zweiten Tag zum Frisör zu gehen, und sich diesen seltsamen Look zugelegt. Sie saß schon auf gepackten Koffern, als Erik hier aufgetaucht ist. Der kam aus dem Süden, wo er früher eine Firma hatte, die er verkauft hat, und wollte hier als so 'ne Art Hippie-Aussteiger anfangen. Für ihn ist sie dann doch geblieben. Erik war echt cool.« Liam seufzte. »Aber seit Erik tot ist, ist Bestemor alles scheißegal. Jeder geht ihr auf die Nerven und am allermeisten wir.«

Annabell wartete, ob Liam noch etwas sagen würde, doch offenbar hatte er sein Wortkontingent für den Augenblick verbraucht. Sie stellte den Schrubber beiseite und lehnte sich mit der Hüfte gegen eine der Werkbänke.

»Ich glaube nicht, dass ihr eurer Großmutter auf die Nerven geht. Sie mag manchmal etwas ruppig sein, aber sie liebt euch. Eine Außenstehende sieht das.«

Liam grunzte. Überzeugt wirkte er nicht, also wechselte Annabell das Thema.

»Was ist mit dir? Willst du auch weg aus Elvasund?«

»Wer würde das nicht wollen? Hast du dich mal umgeschaut? Im Dorf gibt es nicht mal einen anständigen Supermarkt. Nur eine Kirche und einen bekloppten Damenfrisör. Was soll man denn da machen?«

»Dafür es ist schön hier. Ruhig. Ihr könnt angeln gehen und Lagerfeuer machen und draußen spielen, ohne Angst haben zu müssen, überfahren zu werden.«

»Sicher.« Selbst im Halbdunkel war Liams Augenrollen nicht zu übersehen. Mit fünfzehn wäre Annabell auch die Wände hochgegangen, hätte ihr jemand unterstellt, sie würde noch spielen wollen. Rückblickend betrachtet hatte sie sich nie erwachsener und ihrer selbst sicherer gefühlt, als in den Jahren zwischen vierzehn und zwanzig. Jetzt, mit fünfunddreißig, kam ihr die Welt deutlich mehr wie der Wackelsteg über einem gefährlichen Moor vor. In dieses Fettnäpfchen hatte sie sich mit Anlauf gestürzt. Mutterqualitäten suchte man bei ihr eben vergeblich.

»Dabei könnte man wirklich was aus der Gegend machen. So wie Erik es vorhatte, oder jetzt Thorbjørn. Als ob irgendwo geschrieben steht, dass alle, die hier wohnen, immer nur Fischer oder Landwirte sein dürfen. Wir müssten nur die richtigen Leute an Bord holen. Das ist so ein Scheiß! Aber auf mich hört ja niemand, dabei hätte ich echt coole Ideen.« Wohl, um seinen Worten mehr Gewicht zu verleihen, schleuderte er das Tuch auf die Maschine, die er gerade polierte. Über die Hälfte des Teils hatte er geschafft. Selbst in den winzigen Ritzen und Fugen war er dem Staub zu Leibe gerückt. Kein Mensch, ob Teenager oder Erwachsener, der das Leben auf dem Solgård hasste, nahm eine unliebsame Aufgabe dermaßen ernst, und plötzlich ergab alles einen Sinn.

»Du warst das«, rief sie aus, einen Zeigefinger anklagend in seine Richtung gestreckt. »Du hast die Stelle im Internet ausgeschrieben und die Mails an mich geschrieben.« Endlich! So oft hatten Berit und sie sich seit ihrer Ankunft den Kopf darüber zerbrochen, wer Annabell derart an der Nase herumgeführt hatte, und dabei lag die Lösung die ganze Zeit so nah. Warum hatte niemand von ihnen je vorher darüber nachgedacht?

Schweigend grub Liam sich die Zähne in die Unterlippe.

Annabell schüttelte den Kopf. »Ziemlich ausgefuchst von dir. Aber du weißt schon, dass der Vertrag damit im Grunde nichtig ist? Das ist Urkundenfälschung, was du da betrieben hast.«

»Dann zeig mich halt an.«

Annabell schnaubte. »Das mache ich natürlich nicht. Aber deine Großmutter hat die Wahrheit verdient. Sie weiß doch, dass da irgendwas gemauschelt wurde. Glaub mir, ihr wird es lieber sein, zu wissen, dass du dich an ihren Daten vergriffen hast als irgendein Hacker.«

»Hmpf.« Begeisterung sah anders aus. Annabell hatte jedoch nicht vor, aufzugeben. Liam konnte sich unbeteiligt geben, aber er hatte sich mächtig ins Zeug gelegt, um sie auf den Solgård zu holen. Er wollte etwas erreichen, und zwar nicht, weil er alles hier so scheiße fand, sondern weil er es liebte.

»Komm schon. Ich meine, ich verstehe diese Null-Bock-Fassade. Wenn ich selbst nicht so gut darin wäre, zu tun, als wären mir bestimmte Dinge unwichtig, hätte ich mein Leben nicht in Kisten packen und hierherkommen müssen, um von allem Abstand zu gewinnen. Aber wenn du wirklich was verändern und Eriks Vermächtnis erfüllen willst, musst du mit offenen Karten spielen. Heimlichtuerei bringt dich nirgendwohin.«

»Bestemor wird sauer sein.«

Annabell hob die Schultern. »Ziemlich sicher. Aber weißt du was? So, wie ich deine Bestemor kennengelernt habe, wird sie zwar schnell sauer, beruhigt sich aber genauso schnell wieder. Und dann ist sie bereit, zuzuhören. Außerdem hast du ein Ass im Ärmel. Also, im Vergleich zu Thorbjørn zum Beispiel.«

»Und was soll das bitte sein?«

»Du gehörst zur Familie. Und du bist minderjährig.« Sie grinste ihn an. »Vor die Tür setzen kann sie dich schlecht.«

»Und das soll mich trösten?«

»Eigentlich schon.« Sie sagte es leichtherzig dahin. Insgeheim beneidete sie Liam um diese Sicherheit. Ihr eigenes Schicksal, was den Aufenthalt auf dem Solgård betraf, stand auf wesentlich wackligeren Beinen, und sie hatte keinen blassen Schimmer, wie es mit ihrem Leben nach der Auszeit in Norwegen weitergehen sollte. Nur eines wusste sie mit absoluter Gewissheit. Der Gedanke, früher als geplant nach Hamburg zurückkehren zu müssen, presste ihr das Herz zusammen. Elvasund mit all seinen verrückten Bewohnern und dem liebevollen Chaos schenkte ihr etwas, das sie noch nicht in Worte fassen, das sie aber auf keinen Fall aufgeben wollte. Noch nicht. Am liebsten vielleicht sogar nie.

Alles kam, wie Annabell es erwartet hatte. Berit hörte sich Liams Geständnis gar nicht bis zum Ende an, ehe sie aus der Küche stürmte und das Treppenhaus hinauf nach ihrer Tochter brüllte. Ein Gewittersturm zog über ihre Miene, die rot gefärbten Haare standen ihr auf eine Weise zu Berge, die Annabell an die Troll-Schlüsselanhänger erinnerte, die sie an den Rasthöfen am Fährhafen gesehen hatte.

Mit einem Fragezeichen auf dem Gesicht kam Camilla zu ihnen in die Küche. Berit baute sich vor ihrer Tochter auf und verlangte mit bebender, aber gefährlich leiser Stimme zu wissen, ob diese denn gar keine Ahnung hätte, was ihr Nachwuchs so trieb.

Camilla ließ den Sturm über sich ergehen, dann lächelte sie strahlend und sagte vollkommen ernst und mit unschuldig weit aufgerissenen blauen Augen: »Also ich bin stolz auf Liam.«

Wow, Annabell war beeindruckt.

»W…was?« Berit blinzelte verdutzt.

»Na, was denn sonst?« Camilla lehnte sich auf ihrem Stuhl zurück. Über ihr ragte Berit auf, nicht dass sie das zu beeindrucken schien. Liam versank in seinem Hoodie. Von seinem Gesicht waren fast nur noch die Augen zu sehen, und über die fielen die Fransen seines schwarz gefärbten Ponys.

»Willst du mir das vielleicht genauer erklären?« Berit stemmte die Fäuste in die Hüfte.

»Gerne.« Camilla warf ein kurzes Lächeln in Richtung ihres Sohnes. »Liam hat dafür gesorgt, dass alle das bekommen können, was sie wollen. Thorbjørn liegt dir seit Monaten mit der Idee seiner Genossenschaft in den Ohren. Seien wir mal ehrlich, alle wissen, dass es eine gute Idee ist. Ganz Elvasund würde davon profitieren. Du hast immer gesagt, es sei dir zu viel Arbeit, dich da einzubringen, dass du deinen Ruhestand genießen willst. Voilà, jetzt hast du die Gelegenheit dazu. Annabell kann sich um die ganze Sache kümmern. Genau das hat sie nämlich gelernt. Stimmt doch, oder, Annabell?«

Annabell beeilte sich zu nicken. »Ja, klar. Das ist, beziehungsweise war, der Kern meines Jobs in der Werbeagentur. Unternehmen – das kann natürlich auch eine Genossenschaft sein – ein Gesicht zu verleihen. Sie zu einer Marke zu machen. Herauszuarbeiten, was sie von Mitbewerbern unterscheidet. Das, was sie anbieten, visuell und textlich zu emotionalisieren. Genau darum geht es im Marketing. Und seien wir mal ehrlich, wir alle wissen, dass ich dazu ganz offensichtlich auch besser geeignet bin denn als landwirtschaftliche Hilfskraft.« Sie riskierte einen Blick in Richtung ihrer Schuhe. Die Joggingschuhe waren ihr letztes überlebendes Paar. Wenn auch die noch den Weg über den Jordan antraten, weil Annabell irgendwo hineingeriet, ausrutschte oder steckenblieb, müsste sie fortan barfuß arbeiten. Oder in den neuen Wanderschuhen, die sie immer noch für den Schafabtrieb aufsparte.

Liam jedenfalls schien das Schicksal ihrer Fußbekleidung relativ egal. Er tauchte aus seinem Kapuzennest auf. »So was kannst du? Werbekampagnen und so? Das ist ja cool.«

Eine Weile erwiderte Berit nichts. Die Rädchen in ihrem Kopf ratterten so laut, dass Annabell meinte, sie hören zu können: »Na jaaaa«, unterbrach sie schließlich ihr Schweigen. »Eigentlich gibt es auf dem Hof ja wirklich nicht genug Arbeit für Annabell und mich. Und jetzt ist sie schon mal hier.«

»So wenig Arbeit, um genau zu sein, dass ich sogar schon angefangen habe, die alte Spinnerei sauber zu machen. Aber wenn wir das mit dem Museum doch angehen wollen, dann war das ja gar nicht so schlecht.«

Berit sah sie an. Ihr Blick sagte: *Echt jetzt? So willst du mich rumkriegen?* Aber in ihren Mundwinkeln versteckte sich ein Lächeln. Mehr als einen Schubs brauchte sie nicht mehr, da war Annabell sich sicher, und der kam von Liam.

»Erik wollte das«, meinte er. »Und ich kann Annabell helfen. Ihr sagt doch immer, ich häng zu viel am Handy. So kann ich vor dem Bildschirm wenigstens was Vernünftiges machen.«

»Was? Instabook oder wie?«

»Instagram, Bestemor. Und ...«

»Sobald wir mit den anderen Mitgliedern der Genossenschaft einen gemeinsamen Fahrplan festgelegt haben, wäre das super«, sprang Annabell Liam zu Hilfe. »Tolle Fotos hier von der Gegend zu bekommen sollte ja nicht allzu schwierig sein.«

Eins musste man Berit lassen, sie wusste, wann sie verloren hatte. »Ihr seid also alle der Meinung, wir sollten uns Thorbjørns irrwitziger Idee anschließen und riskieren, dass Massen von Fremden über den Hof stapfen, um das Museum zu besuchen?«

»Also mit Massen würde ich erst mal nicht rechnen.« Annabells vorsichtige Bedenken wurden von Liams und Camillas begeistertem »Ja!« übertönt.

»Nun gut.« Berit warf die Hände in die Höhe. »Dann macht, was ihr nicht lassen könnt. Bringt die Spinnerei auf Hochglanz, sucht auf dem Dachboden nach alten Fotos und Dokumenten und was weiß ich, was ihr noch alles ausstellen könnt, und beredet euch mit Thorbjørn und seinen Jüngern, was für diese Genossenschaftssache anfällt. Beim Schafabtrieb werden ja alle versammelt sein. Und dann sehen wir weiter.«

»Yes!« Camilla und Liam gaben sich ein High five. Annabell grinste in sich hinein. Sie konnte es gar nicht abwarten, sich ihrer neuen Aufgabe anzunehmen.

7

Es regnete. Ganz toll. Nach Tagen fast ohne Niederschlag beschlossen die Wettergötter ausgerechnet am Tag des Schafabtriebs, es schütten zu lassen. Die saßen jetzt wahrscheinlich in Walhalla und lachten sich schlapp. Bjarne zog die Kordel im Tunnelzug an seiner Kapuze enger, um sein Gesicht vor der Feuchtigkeit zu schützen. »Ich kann nicht glauben, dass du dir das freiwillig antun willst.«

»Ach, komm schon. Ich bin für die Party hier. Der Regen stört mich nicht.« Von unten herauf grinste Ole ihn an. Auch er war von Kopf bis Fuß in Ölhaut gekleidet. Zusätzlich schützte ein Regencape seine Beine. »Außerdem muss ich nicht in den Bergen herumklettern, sondern kann mich hier unten nützlich machen. Wenn ihr mit eurer Beute zurückkommt und die Herden sortiert habt, wollt ihr alle was Warmes in den Bauch bekommen und euch bei einem gemütlichen Feuerchen aufwärmen. Außerdem sind die hübschesten Frauen immer bei den Köchinnen. Sicher lerne ich dann auch deine Annabell kennen.« Vielsagend wackelte Ole mit den Augenbrauen. »Ob sie sich wieder in Schwierigkeiten bringt, aus denen diesmal ich sie retten kann?«

Bjarne verbiss sich einen Kommentar. Es wäre ohnehin nur eine Spitze aus seinem Mund gekommen. Sein eigenes Mürrischsein nervte ihn gewaltig. Seit Wochen, ganz besonders aber seit ihrem zweiten Zusammentreffen, hatte er sich auf diesen Tag gefreut. Jetzt lag ihm die Aufregung im Magen wie ein Stück unverdauter Käse. Womöglich lag es an den gutmütigen Neckereien, mit denen Ole ihn seit seiner Ankunft gestern piesackte. Sein Kumpel meinte es nicht böse, das tat er nie. Er war einfach so. Eher würde der Teufel Schlittschuh fahren gehen, bevor der Tag kam, an dem Ole keinen flotten Spruch auf den Lippen hatte. Zur Feier ihres Wiedersehens hatten sie ein Bier geöffnet. Und dann noch eines. Bevor Bjarne sich's versah, hatte er Ole alles erzählt, was er von Annabell wusste. Nicht dass das besonders viel war. Schlimm genug, dass sie ihm immer noch im Kopf herumspukte. Das, was passieren würde, wenn Ole mit seinem Charme auf die schöne Fremde losgelassen wurde, wollte sich Bjarne gar nicht erst ausmalen.

Trotzdem hielt er insgeheim Ausschau nach ihr. Nur noch ein paar Meter trennten Ole und ihn vom Kirchplatz in Elvasund. Die Anwesenden, die beim Schafabtrieb helfen würden, erkannte man an den Gummistiefeln und den Rucksäcken, die sie dabeihatten. Elvasund war eine kleine Gemeinde, nur eine Handvoll Höfe, die sich entlang des Fjords und an die Hänge der umliegenden Berge schmiegten. Ein Ortszentrum existierte nicht, nur die Kirche mit dem Gemeindehaus. Im gut fünf Kilometer entfernten Kyrksæterøra gab es wenigstens zwei Supermärkte, ein paar

Frisöre, ein Restaurant und einen Feinschlosser. Andernorts würde das Verwaltungszentrum des Kreises maximal als Dorf durchgehen, für die Elvasunder war es die Großstadt. Bjarne gefiel es so. Er mochte es, jeden Einwohner zu kennen und zu wissen, was er von ihnen zu erwarten hatte.

»Da ist Thorbjørn«, sagte er und nickte zum Eingang des Gemeindehauses, wo der ehemalige Tierarzt Hof hielt.

»Na, dann wollen wir ihm mal von seinem Glück berichten, dass er die große Ehre hat, heute über meine Arbeitskraft zu bestimmen.« Ole griff in die Räder und rollte energisch davon.

Bjarne blieb zurück. Jedes Mal aufs Neue traf es ihn, wie selbstverständlich sein Freund sich mit dem Rollstuhl fortbewegte. Geschickt bahnte er sich einen Weg durch die Herumstehenden.

Thorbjørn sah ihn kommen und breitete die Arme zum Gruß aus. »Ole, wie schön, dich zu sehen. Bjarne, dieser Schlawiner, hat gar nicht erzählt, dass du dieses Jahr wieder dabei bist. Im Gemeindehaus haben die Damen schon für Kaffee und Tee gesorgt. Was darf es sein?«

Die Damen. Bjarne biss die Zähne so fest aufeinander, dass sein Kiefer knackte. Zu den Damen gehörte mit Sicherheit auch Annabell. Keine Chance, dass sie sich nicht von Oles Charme um den Finger wickeln lassen würde. Die freudigen Hallo-Rufe aus dem Inneren der Gemeindehalle bestätigten seine Befürchtung. Wie sollte er dagegen ankommen? Wie ungeübt er im Flirten war, hatte er ja erst vorgestern beweisen. In Annabells Lächeln, in der Art, wie ihre Stimme ein wenig weicher geworden war, ein wenig verheißungsvoll, hatte er bemerkt, dass sie einen Schritt auf ihn zu machte.

Als würde sie ihm die ersten Worte einer Geschichte schenken, die nur darauf wartete, geschrieben zu werden. Und was hatte er gemacht? Gar nichts. Im einen Augenblick hatte er noch ganz normal reden können. Im nächsten hatte ihm die Zunge am Gaumen geklebt, und er hatte sich verhalten wie ein Brummbär.

Verdammt. Er wünschte, er hätte sich von Berit den wütenden Gänserich ausgeliehen. An einer Leine hätte Martin sicherlich einen ulkigen Anblick abgegeben. Und dann hätte Bjarne ihn in einem unbeobachteten Moment auf Annabell losgelassen und wäre wieder ihr Retter gewesen. Offenbar funktionierte er in Annabells Anwesenheit nämlich nur, wenn er bei irgendetwas helfen konnte. So aber blieb er, was er immer war, der unbeholfene Trampel mit den störrischen Stimmbändern. Besser, er setzte sich dieser Niederlage gar nicht erst aus und ging ihr den heutigen Tag über aus dem Weg.

Er vergrub die Hände tief in den Jackentaschen und stapfte zur Straße oberhalb der Kirche, wo sich die meisten anderen Jäger versammelt hatten. Die Heis und Hallos, die in seine Richtung geworfen wurden, quittierte er mit einem angedeuteten Nicken. Ole würde auch ohne ihn zurechtkommen. Bjarne hatte einen Job zu erledigen, bevor er überhaupt an die abendliche Feier und ein mögliches Wiedersehen mit Annabell denken konnte. Besser war das.

Flip Kåsastul, einer der wenigen Landwirte der älteren Generation, die ihre Höfe noch nicht an den Nachwuchs abgegeben hatten, stand auf einem Hocker, ein Klemmbrett in der Hand, und hakte ab, wer sich alles eingefunden hatte.

Bjarne trat vor ihn. »Hei«, sagte er und hob die Hand, »hier b-bin ich. In w-w-welchem Team b-brauchst du mich?«

Flips Blick erfasste Bjarnes Gestalt. Der alte Haudegen mochte auf die siebzig zugehen, seine Augen waren aber hellwach, und von früheren Jahren wusste Bjarne, dass seine Kondition noch immer eins a war. »Ødegård. Endlich.« Er hakte Bjarnes Namen auf der Liste ab. »Da rüber mit dir. Zu der jungen Dame. Siehst du sie? Wie ich dich kenne, hast du's sowieso schon im Urin, wo sich deine Schäfchen verstecken. Håkon Ryerson meinte gerade noch, du hättest vor ein paar Tagen erst ein paar verirrte Tiere durch den Wald zu dir auf den Hof geführt. Ganz allein. Da dachte ich mir, du bekommst unseren Frischling.«

Bjarne folgte mit dem Blick Flips Geste. Um ein Haar wäre er wortwörtlich in die Knie gegangen. Der »Frischling«, wie Flip es so unbekümmert ausgedrückt hatte, war niemand anderes als Annabell. Und jetzt, ohne ihm Zeit zu geben, sich annähernd an den Gedanken zu gewöhnen, dass er die kommenden fünf, sechs oder sieben Stunden allein mit ihr verbringen würde, kam sie auch schon auf ihn zu.

Sie lächelte. Die Feuchtigkeit kringelte die langen, dunklen Haarsträhnen, die ihr von unter der Wollmütze bis auf die Schultern fielen, zu wirren Locken. Süß sah das aus. Noch viel süßer als bei ihrem letzten Zusammentreffen, wo sie dreckig, derangiert und total aus dem Konzept gebracht gewesen war. Gefallen hatte sie ihm aber auch schon da. Sein Herz schlug schneller. Er vermied Augenkontakt, wich ihrem grüßenden Blick aus und erkannte dabei weitere Details. Zwar betonte die Softshelljacke ihre schmale Taille, den Regen würde die aber nicht dauerhaft abhalten. Obwohl sie wenigstens daran gedacht hatte, sich Handschuhe anzuziehen, waren auch diese denkbar ungeeignet. Sie waren aus flauschiger Wolle gestrickt und ließen die Fingerspitzen frei. Annabell musste nur einmal ins Moos greifen und der Stoff würde vollkommen durchweichen. Waren ihre Handflächen überhaupt schon wieder verheilt? Sie sollte wirklich besser auf sich aufpassen. Er stellte sich vor, wie er ihr die durchnässten Handschuhe von den Fingern streifen, ihre Hand in seine nehmen und sie aufwärmen würde. Er malte sich aus, wie er den Gentleman spielen konnte, wie sie sich gemeinsam unter seinen Regenumhang kuschelten und Wind und Wetter trotzten. In dem Szenario brauchte er weder einen Kampfganter noch einen zu steilen Straßengraben, um ihr Held zu sein. Ihm entschlüpfte ein Fluch. Gott, er war erbärmlich. Erging sich in einer Fantasie, in der er den romantischen Super-Lover mimte, und brachte in Wahrheit nicht mal einen einzigen Satz ordentlich über die Lippen.

»Großartig«, murmelte er in seinen Bart. »Genau das hat mir gerade noch gefehlt.«

Annabell hatte sich alles so romantisch vorgestellt. Mit ein paar Gleichgesinnten durch die malerischen Fjells stapfen, Moosblümchen fotografieren, die Landschaft in sich aufsaugen. Und vielleicht – vielleicht – spielte auch noch ein weiterer Grund mit hinein, warum sie sich lieber den Schafjägern angeschlossen hatte als den Helferfeen im Gemeindehaus. Berit hatte fallen lassen, dass knapp die Hälfte der rund dreihundert Schafe, die sie planten, heute aufzuspüren, Bjarne gehörten. Es war lächerlich und aussichtslos, und Annabell schob es auf ihre instabile Hormonlage, aber Bjarne ging ihr einfach nicht aus dem Kopf. Und dann hatte Flip Kåsastul, der Organisator der Schafjagd, sie auch noch mit ihm in ein Team eingeteilt. Perfekter ging es nicht. Es würde ein toller Tag werden. Anstrengend, aber toll. Endlich einmal würde sie sich ihm von ihrer besten Seite zeigen können. Weder in Bedrängnis gebracht von einem wütenden Gänserich noch mit halb heruntergelassener Hose.

Und dann ... ging alles den Bach runter. Es regnete und regnete. Noch ehe sie losfuhren, stank ihre Mütze nach nassem Schaf, und unter dem Softshellgewebe ihrer Outdoorjacke schwitzte sie. Von wegen atmungsaktiv. Dann, endlich, kam Bjarne, und ihr Herz machte einen Satz. Sie trat auf ihn zu. Und erstarrte.

Was hatte er da gemurmelt? Er hatte *großartig* gesagt, und seinen Unterton hätte Annabell auf hundert Meter Entfernung erkannt. So viel Ironie machte sich Gehör, gleichgültig, wie leise jemand sprach.

Ihr Magen verknotete sich. »Hei«, sagte sie und hoffte, dass ihre Grimasse als Lächeln durchging. »So trifft man sich wieder. Du hast heute das Glückslos gezogen. Ich hab keine Ahnung vom Schafabtrieb, aber ich bin bereit zu lernen. Und diesmal habe ich auch die richtigen Schuhe an.« Sie streckte das rechte Bein aus und wedelte mit dem Fuß hin und her. »Die sind neu. In Hemne gekauft an dem Tag, als wir uns zuletzt gesehen haben.«

»So. Wir haben alle zusammen. Hat jeder seine Teampartner gefunden?« Flips Stimme erhob sich über dem Gemurmel der Menge, bevor Bjarne reagieren konnte. Er wartete kurz, dann fuhr er fort. »Danke, dass ihr gekommen seid. Beim Schafabtrieb zählt jede Hand. Für alle, die nicht jedes

Jahr dabei sind, eine kurze Erinnerung zum Ablauf. Von hier aus verteilen wir uns über das Suchgebiet. Ich habe jedem Suchtrupp einen Bereich zugeteilt. Wenn ihr Schafe entdeckt, treibt sie vor euch her. Am einfachsten geht das, indem ihr Menschenketten bildet. Wir bleiben telefonisch in Kontakt. Die Areale sind so aufgeteilt, dass sich bestimmte Knotenpunkte bilden. Wir nähern uns also sternförmig in einem immer kleiner werdenden Radius. Alles klar so weit?«

Nicken und zustimmendes Brummen überall. Nur Annabell schien sich immer noch nicht richtig vorstellen zu können, wie die ganze Sache ablaufen würde.

»Haben die, die die weiter entfernten Hänge zugeteilt bekommen haben, alle eine Mitfahrgelegenheit zum Startpunkt?«, fragte Flip.

Annabell hatte keine Mitfahrgelegenheit. Das wollte sie Flip gerade mitteilen, als eine Hand sie am Oberarm zurückhielt. Der Griff war fest, sicher. Eine klare Ansage.

Ihr Kopf schnellte herum. Was fiel diesem aufgeblasenen Bergtroll ein, sie so anzufassen? Ja, okay, sie hatte sich in seiner Gesellschaft nun schon zweimal nicht gerade von der besten Seite gezeigt, aber sie war ihm gegenüber immer nett gewesen. Und er tat geradezu so, als ob sie eine Belastung sei. Eine tollpatschige Großstadtgöre, die man nicht einen Schritt allein machen lassen konnte, weil sie sich sonst kopfüber in die nächste Katastrophe stürzen würde. Dabei hatte sie sich wirklich gefreut, ihn zu sehen. Eine scharfe Zurückweisung lag ihr auf der Zunge, verpuffte aber beim Blick in seine Augen. Mann, diese Augen hatten echt was drauf. Lichtblau, klar und voller Emotion. Sie verbargen nichts, auch nicht den Anflug von Verletzlichkeit, der so gar nicht zu dem festen Griff um ihren Oberarm passte. Okay, vielleicht täuschte sie sich, und er fand sie doch nicht zum Kotzen, sondern wusste nur nicht, wie er mit ihr umgehen sollte, nachdem er sie das letzte Mal vollkommen hysterisch gesehen hatte. Ihr würde schon etwas einfallen, um das Schweigen zwischen ihnen zu brechen.

Kaum merklich schüttelte Bjarne den Kopf. Dann deutete er die Straße hinunter, die hinter der Kirche rechts zum Fjord und links hinauf in die Berge führte. Am Straßenrand hatten zahlreiche Autos geparkt. Ohne ein weiteres Wort ließ er sie los und setzte sich in Bewegung. Annabell folgte ihm. Im Hintergrund erklärte Flip weiter den Ablauf der Schafjagd. Im Verbund trieben die Jäger die Tiere am Ende zu den vorbereiteten Gattern hinter seinem Hof. Dort wurden sie ihren Markierungen entsprechend sortiert, sodass die Besitzer sie morgen abholen konnten, um sie in Hängern oder mit Spezialtransportern auf die heimischen Höfe zu bringen.

»Ich habe total wenige Hunde bei den Wartenden gesehen. Brauchen Schäfer nicht immer einen Hund? Hast du auch einen?« Haustiere als Eisbrecher funktionierten doch immer.

Bjarne schüttelte den Kopf. Eine verbale Antwort bekam sie nicht. Okay, klappte also doch nicht immer.

Am Ende der Reihe geparkter Autos erkannte Annabell den SUV, mit dem er bei ihrem Kennenlernen unterwegs gewesen war. Bjarne drückte auf den Autoschlüssel, und die Scheinwerfer leuchteten auf. Statt zur Fahrerseite zu gehen, hielt Bjarne auf die Beifahrertür zu, öffnete sie und machte mit der freien Hand eine auffordernde Geste zu Annabell. Das hieß wohl, dass sie einsteigen sollte. Sie zog die Augenbrauen zusammen. Zuerst beschimpfte, dann ignorierte und schließlich hofierte er sie? Wenn der Kerl so weitermachte, hätte sie bis zum Mittag ein Schleudertrauma vor lauter Kopfschütteln. Mit einem tiefen Röhren erwachte der Motor des Wagens zum Leben. Von dort, wo Bjarne geparkt hatte, ging es bergauf. An der weiß gestrichenen Holzkirche vorbei in die Berge. Annabell ließ ihren Blick schweifen. Aus dem Seitenfenster hatte sie eine gigantische Aussicht. Unter ihnen grub der Fjord sich wie eine silberglänzende Schlange durch die Berge. Der Regen verschluckte beinah alle Farben, Feuchtigkeit hing als Nebel in der Luft, tunkte Wiesen, Häuser und Bäume in einen Schleier aus Grau. Der Straßenasphalt glänzte feucht. Ein paar Blumen brachten Farbe ins Spiel, Federgewächse mit lilafarbenen Blüten, winzige buttergelbe Blütenräder. Ein einziger Streifen Blau stand am Himmel, dort, wo der Wind die Wolken zu feinen Schlieren zerrissen hatte. Von oben betrachtet wirkten die Holzhäuser der Farmen und Fischer von Elvasund wie bunte Holzklötzchen, die ein Kind nach dem Spielen im Gras vergessen hatte. Sie passierten eine Informationskarte am Straßenrand. In verschiedenen Farben schienen dort Wanderwege ausgezeichnet zu sein. Es dauerte nicht lange, und der Weg führte durch dichten Wald. Tannen streckten ihre Äste aus, ächzten unter dem Gewicht schwerer Zapfen. Moos bedeckte die Felsen rechts und links der Straße, zwischen Tannen, Kiefern und Eschen wucherten hüfthoch Farne und Gräser. Immer wieder sprudelten kleine Bäche über Steine.

Gut zehn Minuten nachdem sie abgefahren waren erreichten sie einen leeren Parkplatz. Ein Blockhaus stand an einer Seite des Areals, und ein Gatter verhinderte die Weiterfahrt, daneben verdeckten Bäume beinah komplett den Blick auf riesige Felsen. Bjarne stellte den Wagen ab, schnappte sich seinen Rucksack von der hinteren Sitzreihe und stieg aus.

Kaum hatte Annabell die Beifahrertür geöffnet, hörte sie ein Rauschen und Gurgeln. Die Luft hier oben war anders als unten am Fjord, die Salznote fehlte, dafür kitzelte ein erdiges Aroma ihren Gaumen.

»Ist das ein Wasserfall?« Sie musste die Stimme erheben, um sich gegen das Brüllen der Natur durchzusetzen. Mit jedem Schritt, den sie sich näherte, wurde es lauter, bis sie nicht mehr sagen konnte, ob es ihr eigenes Blut war, das sie in den Ohren hörte, oder das Wasser. Einen Schritt noch, dann sah sie den Wasserfall, ein breiter Streifen gurgelnde Gischt, die sich über blank gewaschene Findlinge metertief in einen Tümpel stürzte. Das Wasser schäumte und brodelte. Wie in einem Hexenkessel dampfte es im Fallbecken. Wassertropfen schmückten die Grüngewächse am Ufer mit schillernden Diamantperlen. Magie sirrte in der Luft. Norwegen war das Land der Trolle und Mythen. Noch nie hatte sie das mehr gespürt als an diesem Ort.

Dass sie nicht mehr allein am Wasserfall war, merkte sie erst, als eine Hand sich auf ihre Schulter legte. Halb neben, halb hinter ihr stand Bjarne. Er hatte ihren Rucksack aus dem Kofferraum geholt und zu ihr gebracht. Seine eigene Ausrüstung trug er auf dem Rücken. So mürrisch, wie er zuletzt gewesen war, erwartete sie, dass er sie drängen würde, aufzubrechen, doch das tat er nicht. Gemeinsam mit ihr blickte er in die schäumende Gischt, und etwas zwischen ihnen veränderte sich. Vielleicht war es der leichte Druck seiner Hand auf ihrer Schulter, aber auf einmal war sie sich hundertprozentig sicher, dass sein Schweigen keine Abwehr war und auch kein Zeichen von Ärger darüber, ausgerechnet mit ihr zusammenarbeiten zu müssen.

Dankbar lächelte sie, und er erwiderte ihr Lächeln mit einem knappen Nicken. Er nahm die Hand von ihrer Schulter, streifte kurz ihren Rücken. Trotz all der Kleidungsschichten, die sie trennten, fühlte sie die Berührung überall. Sie schien zu sagen: *Danke für dein Verständnis und verübel es mir nicht, dass ich bin, wie ich bin*, und in diesem Augenblick lernte sie etwas sehr Wichtiges über Bjarne Ødegård. Er mochte kein großer Redner sein und auch nicht der heldenhafte Retter, als den sie ihn sich nach ihren ersten beiden Zusammentreffen gerne ausgemalt hatte. Aber er war auch kein grummeliger Bergtroll. Er sprach nur eine andere Sprache als sie. Was andere mit Worten ausdrückten, sagte er mit Berührungen, und diese Sprache beherrschte er perfekt.

Sag was! Verdammt noch mal, sag was! Je länger das Schweigen zwischen ihm und Annabell andauerte, desto mauliger wurde die Stimme in seinem Hinterkopf. Ein paar blumige Beschimpfungen hatte sie auch für ihn parat. Bjarne biss die Zähne zusammen. Unten am Wasserfall wäre es so einfach gewesen. Er hatte die Worte förmlich auf der Zunge geschmeckt, hatte gefühlt, welche Muskeln er anspannen, welche entspannen müsste, um sie ordentlich und ohne Stottern über die Lippen zu bringen. Er hatte ihr von den Trollen erzählen wollen, die seit Menschengedenken in den Ländern lebten, wo das Eismeer jahrein, jahraus gigantische Wellen gegen schneebedeckte Felswände schlug. In der Dämmerung, so hatte sein Großvater ihm immer erzählt, kamen sie aus ihren Verstecken tief unter der Erde, wo sie lebten, weil das Sonnenlicht sie zu Stein erstarren ließ. Manche von ihnen hatte ihre Leichtsinnigkeit für Menschenaugen sichtbar gemacht. So wie den mächtigen Nøkken, den listigen Wassertroll, der für seine Bösartigkeit den Menschen gegenüber damit bezahlt hatte, nun schon seit Jahrhunderten als Fels am Rand des Wasserfalls sitzen zu müssen und über die tosende Gischt zu wachen. Stundenlang hatte Bjarne mit Bestefar am Rand des Tosbeckens gesessen, um die Felsen zu betrachten. Der kleine Bjarne war sicher gewesen, noch immer die riesige Nase im Stein zu erkennen, das spitze Kinn und die hässliche Warze, die seine rechte Wange verunzierte. An all dem hatte er Annabell teilhaben lassen wollen, doch dann hatte sie gelächelt, Bjarnes Herz hatte einen Purzelbaum vollführt, und all die wohlsortierten Wörter waren in seinem Kopf durcheinandergeraten. Wieder einmal war der Moment vorbei gewesen, ehe er ihn hatte nutzen können.

Womöglich war es besser so. Das hier war kein Date. Sie hatten einen Job zu erledigen, und je schneller sie die Schafe ins Tal brachten, desto eher könnte er einen neuen Versuch wagen, um mit Annabell ins Gespräch zu kommen.

Bis dahin hatten sie noch einiges vor sich. Den Wald hatten sie hinter sich gelassen, oberhalb der Baumgrenze begannen die Fjells. Hier formten Moose, Flechten und Heidegewächse die Landschaft. Von urzeitlichen Gletschern rund gewaschene Felsen lagen wie hingeworfen auf dem grünen Untergrund, bildeten Wellen und niedrige Hügel. Haardünne Rinnsale durchzogen wie Lebensadern die karge

Fläche. Bei jedem Schritt schmatzte das Moos unter seinen Gummistiefeln, denn den ganzen Sommer über hatte der Boden die Feuchtigkeit gespeichert. Jetzt, Ende September, war er vollgesogen wie ein Schwamm. Wer nicht achtgab, versank knietief im Morast.

Annabell neben ihm schnaufte. Seit Stunden durchkämmten sie die ihnen zugewiesenen Hänge. Viel öfter ging es bergan als bergab, und sie kamen nur langsam voran. Zu anstrengend war der Kampf gegen den Untergrund. Mehrmals hatte er ihr eine Hand auf die Schulter gelegt und ihr so zu verstehen gegeben, dass sie rasten sollten. Er hatte dafür gesorgt, dass sie ein paar Schlucke gezuckerten Tee aus der Thermoskanne nahm, und ihr zweimal einen Müsliriegel zugesteckt. Aber sie war stur. Jedes Mal war sie es gewesen, die als Erste zum Aufbruch drängte. Entschlossen setzte sie einen Fuß vor den anderen, immer weiter. Trotz Kälte. Trotz Nässe. Trotz der steigenden Frustration, weil sie einfach keine Schafe fanden. Wenn man sie ließ, war seine schöne Fremde eine Frau, die sich durchbiss.

Auf den benachbarten Hängen erkannte er die anderen Suchtrupps, die sich wie bunte Punkte über die rund gewaschenen Felsformationen fortbewegten. Annabell und er suchten hinter Gesteinsbrocken, in Senken und unter Felsvorsprüngen nach versteckten Tieren. Ergebnislos. Der Regen wurde immer schlimmer. Was von seinem eigenen Gesicht unter der Kapuze sichtbar war, schützte fast komplett der Bart, doch um Annabell machte er sich zunehmend Sorgen. Die eiskalten Tropfen mussten sich wie Nadeln auf ihrer Haut anfühlen. Sie war die harschen Wetterwechsel nicht gewöhnt. Die Kälte, die einem bis ins Mark kroch und jeden Schritt zu einem Kraftakt machte.

Genug! Hier ging es nicht mehr nur um die Schafe. Er trug für Annabells Sicherheit in den Bergen die Verantwortung, und wenngleich sie fest entschlossen schien, der Natur, den nicht auffindbaren Schafen und ihren eigenen körperlichen Grenzen den Kampf anzusagen, er hatte die Nase voll. Keine Minute länger würde er zusehen, wie sie sich quälte. Er blieb stehen und zückte sein Handy. In der Kontaktliste suchte er nach Flips Namen und betätigte den Call-Button. Der Anruf baute sich auf. Es klingelte und klingelte.

Aus dem Augenwinkel beobachtete er Annabell. Sie hielt auf einen riesigen Findling zu. An dessen Fuß bildete das Moos eine Mulde, der schartige Fels bog sich wie ein natürliches Dach über die Senke. In einem unvollständigen Kreis blitzten die Oberflächen weiterer Steinformationen durch den Flechtenboden. Als eine Höhle konnte man das, was sich in der Mitte befand, nicht bezeichnen, eher einen Krater, aber es war ein geschütztes Plätzchen. Vielleicht wollte sie endlich eine richtige Pause machen. Vernünftig wäre es.

An seinem Ohr knackte es, dann ertönte Flips Stimme. »Hei, junger Freund, wie geht es bei euch? Erfolgreich bisher?« Flip klang munter. Als säßen nur Annabell und Bjarne im Regen fest, während der ältere Landwirt und seine Sucher auf einem gemütlichen Wanderausflug waren.

»Nichts.« Er schluckte. Wenn er wollte, dass Flip verstand, was er meinte, musste er schon etwas deutlicher werden. »Kein einziges Schaf. Wir haben fast alle Lieblingsplätze abgesucht. Erfolglos.«

Flip lachte. »Sieht aus, als wärst du mir heute Abend einen Drink schuldig. Bei uns wimmelt es nur so vor Tieren. Die ersten Herden haben wir schon hinuntergetrieben. Wollt ihr zu uns kommen und beim Rest hel...«

»Bjarne!« Den Rest von Flips Frage verschluckte Annabells Schrei. »Komm hierher! Schnell!« Da lag Panik in Annabells Ton, absolute Dringlichkeit. Ein Stich fuhr ihm in die Brust.

»Flip, ich muss Schluss machen. Ich melde mich.« Er beendete das Telefonat, ehe der ältere Schäfer antworten konnte, und setzte zu seinem Sprint an. Es war wie durch Sand zu laufen, je mehr er sich um Schnelligkeit bemühte, desto tiefer sank er in den Boden. Von Annabell sah er nur die Spitze ihrer Wollmütze. Eine Sekunde später verschwand auch diese in der Senke. Sie musste sich gebückt haben. Oder war sie zusammengebrochen? Oh, lieber Gott, lass ihr nichts passiert sein! Er war ein solcher Idiot. Er hätte früher auf eine ausgedehnte Pause bestehen sollen, auf mehr heißen Tee mit Zucker. Er wusste doch, wie tückisch die Kälte sein konnte und wie widerspenstig Muskeln, die plötzlich nicht mehr taten, was man von ihnen verlangte.

Blut rauschte in seinen Ohren, als er endlich am Rand des natürlichen Kraters angekommen war. Er ließ sich fallen, rutschte auf dem Hintern den kleinen Abhang hinunter und landete genau neben Annabell. Sie kauerte auf dem Boden, hatte ihm den Rücken zugewandt, ihr Oberkörper war nach vorne gekrümmt.

»Was ist? Hast du dich verletzt?«

Langsam hob sie den Kopf. Da lag kein Schmerz auf ihrer Miene. Das war schon einmal gut. Dafür eine seltsame Mischung aus Freude und Angst. Vielleicht auch Sorge?

»Guck«, sagte sie. Gut möglich, dass er das Wort auch nur von ihren Lippen las. In seinen Ohren rauschte das Blut zu laut, um sich sicher sein zu können. Sie rutschte auf den Knien herum, gab den Blick auf ihre Vorderseite frei.

Und auf das kleine Wesen, das sie voller Zärtlichkeit auf ihren Oberschenkeln balancierte.

Erbärmliche Mäh-Laute hatten Annabell zu dem verletzten Lamm geführt. Geräusche, die ihr durch und durch gingen. Immer wieder waren sie verstummt, verschluckt von dem Rauschen des Regens. Aber jedes Mal, wenn sie das Mähen wieder hörte, wusste sie, sie musste das Wesen finden, das es ausstieß. Eine Kreatur, die solche Töne von sich gab, musste verzweifelt sein. An ein Schaf hatte sie zuerst nicht gedacht, die Laute hatten so hell, beinahe menschlich geklungen. Dann, aus purem Glück, hatte ihr Blick den weißen Fleck am tiefsten Punkt dieses Kraters erfasst. Ebenso gut hätte es irgendein Flechtengewächs sein können, ihr Wissen über die norwegische Fauna war bestenfalls lückenhaft. Trotzdem hatte Annabell es da plötzlich gewusst. Nicht mit dem Kopf, sondern mit einem Teil von ihr, den sie nicht benennen konnte, Himmel, von dem sie bis gerade eben stur behauptet hätte, dass es ihn überhaupt nicht gab. Manche mochten es Instinkt nennen. Andere Seele. Annabell war egal, was es war oder wie es hieß. Sie wusste nur, dass sie etwas tun musste.

Sie war gerannt und gestolpert, und dann hatte sie das Lamm gefunden. Sein Kopf lag zur Hälfte in einer Pfütze. Eine winzige rosa Zunge hing schlaff aus dem Mäulchen. Sein Brustkorb hob und senkte sich schwer, als hätte das Tierchen Probleme damit, zu atmen.

Neben dem Tier ließ Annabell sich auf die Knie fallen. Das Pfützenwasser war eiskalt. Selbst durch den durchnässten Stoff ihrer Jeans spürte sie die Kälte bis in die Knochen. Sie hob sich den kleinen Körper auf die Oberschenkel. Die Glieder des Lamms sahen verdreht und irgendwie nicht richtig aus, doch es wehrte sich nicht. Auch das Blöken hatte aufgehört. Da sah sie das Blut. Rostbraune Klumpen an der Flanke des Lamms, die Wolle darunter verfilzt und verknotet.

Verlass mich nicht, betete sie im Stillen. *Gib jetzt nicht auf, kleines Tier. Ich bin da.*

Sie schrie nach Bjarne, rief um Hilfe.

»Schhh«, machte sie zu dem Schaf, »alles wird gut. Ich helfe dir. Jetzt bist du nicht mehr allein.«

Als sie das nächste Mal aufsah, war auch sie nicht mehr allein. Bjarne hockte neben ihr.

»Es braucht Hilfe«, erklärte sie. »Es ist verletzt. Wir müssen ihm helfen. Bjarne, bitte, wir müssen ihm helfen.«

Er machte ein Geräusch, tief in der Kehle. Begeisterung klang anders, aber seine Grimmigkeit war ihr gerade völlig egal. Sie hatte seine wortkarge Art lange genug toleriert, es spielte keine Rolle mehr. Hier ging es nicht mehr um sie, sondern um ein kleines, unschuldiges Wesen, dessen Leben am seidenen Faden hing. Weiß der Geier, warum ausgerechnet sie das Lamm hatte finden müssen, aber so war es nun einmal, und jetzt war es ihre Verantwortung.

»Hilf mir dabei, aufzustehen«, verlangte sie, überrascht davon, wie fest ihre Stimme klang. »Ich bringe es runter ins Tal. Es braucht einen Tierarzt.«

Bjarne stützte ihren Arm, als sie sich erhob. Dann ließ er die Hand weitergleiten, über die Flanke des Tierchens, hin zu den blutigen Streifen im sahneweißen Fell. Unter seinem Bart arbeitete der Adamsapfel. »Sieht aus, a-als hätte ein Adler es g---gerissen und es sich dann doch a-anders überlegt. Beim Sturz hat es sich die Läufe gebrochen. K-kein Wunder, dass die Herden weitergezogen sind. In Sicherheit.«

»Und das verletzte Lamm haben sie einfach zurückgelassen?« Bjarne zuckte mit den Schultern und nickte den verdrehten Vorderläufen des Lamms zu. Annabell verstand. Die Elterntiere hatten das verletzte Jungtier kaum huckepack nehmen und tragen können. Sie spürte ein Prickeln hinter ihren Augen, eine verdächtige Enge in ihrer Kehle, und schluckte schwer. »Das arme Ding.«

»Zu dieser Zeit im Jahr sollten keine Lämmer geboren werden. Es ist un---natürlich. Wir sollten es e-e-erlö…«

»Nein!« Sie unterbrach ihn, ehe er aussprechen konnte, was sie nicht hören wollte. »Es ist nicht seine Schuld!«

»H-H-Herbstläm--mer sind z-zu sch-sch---wach.« Zum ersten Mal fiel Annabell sein Stottern wirklich auf. Auf Bjarnes Miene trat ein schmerzlicher Ausdruck. Er litt, begriff sie. Er wollte das ebenso wenig wie sie.

»Aber das Lamm kann doch nichts dafür, dass seine Mutter sich nicht an die Regeln gehalten hat! Es hat nicht darum gebeten, auf die Welt zu kommen. Im Herbst oder im Frühling oder irgendwann. Es hat sich ins Leben gekämpft, und jetzt …« Sie konnte nicht mehr weiterreden. Der Regen auf ihren Wangen fühlte sich nicht mehr kalt an, und er schmeckte salzig. Sie schluchzte auf.

Bjarnes Augen wurden groß, als hätte sie ihn erschreckt. Er machte noch einen weiteren Schritt auf sie zu, strich mit dem Daumen über ihre Wange. Der Stoff seiner Handschuhe war rau an ihrer Haut, die Berührung so zart.

»Es ist nicht seine Schuld«, wiederholte sie, flehentlich diesmal, leiser. »Wir können es doch nicht ... töten, für etwas, das ...« Sie konnte nicht weiterreden. Allein der Gedanke, dieses hilflose, verletzte Wesen zurückzulassen, zerriss sie innerlich. Es war dasselbe Stechen in der Brust, das sie jedes Mal bei der Überlegung empfunden hatte, mit ihrer Schwangerschaft auf die offensichtlichste Art umzugehen. Niemand müsste es wissen. Und selbst wenn, jeder würde sie verstehen. Alle, die sie kannten, wussten, dass sie keine Kinder wollte. Selbst als sie noch einen Partner gehabt hatte, war das so gewesen. Und den Vater von dem Wesen in ihrem Bauch kannte sie ja nicht einmal. Dass er Danny hieß und aus Dublin kam, mehr wusste sie nicht von ihm – wenn das überhaupt sein echter Name war, mit Sicherheit konnte sie es nicht sagen. Drei Besuche bei einer Beratungsstelle, ein Vormittag in einer Tagesklinik, und sie hätte ihr Leben so weiterleben können wie bisher. Aber stattdessen war sie nach Norwegen gefahren. Weit weg von ihrem alten Leben und einer Entscheidung, die sie nicht treffen wollte, nicht treffen konnte. Wo sie nicht nachdenken musste, sondern so tun konnte, als hätte es die zwei blauen Streifen auf dem Schwangerschaftstest nie gegeben.

Und jetzt warf ihr das Schicksal dieses verletzte Lamm in den Weg. Zur falschen Zeit geboren. Alleingelassen, weil es ein Ärgernis im Leben seiner Familie darstellte.

Annabell wusste nicht, wie, aber irgendwie hing alles zusammen, und das Einzige, bei dem sie sich wirklich hundertprozentig sicher war, war, dass sie nicht zulassen durfte, dass Bjarne tat, was das Offensichtliche, vielleicht sogar das Barmherzigste war, und das Lamm erlöste. Sie wollte nicht hören, was er zu dem Thema sonst noch zu sagen hatte, wollte nicht Gefahr laufen, dass er sie umstimmte, also entzog sie sich seiner Berührung und stapfte davon.

Auf halbem Weg den Hang hinauf holte er sie ein. »Warte«, rief er ihr nach. Er klang erleichtert und stotterte nicht mehr. »Ich helfe dir. Wenn du ausrutschst und es fallen lässt, tut ihr euch beide weh.«

Sein Stand auf dem glitschigen Untergrund war deutlich sicherer als ihrer. Er legte seine Hände in ihren Rücken und stützte sie. Dann hatten sie es geschafft und standen auf der Hochebene. Das Lämmchen gab ein leises Blöken von sich. Es kämpfte, und Kampfgeist war das, was es in den kommenden Stunden, Tagen und Wochen wohl am meisten brauchen würde.

»Was jetzt?« Wenn Bjarne sich entschieden hatte, ihr zu helfen, würde sie seine Motive nicht hinterfragen. »Es braucht einen Tierarzt.«

»Ich rufe Thorbjørn an. Wenn einer bereit ist, sich eines hoffnungslosen Falls anzunehmen, dann er.«

Seite an Seite setzten Annabell und Bjarne sich in Bewegung. Sie liefen, so schnell es ging. Bergab war weniger anstrengend für die Lungen, für Muskeln und Gelenke allerdings die größere Herausforderung. Ihre Knie zitterten. Selbst ihre Fußgelenke fühlten sich an, als wären sie aus Gummi und kaum mehr in der Lage, sie zu tragen. Doch das flauschige, warme Gewicht auf ihren Armen trieb Annabell an, immer weiterzugehen. So schnell wie möglich. So vorsichtig wie nötig. Wenn Bjarne sie stützte, nahm sie seine Hilfe an. Seine Berührung auf ihrem Arm erdete sie, wenn er die Hand in ihren Rücken legte, fühlte sie sich bestärkt. Nur als er mit einer Geste anbot, ihr das Tier abzunehmen, schüttelte sie den Kopf.

»Du meinst, es ist hoffnungslos? Dass dem Lämmchen wirklich nicht mehr geholfen werden kann?«

Aus dem Augenwinkel bemerkte sie sein Schulterzucken. »Dieses Tier sollte gar nicht auf der Welt sein. Wenn es bis Heiligabend überlebt, ist es das reinste Weihnachtswunder.«

Annabell blickte auf die Last in ihren Armen hinab. Das flauschige weiße Fell, die schwarze Nase und die riesigen dunklen Augen. Ein Weihnachtswunder, warum eigentlich nicht? Ein bisschen Magie konnten sie alle gebrauchen.

»Was können wir tun, damit es überlebt? Gibt es so was wie Ammen für Waisenlämmer?«

»Die Amme wirst du sein müssen.« Zum ersten Mal an diesem Tag hörte Annabell so etwas wie einen Funken Belustigung in seiner Stimme. »Im Frühjahr wäre das etwas anderes gewesen, auch wenn Mutterschafe verletzte Jungtiere oft nur ungern annehmen. Jetzt im Herbst? Unmöglich.«

»Aber ist es alt genug, um normales Futter ...«

»Du wirst es mit der Hand aufziehen müssen. Im schlimmsten Fall heißt das, alle zwei Stunden ein Fläschchen geben, Tag und Nacht. Warten wir ab, was Thorbjørn sagt. Vielleicht ist das Kerlchen schon stark genug, damit auch viermal am Tag reicht. Biestmilch habe ich auf dem Hof. Die kann ich dir vorbeibringen.«

»Mir? Du meinst, ich ...«

Diesmal lachte Bjarne wirklich. »Du warst es, die unbedingt den Schutzengel für das Lamm spielen wollte. Jetzt musst du da durch. Mach dich schon mal auf ein paar schlaflose Nächte gefasst.«

Wäre sie nicht damit beschäftigt gewesen, nicht hinzufallen, hätte sie gelacht. War das nicht einer der Sätze, die man werdenden Eltern mit auf den Weg gab? Dass sie sich auf ein paar schlaflose Nächte gefasst machen sollten? Wie passend! Hier stand sie also, nach Jahren, in denen sie tunlichst vermieden hatte, jemals wieder jemandem oder etwas die Macht zu geben, über ihr Leben zu bestimmen. Wann immer nur die vageste Befürchtung im Raum gestanden hatte, dass sie für etwas die Verantwortung übernehmen musste, das sie nicht selbst kontrollieren konnte, hatte sie deutliche Grenzen gezogen. Nur so hatte sie ihre Kindheit und Jugend hinter sich lassen und gleichzeitig den Verstand behalten können. Sie hatte ihr Leben eingerichtet, ordentlich und wohl organisiert. Und jetzt das. Auf einmal trug sie nicht nur für den kleinen Wurm in ihrem Bauch die Verantwortung, sondern auch noch für ein mutterloses Lamm. Sie, Annabell Herzig! Ausgerechnet sie, die nicht ein einziges mütterliches Gen in sich trug. Manchmal hatte das Schicksal wirklich eine seltsame Art, einem eins auszuwischen.

8

Ächzend erhob sich Thorbjørn. Er hielt sich eine Hand an den unteren Rücken, aber um seine Lippen spielte ein Lächeln. Eine kleine Regung, die genügte, um Annabell aufatmen zu lassen.

»Und?«, fragte sie. »Was meinst du? Wird es durchkommen?«

Der Tierarzt streifte sich das Stethoskop vom Hals und verstaute es in der mitgebrachten Tasche. »Es ist nicht aussichtslos.« Er hatte die Vorderläufe des Lamms geschient und die Wunde an der Flanke versorgt. Die Untersuchung hatte das Tierchen geduldig über sich ergehen lassen. Noch während Bjarne im hinteren Teil des Museums eine Krankenbox für das Lamm hergerichtet hatte, hatte das Tier eine volle Flasche Biestmilch vertilgt. Mit wilder Entschlossenheit hatte es an dem Sauger genuckelt, so fest, dass Annabell ihre liebe Mühe hatte, die Flasche festzuhalten. Jetzt schlief es unter einer Rotlichtlampe auf einem dicken Bett frischen Strohs, und in einer Raufe stand Heu bereit. Sie hatten sich für die alte Spinnerei als Übergangszuhause für das Lamm entscheiden, da es im hinteren Bereich des Gebäudes ohnehin noch Verschläge für Vieh gab. Früher hatten die dazu gedient, Schäfer aus der Gegend mit lebenden Tieren statt mit Münzen für die Dienste der Spinnerei zu bezahlen. Seit Jahren schon standen sie einfach leer, und ein Teil von Annabell fand es schön, wenigstens diese eine Ecke der alten Spinnerei wieder belebt zu sehen.

»Ich schätze ihn auf knapp zwei Wochen. Das ist schon mal gut, die ersten Lebenstage sind die gefährlichsten im Leben eines Schafbocks. Das Beste, was er jetzt tun kann, ist, sich auszuruhen.«

»Bjarne meinte, ich müsste das Kleine alle zwei Stunden füttern?« Annabell sah auf die leere Flasche in ihrer Hand. Wenn sie wirklich alle zwei Stunden Amme spielen müsste, würde sie für nichts anderes mehr Zeit haben.

»Ach nein.« Thorbjørn winkte ab. »So gierig, wie das Kerlchen getrunken hat, genügen alle sechs Stunden. In der Nacht kann er auch schon mal zwölf Stunden durchhalten. Schaut einfach regelmäßig nach ihm. Es ist gut, dass ihr ihn gefunden und mitgenommen habt. Gesund werden muss er aber alleine.«

»Du sagst immer ›er‹. Heißt das, dass es ein Böckchen ist?«

»Ganz recht.« Thorbjørn grinste. »Einen tapferen kleinen Jungen habt ihr euch da angelacht. Jetzt musst du ihm nur noch einen Namen geben. Schon eine Idee?«

Annabells Blick zuckte zu Bjarne. Wie es seine Angewohnheit zu sein schien, hielt er sich im Hintergrund. Den Verschlag für das Lamm hatte er in Windeseile hergerichtet. Ein paar lose Bretter, einen Hammer und ein paar Nägel, mehr hatte er nicht gebraucht, um ihn wieder benutzbar zu machen. Doch kaum war die Arbeit erledigt, die Rotlichtlampe angeschlossen und das Tierchen versorgt, verfiel er zurück in den Oger-Modus. Annabell wünschte wirklich, sie könnte sich einen Reim auf sein Verhalten machen.

»Was meinst du? Hast du einen Vorschlag?«, fragte sie ihn direkt.

Er schüttelte den Kopf.

Annabell verkniff sich ein Seufzen und wandte sich wieder an Thorbjørn. »Was ist mit Loki? Ist das nicht der Gott des Schabernacks?« Ihr Wissen fußte auf einem Marvel-Streifen, den sie sich vor Jahren mit ein paar Freundinnen angeschaut hatte. An den Plot erinnerte sie sich nicht. Nur daran, dass Chris Hemsworth mit nackten Oberarmen und einem Hammer in der Hand den Kinobesuch durchaus wert gewesen war.

»Und der Gott des Bösen.« Bjarne schien nicht begeistert, doch Thorbjørn lachte.

»Aber auch der Gott der Verwandlung und der List. Ein Gestaltenwandler, der immer noch ein Ass im Ärmel hat.« Der Tierarzt zwinkerte Annabell zu. »Ich weiß nicht, aber eine Ahnung sagt mir, dass Loki für euer Böckchen hier ein ganz passender Name sein könnte. Würde mich nicht wundern, wenn er noch so manchen Trick in petto hat, um euch in Schwung zu bringen. Aber jetzt lassen wir ihn mal besser allein. Loki braucht Ruhe, und auf uns wartet eine Feier.«

»Du meinst, wir können ihn wirklich allein lassen?« Irgendwie kam es Annabell falsch vor, einfach feiern zu gehen. Aber da war ja auch noch ihr Vorhaben, erste Kontakte zu den anderen Mitgliedern der Genossenschaft zu knüpfen.

Liam zählte auf sie, und ihr Versprechen an den wortkargen Teenager galt ihr ebenso viel wie die Sorge um ihr Findelkind.

»Sicher. Händchen halten kannst du nicht, er hat nur Hufe.« Thorbjørn war schon an der Tür angekommen, als er sich noch einmal zu ihr umdrehte. »Bjarne nimmt dich sicher mit zurück zum Kirchplatz. Wir sehen uns dort. Bis gleich.«

»Bis gleich«, murmelte sie, und obwohl auf das Fest zu gehen und Kontakte zu knüpfen genau das war, was sie vorgehabt hatte, beschlich sie das vage Gefühl, in eine Falle getappt zu sein.

Das Feuer vor der Kirche prasselte lichterloh, als Annabell und Bjarne zu den anderen Feiernden stießen. Rechts und links vom Eingang ins Bürgerzentrum waren Holzkohlegrills aufgestellt. Der Duft nach gebratenen Pølse lag in der Luft und ließ seinen Magen knurren. Über einer Feuerschale hing ein großer Kessel mit dampfendem Gløgg. Die meisten der Schafjäger standen zwischen den Feuern herum. Kinder sprangen juchzend ums Lagerfeuer.

Bjarne hielt auf den Gløgg-Kessel zu. Ein bisschen flüssige Courage konnte nicht schaden, wenn es ihm irgendwie gelingen sollte, heute doch noch das Ruder herumzureißen und mit Annabell ein vernünftiges Gespräch zu führen. Und warum eigentlich nicht gleich damit anfangen? Wenn die anderen Elvasunder erst einmal bemerkten, dass eine Fremde unter ihnen weilte, und sie mit neugierigen Fragen und lustigen Geschichten vom heutigen Schafabtrieb einspannen, würden seine Chancen, Annabells Aufmerksamkeit zu gewinnen, nur sinken.

»W--illst du auch?« Er nickte zu dem dampfenden Kessel.

»Was ist das?«

»Gløgg«

Sie runzelte die Stirn.

»Heißer Würzwein. Mit Zimt, Mandeln, Rosinen und Kardamom. Macht schön warm.« Er versuchte sich an einem Lächeln. »Auch von innen.«

»Ist da Alkohol drin?«

»Ein bisschen. Gløgg wird halb-halb aus Madeira und Rotwein gemacht. Dazu kommen jede Menge Zucker, Vanille und Gewürze. Es schmeckt nicht nach Alkohol, wenn du den Geschmack nicht magst.«

Ihr Stirnrunzeln vertiefte sich, und augenblicklich wuchs in Bjarne der Impuls, sich zu verteidigen. Daran, wie gefährlich Alkoholkonsum werden konnte, erinnerte die Norweger jeden Tag der Fernseher, wenn die Warn-Spots der Regierung liefen. Aber heute war Schafabtrieb. Sie hatten Stunden in der nassen Kälte der Fjells verbracht. Wann, wenn nicht heute, war der passende Abend für einen schönen Becher Gløgg?

»Ich nehme besser einen Tee. Das ist vernünftiger.«

»Den gibt es im Gemeindehaus.« War das Missbilligung oder Reue in ihrer Stimme? Er kämpfte den Drang nieder, ihr sofort zu folgen. Einen Teufel würde er tun und sich von ihr die Lust auf seinen Gløgg verderben lassen, mochte sie auch tausendmal recht haben, dass Alkohol ungesund war.

Als er endlich einen Becher von der Helferin entgegennahm, die sich um den Ausschank kümmerte, kam ihm das Aroma bei Weitem nicht mehr so verlockend vor wie noch vor wenigen Minuten. Eine Grillpølse holte er sich dennoch. Dick mit Senf bestrichen und extra Zwiebeln obendrauf. Scheinbar konnte er ja ohnehin machen, was er wollte, Annabell nahm ihn nur wahr, wenn sie gerade seine Hilfe brauchte. Wenn nicht, machte sie sich entweder über ihn lustig – wie letztens, nach ihrem Abenteuer im Straßengraben – oder rümpfte über ihn und seine Art die Nase wie gerade eben.

Den ersten Bissen Bratwurst spülte er mit Glühwein hinunter. Für den zweiten ließ er sich mehr Zeit, und beim dritten war sein Hunger so weit beruhigt, dass er den Geschmack genießen und sich langsam in Richtung Gemeindehaus bewegen konnte. Im Sitzen aß es sich einfacher, richtig? Nur deshalb zog es ihn dorthin.

Während er und die anderen Schafjäger durch die Fjells gestapft waren, hatte sich das Innere des Holzhauses in ein Winterwunderland verwandelt. Biertische und -bänke waren unter Tannengirlanden aufgestellt, die sich kunstvoll um die rohen Dachbalken kringelten. An den Wänden hingen an langen Schnüren Feenlichter aus leeren Marmeladengläsern. Auf den Tischen waren Papiertischdecken ausgebreitet, auf den Sitzflächen der Bänke hielten flauschige Schaffelle die Kälte fern. Bunte Fleecedecken lagen in großen Mengen bereit. Viele der Feiernden hatten sie sich bereits um die Beine gelegt. Nötig war es eigentlich nicht, denn aus mehreren Wärmepilzen strömte unentwegt heiße Luft.

Er suchte nach Ole und fand ihn am letzten Tisch in der Reihe. Sein Rollstuhl stand an der Kopfseite des Tisches. Wie erwartet führte sein Kumpel das Gespräch. Er gestikulierte wild, und sein Lächeln strahlte heller als die Feenlichter an den Wänden. Kein Wunder, dass die Plätze auf den Bänken um ihn herum alle besetzt waren. Thorbjørn gehörte zu Oles Bewunderern, ebenso Ragnhild und Sven Petterson sowie Mette Ibsen. Dann fiel Bjarnes Blick auf Annabell, und sein Magen machte einen Salto. Natürlich saß sie direkt neben Ole. Natürlich gelang es seinem Freund wieder einmal, mit seinem Charme jede Distanz zu überbrücken und selbst die geheimnisvollste, interessanteste Frau, die Bjarne seit Jahren getroffen hatte, im Handumdrehen für sich zu gewinnen.

Ohne Annabell anzusehen, steuerte Bjarne geradewegs auf Ole zu.

Sein Freund sah ihn kommen und hob grüßend die Hand. »Hei, hei, hei! Da ist ja der Held des Tages. Komm, setz dich zu uns. Ich habe gehört, du hast ein verletztes Lamm gerettet, das muss gefeiert werden.«

Ole zurechtzuweisen, dass es in Wahrheit Annabell gewesen war, die das Lamm nicht nur gefunden, sondern auch darauf bestanden hatte, es mit ins Tal zu nehmen, verkniff Bjarne sich. Aus dem Augenwinkel sah er, wie sie einen Schluck Tee nahm. Als sie den Becher wieder absetzte, glänzten ihre Lippen feucht, und sie sah ihm direkt in die Augen. Der Schein der Feenlichter spiegelte sich in ihren Pupillen. Sie lächelte ihm zu und rückte ein Stück zur Seite, und auf einmal bereute er, sich Zwiebeln auf seine Wurst hatte legen lassen. »Thorbjørn, Mette, Sven und Ragnhild haben Ole gerade von ihrem Vorhaben mit der Genossenschaft erzählt. Berit hat mich gebeten, mich an ihrer Stelle um die Sache zu kümmern. Ich habe mit solchen Dingen ein wenig Erfahrung. Aber Ole meint, dass es in manchen Lebenslagen nicht auf die Theorie ankomme. Man muss sie erlebt haben, sagt er.« Ihr Blick flackerte zu Bjarnes altem Kumpel, nur kurz, dann sah sie wieder ihn an. »Mit dem, was Elvasund so speziell macht und was die Leute hier zu bieten haben, sei es dasselbe. Er meinte, wenn mich niemand richtig in die Geheimnisse von Elvasund einweiht, kann ich euch gar nicht helfen, eure Initiative ins rechte Licht zu rücken.«

»Und jetzt darfst du raten, wen ich der lieben Annabell als Reisebegleiter vorgeschlagen habe.« Vielsagend wackelte Ole mit den Augenbrauen.

»Dein feiner Stadtpinkel meinte, sicher würde sich Annabell ein Bild davon machen wollen, wie barrierefrei unsere Unternehmen hier sind, und hat sich ganz selbstlos angeboten«, schaltete Sven sich ein.

Mette kniff die Lippen zusammen und warf Annabell einen vernichtenden Blick zu. Immer wenn Ole in Elvasund zu Besuch war, ergriff Mette die Gelegenheit, sich ihm an den Hals zu werfen. In der Regel genossen beide das Spiel ohne Verpflichtungen. Bjarne hatte sich schon darauf eingestellt, dass sein Kumpel einige Nächte nicht bei ihm auf dem Hof verbringen würde. Aber offenbar hatte er vorschnelle Schlüsse gezogen. Der gute Ole hatte ein neues Ziel für seinen Charme gefunden, und aus Erfahrung wusste Bjarne, dass Ole erst aufgab, wenn sein Opfer den Köder schluckte. Kein Wunder, dass Mette so sauertöpfisch guckte. Auch Bjarne lag mit einem Mal die Grillwurst tonnenschwer im Magen.

Annabell schien das alles gar nicht zu bemerken. Sie klopfte mit der Hand auf das Stück freie Bank neben sich. »Hier ist noch Platz«, sagte sie.

Er biss die Zähne zusammen und stapfte davon. Ganz bestimmt würde er nicht dabei zusehen, wie Ole Annabell umgarnte. Sicher, Ole schuldete ihm nichts. Im Gegenteil. Bjarne schuldete Ole alles, und wenn Ole Annabell die mystische Landschaft Mittelnorwegens zeigen wollte, dann war das sein gutes Recht. Aber anschauen musste Bjarne sich das nicht. Er spürte die Blicke der anderen auf sich, hörte das Tuscheln, aber ließ nicht zu, dass es ihn berührte. Daran, der seltsame Kauz zu sein, war er ein Leben lang gewöhnt. Was hatte er sich eingebildet, zu hoffen, dass es einmal anders sein könnte. Eigentlich war er alt genug, es besser zu wissen.

»Meine Güte, was für ein Arsch!« Annabell hatte nicht geplant, das laut auszusprechen, aber nun, da die Worte ihr über die Lippen gerutscht waren, bereute sie sie nicht. Sie war nicht die Einzige, die Bjarne kopfschüttelnd hinterhersah. Auch die anderen am Tisch schienen ratlos, welche Laus ihm nun schon wieder über die Leber gelaufen war.

»Ist der immer so?« Ihre Frage richtete sie an Ole. Von dem, was sie bisher erfahren hatte, war er einer von Bjarnes engsten Freunden. Wenn irgendwer das Geheimnis entschlüsselt hatte, wie man am besten mit dem grimmigen Schäfer umging, dann wohl er.

Um sie herum nahmen die Gespräche wieder Fahrt auf, und niemand kümmerte sich mehr um Bjarnes seltsames Verhalten. Wie es aussah, hatte die Idee mit der Genossenschaft viele Anhänger in Elvasund. Die meisten schienen fest entschlossen, ihrem abgelegenen Tal neues Leben einzuhauchen, und waren geradezu euphorisch gewesen, als sie gehört hatten, dass Annabell vom Fach war, wenn es darum ging, ein erfolgversprechendes Konzept zu entwickeln. Diese Hochstimmung konnte auch die Griesgrämigkeit eines einsamen Bergtrolls nicht dauerhaft vertreiben.

»Er ist kein Arsch.«

Annabell zuckte zusammen. Mit einer Antwort von Ole hatte sie nicht gerechnet. »So? Wie würdest du es dann nennen? Jedes Mal, wenn wir uns über den Weg laufen, ist er entweder supernett zu mir oder superunfreundlich. Ein Chamäleon ist gar nichts gegen den.«

»Er ist unsicher.« Ole lehnte sich in seinem Rollstuhl vor und sprach nun leise genug, damit nur sie ihn hörte. »Er mag dich, und das macht ihm Angst.«

»Klar, weil ich ja so beängstigend bin.« Sie verdrehte die Augen. »Das erste Mal, als wir uns gesehen haben, wurde ich gerade von einem Gänserich attackiert, das zweite Mal bin ich beim Pinkeln in einen Abgrund gestürzt.« Sie erwartete, dass er lachte oder nach weiteren Details fragte, doch das tat er nicht. Ole blieb absolut ernst.

»Nicht du. Er selbst. Er kann nicht gut mit Menschenmengen umgehen, und wer will ihm das verübeln? Ich jedenfalls nicht. Menschen können echt unfair sein. Vor allem, wenn einer anders ist, als man erwartet. Bei dir hätte ich allerdings nicht geglaubt, dass du dich von seiner rauen Schale täuschen lässt. Er ist ein Schaf im Wolfspelz, wenn du so willst. Und dass es anderen leichter fällt, sich in größeren Gruppen zu bewegen, macht ihn knatschig.«

»Aber ich habe doch gar nichts gemacht! Er ist es, der

mich ständig abblitzen lässt und plötzlich kein Wort mehr mit mir redet.«

»Und du kannst dir wirklich nicht ausmalen, warum?«

»Nein, warum sollte er? Immer, wenn wir uns bisher gesehen haben, habe ich mich gefreut. Okay, gut, beide Male musste er mir aus der Patsche helfen, und vielleicht hat er einfach keinen Bock mehr, ständig den Retter ...«

»Er schämt sich, Annabell. Jedes Wort ist für ihn ein Kampf, jedes Stottern eine Schwäche. Du siehst in ihm einen Helden? Alle anderen sehen ihn als Opfer eines erbärmlichen Handicaps. Und glaub mir eines, kein Mann will vor einer Frau, die ihm gefällt, wie ein Schwächling dastehen.«

Von dem, was Ole ihr da offenbart hatte, verdiente vieles ihre Aufmerksamkeit. Eines jedoch traf sie wie ein Schlag vor die Brust. »Du meinst, ich gefalle ihm?«

Diesmal verdrehte Ole die Augen. »Darauf antworte ich nicht. Wo sind wir, im Kindergarten? Du hast Augen im Kopf, oder? Wie wäre es, wenn du sie benutzt, um hinzusehen?«

Das tat sie. Sie sah hin. All die kleinen und etwas größeren Gesten tauchten vor ihrem inneren Auge wieder auf. Die zufälligen Berührungen, die Blicke, die er ihr zugeworfen hatte, das schüchterne Lächeln, das sie manchmal meinte hinter seinem Bart zu entdecken. Die Bereitschaft, ihr zu helfen, wenn sie ihn brauchte, und die Güte, mit der er über die peinlichen Aspekte ihrer Zusammentreffen hinwegging, damit sie sich nicht unwohl fühlen musste.

»Ich muss gehen.« Sie stand so schnell auf, dass ihr schwindelig wurde, schloss kurz die Augen, um das Gefühl niederzuringen, und lief los.

»Hinter den Koppeln«, rief Ole ihr nach. »Da ist ein Freisitz mit Blick auf den Fjord. Da ist er gerne, wenn er schmollen will.«

Sie bedankte sich nicht, sondern machte sich auf die Suche. Ein paar Leute sahen ihr verwirrt nach, als sie sich einen Weg durch die Menge bahnte. Es war ihr egal. Sollten sie sie doch für unhöflich halten.

Nur ein paar Schritte vom Festplatz entfernt fand sie den Freisitz. Ein Holzverschlag, der von hinten an das Häuschen einer Bushaltestelle erinnerte. Sie verlangsamte ihre Schritte. Wenigstens hatte es aufgehört zu regnen, und dort, wo der Wind die Wolken vom Himmel gepustet hatte, leuchteten die ersten Sterne.

»Bjarne?« Sie wollte ihn nicht erschrecken. »Ich bin's. Kann ich mich zu dir setzen?«

Er antwortete nicht, seine Gestalt ein Schatten in der Dunkelheit. Dass der Schatten ein Stück zur Seite rückte, um ihr Platz auf der Bank zu machen, deutete sie als Einladung.

Auch hier lag über der hölzernen Sitzfläche ein Schaffell. Neben Bjarne nahm Annabell Platz. Mit den Fingern strich sie über das flauschige Fell. »Es fühlt sich ganz anders an als bei Loki. Viel weicher.«

»Weil die Felle bearbeitet werden, bevor sie in den V-V-Verk---auf kommen.«

Annabell hörte den Stolperer in Bjarnes Worten. Bisher hatte sie nie besonders darauf geachtet, wenn er Zeit brauchte, um auszudrücken, was er sagen wollte. Jetzt, nachdem Ole sie darauf hingewiesen hatte, konnte sie das Zucken in Bjarnes Wangen nicht mehr übersehen. Die Grimmigkeit, mit der er den harten Konsonanten über die Lippen zwängte, als hätte er ihm persönlich den Kampf angesagt. Ihre Finger kribbelten, so gerne hätte sie ihm eine Hand auf den Rücken gelegt. So, wie er es heute auf der Wanderung bei ihr getan hatte, immer dann, wenn er gespürt hatte, dass ihre Kräfte nachließen. Nein, ermahnte sie sich im Stillen. Nein, nein, nein. Gib keine falschen Signale. Mach es nicht schwerer für ihn. Du bist nicht in der Lage, irgendwas anzufangen. Ganz egal, wie sehr du dich zu ihm hingezogen fühlst.

»Ich habe an dich gedacht. Nicht jetzt. Ich meine ... nicht nur jetzt.« Die Heftigkeit, mit der er sprach, überraschte sie. »Seit ich dich zum ersten Mal gesehen habe. Ich ...« Er schluckte. In seinem Profil konnte sie den Adamsapfel sehen, wie er schwer in der Kehle arbeitete. »Ich bin nicht gut mit Leuten. Nie gewesen. Wenn ich allein bin, auf meinem Hof, dann ... dann fühle ich mich oft sehr ... einsam. Allein. Aber ...« Er setzte die Mütze ab, die er trug, fuhr sich mit der Hand durch die Haare. Dann kratzte er sich den Bart, die Mütze behielt er in der Hand, zwirbelte den Stoff, als könnte er so die passenden Worte daraus hervorwringen. »Wenn ich unter Menschen bin, dann ist es auch nicht gut. Wenn sie mich ... ansehen, fühlt es sich an wie ... wie Ameisen auf der Haut.« Er atmete durch, legte die Mütze weg, dann fuhr er fort. »Manchmal gibt es Menschen, die ... fallen dazwischen. B-b-ei denen fühle ich mich n-n-nicht falsch und nicht a-a-llein. Bei dir war das s-s-so. Deshalb w-w-wollte ich dich w---iedersehen.«

Annabell schlug die Augen nieder. Wärme breitete sich in ihrem Körper aus, pulsierte im Rhythmus ihres Herzschlags durch die Adern. Natürlich hatten ihr schon vorher Männer

Komplimente gemacht. Danny aus Dublin war so ein Fall gewesen. Er hatte über ihre Witze gelacht und ihr gesagt, wie attraktiv sie sei. Sie hatte ihm nicht glauben müssen, um seine Aufmerksamkeit zu genießen. Und am Morgen danach hatte der bittere Geschmack von zu viel Aperol Spritz in ihrem Mund das letzte bisschen des guten Gefühls vertrieben, das seine falschen Komplimente hervorgerufen hatte. Sie hatte sich die Zähne geputzt, den schalen Geschmack einer banalen Nacht beseitigt und Danny vergessen. Bis ein Schwangerschaftstest ein paar Wochen später die Erinnerung an ihn und die wenigen Stunden, die sie geteilt hatten, zurück an die Oberfläche gezerrt hatte.

Das, was Bjarne ihr da sagte, ging weit über alle Komplimente, die sie in ihrem Leben bisher erhalten hatte, hinaus. Es war ehrlicher. Bedeutungsvoller. Und sie durfte ihn trotzdem nicht zu nah an sich heranlassen.

»Danke«, flüsterte sie. Nach dem, wie sehr er sich ihr gegenüber geöffnet hatte, wäre es noch grausamer gewesen, zu schweigen, als zu sprechen. »Ich fühle mich geehrt. Ich ...« Sie lächelte, konnte einfach nichts dagegen tun. Vielleicht schützte die Dunkelheit sie und ihn vor der Dummheit, der dieses Lächeln die Tür öffnen könnte. »Ich habe auch an dich gedacht. Viel und oft.« Und dann geschah es. Sie machte den einen Fehler, den sie um jeden Preis hatte vermeiden wollen, und drehte ihm ihr Gesicht zu.

Er hatte das Gleiche getan. So nah waren sie sich plötzlich, dass sie seinen Atem auf ihren Lippen spüren konnte. Er roch süß nach dem Glühwein, um den sie ihn so beneidet hatte, mit einer vagen Schärfe von der Bratwurst. Ihre Augenlider flatterten. Er kam ihr näher, sein Mund öffnete sich. Nur ein kleines bisschen. Gerade genug, damit es als Einladung durchgehen konnte. Es war der perfekte Moment an einem der romantischsten Orte, den sie je gesehen hatte, hoch über dem Fjord, auf den das Mondlicht silberglänzende Pfützen goss. Unter den funkelnden Sternen im Schutz einer einfachen Hütte aus Holz. Sie hatte nicht die Kraft, Nein zu sagen. Der Sog war zu stark. Der Wunsch, sich sicher zu fühlen, nur einen Moment befreit von der Ungewissheit ihrer Zukunft zu sein, war zu heftig, und sie tat, wovon sie wusste, dass es ein Fehler war, und drückte ihre Lippen auf seine.

9

Annabell küsst mich. Annabell. Küsst. Mich. Nein, egal, wie sein Gehirn die Worte betonte, sie ergaben keinen Sinn. Sie schmeckte wunderbar. Warm und weich. Nach Tee mit Milch und Zucker, wie sein Bestefar ihn immer getrunken hatte. Er wollte mehr davon. Musste mehr davon bekommen, legte den Kopf schief, um besseren Zugang zu ihrem Mund zu erhalten, öffnete die Lippen, stupste mit der Zungenspitze in ihren Mundwinkel.

Annabell zuckte zurück. Zischend atmete sie ein, sprang von der Bank auf. Er wollte nach ihr greifen, aber seine Hände fassten ins Leere.

»Vorsicht! Fall nicht hin.« Vom Rand des Freisitzes aus ging ein Abhang steil nach unten. Irgendetwas musste er falsch gemacht haben, und er wollte nicht die Schuld an einem weiteren Unfall zu seinen Sünden zählen müssen.

Wie eine Statue blieb sie stehen. Ihre Augen waren riesengroß, bodenlose Seen in der Dunkelheit. »Es tut mir leid«, flüsterte sie. Der Schreck über das, was sie getan hatte, war nicht nur in ihren Augen sichtbar, sondern auch in ihrer

Stimme zu hören. »Ich hätte nicht ... Ich sollte nicht ... Es ...«

»Ich bringe dich nach Hause.« Er stand ruckartig auf, um ihr und sich selbst weitere Erklärungen zu ersparen.

»Nein. Du verstehst nicht. Es liegt nicht an dir.«

»Es liegt an dir?« Das war das Klischee, mit dem sie die Situation retten wollte? Bis gerade hätte er mit ihrer Zurückweisung leben können. Er verstand sie nicht, immerhin hatte sie den Kuss initiiert, aber es war kaum so, dass sie ihn vor dem Traualtar hatte sitzen lassen. Doch dass sie die Notwendigkeit verspürte, irgendwelche hanebüchenen Begründungen aus dem Hut zu zaubern, ärgerte ihn.

Er packte ihre Hand und zog sie zu dem Trampelpfad, der vom Freisitz zur Straße führte. Ein paar Schritte lang ließ sie es zu, dann befreite sie sich aus seinem Griff.

»Hör mir zu«, bat sie.

»Du bist mir keine Erklärung schuldig. Es war ein Kuss. Du hast es dir anders überlegt. Fertig.«

»Ich habe es mir nicht anders überlegt.« Er wollte sich nicht mit ihren Beschönigungen demütigen, aber da war etwas in ihrer Stimme, eine Art verzweifeltes Sehnen, das ihn innehalten ließ. Er steckte die Hände in die Manteltaschen, wandte sich ihr zu und hob abwartend die Augenbrauen.

»Ich wollte dich küssen.« Sie fuhr sich mit einer Hand über die Stirn, streifte eine Haarsträhne hinters Ohr, die sich aus ihrem Pferdeschwanz gelöst hatte. »Um ehrlich zu sein, will ich es immer noch. Aber ich bin ... Ich kann jetzt nichts anfangen, Bjarne. Es ist unmöglich, und du würdest es auch gar nicht wollen.«

Ein paar Sekunden lang wartete er ab, ob sie weiter ausholen würde. Als sie es nicht tat, wiederholte er, was er bereits vorher gesagt hatte. »Ich bring dich jetzt nach Hause, Annabell. Wir können so tun, als ob dieser Kuss nie stattgefunden ...«

»Ich bin schwanger.« Das Geständnis purzelte ihr über die Lippen, als seien sie die ersten Kiesel einer Steinlawine. Beim zweiten Mal wiederholte sie die Worte langsamer.

»Ich bin schwanger, Bjarne. Und ich habe keine Ahnung, wer der Vater ist. Ich wollte nie Kinder. Ich wollte Karriere machen. Selbstbestimmt leben, verstehst du?« Sie schniefte. »Das war mit ein Grund, warum mein Ex-Partner mich nach zwölf Jahren Beziehung verlassen hat. Kurz darauf habe ich meinen Job verloren. Betriebsbedingte Kündigung, und kein halbes Jahr nach unserer Trennung hat Philipp eine andere geheiratet. Da war seine Braut schon sichtbar schwanger.« Sie lachte ein freundloses Lachen.

»Willst du dich setzen?«, fragte er vorsichtig. »Vielleicht redet es sich so leichter.«

Sie schüttelte den Kopf, und er verstand sie. Mit Worten, die einem kratzig im Hals lagen, war es wie mit Pflastern. Manchmal war es am wenigsten schmerzhaft, sie mit einem Ruck zu entfernen. »Ich war auf ihrer Hochzeit. Weil wir uns ja im Guten getrennt hatten.« Wieder lachte sie. »Gibt es das überhaupt? Sich im Guten trennen? Ich glaube ja mittlerweile, dass es nur so eine Wendung ist, die sich Menschen erzählen, um nach außen den Schein zu wahren.«

»Ich weiß es nicht.« Er hielt es nicht mehr aus, streckte die Hand aus und fuhr mit den Fingerspitzen über ihren Handrücken. Eine kleine Berührung, die ihr zeigen sollte, dass sie nicht allein war.

Sie fuhr fort. »Wie auch immer. Sie sahen so glücklich aus. Philipp und seine Braut, meine ich. Und ich war so allein. Ich habe die Feier nach der Vorspeise verlassen. Eigentlich wollte ich nur in Ruhe irgendwo ein Glas trinken gehen. Irgendwo, wo mich nicht alle anstarren, weil ich die ausrangierte Ex war, die leer ausgegangen ist. Es war ein warmer Sommerabend und die Terrassen am Elbufer noch voll.« Sie starrte in die Ferne, als würde sie dort alles vor sich sehen, so, wie es gewesen war. »Da war dieser Typ, er hat sich als ›Danny aus Dublin‹ vorgestellt und war gerade mit seinen Kumpeln auf einer Europatour. Paris, Brüssel, Hamburg, Berlin.« Sie wirkte so verletzlich, während sie sprach, als würde sie jederzeit damit rechnen, dass er sie unterbrechen und verurteilen würde. »Er hat mir geholfen, mich ein paar Stunden lang besser zu fühlen. Als ich am Morgen aus seinem Hotelzimmer geschlichen bin, habe ich nicht erwartet, dass ich noch oft an diese Nacht zurückdenken werde.«

Ein Schmerz zerrte in Bjarnes Brust. Wahrscheinlich war es sein Herz, das für sie brach. Er wusste, wie es war, sich einsam zu fühlen. Auch er hatte bereits Trost in fremden Betten gesucht. Ihm fiel es nicht leicht, Kontakte zu knüpfen, aber die Natur hatte es gut mit ihm gemeint. Rote Haare waren zurzeit beliebt bei der Damenwelt, da sahen sie es oft genug auch nicht so eng, dass er wortkarg war. Im Gegenteil, es verlieh ihm eine grüblerische Aura, hatte ihm einmal eine Studentin aus Antwerpen ins Ohr geflüstert.

Annabell war eine attraktive Frau. Natürlich war sie nicht lange allein geblieben, als sie versucht hatte, der Einsamkeit zu entfliehen. Sie hatte getan, was Hunderte Singles Tag für

Tag taten. Sie verdiente es nicht, allein mit den Konsequenzen ihres Handelns dazustehen.

Bjarne war kein Mensch schneller Entschlüsse, doch diesmal fackelte er nicht lange. Er überbrückte die verbliebene Distanz zwischen ihnen und zog sie in seine Arme. Eine Hand legte er an ihren Hinterkopf, barg ihr Gesicht in der Kuhle seines Halses. Sie schluchzte und wehrte sich, gleichzeitig schmolz sie in seine Umarmung. Wie lange war es wohl her, dass jemand diese Frau gehalten hatte? Sie war so stark, wirkte so unerschütterlich. Aber Stärke war etwas, was das Leben einen lehrte, wenn es nicht mehr anders ging.

»Ich weiß nicht, was ich machen soll, Bjarne«, schniefte sie an seinem Hals. »Ich weiß überhaupt nichts. Wenn ich versuche, weiter in die Zukunft zu denken als nur vom Morgen bis zum Abend, dann wird mir ganz schlecht. Ich kann dich nicht in das Chaos mit hineinziehen, das mein Leben momentan ist. Das Beste ist, du gehst mir aus dem Weg. Ich ...«

»Pscht«, machte er und streifte mit den Lippen ihre Schläfe. Von der Feier hallte Musik bis zu ihnen hinüber. Er konnte sich nicht vorstellen, sie dorthin zurückzulassen. Nicht nach allem, was sie ihm gerade anvertraut hatte. »Ganz ruhig. Ich bring dich nach Hause.«

Es war das dritte Mal, dass er ihr das heute anbot, und diesmal ließ sie es zu.

Natürlich hatte Annabell nicht damit gerechnet, dass es Bjarne gelang, eine Lösung für ihre verzwickte Lebenssituation aus dem Hut zu zaubern, kaum dass sie ihm ihr Herz ausschüttete. Ihre Schwangerschaft war ihr Problem. Nichts, was er hätte sagen können, hätte daran etwas geändert. Im Grunde musste sie froh sein, wie feinfühlig er mit ihrem Geständnis umgegangen war. Er war weder schreiend davongelaufen, noch hatte er so getan, als wäre ihre Bredouille ein Klacks. Nein. Er hatte sie in den Arm genommen und war für sie da gewesen. Eine bessere Reaktion hätte sie sich nicht wünschen können.

Dennoch drückte die Stille im Auto jetzt noch mehr als früher am Tag auf ihr Gemüt. Sie war froh, als sie die Abfahrt zum Solgård erkannte. Nur noch Minuten, dann würde sie in ihrem Bett liegen und ... Moment, nein, das stimmte nicht. Da war ja noch Loki, nach dem sie sehen musste.

Bjarne brachte den Wagen zum Stehen. Womöglich hätte sie sich wundern sollen, dass der Sandplatz zwischen den Gebäuden des Solgård bis auf den letzten Platz belegt war, aber sie war zu erschöpft, um das, was sie sah, zu hinterfragen. Sie löste den Sicherheitsgurt. »Bis dann. Danke fürs Mitnehmen.«

»Soll ich noch einmal nach Loki sehen? Du wirkst müde.«

Sie lächelte. Nein, Bjarne war nicht der Typ für große Worte. Aber was er sagte, hatte Gewicht. Anzunehmen, dass er unsensibel war, nur weil er wenig sprach, wäre ein riesiger Fehler. Er bevorzugte einen Platz im Hintergrund, doch von dort nahm er umso mehr wahr.

»Ich wirke nicht nur müde, ich bin es auch.« Mit dem Türgriff in der Hand hielt sie inne. »Wir könnten zusammen nach ihm sehen.«

Bjarne nickte. Er stieg aus, umrundete die Schnauze des SUV und half ihr beim Aussteigen. Auf den wenigen Schritten bis zur Spinnerei hielt er ihre Hand in seiner.

Loki schlief. Vielleicht träumte er, denn seine unbandagierten Hinterläufe zuckten hin und wieder.

»Müssen wir ihn wecken, damit er noch mal etwas trinken kann?«

»Nein. Guck, er hat Heu gefressen. Und verdaut hat er auch.« Bjarne deutete auf die Köttel, die im Bodenstroh lagen. »Er ist ein kräftiges Kerlchen. Kräftiger, als ich zuerst dachte. Bis morgen früh hält er locker durch.« Vorsichtig, als hätten sie Angst, das Böckchen aufzuwecken, schlichen sie aus der Spinnerei. Ihre Hand in der von Bjarne, den wolligen Lanolingeruch in der Nase, vermischt mit dem grünen Aroma von Heu. Und da, zum ersten Mal, fühlte sie etwas. Ein erstes Zucken von Freude in ihrem Magen. Ein Bild stieg vor ihrem inneren Auge auf. Sie sah sich, in einem Jahr vielleicht, wie sie statt aus einem zugigen Holzhaus aus einem warmen Kinderzimmer schlich. Wie sie statt Fell unter ihren Fingern feinsten Babyflaum fühlte. Wie sie sich auf ein paar Stunden ungestörten Schlafs freute und doch wusste, dass sie leichten Herzens aufstehen würde, wenn ihr Kind sie vor dem Weckerklingeln brauchte. Nur für die Dauer eines Herzschlags stand die Szenerie vor ihren Augen, dann erlosch sie wieder. Ausgeblasen von Selbstzweifeln und Ungewissheit.

Vor der Haustür des Wohnhauses blieb Bjarne stehen.

Sie sah zu ihm auf, zwang sich zu einem Lächeln. »Danke«, wisperte sie. »Fürs Nachhausebringen. Und auch fürs Zuhören.«

In seinem Bart versteckte sich ein Lächeln.

»Gute Nacht, Bjarne.«

»Gute Nacht, Annabell.«

So blieben sie stehen. Sekunden, vielleicht auch Minuten. Bjarne war es, der ihre Verbindung löste, sich einen Ruck gab, sich umdrehte und zu seinem Auto ging.

Wieder einmal sah sie ihm nach. Sah die Rückleuchten des SUV aufflackern, hörte das Knirschen von Kies unter den Rädern und das sich langsam entfernende Röhren des Motors. Erst als ihr Herz wieder langsam und gleichmäßig schlug und das Rauschen in ihren Ohren komplett verklungen war, legte sie die Hand auf den Türknauf und öffnete die Tür ins Wohnhaus.

Sie trat ein, streifte sich die Schuhe von den Füßen, tastete im Dunkeln nach dem Lichtschalter.

Jemand atmete heftig ein. Ein Kichern folgte. Die Glühbirne der Flurlampe flackerte, ehe sich der Eingangsbereich erhellte. Annabell traute ihren Augen nicht.

Zwei Körper stoben auseinander. Das waren ...

»Oh, mein Gott! Das tut mir so leid, ich wusste nicht ...«

Berit kicherte wie ein Backfisch.

Oh mein Gott, oh mein Gott, oh mein Gott! Annabell hatte das wirklich gesehen, oder? Thorbjørns Hand war wirklich unter Berits Pullover gewesen, als das Licht angegangen war.

»Nicht dein Fehler, Kindchen.« Der pensionierte Tierarzt richtete sich die Brille. »Wir hätten uns nicht so lange hier unten aufhalten sollen. Mit Berits Schlafzimmer ist alles in Ordnung.«

»Kein Problem.« Annabell bemühte sich sehr, sehr stark

darum, keine Grimasse zu ziehen. »Ich wollte ohnehin sofort ins Bett gehen. Ich ...« Etwas linkisch hob sie die Hand. »Ich gehe dann also mal. Gute Nacht, ihr beiden. Und, ähm, schlaft gut.«

»Du auch.« Thorbjørn zwinkerte ihr zu. »Wir sehen uns morgen. Beim Frühstück.«

»Sehr gut. Bis dann.« Ihre Stimme piepste. Warum piepste ihre Stimme? Eine halbe Treppe hatte sie geschafft, als Berit noch einmal nach ihr rief.

»Annabell?«

»Ja?«

»Musik hilft beim Einschlafen. Am besten, wenn du sie über Kopfhörer hörst.«

»Ich glaube nicht, dass ich eine Einschlafhilfe brauche. Ich bin echt ...«

Berit verdrehte die Augen, Thorbjørn feixte, und da fiel es Annabell wie Schuppen von den Augen.

»Oh«, machte sie, »ohhhh. Ja, klar, ähm, Musik ist toll. Vor allem vor dem Einschlafen. Über Kopfhörer. Ich verstehe schon. Ich guck mal, ob ich welche habe. Ich ... ähm ... Nacht!«

Das Lachen der beiden Älteren begleitete sie bis hinauf unters Dach. Das also war das Geheimnis, wie man Seite an Seite älter werden und sich doch die Jugend behalten konnte. Mit Philipp wäre sie niemals auf die Idee gekommen, irgendwo zu knutschen, wo sie hätten erwischt werden können. Diese Art von Paar waren sie nicht gewesen. Und Berit und Thorbjørn? Annabell hatte nicht einmal gewusst, dass ihre Arbeitgeberin dem Werben des Tierarztes überhaupt nachgegeben hatte.

Sie kuschelte sich tief unter die Bettdecke, schloss die Augen und wartete auf den Schlaf. Es ging sie ja eigentlich gar nichts an. Und doch. Schön wäre es schon, nicht allein zu sein in diesem Bett. Jemanden zu haben. So wie Berit heute Thorbjørn hatte, der sie hielt und küsste und so offensichtlich anbetete. Es war leichter als gedacht, nicht an Berit und ihren Galan zu denken. Denn das Gesicht, das sie vor sich sah, als sie die Augen schloss, war nicht das ihrer Vermieterin und auch nicht das des pensionierten Tierarztes. Es war das Gesicht von Bjarne in dem Moment, bevor er sie in seinen Arm gezogen hatte.

10

Beim Aufwachen am nächsten Morgen hingen Annabells Lider bleischwer auf den Augen. Als Nächstes fielen ihr das Kratzen im Hals und das Pochen hinter den Schläfen auf. So viel zum Thema nie wieder Alkohol. Ächzend rollte sie sich auf den Rücken. Aber halt, sie hatte gar nicht getrunken. Nicht einen einzigen Schluck. Selbst auf den herrlich duftenden Gløgg hatte sie verzichtet, und das war ein echtes Opfer gewesen.

Sich die Augen reibend, setzte sie sich auf. Nicht nur ihr Kopf tat weh, auch ihre Nase war total dicht. Wenigstens die Übelkeit ließ momentan auf sich warten.

Noch immer in Pyjama und Hausschlappen, stolperte sie zum Bad. Sie putzte sich die Zähne und fühlte sich dabei wie eine nicht besonders fitte Hundertzwanzigjährige. Aber in seinem Verschlag in der Spinnerei wartete Loki auf sie, und sie hatte Thorbjørn und den anderen Genossenschaftsmitgliedern versprochen, sich erste Gedanken um die Präsentation zu machen, mit der sie die Initiative der Tourismusbehörde vorstellen wollten, und …

»Annabell? Bist du das?« Berits Stimme hallte die Treppe herauf. »Komm zum Frühstück. Camilla macht Waffeln.«

»Ich bin noch nicht angezogen.« Das war, was sie eigentlich hatte rufen wollen. Heraus kam etwas, das wie das Grunzen eines rüsselkranken Ameisenbärs klang.

»Wir gucken dir schon nichts ab. Jetzt komm. Warm schmecken die Waffeln am besten.«

Also gut. Wenn die Chefin rief, blieb ihr nichts anderes übrig, als zu folgen.

Sie schlurfte die Treppe hinunter. Bereits vom Flur aus kam ihr das Geschnatter der Familie entgegen. Kein Mensch war in der Küche. Annabell folgte dem Lachen, und beim Betreten des Wohnzimmers wäre ihr um ein Haar die Spucke weggeblieben. So harmonisch hatte sie die Solbergs selten erlebt. Sie hatten sich um den großen Esstisch versammelt, auf der glänzenden Tischplatte lag eine hübsche Spitzentischdecke. Die Kerzen auf dem mehrarmigen Leuchter brannten. Aus Tassen dampfte Tee oder Kaffee, und in der Mitte des Tischs lag ein großes Holzbrett, auf dem sich ein Berg Waffeln türmte. Die Menge an Gebäck hätte gut und gerne eine ganze Armee satt gemacht.

Linnea war bereits mit den Leckereien beschäftigt. Sie hatte ihre Waffel dick mit Himbeermarmelade bestrichen und zusätzlich mit Scheiben von … irgendwas belegt. Was genau es war, konnte Annabell nicht sagen, aber dem Mädchen schien es zu schmecken. Linnea grinste übers ganze Gesicht.

Gegenüber von Camilla und den Kindern saß Berit und neben Berit Thorbjørn. Zum ersten Mal sah Annabell den pensionierten Tierarzt ohne Hut und Fliege. Er trug dasselbe Hemd wie am Vorabend, doch heute standen die ersten drei Knöpfe am Hals offen, und der Stoff war sichtlich zerknittert. Ihn selber schien sein Aufzug kein bisschen zu stören. Er war es, der Annabell als Erster bemerkte.

»Meine Liebe«, rief er, »komm, komm, setz dich. Tee? Nimm dir eine Waffel. Wie magst du sie? Mit Butter? Marmelade? Wir haben auch *Brunost*, aber vielleicht ist das ein bisschen zu exotisch für jemanden, der nicht von hier kommt.«

»Tee, bitte«, krächzte sie. Mehr brachte sie nicht aus dem schmerzenden Hals.

Berit füllte eine Tasse und reichte sie Annabell stirnrunzelnd. »Du bist krank«, stellte sie fest.

»Es geht schon«, log sie. Aromatischer Dampf aus der Teetasse stieg ihr in die Nase und half ein wenig, um die Nebenhöhlen zu befreien. »Ich muss nach Loki sehen.«

»Schon passiert«, mischte sich nun wieder Thorbjørn ein. »Laut veterinärmedizinischer Fachmeinung geht es dem Böckchen prima. Liam hat mir geholfen. Wir haben die Wunde an der Flanke neu verbunden, ihm eine Flasche Biestmilch verabreicht und das Stroh erneuert. Alles ist in bester Ordnung. Was ist jetzt mit deiner Waffel?«

»Ich hab keinen Hunger.« Annabell hasste es, den sterbenden Schwan zu mimen, aber ihr ging es wirklich bescheiden.

»Ach was, der Appetit kommt beim Essen. Du brauchst Kraft. Schließlich isst du nicht nur für dich.«

Annabell wollte sich darüber ärgern, dass ihre Schwangerschaft offenbar schon zum Allgemeinwissen in Elvasund gehörte, aber nicht mal dafür hatte sie Energie. Schweigend nahm sie von Thorbjørn den Teller entgegen. Wie bei Linnea befand sich auf ihrer Waffel nun eine dicke Schicht Himbeermarmelade. Das bräunliche Zeug hatte Thorbjørn mit einem Käsehobel in dünne Scheiben geschnitten und neben das Gebäck gelegt.

»Was ist das?«, fragte sie.

»Brunost – Braunkäse. Probier einfach. Brunost ist ein Molkekäse aus Kuhmilch.«

»Und warum ist der braun?« Noch war Annabell nicht überzeugt. Aber nicht nur Linnea, auch alle anderen kombinierten den Käse zu den Waffeln mit Marmelade.

»Das kommt vom langen Kochen. Dadurch karamellisiert die Molke, und der Käse bekommt einen süßlichen Geschmack.«

»Die Legende besagt, dass eine Magd vor vielen Hundert Jahren die Molke auf dem Herd vergessen hat, sodass sie angebrannt ist. Sie hat ihr Missgeschick bemerkt und gerührt wie eine Wilde, sodass sich das Karamell vom Boden gelöst hat, aber die braune Farbe ist geblieben. Weil die Familie zu arm war, um die verdorbene Molke wegzuschütten, haben sie trotzdem Käse draus gemacht und festgestellt, dass er auf diese Weise sogar noch besser schmeckte, als wenn die Magd alles richtig gemacht hätte.« Berit zwinkerte ihr zu und schnitt sich ein großzügiges Stück Waffel auf ihrem Teller ab, um es sich in den Mund zu schieben. Übertrieben genießerisch verdrehte sie die Augen.

Selbst Liam amüsierte die Vorstellung seiner Großmutter, und er grinste.

Annabell wollte ja keine Spielverderberin sein. Wenn Thorbjørn ihr schon eine Waffel so schön hergerichtet hatte, musste sie wenigstens kosten. Sie tat es Berit gleich, schnitt sich eine Ecke Waffel ab, dazu ein Stückchen Brunost, und schob sich beides zusammen in den Mund. Dank ihrer Erkältung erwartete sie nicht viel zu schmecken und begann zu kauen.

Wie sehr sie sich getäuscht hatte!

»Mhhh, ist das gut.« Es stimmte. Die buttrige, samtige Süße der Waffel, dazu die fruchtige Marmelade und die leicht herbe Säure des Käses explodierten förmlich auf ihrem Gaumen. Weil die Waffel noch warm war, schmolz der Käse ein wenig und floss cremig über die Zunge. Sie wollte sich gar nicht ausmalen, wie köstlich das Ganze wäre, wenn ihre Nase nicht verstopft wäre und sie wirklich alle Geschmacksknospen nutzen könnte.

»Hab ich's nicht gesagt?« Thorbjørn nahm sich eine weitere Waffel. »Es gibt nichts Besseres nach einer kurzen Nacht.« Er wackelte mit den Augenbrauen und warf Berit einen verliebten Blick zu.

Liam verdrehte die Augen und gab einen Laut von sich, als müsste er würgen. Camilla lachte, und Annabell aß ein weiteres Stück Waffel.

»Na, na, werd mir nur nicht übermütig, mein Freund.« Spielerisch drohte Berit Thorbjørn mit dem Zeigefinger. »Nur weil ich dich ein Mal in mein Schlafzimmer gelassen habe, heißt das nicht, dass du direkt bei mir einziehen darfst.«

»Vielen Dank für die Warnung.« Er küsste Berit auf die Nasenspitze. »Aber zum Glück habe ich ein eigenes Heim. Glaube mir, ich habe einen langen Atem. Irgendwann wirst du einsehen, dass du ohne mich nicht leben willst.«

»Der arme Mann hat einfach ein zu großes Selbstvertrauen.« Seufzend verdrehte Berit die Augen. »Apropos Schlafzimmer. Wo ist Bjarne? Ich hatte fest damit gerechnet, ihn heute Morgen hier zu sehen, bei den Blicken, die ihr beiden euch zugeworfen habt.«

»Wir haben uns keine Blicke ...« Annabell setzte zu einem Protest an, stoppte sich dann aber selbst. Hitze schoss ihr in die Wange und würde sie ohnehin verraten. Außerdem: Zu behaupten, zwischen ihr und Bjarne gäbe es gar keine Verbindung, fühlte sich falsch an. Sie schniefte. Ihre Nase lief schon wieder. »Es ist kompliziert.«

»Das ist es immer.« Camilla griff über die Tischplatte und tätschelte Annabells Hand. »Aber wie mir scheint, gibt es momentan ohnehin Wichtigeres als Männergeschichten. Du gehörst eindeutig zurück ins Bett, Schätzchen. Oder auf die Couch. Auf jeden Fall unter eine dicke Decke mit einem Schal um den Hals und einem nicht enden wollenden Strom heißem Tee. Inhalieren wäre sicher auch gut. Linnea hatte früher öfter Husten. Irgendwo muss ich noch einen Inhalator haben.«

»Aber was ist mit der Arbeit?«

»Darum mach dir keine Sorgen.« Berit erhob sich und machte sich daran, die Reste vom Frühstück aufzuräumen. »Wir sind lange genug ohne dich ausgekommen, wir schaffen das jetzt auch für ein paar Tage.«

»Ichkanndirauchmeinenlaptopleihen.«

»Was?« Liam nuschelte so sehr, dass es unmöglich war, ihn zu verstehen. Trotzdem übertrieb Berit, als sie eine Hand ans Ohr legte und so tat, als hätte sie wirklich kein Wort mitbekommen. »Ich. Verstehe. Dich. Nicht. Bitte sprich deutlich.«

Liams Augenrollen drückte die Genervtheit seiner ganzen Generation mit den Erwachsenen aus. Trotzdem wiederholte er sein Angebot an Annabell. »Ich kann dir meinen Laptop leihen. Falls dir langweilig wird. Dann kannst du schon mal anfangen, wegen der Genossenschaft und so.«

Annabell lächelte. Je besser sie Liam kennenlernte, desto mehr mochte sie ihn. Klar, er hatte den Charme einer Distel, und gesprächig war er nun wirklich nicht. Aber wenn man gewillt war, unter die düstere Teenageroberfläche zu gucken, war er ein richtig netter Kerl mit einem riesigen Herz. »Das wäre toll«, bestätigte sie ihm daher.

»Aber erst nach dem Inhalieren.« Camilla drohte spielerisch mit dem Finger.

»Und wenn dir wirklich langweilig wird, während du damit beschäftigt bist, gesund zu werden, kann ich dir auch zeigen, wie du die Rohwolle kardierst, die Bjarne mir vor ein paar Tagen vorbeigebracht hat. Ich wollte sie spinnen und bin nie dazu gekommen«, meinte Berit.

»Okay«, krächzte Annabell. »Wenn es für euch wirklich in Ordnung ist.« In Hamburg, in ihrem alten Job in der Werbeagentur, hätte sie sich auch mit Erkältung in die Arbeit geschleppt, so viel war sicher. Wer nicht zur Schau stellte, dass eine simple Verkühlung ihn nicht aufhalten konnte, gehörte in der Glitzerwelt der Werbung sowieso schon zum alten Eisen. Doch so falsch es sich anfühlte, sich einfach freizunehmen und Berit mit der Arbeit auf dem Hof allein zu lassen, so gut fühlte es sich an, dass da fünf Menschen mit ihr am Tisch saßen, die sich um sie sorgten. Nun gut, viereinhalb. Linnea ging nur als halbe Portion durch, aber sie war es, die jetzt von ihrem Stuhl hüpfte und zur Couch sprintete, um dort ein bequemes Krankenlager für Annabell herzurichten. Ja, vieles lief anders hier in Trondelag. Aber anders musste nicht schlechter bedeuten, und so umsorgt wie in diesem Moment hatte sich Annabell womöglich noch nie in ihrem Leben gefühlt.

11

Am vierten Tag nach dem Schafabtrieb ging es Annabell wieder so gut, dass sie richtig Appetit hatte. Es fiel auch schwer, Nein zu sagen, da Berit und die Kinder es sich offenbar zur Aufgabe gemacht hatten, sie mit allerlei Köstlichkeiten zu verwöhnen. Wenn sie es sich recht überlegte, hätte sie eigentlich gar nichts dagegen, noch eine Weile länger diese Sonderbehandlung zu genießen. Auf der Couch hatte sie es sich richtig bequem eingerichtet. Im Schwedenofen bollerte ein Feuerchen. Thorbjørn und Berit versorgten sie täglich mit unzähligen neuen Loki-Fotos, Linnea sorgte für einen dauernden Nachschub an Tee mit Honig, Liam saß mit ihr zusammen über der Recherche für die Genossenschaft, und wenn Annabells Augen vom Arbeiten am Bildschirm begannen wehzutun, bearbeitete sie die Wolle, wie Berit es ihr gezeigt hatte.

Rohwolle zu kardieren war eine einfache, aber doch befriedigende Tätigkeit. Die beiden Kämme, oder Karden, wie der Fachbegriff lautete, hatten bereits Berits Großmutter gehört. Die feinen Drahtzinken öffneten nicht nur die Fasern der

Rohwolle, sondern sortierten auch Verunreinigungen aus, die mitunter noch im Vlies steckten. Getrocknetes Heu, Blätter, Stroh, Disteln oder Nadeln. Annabell hatte mittlerweile ein ganzes Sammelsurium zusammengetragen. Berit hatte es wegwerfen wollen, doch Annabell hatte sie aufgehalten. Sie plante ein Diorama zu basteln, das zeigte, wo die Schafe in Norwegen überall lebten. Sie könnte das Schaubild mit Originalfundstücken aus der Rohwolle auskleiden. Es würde ein schönes Exponat für das Museum ergeben und erklären, warum Schafhaltung und Wollverarbeitung traditionell einen so großen Stellenwert in dieser Gegend innehatten.

Liam war unterdessen ebenfalls fleißig gewesen. Er hatte die Hersteller der alten Maschinen angeschrieben, und es war ihm tatsächlich gelungen, Abschriften der Original-Gebrauchsanweisungen aufzutreiben. Vielleicht könnten sie Themennachmittage im Museum veranstalten, an denen die Maschinen in Betrieb gezeigt wurden. Oder aber sie stellten die Gebrauchsanweisungen einfach nur aus, um zu zeigen, dass es schon damals Frauen gab, die nicht vor Technik zurückschreckten. Aufnahmen der alten Spinnerei zeigten, dass an den Maschinen früher ausschließlich Frauen gearbeitet hatten. Männer hatte Annabell nur auf Fotos gefunden, auf denen sie grüppchenweise im Freien beisammenstanden, an Pfeifen nuckelten und die Arbeit der Frauen überwachten. Wofür auch immer sie sich entscheiden würden, Annabell war sich sicher, dass Liams Fundstücke dem Museum weiteres Leben einhauchen würden.

Gerade war Annabell wieder mit den Kardierkämmen beschäftigt. Behutsam legte sie eine Locke Rohwolle auf die Drähte des einen Kammes. Die zweite, leere Karde nahm sie in die rechte Hand und platzierte sie auf die erste. Was jetzt kam, war etwas heikel. Sie durfte die beiden Kämme nicht zu fest aufeinanderdrücken, da sich die Drähte sonst verhakten, aber doch mit genug Druck, um die Fasern mit der leeren Karde aus der vollen zu zupfen. Wenn die Wolle vollständig vom einen zu dem anderen Kamm übertragen war, begann das Spiel von Neuem. Zwei, drei Durchgänge brauchte es, ehe die Fasern geordnet, sauber und spinnbereit waren, Annabell sie entnehmen und achtsam in den vorbereiteten Schuhkarton legen konnte. Erst wenn der Karton voll war, wurden die Fasern zu einem langen, lockeren Zopf geschlungen, aus dem sie beim Spinnen wieder leicht herausgezupft werden konnten.

Annabell hätte niemals gedacht, wie viel Spaß ihr die Arbeit mit der Wolle machen würde. Sie liebte alles daran, das weiche, pflegende Gefühl des Wollfetts an der Haut, den erdigen, natürlichen Geruch, der emporstieg, sowie die Fortschritte, die sie mit jedem Arbeitsschritt beobachten konnte. Am allermeisten liebte sie es jedoch, dabei zuzusehen, wie durch ihre Hand aus dem krausen Wollvlies ein geordneter Faserstrang wurde. Immer wieder zuzusehen, wie wenig es brauchte, um aus Chaos Ordnung zu schaffen, aus Durcheinander Potenzial, befriedigte sie zutiefst.

»Klopf, klopf. Darf ich reinkommen?«

Sie hob den Kopf von ihrer Arbeit. Bjarne stand im Türrahmen. Er trug den Wind im Haar. In wilden Wirbeln standen ihm die roten Locken vom Kopf ab. Seine Handschuhe hielt er beide in einer Hand. Er hatte die Schuhe ausgezogen, und seine Füße steckten in bunt geringelten Wollstrümpfen. Ihr Herz vollführte einen Purzelbaum. Ihr Griff an der

Wolle rutschte aus, sodass sie sich mit dem Finger an einem der spitzen Drähte des Kardierkamms stach.

»Au!« Ein Tropfen Blut glänzte tiefrot an ihrer Fingerkuppe. »Oh Mann, ich hab mich ja immer gefragt, wie Dornröschen sich an einer Spindel gestochen haben kann. Jetzt weiß ich es. Das war gar nicht die Spindel, sondern ein Kardierkamm. Die sind gemeingefährlich.«

»Lass mich mal sehen.« Bjarne machte einen großen Schritt auf die Couch zu, nahm in dem danebenstehenden Sessel Platz und griff nach ihrer Hand. Behutsam bog er ihre Finger auseinander.

»Ich denke, ich werde es überleben.« Es gab keinen Grund, ihre Hand weiter in seiner liegen zu lassen, dennoch zog sie sie nicht zurück.

Auch er ließ sie nicht los. Im Gegenteil. Von unten schob er seine Finger zwischen ihre. Ineinander verschränkt ließ er beide Hände auf seinen Oberschenkel sinken.

»Du bist hier.«

»Ich wäre schon früher gekommen.« Hatte er sich genau überlegt, was er ihr sagen wollte? Wahrscheinlich, denn er stotterte nicht. »Aber Thorbjørn meinte, du seist krank. Da wollte ich nicht stören.«

»Du hättest nicht gestört.«

»Ich habe nach Loki geschaut. Er macht sich prima.«

»Ich habe Hilfe.« Sie zuckte mit den Schultern. »Dann geht es leicht.«

Er nickte, aber sagte nichts mehr. Eine Weile hingen ihre Worte zwischen ihnen. Es gab vieles, was Annabell ihn fragen wollte. Warum er gekommen war, warum er ihre Hand hielt und was es zu bedeuten hatte, dass er immer wieder mit dem Daumen über ihre Handinnenfläche strich. Sie wollte ihn fragen, was er über ihr Geständnis dachte, jetzt, nachdem er ein paar Tage gehabt hatte, um darüber nachzudenken, aber das alles konnte warten. Sie kannte Bjarne vielleicht noch nicht lange, aber eines wusste sie mit Sicherheit von ihm: Wenn er etwas zu sagen hatte, würde er früher oder später sprechen. Nichts und niemand konnte ihn bewegen zu reden, ehe er bereit dafür war. Es war nicht die schlechteste Angewohnheit, die ein Mann haben konnte. Die meisten Menschen redeten zu viel und hatten dabei so wenig zu sagen. Als er schließlich so weit war, machte ihr Magen einen Salto.

»Ich habe nachgedacht.« Jede Silbe klang bedacht. Mehr Aufrichtigkeit konnte in einer Stimme nicht liegen, und das beruhigte Annabell. Wie sein Entschluss auch aussah, das hier war kein Schauspiel. Seine Ehrlichkeit entband auch sie davon, sich verstellen und von der besten Seite präsentieren zu müssen. Was auch immer zwischen ihnen entstand, es fühlte sich gut und sicher an, weil es auf einem Fundament aus Ehrlichkeit fußte.

Er fuhr fort. »Über dich. Und mich. Und das, was du mir am Abend des Schafabtriebs erzählt hast.« Er machte eine Atempause. Lange genug, damit sich ihr Magen umdrehte vor Nervosität. Sie wollte ihm ihre Hand entziehen, hasste es, sich so ausgeliefert zu fühlen. Er hielt sie fest.

»Ich will dich trotzdem kennenlernen. Dass du ein Kind im Bauch hast, ändert daran nichts.«

»Wie kannst du ... Du machst dir das viel z...«

»Lass mich ausreden.« Er hob die freie Hand. »Bitte.«

Sie nickte.

»I-i-ch habe nachgedacht«, wiederholte er. »Wenn ich eine Frau k-k-kennengelernt hätte, die ein Kind hat, w---äre das kein Hin---dernis für mich. Ich ... bin nicht naiv. Ich denke nicht, dass ein Kind keinen Einfluss auf eine wachsende B---Beziehung haben würde. Natürlich hätte es das, weil es einen Einfluss auf meine Partnerin hätte. Aber es wäre kein H---Hinderungsgrund. Es wäre ein T-t-teil von ihr. N---icht mehr. Und nicht weniger.«

»Ich bin aber keine alleinerziehende Mutter, Bjarne.«

»Du bist Mutter.« Er hob die Schultern. Sein Blick fiel auf ihren Bauch, und er lächelte. »Wie viel Unterstützung du bei der Erziehung bekommst und von wem, wird sich noch zeigen. Ich glaube aber nicht, dass du a---lein sein m-m-müsstest.«

»Du verstehst einfach nicht. Ich habe einen Zeitvertrag bei Berit. Ab Januar bin ich wieder arbeitslos. Meine Wohnung in Hamburg ist nur untervermietet. Ich weiß nicht einmal, ob ich das Kind behalten will, Bjarne!« Da war sie. Ihre dunkelste, schlimmste Wahrheit. Die Wahrheit, die sie noch nie auszusprechen gewagt hatte. Noch nicht einmal sich selbst gegenüber. »Ich werde es vielleicht weggeben. In eine andere Familie. Zu Menschen, die es wirklich haben wollen. Die sich freuen können und es wahrhaftig lieben. Zu Menschen, die es verdienen und bei denen es ein besseres Leben haben würde als in meinem Chaos.«

»Annabell.« Er führte ihre verschränkten Hände an seinen Mund, küsste ihre Fingerknöchel. Erst da merkte sie, wie fest sie sich an ihn klammerte. »Januar ist Januar. Jetzt ist jetzt. Jetzt musst du noch gar nichts wissen. Du musst nichts entscheiden. Und wenn du willst, bin ich in der Zwischenzeit für dich da.«

»Du willst wirklich, dass wir es probieren? Das mit dir und mir? Obwohl es keine Zukunft für uns gibt?«

»Ich will es nicht *nicht* probieren.«

»Und du meinst nicht, dass ich ein fürchterlicher Mensch bin, weil ich ... über eine Adoption nachdenke?« Gott, es tat weh, das auszusprechen. Und außerdem war es gelogen. Sie dachte ja gar nicht über eine Adoption nach. In Wahrheit versuchte sie, jeden Gedanken an die Schwangerschaft zu vermeiden. Zum ersten Mal in ihrem Leben fühlte sie sich vollkommen unfähig, eine Entscheidung zu treffen, und zog es vor, jeden Gedanken an eine mögliche Zukunft von sich wegzuschieben.

»Es ist dein Leben.« Bjarnes Stimme holte sie aus ihren Gedanken. »Nur du kannst wissen, ob und mit wem du es zu teilen bereit bist.«

»Danke.« Ein Wort. Es war nur ein einziges Wort, und trotzdem sagte es so viel aus. Ihr Herz flog ihm in diesem Moment zu. Sie hatte mit Zurückweisung gerechnet und Verurteilung. Sie war eine Anomalie, ein Fehler der Natur. Jede Frau sehnte sich angeblich doch danach, Mutter zu werden. Sollte es nicht das größte Glück sein, ein Kind zu bekommen und es bei seinem Weg ins Leben zu begleiten? Sie lebten im einundzwanzigsten Jahrhundert, eigentlich sollten alternative Lebensentwürfe längst auch in den Köpfen der Menschen angekommen sein. Aber wo man auch hinsah, überall blickten einem die Bilder von glücklichen Familien entgegen. Immer noch lauteten die ersten Fragen, wenn man jemanden traf, den man lange nicht mehr gesehen hatte. *Und? Bist du verheiratet? Hast du Kinder?* Was sie sah, wenn sie sich ein Leben mit Kind vorstellte, war

Verantwortung. Ein unendlicher Strom an Entscheidungen, denen sie sich nicht gewachsen fühlte. Im Hinterkopf hörte sie ihre Mutter lachen. *Ach Mausezähnchen, du bist viel zu ernst. Du musst dem Universum vertrauen, dann wird es dich auf den richtigen Weg leiten.*

Das mochte ja sein. Aber im Kopf fragte Annabell zurück: Wo war denn bitte schön das Universum, als wir unsere Wohnung verloren haben, weil du mal wieder vergessen hattest, die Miete zu zahlen? Wo war das Universum, als ich mit zehn Jahren selbst dafür sorgen musste, in das Mittagessenprogramm der Schule aufgenommen zu werden, weil du gesagt hast, regelmäßige Mahlzeiten seien so bürgerlich? Wo war das Universum, als du der Meinung warst, ein neuer Tonofen sei wichtiger als meine Busfahrkarte? Wo zum Teufel war das Universum, als ich unter der verdammten Last erstickt bin, immer nicht nur für mich, sondern auch für dich drei Schritte im Voraus denken zu müssen?

Nie mehr, hatte Annabell sich geschworen, an dem Tag, als sie ihre erste eigene Wohnung bezogen hatte. Ein winziges Zimmer in einem heruntergekommenen Wohnheim, aber für sie hatte es sich angefühlt wie der Aufbruch in eine neue, bessere, autonome Zukunft. Nie mehr würde sie sich in einem Netz aus Abhängigkeit, Liebe, Verachtung und Verantwortung verfangen wie dem, welches sie an ihre Mutter knüpfte. Tränen prickelten in ihren Augen. Sie wollte nicht weinen. Nicht jetzt. Überhaupt nie, und schon gar nicht vor Bjarne. So, wie sie ihn kannte, würde er sie trösten und für sie da sein und ihr all das Verständnis schenken, das sie nicht verdiente, und das würde alles noch viel schlimmer machen. Doch alle Mühe half nicht. Er musste ihr ansehen, wie es ihr ging. In einer fließenden Bewegung erhob er sich von dem Stuhl, setzte sich neben sie auf das Sofa und zog sie in seine Arme.

»Das darf ich jetzt«, wisperte er in ihr Ohr. Er tupfte einen Kuss auf ihre Ohrmuschel. Eine dünne Strähne ihres Haars verfing sich in seinem Bart, und sie musste lachen.

»Ja. Das darfst du jetzt.«

Diesmal war er es, der sie küsste. Er legte seine Hand an ihre Wange, strich mit dem Daumen unter ihren Augen entlang, genau dort, wo sich Tränen gesammelt hätten, hätte sie ihnen erlaubt, zu fließen. Vorsichtig, zart und sanft küsste er erst ihren einen Mundwinkel, dann den anderen. Er hauchte einen Kuss auf ihre Oberlippe, knabberte an der Unterlippe. Bjarne war ein großer Mann mit großen, groben Händen, aber seine Küsse waren so sanft, dass sie gar nicht anders konnte, als sich zu ergeben. Vorsichtig, um ihr alle Zeit der Welt zu geben, es sich anders zu überlegen, küssten und küssten und küssten sie einander, und Annabell wusste, das war nicht nur ein Kuss. Das hier war ein Anfang.

12

»Und dieser Boden ist aus Dinkelflocken, getrockneten Moltebeeren und Nüssen gemacht. Ganz ohne Gluten.« Mette hievte ein weiteres Stück Kuchen auf Bjarnes Teller. Es war sein drittes, aber er konnte nicht Nein sagen, denn Mette Ibsen buk nicht nur gerne, sondern auch gut. Er stellte den Teller vor sich ab und zückte die Gabel. Man könnte meinen, er habe seit Tagen nichts mehr zu essen bekommen.

»Willst du auch probieren?«, fragte Mette Annabell. Die drückte sich eine Hand auf den Magen und schnaufte.

»Aber nur ein kleines. Ich sollte Nein sagen, aber schon die ersten beiden Kuchen waren sensationell. Woher hast du die Rezepte? Kommen die aus deiner Familie?«

Mette wiegte den Kopf hin und her, während sie für Annabell ein Stück abschnitt. »Ja und nein. Dieser hier zum Beispiel wird traditionell mit Böden aus Roggenbrot gebacken. Und statt den Beeren kommt auf die Crème double normalerweise Johannisbeergelee. Ich wollte es lieber moderner haben. Wenn wir Touristen anlocken wollen, müssen wir mit der Zeit gehen, und heutzutage muss doch alles öko und bio und so sein. Der Honigkuchen, den ihr vorher probiert habt, war sogar vegan.«

»Werden die Kuchen, die du in dem Scheunencafé anbietest, alle bio sein? Hast du vor, dich zertifizieren zu lassen?« Zwischen zwei Kuchenbissen zückte Annabell einen Kugelschreiber. Ein Notizblock lag aufgeklappt neben ihr. Sie hatte den kleinen Ringblock gekauft, als sie heute Morgen aufgebrochen waren. Mittlerweile war gut die Hälfte der Seiten beschrieben. Vor Mette hatten sie einige andere Besuche getätigt. Sie waren bei Thorbjørn, Sven und Ragnhild Petterson und auch bei Ella Holm gewesen. Von allen hatte Annabell sich genau zeigen lassen, was die Genossenschaftsmitglieder anboten. Es waren alles Einzelbetriebe, die Produkte hergestellt in liebevoller Handarbeit. Selbst für Bjarne war einiges neu gewesen. So hatte auch er nicht gewusst, dass man als Honig nur verkaufen durfte, was wirklich ausschließlich Honig enthielt. Sobald Aromen, Gewürze oder Öle zugesetzt wurden, verwandelte sich Honig in ein Honigerzeugnis, und genau mit diesen experimentierte Thorbjørn in der Küche seiner ehemaligen Praxis. Der pensionierte Tierarzt hatte sie eine Kreation kosten lassen, die er »Ingwerschmatzer« nannte. Ein hell fließender Honig, der mit einer zitrushaften Säure und der aromatischen Würze von Ingwer versetzt war.

»Hmm«, hatte Annabell gemacht und dabei die Augen genießerisch geschlossen. »Ich bin eigentlich kein großer Ingwer-Fan, aber das in Tee stelle ich mir köstlich vor.«

Bjarne hatte die Mischung mit Salmiak, Lakritz und Anis am besten geschmeckt. Die Schärfe des Salmiaks kribbelte in der Nase und nahm dem Honig die Süße. Der Lakritzgeschmack erinnerte ihn an die Bonbons, die sein Bestefar ihm früher zugesteckt hatte.

Die Gefäße, in denen Thorbjørn seine Honigkreationen anbot, kaufte er im Pulk im Internet, doch die Etiketten beschriftete er von Hand. Für einen Mediziner besaß er eine erstaunlich ordentliche Handschrift, und Bjarne hatte nicht schlecht gestaunt, als Thorbjørn lachend zugab, einen Handlettering-Kurs im Internet absolviert zu haben, um die Buchstaben so kunstvoll auf die Etiketten zu bekommen.

Dem Gespräch von Annabell und Mette folgte Bjarne nur mit halbem Ohr. In Mettes zu einem Ausflugscafé ausgebauten Dachboden war es gemütlich. Jeder Tisch, jeder Stuhl war ein Unikat, das Mette bei Hinterhofverkäufen oder Haushaltsauflösungen ergattert hatte. Ein paar Einzelstücke stammten aus seiner Werkstatt. An einigen der Secondhandmöbel blätterte die Farbe ab, andere hatte Mette abgeschliffen und neu lackiert. Die Wolle, aus denen die Kissenbezüge der Kissen gehäkelt waren, die nun einige der Stühle zierten, stammte unter anderem von seinen Schafen. Wie fast alle Frauen, die in Elvasund aufgewachsen waren, war auch Mette geschickt im Umgang mit Spinnrad und Rocken. Da es sich nicht lohnte, die Wolle seiner Schafe zur Verarbeitung an die großen Betriebe im Süden zu schicken, verschenkte er sie in der Gegend. Zu sehen, was Mette aus der Rohwolle erschaffen hatte, wärmte ihm das Herz und trug zu der trägen Zufriedenheit bei, die ihn ergriff. Niedrige Regale waren in die Dachschrägen geschoben. Darauf verteilt lagen uralte Taschenbücher sowie jahrzehntealte Ausgaben von irgendwelchen Magazinen. Alte, bronzefarbene Küchengerätschaften hingen an Haken an den Wänden. Auf einer kleinen Puppenbank saß ein Teddybärenpaar in Brautkleid und Frack und genoss ein Stück Hochzeitstorte von ihrem Puppengeschirr. Es fiel leicht, sich in dem Refugium, das Mette geschaffen hatte, willkommen zu fühlen. Nicht wie in einem der unpersönlichen Kaffeehäuser in Trondheim oder Oslo, sondern eher wie bei Freunden. Auch Annabell schien es so zu gehen. Immer wieder kommentierte sie die liebevollen Details und den sicheren Geschmack, den Mette bei dem Ausbau bewiesen hatte.

»Bevor wir einen Flyer für die Genossenschaft erstellen können, müssen wir auf jeden Fall einen Profifotografen engagieren. Jemanden, der das richtige Auge dafür hat, all das, was ihr mit so viel Liebe hergestellt und hergerichtet habt, ins rechte Licht zu rücken.« Den letzten Bissen ihres Kuchens spülte Annabell mit einem Schluck Tee hinunter. Es war ihre vierte Tasse heute, und Bjarne fragte sich, ob das Teein gut für das Baby sei, verkniff es sich aber, die Frage laut zu stellen. Was Annabell trank und aß, wie viel sie sich und dem Baby zumutete, war ihre Sache. Er würde sie nicht für die Idee begeistern können, ihr und dem Baby die Chance auf eine gemeinsame Zukunft zu geben, indem er ihr Vorwürfe machte und sie unter Druck setzte. Was geschah, musste von selbst geschehen. So, wie es fast von selbst geschehen war, dass er und Annabell sich nähergekommen waren. Sie hatten einander bisher nur geküsst. Leidenschaftliche, hungrige und spielerische Küsse. Keusche Küsse zur Begrüßung und zum Abschied. Hingebungsvolle Küsse im Zwielicht der Spinnerei, wenn sie sich gemeinsam um Loki kümmerten und dem Böckchen dabei zusahen, wie es von Tag zu Tag kräftiger wurde. Eine Woche und einen Tag war es jetzt her, dass sie sich zum ersten Mal so nah gekommen waren. Manchmal schüttelte Bjarne über sich selbst den Kopf, dass er bisher keinen Versuch gestartet hatte, aus den Knutschereien mehr werden zu lassen. Ole hatte dazu so einiges zu sagen gehabt, ehe er vor zwei Tagen wieder abgereist war. Doch Bjarne genoss das langsame Herantasten zwischen ihm und Annabell. Das, was zwischen ihnen entstand, war zart und zerbrechlich und musste mit der allergrößten Vorsicht behandelt werden.

Aus dem Gedanken heraus griff er nach Annabells Hand. Wie vertraut sich ihre Finger zwischen seinen mittlerweile anfühlten. Es war eine andere Sprache von Nähe, die sie gemeinsam erfanden. Losgelöst von Versprechen und Erwartungen.

Sie drückte seine Finger. Die freie Hand legte sie auf ihren Bauch. Ob sie überhaupt bemerkte, dass sie das machte?

»Die Sache mit dem Profifotografen müssen wir mit allen Beteiligten besprechen«, gab Mette zu bedenken.

»Und ihr müsst euch möglichst schnell auf einen eingängigen Namen einigen. Ich werde alle wichtigen Fragen zusammentragen und einen Projektplan erstellen. Wenn ich damit fertig bin, machen wir im Gruppenchat eine Mitgliederversammlung aus. In einem Vierteljahr lässt sich eine Menge anschubsen, aber wir müssen dranbleiben. Ich will nicht abreisen und euch hier Chaos hinterlassen.«

Mettes Blick zuckte zu Bjarne, fiel von dort auf die Stelle, wo seine und Annabells Hände verschränkt auf der Tischplatte lagen. Sie hob eine Augenbraue. Ein Vierteljahr? schien sie im Stillen zu fragen. *Und was hast du dazu zu sagen?*

Annabell löste ihre Finger aus der Verschränkung. Mit der Serviette tupfte sie sich den Mund ab. »Die Gebäcke waren wirklich ausgezeichnet, Mette. Die Touristen werden dir die Tür einrennen. Jetzt müssen Bjarne und ich aber los.«

»Wer steht denn noch auf dem Programm?«

»Wir wollten noch bei diesem Fischer vorbeifahren. Wie heißt er doch gleich?« Sie schielte zu Bjarne. »Du weißt schon, der Typ, der dieses alte Ruderboot hergerichtet hat und damit Ausflüge auf dem Fjord organisiert.«

»Nils Hagebak«, half Bjarne Annabell aus.

Mette klatschte in die Hände. »Oh, das wird sicher schön. Hat dir Bjarne die Geschichte hinter dem Boot erzählt? Nils' Großvater war Pastor hier in der Gemeinde und sehr streng. Das Seelenheil seiner Schäfchen lag ihm ungemein am Herzen. Er hatte zwölf Kinder mit seiner Frau, und sie waren arm wie die sprichwörtlichen Kirchenmäuse. Deshalb war es so wichtig für ihn, dass wirklich alle immer brav jeden Sonntag in die Kirche kamen.«

»Weil sie beten sollten, dass seine Kinder nicht verhungern?« Annabell grinste zynisch. »Na, das wird sicher geholfen haben.«

»Aber nein. Weil es sich für anständige Christen natürlich gehörte, der Familie des Pastors ein paar Gaben zukommen zu lassen. Wie auch immer.« Mette fuhr mit der Hand durch die Luft. »Er predigte also und drohte mit Fegefeuer und ewiger Verbannung, wenn ein Gemeindemitglied mal nicht zur Messe kam. Aber als nicht einmal das mehr half, schritt er selbst zur Tat. Jeden Sonntag setzte er sich in sein Boot und ruderte höchstpersönlich von Hof zu Hof am Fjord, um seine Schäfchen einzusammeln.« Mette machte eine kurze

Atempause und kicherte leise. »Wenn er einmal dort war, wagte niemand mehr, Nein zu sagen und Ausflüchte anzuführen. Bald nutzten so viele das Wassertaxi des Pastors, dass er ein größeres Boot brauchte und dann ein noch größeres. Die Fischer, die Jahr für Jahr zum Fang bis hinauf auf die Lofoten segelten, halfen ihm an den Rudern, und manchmal kam es vor, dass der Pastor die Messe gleich dort auf dem Fjord las. Als Pastor Hagebak starb, setzte sein Nachfolger die Tradition nicht fort, aber die Menschen von Elvasund schworen, dass das Boot des Pastors Glück brachte. Dass sie niemals bessere Fänge einfuhren als an den Tagen, nachdem Pastor Hagebak die Ruder geführt hatte, um seine Schäfchen in den sicheren Hafen der Kirche zu bringen.«

»Und deshalb nutzt der Fischer das Boot heute immer noch?«, fragte Annabell. »Wenn es so alt ist, würde es dann nicht eher in ein Museum gehören?«

»Es gehört Nils, und der kann damit machen, was er will. Ich schätze, dem alten Pastor Hagebak im Himmel wird es ganz recht sein, wenn sein Nachfahre noch immer in See sticht, um sein Werk fortzuführen und Fremden und Fischern von ihm und den Wundern Gottes zu erzählen.« Mette zwinkerte. Sie hatte Spaß an den alten Geschichten, auch wenn sie sie nicht für bare Münze nahm. »Mit privater Fischerei ist heutzutage kein großes Geld mehr zu machen. Nils verkauft seine Fänge direkt am Hafen. Wenn er mit seinen Bootsausflügen etwas dazuverdient, gönne ich ihm das von Herzen.«

»Und damit es sich in Zukunft für ihn noch mehr lohnt, müssen wir jetzt los.« Sie verabschiedeten sich von Mette und machten sich auf den Weg zu Nils Hagebak.

Im Auto blickte Annabell versonnen aus dem Fenster. Er wusste nicht, was in ihr vorging, aber eine seltsame Stimmung schien sie ergriffen zu haben. Es war, als würde sie im Nebel, der über dem Fjord und in den Berghängen schwebte, nach den Geistern der Menschen suchen, deren Geschichten sie heute gehört hatte. Nicht nur Mette hatte aus dem Nähkästchen geplaudert. Jeder, den sie besuchten, hatte etwas zu erzählen. In ihrem abgelegenen Tal waren Geschichten oft das Einzige, was die Menschen die langen Winter über unterhalten hatte. Sie wurden von Generation zu Generation weitergetragen, jeder Erzähler fügte etwas hinzu, schmückte etwas aus, bis niemand mehr wissen konnte, was der Wahrheit entsprach und was der Fantasie entsprang.

»Es muss gut sein, genau zu wissen, woher man kommt. Und wer man ist.« Bjarne wusste nicht, ob sie wirklich zu ihm sprach oder mehr zu sich selbst. Trotzdem spitzte er die Ohren. »Ich hatte das nie. Meine Mutter ist Künstlerin. Sie hält es nie lange an einem Ort aus. Als ich ein Kind war, sind wir alle paar Monate umgezogen. Immer, wenn sie neue Inspiration gebraucht hat, hieß es: Bye-bye, auf Nimmerwiedersehen.«

»Das war sicher nicht einfach für dich.«

Aus dem Augenwinkel sah er ihr Schulterzucken. »Man gewöhnt sich an alles. Dafür habe ich früh gelernt, selbstständig zu sein. Meine Mutter ist nicht so, wie man sich typische Mütter vorstellt. So Sachen wie regelmäßige Mahlzeiten, Versicherungen oder Mietezahlen hält sie für bourgeois. Ihre Impulskontrolle geht gegen null. Wenn sie zum Beispiel gerade auf dem Ton-Trip war und sich zwischen der Anschaffung eines neuen Brennofens und dem Bezahlen der

Stromrechnung entscheiden musste, mussten wir eben tagelang im Dunkeln sitzen. Oder ich habe es geklärt.«

»Du warst die Mutter deiner Mutter.«

»Ich bin es immer noch.« Sie stieß ein freudloses Lachen aus. »Echt, ich will mir gar nicht ausmalen, was sie in den Monaten anstellt, in denen ich jetzt hier bin. Ich schicke ihr zwar regelmäßig Mails, an was sie denken muss und so, aber ob sie sich daran hält? Keine Ahnung.«

»W-w-was ist mit d---einem V-V-Vater?«

»Vater?« Ihre Stimme troff vor Verachtung. »Du meinst Väter. Plural. Meine Mutter hat keine Ahnung, wer sie geschwängert hat. Insgesamt kamen wohl fünf Kandidaten infrage. Immerhin drei davon haben beschlossen, sie wollen nicht, dass ihre Vielleicht-Tochter ohne Vaterfigur aufwächst, also haben sie Weihnachten, Geburtstage und Feiertage untereinander aufgeteilt. Irgendwann haben sie dann aber wohl beschlossen, dass eine Mutter, ein Kind und drei Väter keine vernünftige Familie abgeben, und der Kontakt ist eingeschlafen. Vater zwei schreibt mir ab und zu eine Karte, von den anderen weiß ich nichts mehr.«

Wow. Bjarne verschlug es die Sprache. Er öffnete den Mund, um etwas zu sagen, schloss ihn aber unverrichteter Dinge wieder, weil ihm einfach nichts einfiel.

Annabell hob die Hand und stoppte seine Bemühungen. »Sag nichts. Glaub mir. Alles, was dir jetzt auf der Zunge liegt, habe ich mir selbst auch schon an den Kopf geworfen. Angefangen von A wie der Apfel fällt nicht weit vom Stamm bis Z wie ziemlich ironisch, dass ausgerechnet ich mich jetzt in der Situation befinde, schwanger zu sein und keine Möglichkeit zu haben, mit dem Erzeuger Kontakt aufzunehmen.« Mit dem Kinn nickte sie zu ihrem Bauch. »Verstehst du jetzt, warum ich ... warum ich dieses ... Kind nicht in meinem Leben sehe? Ich wäre eine Katastrophe als Mutter. Seit ich denken kann, wollte ich nie so werden wie meine Mutter, und was passiert? Statt die Vorzeige-Partnerin eines patenten Anwalts zu sein, die ihr Leben voll im Griff hat, bin ich eine arbeitslose Schwangere, die absolut keine Ahnung davon hat, was eine echte Familie ist. Was bitte schön soll ich einem Kind bieten können?«

Alles, wollte er ihr sagen. *Dich. Du hast deinem Kind dich selbst zu bieten. Mit deinen Zweifeln und Ängsten und Fehlern. Mehr braucht es gar nicht. Der Rest wird wachsen. Ganz von allein.* Doch er ahnte, dass Annabell noch nicht bereit war, das zu hören, und so schwieg er und fasste stattdessen einen Entschluss. Er würde keine großen Reden schwingen und Versprechen machen. Dazu war er ja auch gar nicht der Typ. Stattdessen würde er ihr zeigen, was er meinte. Jede Minute, die sie ihn ließ, würde er sie auf Händen tragen und ihr beweisen, dass sie Optionen hatte. Wenn sie nicht wollte, musste sie nicht allein sein. Und perfekt musste sie schon gar nicht sein. Nicht für ihn – und ganz sicher nicht für das Kind in ihrem Bauch.

13

Ein letztes Mal fuhr Bjarne mit dem Schleifpapier über die Kanten des Tischchens, dann trat er zurück und begutachtete das Werk, das aus den drei Baumscheiben entstanden war. Der Tisch war genau so geworden, wie er es sich vorgestellt hatte. Minimalistisch im Design, handfest und solide. Dieses Möbel wirkte, als könnte es ein Stück Natur ins Wohnzimmer bringen, ohne dabei zu viel Aufmerksamkeit auf sich zu ziehen. Stellte sich nur noch die Frage, was er damit machen sollte. Verschenken ging nicht. Zum einen wüsste er nicht, an wen. Zum anderen hatte er sich bereiterklärt, die Werkstatt in eine Touristenattraktion zu verwandeln. Wenn er etwas zum Verkaufen haben wollte, musste er sich ranhalten und einige Stücke auf Vorrat produzieren. Ein paar Entwürfe standen ihm bereits klar vor Augen. Er wollte eine Tischlampe herstellen, deren Fuß aus mehreren übereinandergestapelten Ästen bestand. Einen passenden Schirm würde er sich aus dem Internet dazubestellen. Ihm schwebte etwas Geometrisches, Einfaches aus cremefarbenem Leinen vor. Das Prunkstück seiner Sammlung könnte ein Himmelbett aus rohen Baumstämmen sein, bei dem ein Himmel aus flattrigem Tüll die derben Formen der Stämme gleichzeitig betonte und abmilderte. Seit er mit Annabell die anderen Mitglieder der künftigen Genossenschaft besucht hatte, sprudelte seine Inspiration. Wann immer es die Arbeit auf dem Hof zuließ und er sich schweren Herzens von Annabell trennte, zog es ihn in die Werkstatt. In den letzten Tagen war das recht viel Zeit gewesen, denn Annabell ging es nicht gut. Natürlich würde sie sich eher die Zunge abbeißen, als das zuzugeben, aber Bjarne machte sich zunehmend Sorgen um sie. Die Schatten unter ihren Augen hatten eine blauviolette Färbung angenommen, und statt fülliger zu werden, machte es eher den Eindruck, als hätte sie abgenommen. Im Internet hatte er gelesen, dass das zu Beginn einer Schwangerschaft nicht ungewöhnlich sei. Dort hatte auch gestanden, dass werdende Mütter sich regelmäßig von einem Arzt untersuchen lassen sollten, und zumindest soweit er wusste, war Annabell nicht ein einziges Mal bei einer Vorsorgeuntersuchung gewesen.

Sein Blick fiel zurück auf den fertigen Tisch. Eins nach dem anderen. Das Problem, wo er das Werkstück lagern sollte, bis er den Verkaufsraum einrichtete, konnte er selbst lösen. Annabell zu einem Arztbesuch zu überreden war eine andere Geschichte.

Fünf Minuten später stand er in dem abgeteilten Raum der Scheune, die er künftig als Verkaufs- und Ausstellungsfläche nutzen wollte. Er sah sich um. Es kam eine Menge Arbeit auf ihn zu. Alte Arbeitsgeräte lagen herum, kaputte Rechen, dreibeinige Stühle, wackelige Tische. Einige der Dinge könnte er reparieren und auch verkaufen, andere würde er zum Wertstoffhof nach Kyrksæterøra karren müssen. Aber das machte nichts. Im Grunde war er froh, endlich einen Anlass zu haben, so richtig klar Schiff zu machen. Ein bisschen sauberes Wasser und ein Besen, um Staubmäusen und Spinnweben zu Leibe zu rücken, würden schon viel ausmachen. Gleich morgen konnte er eine erste Fuhre für den Wertstoffhof fertig machen und die Möbel, die er restaurieren wollte, von hier in die Werkstatt bringen.

Sein Blick fiel auf ein Kabinett ganz hinten in der Ecke, ein Möbelstück, das er schon lange nicht mehr angesehen hatte. Er wirbelte Staub auf, während er sich einen Weg dorthin bahnte. Wie Sternenstaub tanzten die winzigen Partikelchen in der Luft. Erinnerungen prasselten auf ihn ein. Dieses Kabinett hatte seinem Bestefar gehört. Es war in dem winzigen Altenteil gestanden, zwischen Kachelofen und Lesesessel. Ein alter Schwarz-Weiß-Fernseher war darauf platziert gewesen, aber für den kleinen Bjarne waren die Schätze, die sich in den Schubladen und Fächern befanden, tausendmal spannender gewesen.

Auch jetzt konnte er dem Drang nicht widerstehen, auf Schatzsuche zu gehen. In der ersten Schublade fand er Nägel und Schrauben. Dazu einen Hammer, uralte, faserige Servietten und eine von diesen mit Wochentagen beschrifteten Pillendosen. Die Medikamente von Freitag, Samstag und Sonntag befanden sich immer noch in dem Plastikbehälter. Bjarne schluckte. Bestefar war an einem Donnerstag gestorben. Schnell schloss er die Schublade. In dem großen Fach unten stapelten sich Gesellschaftsspiele. Fang den Spitz, Backgammon, Mensch-ärgere-Dich-nicht und ein Spiel namens Mix Max. Das hatte Bjarne besonders geliebt. Wie die Regeln genau lauteten, wusste er nicht mehr, aber er erinnerte sich, dass am Ende des Spiels aus verschiedenen Karten die lustigsten Tiere entstanden. Kreaturen mit dem Kopf eines Rentiers, dem Hals eines Adlers, dem Bauch eines Oktopus und den Beinen eines Wolfs zum Beispiel. Lächelnd zog er den verblichenen Karton aus dem Stapel und klemmte ihn sich unter den Arm.

Die letzte Schublade hob er sich bis ganz zum Schluss auf. Auch hier begrüßte ihn ein Sammelsurium aus ungeordnetem Krimskrams. Seine alte Weihnachtsdrehorgel fiel ihm ins Auge. Oh, wie hatte er die kleine Blechdose geliebt. Sie hatte die typische Form, mit der Kurbel oben und einem zylinderförmigen Körper. Ein pausbäckiger Weihnachtsmann grinste einem von der Dose aus entgegen, im Hintergrund flog ein Rentierschlitten durch einen nachtblauen Sternenhimmel. Bjarne drehte an der Kurbel. Das Weihnachtslied, das ertönte, klang genau so, wie er es in Erinnerung hatte. Seine Eltern hatte er mit der Drehorgel halb wahnsinnig gemacht, weil er sie immer und immer wieder singen ließ. Nur Vibeke hatte ihm den Gefallen getan und mit ihm die Tanzbewegungen vollführt, zu denen das Lied aufrief. Kinder sangen es traditionell, wenn sie um den Weihnachtsbaum tanzten. Aber Bjarne hasste es zu singen, aus Angst, auch dabei von seinem Stottern zu einem Außenseiter gemacht zu werden, und so hatte Bestefar ihm die Drehorgel geschenkt. Für Bjarne war sie so viel mehr gewesen als eine Blechdose, die Musik machen konnte. Sie war seine Möglichkeit gewesen, dazuzugehören, mittanzen zu können und Teil der Familie zu sein.

Das Kartenspiel legte er zurück zu den anderen Gesellschaftsspielen. Von der Drehorgel konnte er sich nicht trennen.

Draußen war es mittlerweile dunkel geworden. Zu dieser Jahreszeit ging das rasend schnell, jeden Tag verabschiedete sich die Sonne ein wenig früher. Auch die Luft kündete vom Winter. Sie roch nach kommendem Schnee und dem Frost, der seit Tagen in den Nächten Wiesen, Bäume und Sträucher mit einem eisigen Film überzog. Beinah alle Kuppen der umliegenden Berge trugen bereits weiße Hauben. Nicht mehr lange, und auch bei ihnen im Tal würde die Welt unter einer winterlichen Decke verschwinden.

Wie es ihm eine Gewohnheit geworden war, beendete er den Tag mit einem Besuch bei Annabell. Er fand sie bei Loki in der Spinnerei. Sie hatte sich eine Wollmütze tief ins Gesicht gezogen und es sich auf einem Haufen Stroh in der Ecke des Verschlags gemütlich gemacht. Das kleine Böckchen hielt sie auf dem Schoß. Die Flasche in Annabells Hand war leer ins Stroh gerutscht. Ein Tropfen Milch klebte dem Lamm noch an der Schnauze. Beide schliefen. Sie gaben so ein liebliches Bild ab, so reizend und friedlich, dass es Bjarnes ganzen Körper mit Wärme flutete.

Er seufzte. So idyllisch der Anblick von Annabell und Loki auch war, für Annabell war es sicher nicht gut, auf dem kalten Boden zu sitzen. Müde Menschen gehörten in ein Bett, nicht in einen Stall.

Er ging neben ihr in die Hocke, schob ihr die Arme in die Kniekehlen und unter die Schultern und hob sie auf. Sie gab ein entzückendes Murren von sich. Er hauchte einen Kuss auf ihre Schläfe und rückte sie auf seinem Arm zurecht.

Sie bis in ihre Kammer unter dem Dach zu tragen brachte ihn ordentlich außer Atem. Es war das erste Mal, dass er in diesen privaten Bereich von ihr vordrang, und es fühlte sich seltsam intim an, dass er es tat, während sie schlief. Camilla hatte ihm den Weg gewiesen und alle Türen geöffnet. Jetzt blickte sie auf die schlafende Annabell hinab.

»Ich lass euch dann mal allein«, meinte sie. »Wenn sie aufwacht, sag ihr, wir heben ihr was vom Abendessen auf. Sie muss mehr essen. Ich verstehe ja, dass ihr ständig übel ist und sie deshalb immer nur Spatzenportionen schafft, aber sie braucht die Energie.«

»Ist das mit der Übelkeit normal?«

»Normal ist keine Schwangerschaft. Wirklich sicher sein können wir uns aber alle erst, wenn sie sich bei einem Arzt vorstellt. Ich habe ihr angeboten, einen Termin in der Familienklinik in Trondheim auszumachen, aber sie hat das Gespräch sofort abgeblockt.« Seufzend zuckte Camilla mit den Schultern. »Vielleicht hört sie auf dich?«

»Ich kann es versuchen.« Camilla bezog ihn in ihre Überlegungen mit ein, als wäre es das Normalste der Welt. Er hatte sich noch nie wirklich als Teil von irgendwas gefühlt, nicht einmal in seiner eigenen Familie. Seit seine Eltern zu Vibeke in die Stadt gezogen waren, hörte er nur noch an Feiertagen von ihnen, wenn sie pflichtschuldig am Telefon ein paar Floskeln austauschten. Er glaubte nicht einmal, dass seine Eltern ihn weniger liebten als seine Schwester, aber er war ihnen fremd, und das machte ihnen ein schlechtes Gewissen, dem sie lieber auswichen. So war es immer einfach für ihn gewesen, sich zu isolieren.

Annabell änderte das. Sie brachte Menschen zusammen,

ohne sich selbst darüber im Klaren zu sein, sei es mit ihrem Engagement für die Genossenschaft oder durch ihre bloße Existenz.

»Danke.« Noch einmal lächelte Camilla, dann schloss sie hinter sich die Tür. Von unten drang das Wummern von Bässen in Annabells kleines Dachzimmer. Das war sicher Liam, der Musik hörte. Wasserleitungen rauschten. Linnea trällerte irgendwo das Lied einer Vorabend-Kinderserie mit.

Bjarne zog Annabell die Schuhe aus, dann die Mütze. Als er sie aufrichtete, um sie aus dem Parka schälen zu können, wachte sie auf. Ihre Augenlider flackerten. Orientierungslos blinzelte sie, als wäre sie sich nicht sicher, wo sie sich befand.

»Hei«, sagte er, so sanft er konnte. »Du bist mit Loki auf dem Schoß eingeschlafen. Zeit, dich auszuruhen, Dornröschen. Komm. Ich helf dir beim Umziehen.«

»Ich kann das schon. Ich muss duschen.«

»Das kann auch bis morgen warten. Du siehst erschöpft aus.«

»Ich kann nicht schlafen, wenn ich nach Stall rieche.«

»Also gut. Wenn du meinst.« Er machte sich daran, sie allein zu lassen.

»Warte.«

Er drehte sich um.

»Bleib?« Es war eine Aufforderung, doch sie sprach es aus wie eine Frage. Ihre Unsicherheit spiegelte sich in ihren Augen. Im Licht, das aus dem Flur ins Zimmer fiel, glänzten sie feucht und flehend. »Ich vermisse dich. Immer hat einer von uns was zu tun. Ich habe mich auf heute Abend gefreut und darauf, Zeit mit dir zu verbringen, und jetzt bin ich schon wieder zu müde für irgendwas.«

»Wenn du mich hier haben willst, bleibe ich.« Er zog sich Schuhe und Jacke aus. Ehe er die Sachen weglegte, fischte er sein Handy und die Drehorgel aus der Jackentasche und legte beides auf den Nachttisch. Geduscht hatte er, bevor er in die Werkstatt gegangen war. Er musste also nicht befürchten, ihr Bett zu verpesten. »Genau hier, wenn du nichts dagegen hast.« Er ließ sich auf dem Bett nieder, lehnte sich mit dem Rücken an die Wand hinter dem Kopfteil und sah sie erwartungsvoll an.

»Danke. Du bist ein Schatz.« Müde lächelnd verschwand sie im Bad.

Die Zeit, bis sie zurückkam, schlug er mit seinem Handy tot. Er googelte »Erschöpfung in der Schwangerschaft« und »Risikoschwangerschaft erkennen«. Von dort gelangte er zu einem Entwicklungskalender, der beschrieb, in welcher Schwangerschaftswoche der Fötus welche Fähigkeiten erlangte. Er staunte nicht schlecht, als er las, wie früh Ungeborene die Stimme ihrer Eltern erkannten und dass Forschungsergebnisse zeigten, dass Musik sie beruhigte.

Als Annabell zurück ins Zimmer kam, ließ er das Handy sinken und öffnete die Arme für sie. Ihre robuste Arbeitskleidung hatte sie gegen einen flauschigen Schlafanzug getauscht. Ihre Füße steckten in dicken Wollsocken, ihre Haut schimmerte rosa von der Dusche. Ein Hauch Leben war in ihren Teint zurückgekehrt.

Zufrieden seufzend kuschelte sie sich in seine Armbeuge. Er breitete die Decke über sie, legte die freie Hand auf ihre Taille. Wo sein Handballen lag, meinte er, eine winzige Rundung zu ertasten.

»Das tut gut«, murmelte Annabell. »Das sollten wir öfter machen. Du bist ein herrlicher Teddybär.«

»Ich bemühe mich. Alles, damit die Dame sich wohlfühlt.« Er zwinkerte ihr zu.

»Oh, die Bemühungen lohnen sich. Du gefällst mir außerordentlich gut. Vor allem so. In meinem Bett.« Sie hob ihm das Gesicht für einen Kuss entgegen, und er ließ sich darauf ein. Sie küssten einander lange und tief, aber vor allem küssten sie um des Küssens willen. Es war aufregend und sinnlich, Annabell so nah zu sein, ihr Körper und seiner nur getrennt von ein paar Kleidungsschichten, aber ihm war bewusst, dass Leidenschaft nicht das war, was sie gerade brauchte. Hier ging es um Nähe, um Intimität. Nicht um Sex.

Sosehr er das wusste, ein bestimmter Teil von ihm ließ sich nicht so recht überzeugen. Schwer atmend löste Bjarne sich aus dem Kuss und rückte ein Stückchen von Annabell ab.

Von unten herauf grinste sie ihn an. »Nicht gut?«

»Zu gut. Und das weißt du ganz genau.« Über ihre Schulter hinweg fiel sein Blick auf die Spieluhr auf dem Nachttisch. Er griff danach, halb aus Instinkt, halb, um sich abzulenken, und drehte an der Kurbel. Die lustige Melodie ertönte blechern wie eh und je, aber auch sonderbar vollklingend in dem Zimmerchen. Was hatte er vorhin gelesen? Einem Impuls folgend, schob er vorsichtig Annabells Oberteil ein Stückchen nach oben. Er hielt die Blechdose an ihre nackte Haut und begann erneut zu kurbeln.

Annabell kicherte. »Was machst du da? Das kitzelt. Ich spüre die Vibrationen von der Walze.«

»Musik ist gut fürs Ungeborene.«

»Was?« Annabell wischte sich die Blechtrommel vom Bauch und stützte sich auf einen Ellenbogen. Ungläubig blickte sie ihn an.

»Zumindest habe ich das gelesen. Im Ultraschall kann man sogar schon bei Babys in der sechzehnten Schwangerschaftswoche sehen, wie sie auf Musik reagieren. Sie beruhigen sich, bewegen den Mund, *schmecken* die Töne im Fruchtwasser, indem sie die Zunge rausstrecken.«

»Du hast dich über die Entwicklung von Babys im Mutterleib informiert?« Ihr Tonfall irritierte ihn. War sie sauer? Verwundert? Oder lag da sogar eine Spur Freude in ihrem Ton?

»Es kann nicht schaden zu wissen, was gerade in deinem Bauch passiert.« Er legte ihr eine Hand auf den Bauch. Ihre Haut fühlte sich weich und warm an. Lebendig. »Um deinetwillen. Damit ich dich so gut es geht unterstützen kann.«

»Und du meinst wirklich, es unterstützt mich, wenn du dem Baby Musik aus einer Drehorgel vorspielst? Was ist das überhaupt für ein Lied? Die Melodie sagt mir gar nichts.«

»Es heißt *Så går vi rundt om en enebærbusk*.« Erst stockend und langsam, dann immer fließender erzählte er ihr die Geschichte von der Drehorgel und was sie ihm bedeutete. Er bekannte vor Annabell, wie sein Bestefar ihm mit dem Spielzeug nicht nur eine Stimme geschenkt hatte, sondern auch die Zuversicht, dass es immer Wege gab, dazuzugehören. Er erzählte, wie er die Drehorgel heute beim Ausmisten gefunden und plötzlich gewusst hatte, dass er sie für das Baby in Annabells Bauch mitbringen wollte. Am Ende seiner Schilderung fühlte er einen feuchten Fleck auf seiner Schulter. Annabell weinte.

»He. N-n-nicht weinen. Wenn du nicht willst, dass ich die Spieluhr für das Baby aufhebe ...«

»Das ist es nicht.« Sie schniefte.

»Was ist es dann?«

Sie zögerte, schien nach Worten zu suchen. Dann brach es aus ihr heraus. »Ich sollte das tun. Ich sollte Schwangerschaftsratgeber lesen und mich informieren und Spielzeug kaufen und dieses Wesen in meinem Bauch lieben. Aber ich ...« Wieder schniefte sie, und diesmal grenzte der Laut an ein Schluchzen. »Ich kann nicht. Ich kann einfach nicht.«

»Das macht nichts.« So sacht es ging, drehte er sie in seinen Armen, umarmte sie, hielt sie ganz nah. Sein Körper sollte ihr Schutzschild sein. »Dafür hast du jetzt mich. Ich übernehme das Denken und Planen und Lieben für uns beide. So lange, bis du bereit bist. Oder auch nicht.«

Langsam beruhigte sich ihr Atem.

»Nur eines solltest du wirklich tun. Um deinetwillen.«

»Ja?«

»Du solltest Camilla diesen Termin in der Familienklinik vereinbaren lassen. Nicht als Versprechen dafür, dass du das Kind behalten willst«, kam er ihr zuvor, ehe sie protestieren konnte. »Viel eher als Zeichen dafür, dass du bereit bist, dich um dich selbst zu kümmern. Dein Körper muss gerade auf Hochtouren arbeiten. Du musst doch einsehen, dass es sinnvoll ist, einmal einen Experten daraufschauen zu lassen, ob alles ist, wie es sein soll. Damit Loki so schnell es geht gesund wird, holst du dir auch Hilfe von Fachleuten. Von Thorbjørn und mir.«

»Du vergleichst mich mit einem Schaf?«

Er hob eine Augenbraue. Sie wusste genau, dass das nicht stimmte.

»Na gut«, murrte sie schließlich. »Ich überlege es mir.«
»Tu das.«
»Das ist noch kein Ja.«
»Es ist aber auch kein Nein.«
»Nein. Es ist kein Nein.«
»Und weißt du, was wir jetzt machen?«
»Was?«
»Jetzt gehen wir runter und gucken, was Berit zum Abendessen gemacht hat. Ich habe einen Riesenkohldampf.«

»Ich auch.« Sie kicherte ein wenig, und es war der schönste Laut, den er heute den ganzen Tag über gehört hatte.

14

Den ersten Termin in der Familienklinik in Trondheim hätte Camilla zehn Tage nach Annabells Zustimmung ergattern können. Doch ausgerechnet das war der Abend, an dem endlich alle Mitglieder der künftigen Genossenschaft einmal Zeit hatten. Im Leben nicht würde Annabell diese Gelegenheit verstreichen lassen, um einen Arzttermin wahrzunehmen, vor dem ihr graute.

Die Genossenschaft war ihr im Laufe der letzten Wochen zu sehr ans Herz gewachsen. Den Platz dort teilte sie sich mit Loki, der tagtäglich kräftiger wurde und Annabell zu seiner Ersatzmama erkoren hatte, und natürlich mit Bjarne. Wann immer sie in die Spinnerei kam, begrüßte das Böckchen sie mit freudigem Blöken. Trotz der geschienten Vorderläufe war er erstaunlich flink. Wenn sie die künftigen Exponate in der großen Halle arrangierte, trottete Loki ihr hinterher wie ein treuer Schoßhund. Ab und zu stupste er sie mit der Nase an. Sein warmer Atem wehte dann über ihre Haut, und ihre Finger fanden wie ganz von allein den Weg hinter seine Ohren. Dort wurde er ganz besonders gerne gekrault.

Wenn Liam nicht in der Schule war, kümmerte er sich um die Elektrik in der alten Spinnerei. Selbst Berit konnte nicht umhin, ihre Bewunderung für den Jungen zu zeigen. Liam zog Kabel, installierte Steckdosen, Spotlichter und Deckenleuchten. Nach und nach nahm das Museum Gestalt an und wirkte wie etwas, das Touristen gerne besuchen würden. In den Stunden, wenn Liam und sie Seite an Seite arbeiteten, öffnete er sich ihr. Er vertraute ihr an, dass er gerne eine Lehre machen würde, statt zu studieren, und dass es ein Mädchen gab, das ihm nicht aus dem Kopf ging. Er hatte sie noch nie gesehen, sondern kannte sie von einem Online-Computerspiel. Über die letzten paar Wochen hatte sich eine feste Spielerclique gebildet, die sich online traf und deren Mitglieder auch außerhalb des Spiels miteinander Kontakt hielten. Liam telefonierte täglich mit Ida, und er hatte erfahren, dass sie nicht weit entfernt wohnte. Sie könnten sich in der Mitte treffen, irgendwo in Hemne oder so, aber er traute sich nicht, sie um ein Date zu bitten, aus Angst, sie damit zu vergraulen. Annabell versteckte ihr Grinsen, indem sie vorgab, sich mit dem Jackenärmel übers Gesicht zu fahren. Über dem Solgård musste so etwas wie eine Liebeswolke schweben. Erst Berit und Thorbjørn, dann Bjarne und sie und jetzt Liam und Ida? Fehlte nur noch, dass auch Linnea sich verliebte.

»Warum solltest du sie damit vergraulen?« Sie steckte dem bettelnden Loki ein Stückchen Karotte zu und richtete ihren Blick fragend auf Liam.

»Na, weil das gegen die Regeln ist.«

»Gegen die Regeln des Online-Spiels? Wie wollen die denn kontrollieren, ob man sich auch im echten Leben trifft?«

Liam verdrehte die Augen. Neuerdings betonte er seine Wimpernkränze mit Kajal und lackierte sich die Fingernägel schwarz. »Nicht das Online-Spiel. Das echte Spiel.«

Ah. Jetzt war sie kein bisschen schlauer. Ehe sie Gefahr lief, noch mal etwas Dummes zu sagen, schwieg sie und wartete ab. Von Bjarne hatte sie gelernt, dass man nicht jede Stille mit Worten füllen musste, um zu kommunizieren. Manchmal war Schweigen effektiver als eine wohl kalkulierte Rede.

Die Taktik funktionierte auch bei Liam. »Ich will nicht, dass sie denkt, ich will was von ihr.«

Annabell runzelte die Stirn. »Aber du willst doch was von ihr.«

»Alter, Annabell! Darum geht es doch gar nicht. Wenn sie es weiß, dann kann es sein, dass sie mich korbt. Und dann will sie vielleicht auch nicht mehr meine Freundin sein, und unsere ganze Gruppe fällt auseinander.«

Okay. Sie könnte jetzt fragen, was er mit »korben« meinte, aber sie schätzte, das ging am Punkt vorbei. Geräuschvoll atmete sie aus und stützte sich an der elektrischen Kardiertrommel ab. »Ich verstehe.«

»Und? Das ist alles?«

»Liam, was willst du von mir hören? Im Grunde gibt es doch nur zwei Möglichkeiten. Entweder, du bittest Ida um ein Date, oder du lässt es bleiben. Wenn du sie nicht bittest, musst du keine Angst haben, abgewiesen zu werden. Du entscheidest selbst. Die Kontrolle bleibt bei dir.«

»Das klingt, als ob ich besser nicht fragen soll.«

»Das sage ich nicht. Ich sage, dass es die sichere Variante ist. Das Problem ist nur, auch wenn du so nie erfahren musst, wie es ist, abgewiesen zu werden, wirst du so auch nie erfahren, wie es ist, *nicht* abgewiesen zu werden. Ob etwas funktioniert oder nicht, weiß man immer erst hinterher. Es zu probieren, trotz Angst und ohne Garantie, das nennt man Mut.«

Liam steckte sich den Daumen in den Mund und kaute auf dem Nagel herum. »Machst du das denn?«, fragte er schließlich.

»Was?«

»Na, Mut haben. Sich auf Dinge einlassen, die dir Angst machen. Sachen riskieren und so. Etwas wagen.«

»Ich habe mich zum Beispiel darauf eingelassen, diese Genossenschaft für euch ins Leben zu rufen und mit dir die Spinnerei zu restaurieren, damit sie zu dem Museum werden kann, das Erik im Sinn hatte.«

»Das ist was anderes.«

»Inwiefern?«

»Weil es nicht persönlich ist. Was hast du groß zu verlieren, wenn du uns hilfst? Du kannst jederzeit zurück nach Hamburg gehen. Wenn man sich aber hier wehtun kann, wenn man etwas wagt«, er klopfte sich auf die Brust, »ist es viel schwieriger. Hast du Bjarne zum Beispiel gesagt, wie gern du ihn hast?«

»Er hat es mir jedenfalls schon oft gesagt.« Spielerisch stupste sie ihn mit dem Ellenbogen in die Rippen. »Vielleicht solltest du lieber ihn um Rat fragen. Er ist in diesen Sachen offensichtlich besser als ich.«

»Vielleicht braucht es aber einfach genauso viel Mut, etwas, das einem angeboten wird, anzunehmen, wie das Angebot überhaupt zu machen.«

Sie nahmen ihre Arbeit wieder auf, doch was Liam gesagt hatte, ging ihr nicht mehr aus dem Kopf. Selbst dann nicht, als sie sich am Abend mit Berit, Thorbjørn und Liam auf den Weg zu der Møte mit den Genossenschaftsmitgliedern machte. *Møte,* so nannte man Geschäftstreffen oder Konferenzen in Norwegen, und zur Feier des Tages hatte sich Annabell extra in das einzige Kostüm geworfen, das sie von Hamburg mitgenommen hatte. Beim Anziehen hatte sie festgestellt, dass der Reißverschluss nicht mehr zuging. Zuerst hatte sie geglaubt, dass er klemmte, aber dann war ihr siedend heiß der wahre Grund eingefallen. Ihr Bauch wuchs, weil sich darin Leben entwickelte. Dort drinnen, in ihrem Leib, schwamm, geborgen in Fruchtwasser und geschützt von ihrem eigenen Körper, ein Kind. Ihr wurde ganz schwindelig, als die Einsicht vollständig zu ihr durchsickerte und ihr ganzes Sein erfüllte. Ihr Kind. Mit Armen und Beinen, einer kleinen Nase, einem Mund, zehn Fingern und Zehen. Ihr Kind, das, wenn Bjarnes Recherchen korrekt waren, bereits auf Musik reagierte und ihre Stimme kannte.

Sie ließ den dünnen Seidenpullover über den offenen Reißverschluss fallen und ging die wenigen Schritte zu ihrem Nachttisch, wo neben der Lampe Bjarnes Spieluhr stand. Vorsichtig hob sie die Blechdose auf, bewegte langsam die Kurbel. Sie konnte das Erbeben des Blechs spüren, wenn die Klangstäbe über die Noppen auf der Walze schnalzten. Die Musik klang verzerrt, weil Annabell so langsam kurbelte. Jeder Ton für sich. Mut. Ging es im Leben nicht immer irgendwie um Mut? Sie kurbelte schneller. Der Weihnachtsmann auf der Dose lachte, vor ihrem inneren Auge sah sie Kinder, die um einen Weihnachtsbaum tanzten. Kerzenlicht spiegelte sich in ihren glänzenden Augen, ihre Wangen rot vor Aufregung und Freude. Wieder und wieder ließ sie das Lied erklingen, schob mit dem linken Unterarm den Pulli ein Stückchen nach oben und presste das kühle Metall auf ihren Bauch.

»Annabell? Bist du so weit? Wir müssen los.« Berits Stimme katapultierte Annabell aus dem Moment. Die Spieldose entglitt ihren Fingern. Oh Gott! Sie fiel auf die Knie und hob das Spielzeug vorsichtig auf. Die Drehorgel gehörte Bjarne, sie bedeutete ihm viel. Mit klopfendem Herzen bewegte sie noch einmal die Kurbel. *Bitte*, formten ihre Lippen tonlos. *Bitte, bitte, bitte.* Das in ihrer Hand war ein Erbstück, es lebte davon, von einer Generation zur nächsten weitergegeben zu werden. Sie durfte es nicht zerstört haben.

Die Walze im Inneren drehte sich. Die Musik erklang, und Annabells Herz hüpfte im Rhythmus mit dem Takt. *Oh, zum Glück. Danke, danke, danke.*

»Wir warten«, kam es erneut die Treppe hoch.

»Ich komme.« Vorsichtig legte sie die Spieluhr beiseite, schnappte sich ihren Blazer und eilte die Treppe hinunter.

Die Møte fand bei Mette Ibsen statt. Das koselige Café war bis zum letzten Platz besetzt, als Annabell, Berit, Thorbjørn und Liam mit gut zwanzig Minuten Verspätung ankamen. Annabell war die Verspätung fürchterlich peinlich, doch außer ihr schien sich niemand daran zu stören. Auf den Tischen vor den meisten Anwesenden dampften zierliche Tassen. Im ganzen Raum roch es herrlich nach Butter und

Gewürzen. Überall im Raum spendeten zahlreiche Kerzen ein angenehmes Licht. Die einzige künstliche Lichtquelle war ein Strahler, der neben einem Flipchart positioniert war. Das war wohl Annabells Platz.

Während Berit und die anderen beiden sich zu Bekannten aus dem Tal setzten, nahm Annabell Kurs auf das Flipchart. Unterm Arm trug sie Präsentationsmappen, die sie zusammengestellt hatte. Ihre Zehen drückten in den Pumps mit halbhohem Absatz, die sie sich extra von Camilla geliehen hatte. Das hier war ihre Welt. Der Schuh sollte ebenso wenig drücken wie der Rock.

Sie räusperte sich. »Hei.« Ihre Begrüßung richtete sie in die ganze Runde. »Schön, dass ihr alle gekommen seid. Lasst uns anfangen. Damit wir alle auf demselben Stand sind, habe ich ein bisschen Material mitgebracht.« In einer häufig geübten Geste reichte sie den Stapel an Präsentationsmappen an einen Meetingteilnehmer in der ersten Reihe. »Wenn sich bitte jeder eine Mappe nimmt und dann den Stapel weitergibt, bis alle versorgt sind? Ich hoffe, ich habe genug Ausdrucke für alle dabei.«

Ein Kichern erklang, aber alle machten, worum Annabell sie bat. Sie schnappte sich einen Fasermarker und richtete das Wort an die Anwesenden.

»Das vorrangige Ziel unseres heutigen Meetings ist es, einen Namen für die Genossenschaft festzulegen. Wenn wir den haben, kann ich alles Weitere in Angriff nehmen, denn natürlich wird der Name Einfluss auf den Außenauftritt der Kooperative haben.« In Blockbuchstaben schrieb sie in Schwarz NAME oben auf die Tafel. Mit einem roten Stift kreiste sie das Wort ein. Als sie den Marker wieder sinken ließ, richtete sie den Blick auffordernd in die Menge. »Ihr seid dran. Ich freue mich auf eure Vorschläge.«

Auf einmal war es ganz still auf dem Dachboden. Zahlreiche Augenpaare sahen sie offensichtlich verdutzt an.

»Wow, du kommst echt aus Deutschland, oder?«, feixte eine junge Künstlerin, deren Name Annabell gerade nicht einfiel.

Annabell richtete sich gerader auf. »Das hatte ich euch alles erzählt. Ich habe 2004 Abitur gemacht und dann am Institut für Fremdsprachen und Auslandskunde ...«

»Annabell ... D-d-das gen---ügt.« Was sollte das? Schämte Bjarne sich für sie? Sie hatte doch nur ...

Berit mischte sich ein. »Wir suchen also nach einem Namen für die Genossenschaft. Wir könnten überlegen, wie sich jemand fühlen soll, der Elvasund besucht. Was meint ihr? Das kann natürlich für jeden etwas anderes sein. Je mehr Ideen wir erst einmal sammeln, desto besser. Lasst euch nicht einschüchtern. Jeder, der will, kann einfach sagen, was ihm oder ihr in den Kopf kommt.«

»Wir können überlegen, was unsere Gegend so besonders macht«, klinkte sich Jette in das Gespräch ein.

»Oder ein Wortspiel einbauen«, meinte die Künstlerin von eben.

»Oder wir spielen mit den Erwartungen, die Besucher haben, wenn sie nach Norwegen reisen.«

Kaum hielt sie sich raus, geriet die Unterhaltung in Gang. Bjarne zeigte ihr ein »Daumen hoch«, doch sie fühlte sich fürchterlich. Das hatte sie also davon, sich so sehr in das Projekt gekniet zu haben. Während ihrer Besuche mit Bjarne waren alle freundlich gewesen, in Wahrheit wollten sie aber ganz offensichtlich keine Fremde unter sich haben. Sie schlich zu dem Tisch, an dem Bjarne, Thorbjørn und die Solbergs saßen, und ließ sich auf den letzten freien Stuhl fallen.

»Sie hassen mich«, flüsterte sie.

»Tun sie nicht.« Bjarne hauchte einen Kuss auf ihren Scheitel. »Du h-hast sie nur ein b-b-bisschen ü---berfordert. M-m-mit deiner deu--tschen Gründ---lichkeit.«

»Du meinst, wegen der Präsentationsmappen? Ich wollte es nur einfacher für alle machen. Damit wir alle vom selben Punkt aus starten.«

Im Hintergrund ging die Diskussion über den Namen munter weiter.

»Du hast nicht verstanden, was ein Møte ist«, versuchte sich Thorbjørn an einer Erklärung. Er klang halb amüsiert und halb tröstend. In seinem safrangelben Anzug mit nachtblauer Fliege und Weste war er neben ihr der Einzige, der sich zu diesem Anlass herausstaffiert hatte.

»Ein Møte ist eine Besprechung. Ein Meeting. Glaub mir, ich habe schon genug Meetings in meinem Leben besucht, um zu wissen, was das ist.«

»Ja und nein. Møte kann man auch mit ›Begegnung‹ übersetzen. Es hat eine lange Tradition in Norwegen. Uns Nordmännern sind unsere Begegnungen und Beratungen sehr wichtig.«

»Früher, bei den Wikingern und noch davor, hat man es *Thing* genannt.« Liam verdrehte die Augen, was durch den Kajal besonders dramatisch wirkte. »Und hier, am Arsch der Welt, haben ein paar Leute immer noch nicht verstanden, dass die Zeiten sich geändert haben. Ich finde cool, wie du alles vorbereitet hast. Richtig professionell.«

»Liams Lob in allen Ehren, aber den anderen hier geht es darum, Teil des Prozesses zu sein, verstehst du?« Thorbjørn angelte aus seinem Sakko ein kleines Döschen, aus dem er sich etwas in den Mund steckte. Kurz darauf erinnerten seine Gesichtszüge an ein Kaninchen, so ausgebeult war die Oberlippe. Trotzdem sprach er unbeirrt weiter. »Sie wollen alle etwas beitragen, um zusammen etwas Großes zu formen. Etwas, wo jeder für sich ist, aber trotzdem auch jeder für den anderen da und ein Teil des Ganzen.«

»Annabell, kommst du noch einmal nach vorne? Wenn es okay für dich ist? Wir wollen dich nicht stören.« Jetzt erinnerte sich auch die junge Künstlerin an Annabells Namen. In Hamburg wäre Annabell nachtragender gewesen, doch hier und heute hallte Thorbjørns Erklärung in ihr nach. Ein Teil eines Ganzen zu sein – war es nicht genau das, was ihr so viel Freude daran bereitet hatte, sich in das Projekt und die Renovierung der alten Spinnerei zu stürzen?

»Sicher.« Sie erhob sich.

»Wir haben ein paar Begriffe gesammelt, die unserer Meinung nach passen könnten. Wenn es okay für dich ist, könntest du sie an deine Tafel schreiben. Vielleicht fällt uns dann noch etwas dazu ein. Oder wir sehen Verbindungen, die uns bisher nicht aufgefallen sind.«

»Gerne.« Wieder zückte Annabell den Marker. Sie schrieb alles auf, was die anderen ihr entgegenwarfen:

Fjord
Kreuzfahrt
Umweg
Tal
Fluss

Nordlichter
Romantik
Auszeit
Träume
Räume
Ruhepol
Entspannung
Wikinger
Tradition und Moderne

Irgendwann kamen die Vorschläge ins Stocken. Annabell trat einen Schritt zurück und betrachtete die Auflistung.

»Was meinst du?«, fragte Mette. »Kannst du daraus etwas machen?«

Sie schloss die Augen, ließ die Begriffe auf sich wirken. Worunter konnte sie sich etwas vorstellen? Was weckte in ihr Sehnsucht, Begehren, Neugier?

»Nordlichter finde ich gut«, sagte sie schließlich. »Das ist emotional und bildhaft. Ich überlege, ob man das mit einem zweiten Begriff kombinieren kann, etwas, das darauf anspielt, was die Genossenschaft macht.«

»Sie gibt unseren Traditionen Raum für Weiterentwicklung.«

»Nordlichtträume«, schlug Ragnhild vor. »Das ist romantisch.«

»Aber passt es zu einer Reihe von Geschäften und Kleinstunternehmen?«, fragte ihr Mann. »Wir verkaufen Fleischwaren. Die sind zwar gut, aber wahr gewordene Träume sind dann doch etwas anderes.«

Wo er recht hatte, hatte er recht. Alle Anwesenden dachten so angestrengt nach, dass Annabell meinte, die Rädchen in den Köpfen rattern zu hören.

»Ich hab's!« Liams Stimme überschlug sich, so aufgeregt war er auf einmal. »Nicht Nordlichtträume, sondern *Nordlichträume*. Weil die Geschäfte doch in Räumen sind und weil unsere Angebote Raum zum Träumen geben.«

»*Elvasunder Nordlichträume.*« Sven Petterson, der Metzger, der zuvor skeptisch gewesen war, rollte den Vorschlag auf der Zunge herum. »Das gefällt mir.«

Zustimmendes Gemurmel erfüllte den Dachboden. Alle waren sich einig: Die Genossenschaft, in die alle hier Anwesenden so viel Herzblut, Hoffnung und Engagement steckten, hatte einen Namen.

Elvasunder Nordlichträume.

15

»Ist es denn sicher, bei diesem Wetter zu fahren?« Annabell begutachtete die weiße Zuckerschicht, die die ganze Welt bedeckte. Ausgerechnet in dieser Nacht hatte es der Schnee bis zu ihnen hinunter an den Fjord geschafft. Seltsam, wie die dünne Kältedecke alles veränderte. Die ganze Welt wirkte auf einmal stiller. »Sollen wir nicht lieber die Termine verschieben und hierbleiben? Sicher brauchen die Tiere jetzt besondere Fürsorge, damit sie nicht frieren?«

Zur Antwort zog Bjarne die Augenbrauen hoch und warf einen vielsagenden Blick auf seine Armbanduhr. Er hatte ja recht. Annabell selbst war es gewesen, die den Termin mit der Druckerei in Trondheim ausgemacht hatte, die ihr ein Angebot für den Flyerdruck erstellen wollte. Den Kontakt zu einem Fotografen in der Stadt hatte Camilla ihr hergestellt. Berits Tochter kannte Gott und die Welt in Trondheim. Dass sie diese Treffen auf denselben Tag wie die verschobene Vorsorgeuntersuchung in der Familienklinik gelegt hatte, war keineswegs Zufall. Der Fotografentermin war das Zuckerstückchen, das Annabell die bittere Medizin versüßen sollte, und es funktionierte. Fast. Den Termin in der Druckerei hatte Annabell als zusätzliche Absicherung eingebaut. Sie war nicht der Typ, der leichtherzig Geschäftsverabredungen platzen ließ.

»Du hast recht.« Sie seufzte und kletterte in Bjarnes SUV. Wenigstens begleitete er sie zu allen Terminen. Das machte es ein wenig einfacher. »Ist ja nicht der erste Schnee, den ihr hier erlebt.«

Er nickte, zwinkerte ihr zu und drückte ihr einen Kuss auf die Nasenspitze, ehe er die Tür für sie schloss.

Die Fahrt von Elvasund nach Trondheim dauerte gut eineinhalb Stunden. Direkt hinter Kyrksæterøra wurde ersichtlich, wie unbegründet Annabells Sorgen wegen des Neuschnees waren. Die Straßen waren wunderbar ausgebaut, ordentlich asphaltiert, relativ gerade und gut geräumt. Das Wichtigste jedoch war, dass die Autofahrer vollkommen unbeeindruckt von dem Flockenteppich zu sein schienen. Die wenigen anderen Autos, die sich mit ihnen die Straßen teilten, zuppelten weder im Schneckentempo vor sich hin, noch unterschätzten sie die Glätte der Fahrbahn und gerieten bei jeder Kurve ins Schlittern. Es war ein angenehmer Gegensatz zu Hamburg, wo jedes Jahr Chaos ausbrach, sobald Frau Holle entschied, ihre Decken auszuschütteln.

Das Beste an der Fahrt war allerdings die Aussicht. Obwohl sie dieselbe Strecke bei ihrer Ankunft gefahren war, erkannte sie kaum etwas wieder. Der frisch gefallene Schnee veränderte alles, indem er die Wälder, Hänge und Täler in eine Glitzerlandschaft verwandelte. Wie ein Fluss aus Asphalt mäanderte die Straße zwischen Bergen und Hügeln durch Täler und Höhenzüge. Die ersten vier oder fünf

Wasserfälle, die sie passierten, bedachte Annabell mit ehrfürchtigen Ahhhs und Ohhhs, irgendwann nahm sie sie nur noch als Teil des Wunders um sie herum wahr. Die Dörfer, durch die sie kamen, wirkten wie aus der Zeit gefallen. So hatten die Höfe wohl schon vor hundert Jahren ausgesehen, wenn der erste Schnee für die Bewohner eine Zeit der Entbehrung einläutete.

»Sag mal, was ich dich schon immer fragen wollte: Hat es eigentlich einen Grund, dass die unterschiedlichen Gebäude bei den meisten Höfen in unterschiedlichen Farben gestrichen sind? Oder mögen es die Norweger einfach nur bunt? Verstehen könnte ich es ja. Im Winter sind sicher alle für ein bisschen Farbe dankbar.«

Bjarne behielt den Blick auf die Fahrbahn gerichtet, nickte aber. »Die rote Farbe ist am preiswertesten. Deshalb wird sie meist nur für Wirtschaftsgebäude benutzt. Oder für Gebäude, die von der Straße aus nicht sichtbar sind.« Er legte den Kopf ein wenig schräg, sodass sie sein Grinsen sah. »Du weißt schon, man muss ja den Schein wahren.«

»Was?« Annabell staunte nicht schlecht. Ausgerechnet das hübsche Skandinavienrot, das zu Hause in Deutschland alle so bewunderten, war hier die Sparvariante?

»Was ist mit Gelb und Grau? Das Grau gefällt mir eigentlich am wenigsten. Da heben sich die weißen Fenster- und Türrahmen nicht so schön ab.«

»Aber es ist die teuerste Farbe. Gelb ist der Kompromiss. Achte mal darauf. Manche Häuser sind vorne grau gestrichen und an der abgewandten Seite gelb oder rot. Geschickt, oder?«

»Deshalb ist dein Schafstall also zweifarbig.« Sie fiel in sein Lachen ein. »Bjarne Ødegård, ich hätte dich nicht für einen Spießer gehalten, der so viel Wert auf die Meinung seiner Mitmenschen legt.«

»Tu ich nicht.« Seine Finger griffen das Lenkrad fester. »Die Idee kommt von meinem Bestefar. Er hat noch Zeiten erlebt, die ... schwierig waren. Lange vor dem Wirtschaftsboom in den Siebzigern, den das Öl gebracht hat. Seither ist es eine Tradition. Ein Teil von meinem Großvater, den ich festhalten kann. Bestefar hat mir viel bedeutet.«

»Er war dein Kindheitsheld. Das ist doch okay.«

»Mehr als das. Er m-m-mochte mich für m-m-mich. Nicht einmal meine Eltern konnten das. B---estefar hat mich n-nie unterbrochen. Egal, wie l-l-lange es gedauert hat, bis ich einen Satz ge---sagt habe.«

»Eigentlich sollte jeder wissen, wie unhöflich es ist, andere zu unterbrechen. Und wie du die Dinge sagst, hat nichts damit zu tun, was du sagst. Das, was du sagst, ist nämlich meistens verdammt schlau. Jeder, der sich um die Chance bringt, dir zuzuhören, hat es nicht anders verdient.«

»Ja.« Ein einfaches Wort, doch sie hörte sein Lächeln darin. »Mir war klar, dass du das so siehst. Deshalb mag ich dich auch.« Noch einmal wagte er einen kurzen Blick zu ihr. Seine Augen waren klar und ehrlich wie der Himmel an diesem Wintermorgen. »Aber mach dir nichts vor. Bestefar, Thorbjørn, du und Ole, ihr seid die Einzigen, die das jemals so gesehen haben.«

»Ole ist ein wirklich guter Freund. Er hat mich übrigens auch zu dir geschickt. Bei der Feier nach dem Schafabtrieb, meine ich. Bei Gelegenheit solltest du ihm mal für seine Kupplungsdienste danken. Woher kennt ihr euch überhaupt? Saß er schon immer im Rollstuhl?«

»Wir kennen uns von der Uni.« Bjarnes Antwort war knapp, geradezu kalt. Nichts von der Wärme, die sie gerade noch in seiner Stimme wahrgenommen hatte, war mehr zu hören.

»Hat er auch Agrarwissenschaft studiert? Das ist ungewöhnlich für jemanden mit Handicap, oder? Ich hätte ihn eher ...«

»Ich will nicht über Ole reden.« Noch nie hatte Annabell Bjarne so abweisend erlebt. Aber dies war nicht die richtige Zeit, um nachzuhaken. Auch so rebellierte ihr Magen schon vor Aufregung. Gerade passierten sie die ersten Häuser von Trondheim. Die Vorsorgeuntersuchung war der erste Termin auf ihrer heutigen Agenda, und Annabell wusste nicht, ob sie darüber froh sein sollte oder nicht. Einerseits wünschte sie sich, alles so schnell wie möglich hinter sich zu bringen. Andererseits graute ihr vor den Fragen und urteilenden Blicken, wenn sie zugeben musste, dass diese ganze Schwangerschaft ein einziges Missverständnis und sie mit Sicherheit nicht bereit für die Mutterschaft war.

Viel zu schnell zog Bjarne den SUV an den Bordstein. Sie befanden sich in einem ehemaligen Hafenviertel. Die Häuser hatten diesen industriellen Touch. Der Geruch nach Flusswasser hing in der Luft, ein gepflasterter Platz mit Parkbänken und einer Bronzestatue reichte bis ans Ufer. Hier in der Stadt gab es keinen Schnee, dafür hingen graue Wolken bleischwer am Himmel und drückten aufs Gemüt. Neben den Eingangstüren der modernen Glas- und Betonbauten hingen Firmenschilder. Tische und Stühle von Straßencafés waren zusammengeschoben und aneinandergekettet. Nur die Auslage eines Blumenladens brachte Farbe ins Spiel.

Annabell folgte Bjarne um die Ecke eines Gebäudes zu einem schmalen Treppenaufgang. Mit dem Zeigefinger deutete er auf eines der Schilder neben der Glastür. *Trondheim Familieklinikk*. Von jetzt an gab es kein Entrinnen mehr.

Die Klinik befand sich im achten Stock des Hauses. Am Empfang begrüßte sie eine Sprechstundenhelferin mit freundlichem Lächeln. Annabell nannte ihren Namen und ihr Anliegen. Die Helferin tippte auf dem Laptop herum und drückte ihr einen Becher in die Hand mit der Anweisung, eine Urinprobe abzugeben und dann im Wartezimmer zu bleiben, bis sie aufgerufen wurde.

So also fing es an. Annabell hasste alles daran: die Fragen auf dem Formular, das Bjarne für sie entgegengenommen hatte, den sterilen Geruch im Wartezimmer, die selig lächelnden Frauen mit dicken Bäuchen, die auf den Magazinen abgebildet waren, die für die Wartenden bereitlagen.

Doch sie hatte versprochen, diesen Termin ernst zu nehmen, also bemühte sie sich redlich, den Fragebogen wahrheitsgemäß auszufüllen. Erster Tag der letzten Periode. Gewicht vor der Schwangerschaft. Aktuelles Gewicht. Vorerkrankungen. Vorerkrankungen in der Familie. Alter. Vorangegangene Aborte. Drogenmissbrauch. Alkoholkonsum. Zigarettengenuss. Ihr Kopf schwirrte. In ihrem Mund schmeckte sie Galle. Sie war noch nicht einmal im Behandlungszimmer, und schon fühlte sie sich nackt. Scham brodelte in ihr, die Demütigung, all ihre Fehler und schlechten Angewohnheiten offenlegen zu müssen. Als wäre ihr Leben ein hässlicher Falter auf dem Tisch eines Lepidopterologen. Sie hatte erst etwa die Hälfte der Fragen beantwortet, als sie aufgerufen wurde. Bjarne machte keine Anstalten, sich ebenfalls zu erheben. Sie streckte ihm die Hand hin, ihre ganze Haltung flehte ihn an: *Lass mich nicht allein.*

Für die Dauer eines Herzschlags flammte Überraschung in seinem Blick auf, gefolgt von Rührung und Freude.

Ich, wirklich? schienen seine Augen zu fragen.

Sie schob die Finger zwischen seine, drückte seine Hand. Wer sonst, wenn nicht du, hieß das.

Der Arzt war anders, als Annabell erwartet hatte. Älter. Strenger. Er trug eine randlose Brille und hielt sich so aufrecht, als hätte er einen Stock verschluckt. Und diesem Menschen sollte sie anvertrauen, was sie sich kaum selbst eingestehen konnte? Ihm sollte sie darlegen, wie sie in diese Situation gekommen war und warum sie erst jetzt zu einem Vorsorgetermin kam? Wenn Bjarne sie nicht festgehalten hätte, wäre sie auf dem Absatz umgedreht und aus der Klinik geflohen. So biss sie die Zähne zusammen und beantwortete alle Fragen.

Wie hatte sie von der Schwangerschaft erfahren?

Gab es Erbkrankheiten bei dem Vater?

Litt sie unter Übelkeit?

Hatte sie eine regelmäßige Verdauung?

Gott, mittlerweile wünschte sie, sie hätte Bjarne nicht mit ins Sprechzimmer genommen. Das Gefühl, das ihr in den ersten Wochen nach dem positiven Schwangerschaftstest beinah ständig den Atem geraubt und auf die Brust gedrückt hatte, war wieder da. Diese schleichende Panik, die von dem absoluten Kontrollverlust hervorgerufen wurde, den sie verspürte. Dieses Gefühl, plötzlich eine Fremde im eigenen Körper zu sein, eine Fremde im eigenen Leben. Dann war sie nach Elvasund gekommen, wo sie Stille gesucht und

Chaos gefunden hatte. Ein Chaos, das ihrer Seele guttat, weil es sichtbar war und liebevoll und durchtränkt mit der unbedingten Überzeugung der Menschen, die sie kennengelernt hatte, dass nichts sein musste, aber alles sein konnte.

»Annabell?« Bjarne sprach leise, dennoch gelang es seiner Stimme, die aufbrandende Panik zu durchdringen.

Sie blinzelte, fuhr sich mit der Zunge über die Lippen. »Ja?«

»Dr. Sørloth fragte, ob du bereit seist, einen Blick auf das Baby zu werfen. Er würde gerne einen Ultraschall machen.«

Annabell nickte. Sie kam sich idiotisch vor, dass Bjarne die Frage des Arztes für sie wiederholen musste. Mit wackligen Knien erhob sie sich. »Kann ich ...« Plötzlich versperrte ihr ein Knoten die Kehle. Wie in Trance schaffte sie es auf die Untersuchungsliege. Das Ultraschallgerät sah aus wie das Cockpit eines Raumschiffs. Da waren Schläuche und Knöpfe und Drähte und ein riesig wirkender Bildschirm. »Kannst du den wegdrehen? Ich ...« Wieder schluckte sie. »Ich will nicht sehen, was auf dem Bildschirm ist.«

»Natürlich. Bitte mach dir den Bauch frei.« Während sie seiner Aufforderung folgte, beschäftigte Dr. Sørloth sich mit der Technik. Er desinfizierte den Ultraschallkopf, drückte einen Knopf, der den Bildschirm einschaltete, und drehte den ganzen Wagen so, dass Annabell nur die Rückseite des Monitors sehen konnte. Zitternd streckte sie eine Hand nach Bjarne aus. Er kam, setzte sich auf die Kante der Untersuchungsliege und nahm ihre Hand in seine.

»Bereit?«, frage Sørloth. »Das wird jetzt kurz kalt.« Aus einer Plastikflasche quetschte er durchsichtigen Glibber auf ihre Bauchdecke. Annabells Muskeln verkrampften sich.

Bjarne streichelte mit dem Daumen ihre Handinnenfläche, und sie schloss die Augen.

Das Drücken und Schieben des Schallkopfs auf ihrem Bauch war unangenehm. Immer wieder kreiste der Arzt um ihren Bauchnabel, verteilte mehr Gel, gab grunzende, dann murrende, schließlich zustimmende Laute von sich. Eine Frage wuchs in ihr, drängte darauf, gestellt zu werden, doch Annabell gab ihr keinen Raum. Je mehr sie von dem Kind in ihrem Bauch erfuhr, desto schmerzhafter würde es werden, ehrlich mit sich selbst zu sein und sich einzugestehen, wie wenig sie diesem entstehenden Leben zu bieten hatte. In ihrem Kopf überlagerten sich die verschiedenen Stimmen.

Was, wenn es mehr ist, als du denkst?

Was, wenn du es doch schaffen könntest?

Was, wenn du keinen Plan brauchst, um eine gute Mutter sein zu können, sondern nur Mut?

»Ist alles okay?« Sie konnte die Frage nicht mehr zurückhalten. Ihre Stimme bebte von aufgestauten Tränen. »Ist das Baby gesund?«

Dr. Sørloth lächelte. »Hör selbst.« Bevor sie protestieren konnte, drückte er mit einer Hand den Schallkopf tiefer in ihr Gewebe und betätigte mit der anderen einen Knopf. Augenblicklich erfüllte ein rhythmisches, rauschendes Klopfen den Untersuchungsraum. *Da-da, da-da, da-da.* »So klingt der Herzschlag eines gesunden Fötus.«

»Das ist ...« Wieder und wieder schluckte sie. Es half nicht mehr. Da war zu viel Gefühl in ihr, zu viel ... Rührung. Was sie festgehalten hatte, tief in sich verschlossen, brach sich Bahn. Wochenlang hatte sie nicht zugelassen, sich wirklich bewusst zu machen, was der Grund für die Veränderungen in ihrem Körper war. Tränen liefen ihr über die Wangen. »Das ist der ... Herzschlag meines Babys?« Die Erkenntnis pochte im Rhythmus des Herzschlags ihres Kindes durch Annabells Körper. Da war ein Kind in ihr. Kein Ärgernis. Kein zu lösendes Problem. Ein lebendiges Wesen. Sie konnte sein Herz hören. Dieses Wesen in ihr, es war nicht gut oder schlecht, es war einfach *da*. Annabells Angst konnte daran nichts ändern. Es spielte keine Rolle, ob sie dieses Leben gewollt hatte oder nicht. Es existierte. Und ihr Körper gab ihm alles, was es momentan brauchte.

»Faszinierend, nicht wahr?« Selbst Sørloth klang ergriffen. »Laut dem Programm bist du in Schwangerschaftswoche fünfzehn plus fünf. Das stimmt in etwa mit deinen eigenen Berechnungen überein. Vom Scheitel bis zum Po ist das Kleine jetzt elf Zentimeter groß. Es wird Zeit zum Shoppen. Nicht mehr lange, und deine Kleider werden nicht mehr passen. Der Bauch wird jetzt immer schneller wachsen.« Der Arzt nahm den Schallkopf von ihrem Bauch und reinigte ihn mit einem Stück Krepppapier.

»Ich habe dem Kind also nicht geschadet, weil ich nicht früher einen Vorsorgetermin wahrgenommen habe? Ich habe auch keine Vitamine genommen. Und weiter Kaffee getrunken. Nur eine Tasse am Tag, aber trotzdem. Und ich arbeite.« Die Worte sprudelten aus ihr heraus. All die Verfehlungen. All die Beweise, dass sie schon eine schlechte Mutter war, bevor dieses Kind überhaupt das Licht der Welt erblickt hatte.

»Annabell.« Die Art, wie Dr. Sørloth ihren Namen aussprach, erinnerte sie an ihren ersten Lateinlehrer. Vor dem hatte die ganze Klasse Angst. Gleichzeitig hatte Annabell ihn bis heute als einen der besten Lehrer ihrer gesamten Schullaufbahn im Gedächtnis. »Was ich dir jetzt sage, ist sehr wichtig. Hörst du mir zu? Dein Freund auch?« Er sah von ihr zu Bjarne und wieder zurück. Annabell nickte, und sie schätzte, dass Bjarne dasselbe getan hatte, denn Dr. Sørloth fuhr fort. »Frauen haben auf dieser Welt Kinder bekommen, lange bevor es Schwangerschaftsvitamine, Ultraschalluntersuchungen und Vorsorgetermine gab. Versteh mich nicht falsch. Dass es diese Dinge gibt, ist wichtig und richtig. Und ja, ich würde dir empfehlen, bestimmte Nahrungsergänzungsmittel zu dir zu nehmen und von jetzt an alle routinemäßigen Vorsorgeuntersuchungen wahrzunehmen. Sie dienen deinem Schutz. Es ist der Weg der Gesellschaft, dir zu sagen: Du bist nicht allein mit dieser immensen Aufgabe, ein Kind in deinem Körper heranreifen zu lassen. Wir unterstützen dich und sind für dich da.«

Weil sie schon wieder Gefahr lief, in Tränen auszubrechen, suchte sie Halt bei Bjarne. Sie richtete sich auf, lehnte sich an ihn. Er legte den Arm um ihre Schultern und hielt sie fest. Mit seinen Gesten bestätigte er, was Dr. Sørloth in den Raum gestellt hatte. Sie war nicht allein. Es war nicht schlimm, wenn sie Fehler machte und ab und zu überfordert war. Denn da waren andere in ihrem Leben, die auf sie achtgaben und einen Teil der Last mit ihr trugen.

»Das ist unser Ziel«, fuhr der Doktor fort. »Wir sollten alle aufeinander aufpassen. Du auf das Kindchen. Und der Rest von uns auf dich.«

»Es ist schwer, das zu glauben.« Ihre Stimme bebte. »Bisher konnte ich mich immer nur auf mich selbst verlassen.«

»Das dachte ich mir.« Er wandte sich von ihr, Bjarne und dem Ultraschallgerät ab, um wieder hinter seinem Schreibtisch Platz zu nehmen. »Aber dann ist das jetzt womöglich genau der richtige Zeitpunkt, um zu lernen, ein bisschen versöhnlicher zu werden. Mit dir selbst. Und der Welt.« Er zog sich einen Block heran und kritzelte etwas darauf. »Ich schreibe dir ein Rezept für Folsäure auf. Am Empfang händigt dir Gitte einen Mutterpass aus. Ab der vierundzwanzigsten Schwangerschaftswoche solltest du regelmäßig zur Vorsorge bei deinem Hausarzt oder einer Hebamme gehen. Normalerweise wäre dieser Ultraschalltermin erst in zwei Wochen fällig gewesen, aber unter den besonderen Umständen drücken wir ein Auge zu.«

Bjarne nahm das Rezept entgegen, und sie verabschiedeten sich von dem Arzt.

Wenig später standen sie wieder vor dem Eingang zu der Familienklinik. Keine Dreiviertelstunde war vergangen, seit sie das Gebäude betreten hatten. Genauso gut hätten sie durch ein Wurmloch in eine andere Realität katapultiert worden sein. Die Wolken am Himmel wirkten nicht mehr bedrückend, sondern wie Kissen aus Träumen. Der Atem des Nordatlantiks, der vom Fjord in die Stadt wehte, schmeckte nicht mehr bitter nach Fisch und Tang, sondern frisch nach Weite und Freiheit.

Sie schlang Bjarne beide Arme um die Mitte, hielt ihn fest und sah zu ihm auf. »Weißt du, was ich mir jetzt wünsche?«

Er schüttelte den Kopf.

»Ich möchte tun, was der Arzt gesagt hat, und shoppen gehen. Ich brauche eine Umstandshose und vielleicht einen kleinen Strampelanzug. Nach dem Termin mit der Druckerei und dem Treffen mit dem Fotografen haben wir doch noch Zeit?«

Die Idee schien ihm zu gefallen. Er strahlte.

»Und dann möchte ich mit zu dir kommen. Ich möchte heute Nacht nicht allein sein. Nicht, weil ich nicht allein sein kann.« Sie presste die Lippen aufeinander und zog die Stirn kraus. »Um ehrlich zu sein, bin ich nämlich ziemlich gut darin, allein zu sein. Selbst wenn Leute um mich herum sind. Aber ich glaube, das weißt du auch schon.«

Er legte eine Hand an ihr Gesicht, streichelte zärtlich mit dem Daumen ihre Wange.

Sie lächelte. »Ich weiß. Ich weiß, dass du mich nicht drängen willst und bereit bist, mir alle Zeit zu geben, die ich brauche. Aber ich hab genug vom Alleinsein, Bjarne. Heute Nacht will ich mit dir zusammen sein.«

Statt zu antworten, küsste er sie, und es war die beste Antwort, die sie sich hätte wünschen können.

Freudige Erwartung summte die ganze Zeit durch seinen Körper. Während sie in der Druckerei gewesen waren und sich Farb- und Papierproben angeschaut hatten, während sie mit dem Fotografen gegenüber der Kathedrale gesessen hatten und Annabell sich seine Arbeitsmappe angesehen hatte. Immer wieder hatte Annabell auch Bjarne zu seiner Meinung gefragt. Er hatte es vorgezogen, sie bei ihrem Umgang mit den Geschäftsleuten zu beobachten. Das war ihre Welt. Bjarne mochte zwar mittlerweile ein vollwertiges Mitglied der *Elvasunder Nordlichtträume* sein – mit unterschriebenem Vertrag, Urkunde und allem Drum und Dran –, aber in erster Linie war und blieb er Schäfer. Immer wieder durchzuckte ihn die Erkenntnis, was für ein Wunder es war, dass ihre beiden Welten nun eine Schnittmenge besaßen. Er liebte es, dieser ihm fremden Business-Annabell zuzusehen. Sie war selbstbewusst und verbindlich in ihrem Auftreten. Dabei wirkte sie nie arrogant. Eine kleine Kostprobe ihrer Fähigkeiten hatten er und die Elvasunder während der Møte bekommen, aber ebenso wie er konnten die anderen Genossenschaftsmitglieder mit Annabells Welt nichts anfangen. Der Drucker und der Fotograf fühlten sich wie Annabell in einem Universum aus Kostenvoranschlägen, Präsentationsmappen, Werbebudgets und Statusreports wohl. Sie reagierten instinktiv auf Annabells Professionalität, und es war offensichtlich, dass sie sie respektierten, ja sogar bewunderten. Immer, wenn ihre Bewunderung zu offensichtlich wurde, nahm Bjarne Annabells Hand. Er durfte das jetzt. Unmissverständlicher als vorhin in der Klinik und dann danach hätte Annabell ihn kaum in ihr Leben einladen können. Heute Nacht will ich mit dir zusammen sein, hatte sie gesagt. Für ihn hatte es sich angehört wie das Versprechen auf ein ganzes Leben – zu gut, um wahr zu sein. Sie wusste nicht, wer er war, wusste nicht, dass er nur Unglück brachte, und an diesem Tag machte er sich vor, er müsste es ihr niemals beichten. Vielleicht war es wirklich an der Zeit, die Vergangenheit ruhen zu lassen und nach vorne zu schauen.

Auf dem Rückweg zum Auto führte er sie über die Gamle Bybro, die alte Stadtbrücke. Wie es sich gehörte, zog er sie unter dem ersten der drei Holzpfeiler an sich, vergrub seine Hände in ihrem Haar und küsste sie.

»Hey!« Protestierend entwand sie sich seinem Kuss. Aber ihre Finger kraulten seinen Bart, und ihr Lächeln sagte deutlich, dass ihr Protest nur Show war. »Was machst du da?«

»Paare, die sich auf der Gamle Bybro küssen, bleiben bis in alle Ewigkeit glücklich zusammen.« Er schlang die Arme um ihre Taille, und sie lehnte sich vertrauensvoll an ihn.

»Ah, und was kann die Brücke sonst noch alles?«

»Außer hübsch aussehen?« Die Stirn in grüblerische Falten gelegt, gab Bjarne vor nachzudenken. »Nicht viel. Aber von hier aus hat man einen tollen Blick auf die alten Docks. Schau.« Er zog sie ein paar Schritte weiter zur Mitte der Brücke, von wo aus sie die perfekte Aussicht auf die bunten Holzbauten am Ufer der Nidelva hatten. Jedes in einer anderen Farbe gestrichen, mit riesigen Toren, durch die früher die Waren ein- und ausgeladen wurden, die Trondheim als Handelszentrum zu Reichtum und Bedeutung verholfen hatten.

»Das älteste Warenhaus stammt aus dem vierzehnten Jahrhundert. Die meisten sind aber neuer. Im siebzehnten Jahrhundert hat ein Feuer Trondheim arg zugerichtet, danach sind die Straßen verbreitert worden, um zukünftige Großfeuer zu vermeiden. Aber einige Häuser haben überlebt.«

»Es sieht aus, als würden die Docks auf Stelzen stehen.« Wohlig atmete Annabell aus und kuschelte sich noch näher an ihn. Rechts und links neben ihr hatte er seine Hände auf das Geländer gestützt, unter ihnen auf dem Fluss passierte eine Gruppe Kajakfahrer die Brücke. Sie riefen sich gegenseitig etwas zu, und ihr Lachen flutete zu ihnen nach oben auf die Brücke. Es war ein Tag zum Glücklichsein.

»Camilla hat ein paar Jahre hier gelebt, oder?«

»So weit ich weiß.«

»Ich kann gut verstehen, dass sie es hier mochte. Die Stadt hat eine tolle Atmosphäre. Altehrwürdig und jugendlich zugleich.«

Bjarne zuckte mit den Schultern. »Die Universität ist im Technologiesektor eine der besten weltweit. Außerdem haben die Trondheimer die Kathedrale. Der Nidarosdom ist das Ende des Olavswegs, deshalb finden viele Pilger in die Stadt. Die Nidelva gilt als ausgezeichneter Lachsfluss. Angler kommen hier auf ihre Kosten, und die Wirtschaft boomt. Jedes Jahr wächst Trondheim um mehrere Tausend Einwohner.«

»Aber dich hat es nie hierhergezogen?«

Er schüttelte den Kopf. »Nein.«

»Was? Nur nein? Das ist alles?«

»W-w-was w---illst du h-h-hören?« Was er am meisten an seinem Stottern hasste, war, dass es ihm verwehrte, seine Emotionen für sich zu behalten. Sobald er aufgeregt war, weigerten sich die vermaledeiten Laute, zu tun, was er von ihnen wollte. »Ich habe es in der Großstadt --- p-probiert. Es hat nicht g---ut g---eendet. I-ich weiß, w---o mein Platz ist. Und der ist in E---lvasund. A-a-allein.«

»Hey, hey.« Sie drehte sich in seiner Umarmung, löste sich von dem gigantischen Ausblick und sah ihm stattdessen in die Augen. Für die Dauer eines Herzschlags wirkte sie gekränkt, aber sie rang dieses Gefühl so schnell nieder, dass er sich nicht mehr sicher war, ob er den Ausdruck wirklich gesehen hatte. Falls es sie verletzte, dass er sich ausgerechnet dann von ihr zurückzog und eine Mauer um sein Herz errichtete, als sie die ersten wackeligen Schritte auf ihn zu machte, so ließ sie ihn nicht dafür büßen.

»Es ist in Ordnung, okay? Du willst nicht drüber reden, und ich hätte nicht fragen sollen. Du hast mir versprochen, mir alle Zeit zu geben, die ich brauche. Aber geduldig miteinander sein ist ein Teamerfolg. Du hast mich nie gedrängt. Also dränge ich dich auch nicht. So einfach ist das.«

Wenn sie nur wüsste. Innerlich seufzte er. Was hatte er sich gerade eben noch vorgemacht? Es war eine Illusion. Irgendwann würde er ihr alles erzählen müssen, und bis dahin wollte er die schönen Momente genießen, die sie ihm schenkte. Denn wenn es einmal so weit war, würde sie ihn nie wieder so ansehen wie jetzt, voller Hingabe und Akzeptanz. Als wäre er ein Teil der Lösung, nicht des Problems.

Er zog sie von dem Brückengeländer weg, führte sie zurück ans Ostufer der Nidelva, wo auch das Auto parkte. Er hatte es auf einmal eilig. Natürlich machte Annabell große Augen, als sie durch Bakklandet schlenderten. Die alten Holzhäuser mit den windschiefen Dächern und winzigen Fensterchen besaßen einen Charme, dem nicht einmal er sich entziehen konnte. Selbst zu dieser Jahreszeit standen vor beinah jeder Haustür Blumenkübel, und alles strahlte Romantik aus. Hier lehnte ein altes Fahrrad dekorativ an der Wand, dort baumelte ein nostalgisches Blechschild über einem Caféeingang und warb für die besten Gewürzschnecken Trondelags. Ein Antiquariat tat es Annabell besonders an. Grün lackierte Stühle aus Schmiedeeisen mit verschnörkelten Lehnen und krummen Beinen standen um kleine Bistrotische. Eine blau-weiß gestreifte Markise hob sich lustig vom rostroten Anstrich des Hauses ab. Rechts und links der Tür hingen weiß lasierte Metalllaternen an der Wand und setzten ein Bücherregal in Szene, das kostenlose Lektüre für Lesewillige bot.

»Schade, dass ich zum Lesen fast keine Zeit mehr habe.« Annabell zog die Mundwinkel nach unten. »Wenn ich abends ins Bett gehe, bin ich meistens so müde, dass ich einschlafe, sobald mein Ohr das Kissen berührt.« Sie zwang ihren Blick weg von dem Regal und ließ ihn über die Häuser auf der gegenüberliegenden Straßenseite streifen. Ihre Miene hellte sich auf. »Schau mal, da müssen wir jetzt wirklich reingehen. Komm!«

Heimlich knirschte Bjarne mit den Zähnen. Am liebsten wäre er sofort nach Hause gefahren, um den Abend mit ihr zu verbringen. Aber selbst wenn er gewollt hätte, er hätte es ihr nicht übel nehmen können. Nicht, als er erkannte, in was für ein Geschäft sie ihn zog. Der Laden nannte sich »Wollcafé«. Wie der Name nahelegte, gab es dort Wolle zu kaufen. Und Kaffee. Doch damit nicht genug. Im Schaufenster sowie auf den Tischen und Regalen der Auslagen waren handgefertigte Stricksachen ausgestellt. Den meisten Platz nahmen Baby- und Kinderklamotten ein. Winzige Schühchen, flauschige Mützen, Jäckchen mit Norwegermuster, Strampelanzüge und Kuscheldecken. Eine dieser Decken hielt Annabell nun in ihrer Hand.

»Früher konnte ich ganz gut häkeln. Meine Mutter hat es mir beigebracht. Und als ich krank war, habe ich doch deine ganze Wolle kardiert. Meinst du ...« Sie stellte die Frage nicht zu Ende.

»Ich hab selber absolut nichts mit Häkeln am Hut, aber ich kann mir vorstellen, dass es wie Angeln ist. Einmal gelernt, verlernt man es nie wieder.«

»Du kannst angeln?«

Er zog eine Augenbraue hoch und legte den Kopf schief.

»Okay, blöde Frage. Wahrscheinlich kann das in Elvasund jeder. Du meinst also, ich sollte es probieren? So eine Decke zu machen? Ich meine, es sind ja nur einfache Maschen. Und die Wolle ist dick. Ich würde schnell vorankommen und ein Erfolgserlebnis haben und ...«

»Ich glaube, es ist eine tolle Idee.«

»Eine Decke ist wie eine Umarmung zum Mitnehmen. Wenn ich dann fort bin ...«

Er schloss kurz die Augen. Natürlich wäre es naiv gewesen, zu glauben, ein einziger Arztbesuch könnte alles ändern. Für jeden Schritt vorwärts machte sie einen zurück. Aber sie bewegte sich, das allein zählte. Bisher hatte sie nie von allein überlegt, was sie ihrem Kind mitgeben könnte, außer Nährstoffe und einen Körper, um darin zu wachsen.

Annabell entschied sich für ein Set Häkelnadeln aus Birkenholz, das ihr die Verkäuferin extra für handgesponnene, dicke Rohwolle empfahl. »Vergiss nicht, ein Probestück zu häkeln und zu waschen. Du willst gleich am Anfang wissen, wie sehr die Wolle eingeht. Nicht dass von der Decke nach einmal Waschen nur ein Lappen übrig bleibt.« Sie packte die Nadeln in Papier ein, befestigte die Schutzhülle mit einem Streifen Klebefilm und steckte alles zusammen in eine kleine Papiertüte. »Das wäre zu schade, und so eine Babydecke muss ja oft gewaschen werden.« Sie kicherte leise. »Die Kleinen sabbern und spucken die ganze Zeit. Und wenn sie das nicht tun, dann haben sie die Windeln voll.«

»Wie reizend.« Annabells Kommentar klang trocken, doch ihre Augen lächelten. Sie nahm die Tüte mit den Nadeln entgegen, verabschiedete sich von der Verkäuferin, und dann – endlich – waren sie auf dem Weg nach Hause.

»Viel Spa-haaaß.« Berits Singsang brannte in Annabells Ohren, als sie, einen Rucksack mit ein paar Sachen für die Nacht über der Schulter, aus dem Haus hinaus in die Kälte trat.

»Jetzt lass das Mädchen. Sie ist erwachsen und kann die Nacht verbringen, wo sie will«, hörte sie Thorbjørns amüsierte Schelte, dann fiel die Tür hinter ihr ins Schloss.

Bjarne wartete im Auto auf sie. Der Motor lief, und die Frontscheinwerfer schnitten Lichtkegel in die Dunkelheit, in deren Schein ein paar Flocken träge tanzten. Wunderschön sah das aus. Als würde Sternenstaub nur für sie vom Himmel rieseln. Dazu das Dach der alten Spinnerei, verziert mit einer Schicht aus Zuckerguss, und ein Himmel, der in nächtlichen Farben von Blau über Grün bis Anthrazit changierte. Einem Impuls folgend, streckte sie die Zunge aus dem Mund und fing ein paar der Flocken ein. Augenblicklich schmolzen sie und hinterließen einen Geschmack prickelnder Kälte an ihrem Gaumen.

Sie öffnete die Beifahrertür, warf ihren Rucksack auf die Rückbank und kletterte ins Wageninnere. »Fertig«, sagte sie zu Bjarne. »Wir können.«

Der Kies knirschte unter den Reifen. Die Landschaft um sie herum zerfloss im Schwarz. Es gab nur noch sie und ihn auf der Welt. Sie und ihn und das Kind in ihrem Bauch. Nicht zum ersten Mal am heutigen Tag wünschte sie sich, es wäre seins. Wenn sie nur im Sommer nicht diesen einen

Fehler gemacht und sich auf die idiotische Nacht mit Danny eingelassen hätte, könnte alles perfekt sein. In Elvasund, mit Freunden an ihrer Seite, die sie unterstützten, und vor allem mit diesem wunderbaren Mann, der immer nur gab, ohne zu fordern, der zu einer ruhenden Präsenz in ihrem Leben geworden war, könnte sie sich vorstellen, wirklich noch einmal ganz neu anzufangen.

Aber nein. Das gute alte Was-wäre-wenn-Spiel hatte noch niemandem geholfen. Hätte es die Nacht mit Danny nicht gegeben, wäre sie überhaupt nicht nach Elvasund gekommen. Dann hätte sie Bjarne nicht kennengelernt und könnte sich jetzt keine Gedanken darüber machen, wie schön es wäre, wenn das Wunder unter ihrem Herzen aus Liebe entstanden wäre statt aus Wut und Trauer.

»Wenn wir bei mir sind, muss ich noch nach den Tieren sehen.« Bjarnes Gehöft ähnelte dem Solgård. Das Wohnhaus mochte etwas kleiner sein, dafür gab es zusätzlich ein zweites, etwas nach hinten versetztes Gebäude. Ein Carport grenzte an das größere der beiden Wohnhäuser. Ein längliches Stallgebäude begrenzte das Gelände zur Seite hin, und hinter dem Carport vermutete Annabell eine Art Scheune.

Holz stapelte sich unter einem Dachvorsprung meterhoch an der Hauswand entlang. Ein Traktor stand im Hof. Das ganze Gehöft wirkte wie ein Betrieb, auf dem gearbeitet wurde. Ordentlich, aber nicht steril.

»Darf ich mit?«

»Natürlich.«

Sie schob ihre Hand in seine. Er führte sie zur schmalen Seite des Stalles. Im Näherkommen erkannte sie, dass eine große Weidefläche direkt an das Gebäude grenzte. Mehrere Holzunterstände, aus denen Heu quoll, standen auf der schneebedeckten Wiese. Mondlicht ließ die Wolle der Schafe, die sich unter einem der Unterstände zusammengekuschelt hatten, erstrahlen.

»Bleiben die die ganze Nacht draußen?«

»Wenn sie wollen.« Bjarne löste das Vorhängeschloss, mit dem die Stalltür gesichert war. »Ich habe mich für eine Offenstallhaltung entschieden. Die Tiere können kommen und gehen, wie sie wollen. Im Stallinneren ist es trotzdem warm genug. Die Körperwärme der Schafe genügt, um die Luft zu erwärmen, und wenn es doch zu kalt wird, kann ich zusätzliche Warmluft in den Stall leiten.« Mit der freien Hand bedeutete er ihr, einzutreten.

Ein harziges, warmes Aroma nach frischem Heu und Stroh schlug ihr entgegen. Im Inneren eines Schafstalls hatte sie Uringeruch befürchtet, beißende Säure, doch so war es nicht. Der Geruch hier drinnen war so heimelig, als wäre sie in eine lebende Adventskrippe gestolpert.

Bjarne betätigte einen Drehknopf. An der Stalldecke erwachten Leuchtstoffröhren flackernd zum Leben.

»Sieh dich ruhig um«, ermutigte er sie, dann schnappte er sich eine neben der Tür stehende Mistgabel. »Es dauert nicht lange. Ich verteile nur eine Runde Heu.«

Hüfthohe Metallgitter trennten das Stallinnere in mehrere Bereiche. Der größte diente als Wohnraum für die Schafe. Hier war der Boden dick mit Stroh ausgelegt, und die Tiere konnten sich auf der Fläche frei bewegen. Manche der Gitter weiteten sich oben zu einem Y. Dort hinein wuchtete Bjarne frisches Heu, das er aus einem abgetrennten Bereich holte. In runden Ballen – einer davon war aufgebrochen – lagerte das getrocknete Gras. Jedes Mal, wenn Bjarne mit der Mistgabel zwischen die Halme fuhr, atmeten die Ballen eine Wolke Kräuterduft aus.

Annabell stand im dritten Abteil der Scheune. Hier stapelten sich Strohballen treppenförmig bis fast zur Decke.

»Darf ich mich da draufsetzen?« Sie musste ihre Stimme erheben. Kaum hatten die Tiere bemerkt, dass es Abendessen gab, kam Bewegung in die Herde. Drängelnd und mähend scharten sie sich um Bjarne. Der lachte, tätschelte ihre Köpfe und ließ sich nicht aus der Ruhe bringen. Seine Bewegungen wirkten sicher und routiniert, als wäre die Heugabel eine natürliche Verlängerung seines Arms.

»T-t-tu das. Als Kinder haben Vibeke und ich gespielt, die Strohballen seien eine Ritterfestung. Wir sind darauf herumgeklettert wie die Wilden.«

Sie lächelte. Die einzelnen Strohstufen waren in etwa eineinhalb Meter breit, die Ballen eng geschichtet, damit es dazwischen keine Lücken gab. Beim Erklimmen musste Annabell trotzdem aufpassen, denn das Stroh gab bei jedem Schritt nach, und nicht alle Ballen hatten exakt dieselbe Höhe. Für Kinder musste das ein echtes Paradies gewesen sein.

»Das ist ganz schön viel Stroh«, bemerkte sie. Von etwas weiter oben hatte sie einen besseren Blick auf das Geschehen bei den Schafen. Die Tiere waren wirklich niedlich. Sie schlackerten mit den Ohren, leckten sich gierig über die Mäuler. Keines war so klein wie Loki, aber einige Herdenmitglieder wirkten jünger als andere. Halbstarke, die besonders frech waren und alles dafür taten, den besten Platz an den Raufen zu ergattern. »Reicht das für den ganzen Winter?«

Bjarne lachte. »Wenn ich Glück habe.«

Zurück bei der Absperrung, die die Strohpyramide von dem Bereich der Schafe trennte, hob er die Heugabel auf die andere Seite des Gatters, ehe er mit einem geschickten Sprung über die Metallsperre setzte.

»Wow!« Annabell applaudierte. Sollte er doch ein bisschen für sie angeben. Ihr gefiel es. Ohne sich wie sie an den oberen Ballen festhalten zu müssen, kam er zu ihr.

»Ein schönes Plätzchen hast du hier.« Neben ihr ließ er sich auf den Hosenboden fallen. Wo sie sich hingesetzt hatte, waren bereits einige Strohballen abgetragen worden, sodass eine Art Hochplateau entstanden war. Der oberste Ballen war aufgebrochen, die Halme dadurch nicht mehr hart gepresst, sondern luftig aufgeplustert. »Ein B---ett im Stroh.« Er ließ sich auf den Rücken fallen und zog sie mit sich. Sie fiel mit dem Oberkörper auf ihn, wollte sich wegdrehen, doch er war schneller. In einer fließenden Bewegung rollte er sich mit ihr in den Armen herum und kam auf ihr zu liegen.

»Was machst du da?« Sie kicherte. Das Stroh pikste in ihren Hintern, ihren Hals und den Rücken.

»Dich küssen.« Er senkte den Kopf, und plötzlich pikste sie noch was ganz anderes, ein kindlicher, verrückter Impuls.

Sie entwand sich seiner Umarmung, kam erst auf die Knie, dann auf die Füße. »Um mich zu küssen, musst du mich erst kriegen!«

»Na warte!« Knurrend setzte er ihr nach. Sie lieferten sich eine verrückte Verfolgungsjagd. Über Strohballen, um sie herum, nach oben, nach unten. Sie schnaufte und rannte und kicherte und hatte plötzlich ein genaues Bild vor Augen, wie es war, auf diesem Hof aufzuwachsen. Wo die ganze Welt ein Abenteuerspielplatz war und die Ballenburg ihre Festung.

Sie hielt sich wacker. Immer wieder gelang es ihr, Bjarne zu entkommen, indem sie sich unter seinem Arm wegduckte, einen Haken schlug oder ihm geschickt auswich. Doch er war der Meister in diesem Spiel. Am Ende konnte sie sich nur geschlagen geben. Mit dem Rücken lehnte sie an einen der Ballen, pumpte Luft in ihre Lungen. Er tauchte aus einer Richtung auf, aus der sie ihn im Leben nicht erwartet hatte, und packte sie um die Hüfte. Sie stieß einen spitzen Schrei aus.

»Hab ich dich«, grollte er, und in diesem Augenblick stellte er die perfekte Wikingerfantasie dar. Wild und unbezähmbar. Einzelne Strohhalme steckten in seinem Bart. Er hatte die Mütze verloren, rote Locken standen ihm zerzaust vom Kopf ab. Auch ihm hatte ihr Spiel den Atem genommen. Er hielt sie so nah, dass sie durch die Kleidung das Trommeln seines Herzschlags fühlte.

Sie hob die Hände, als wollte sie sich ergeben. Rechts und links ihres Körpers stützte er sich an der Strohwand in ihrem Rücken ab. Seine Arme hielten sie gefangen.

»Ich will dich.« Er drückte sich an sie. Die Härte, die sie spürte, ließ keinen Zweifel daran, wie ernst es ihm mit seinem Geständnis war.

Auch durch ihre Adern pumpte Adrenalin statt Blut. Da war so viel Leben, so viel Lust in ihr, und die brauchte ein Ventil. Sein hektischer Atem fand ein Echo in ihrem. Sie ließ die Hände fallen, lehnte den Kopf zur Seite, entblößte ihren Nacken, ergab sich. Keine Berechnung lag in der Geste, Instinkt leitete sie, sonst nichts.

»Dann nimm mich«, flüsterte sie. »Ich will dich auch.«

Ein Zittern durchfuhr sie, nicht von Angst oder Kälte,

sondern aus reiner Ungeduld. Was danach kam, verlor sich in einem Rausch aus Lust und Leben.

Bjarne presste die Lippen auf ihren Hals, küsste, knabberte. Sein Bart rieb an ihrer erhitzten Haut, seine Hände waren überall, fanden den Weg ans Ziel ohne Umschweife. Sie schob seinen Pullover beiseite, zerrte an seinem Gürtel. Sie taumelten ein paar Schritte rückwärts, küssend, atmend, drängend. Dann war da ein Strohballen, und er war genau auf der richtigen Höhe, damit Bjarne sie daraufsetzen konnte. Hinter der Knopfleiste seiner Jeans fand sie seine Härte. Ein Drehen seiner Hüfte, ein Streifen ihrer Hände an seinem Po und seine Jeans hing ihm in den Kniekehlen, ihre schlackerte von einem Bein.

Bjarnes Hände waren alles, was zählte. Sein Atem, der heiße Luft auf ihre Haut hauchte. Aus dem Portemonnaie kramte er ein Kondom. Ganz kurz fragte sie sich, ob er all das geplant hatte, doch im Grunde spielte die Antwort keine Rolle. Und wenn schon. War es nicht ein Zeichen dafür, was für ein Mann er war, wenn er vorausdachte und für sie sorgte, selbst in dieser Beziehung?

Gemeinsam rollten sie das Gummi über seine Länge, dann war er wieder bei ihr. Noch näher. Noch drängender. Noch wilder. Er drückte ihren Rücken auf das Stroh, hob sich ihr rechtes Bein auf die Schulter und stieß in sie.

»Ahhh.« Es war ein Tanz auf der Kante zwischen Schmerz und Lust und das Wunderbarste, was sie seit Langem gefühlt hatte.

Augenblicklich hielt er inne. »Unnskyld!« Um ein Haar ertrank die Entschuldigung in seinem Keuchen. Er ließ ihr Bein von seiner Schulter gleiten, zog sie jetzt an der Hüfte näher an sich heran.

Sie schüttelte den Kopf. Haarsträhnen verfingen sich im Stroh, ihre Kopfhaut kitzelte. »Nicht aufhören«, flehte sie. »Bjarne. Nicht ... aufhören.«

Er hörte nicht auf, und sie musste die Augen schließen, weil alles so perfekt war. So nah, so intim. Nicht nur wegen dem, was sie machten, sondern vor allem wegen dem, der er war. Immer wieder überraschte er sie, und auf einmal prickelten Tränen in ihren Augen. Das Vertrauen, das er ihr schenkte, indem er ihr Seiten von sich zeigte, die er sonst versteckte. Die Nähe, die er zuließ.

»Ich liebe dich«, platzte es aus ihr heraus. Es war Sextalk und womöglich nicht ernst zu nehmen. Gleichzeitig war es das Ehrlichste, was sie seit Langem, vielleicht seit immer, gesagt hatte, und die Erkenntnis traf sie gemeinsam mit ihrem Höhepunkt. Ihr Körper klammerte sich um ihn, hielt ihn fest, als wollte er ihn im Leben hergeben, und da kam auch er. Sie presste die Augenlider zusammen. Dann war es vorbei, und sie atmeten zusammen, genossen die Nachbeben. Er strich ihr eine Haarsträhne aus dem Gesicht, seine Finger zitterten dabei. So verletzlich sah er aus, bar jeden schützenden Panzers stand ihm eine Vielzahl an Emotionen auf seine Miene geschrieben.

»Ich meine es auch so.« Sie drehte den Kopf, küsste seine Handinnenfläche. »Das waren nicht nur die Endorphine, die da gesprochen haben. Ich habe mich wirklich in dich verliebt.« Es war nicht leicht, ihm bei ihrem Geständnis in die Augen zu sehen. Sie tat es trotzdem. Für ihn. Sein Mut lehrte auch sie, mutig zu sein. »Ich habe keine Ahnung, was das bedeutet. Was es ändert oder ob es überhaupt etwas ändert.« Eine Hand legte sie auf ihren Bauch.

Ein paar Sekunden lang sahen sie einander schweigend in die Augen, dann glitt er aus ihr heraus und zog sich Boxershorts und Jeans wieder hoch.

Annabell war nicht so gut im Schweigen wie er. Sie räusperte sich einen Frosch aus der Kehle. »Ich dachte einfach, du solltest es wissen. Nur so. Ohne Verpflichtungen. Ich ...« Sie klappte den Mund zu, bevor noch mehr wirres Zeug aus ihr herausblubberte. Was dachte sie sich eigentlich dabei, ihn derart unter Druck zu setzen? Kein Wunder, dass er schwieg. Welcher Mann wollte sich eine Frau ans Bein binden, die mit dem Kind eines anderen schwanger war? Bjarne war ein Schatz von einem Mann, bisher hatte sie von ihm nichts als Verständnis und Unterstützung erfahren, aber das zwischen ihnen offiziell zu machen, dem Ganzen einen Namen zu geben, würde mit Verpflichtungen einhergehen. Kein normaler Mensch würde sich darauf nach ein paar wenigen Wochen einlassen.

Nervös kaute sie auf ihrer Unterlippe herum und wich seinem Blick aus. Aus dem Augenwinkel sah sie sein Kopfschütteln. Mit sachtem Druck dirigierte er ihr Gesicht so, dass sie ihm erneut in die Augen sehen musste, und küsste sie so zärtlich, dass ihr um ein Haar schon wieder die Tränen gekommen wären. Auf seine Weise bat nun er sie um Geduld. Sein Schweigen war keine Abfuhr. Er gab ihr von sich, was er konnte, nicht mehr und nicht weniger. Mehr konnte sie nicht verlangen, und mehr wollte sie auch nicht. Hatte nicht jeder das Recht darauf, gewisse Dinge für sich zu behalten? Er musste sie nicht in seine Entscheidungen einbeziehen. Was er sich für seine Zukunft wünschte, war seine Sache. Für ihr Glück war nicht er verantwortlich, sondern sie selbst.

Ein lautes Blöken riss Annabell aus ihren Gedanken und ließ Bjarne und sie auseinanderfahren. Blinzelnd sah sie sich um. Mindestens fünf Schafe drängten sich so dicht es ging an das Gatter, das ihren Bereich von der Strohburg trennte, und äugten neugierig auf das, was auf den Ballen vor sich ging. Einige käuten genüsslich wieder. Andere schlackerten mit den Ohren. Fehlte nur noch, dass eines der Tiere eine Tüte Popcorn hervorzauberte und anfeuernd in die Hufe klatschte.

»Oh Gott!« Annabell prustete los. »Ich kann nicht glauben, dass deine Schafe solche Spanner sind! Kein Sinn für Privatsphäre, diese Tiere. Lass dir das auf der Zunge zergehen. Wir hatten Beischlaf mit Beischaf.«

Bjarne kratzte sich den Bart. Er grinste, setzte aber eine ernste Miene auf, als er sich an die Schafe wandte. »Sorry, Leute, die Show ist aus. Kein Beischlaf mehr. Von jetzt an müsst ihr wieder selbst für die Unterhaltung sorgen.«

Annabell schob sich an Bjarnes Seite, legte eine Hand um seinen Ellenbogen und kuschelte sich in die Kuhle unter seiner Schulter. »Ich hab Hunger«, gab sie zu. »Und müde bin ich auch schon wieder. Du hast mich erschöpft, Mr. Ødegård.«

»Aber dem Bauchzwerg geht es gut? Was wir getan haben, hat ihn nicht … gestört?« Diesmal war sie sich ziemlich sicher, dass sein kurzes Zögern nicht vom Stottern kam.

»Ich denke nicht.« Sie drückte sich enger an ihn. Im Vorbeigehen löschte Bjarne das Licht im Stall, von außen verschloss er die Tür. Von einem Moment auf den anderen umhüllte sie tiefste Nacht. Kein Licht weit und breit störte das Schauspiel, das die Natur über ihre Köpfe malte. Tausende, Abertausende Sterne funkelten am Firmament. Ihr Licht war nicht nur über ihnen, sondern oben, unten, überall. Ein seltsames Knistern lag in der Luft. Womöglich bildete Annabell es sich nur ein, aber sie könnte schwören, dass sie ein weit entferntes Brummen und Grollen hörte, als würden irgendwo, in einer anderen Welt, Trolle Felsbrocken über den Himmel rollen. Und da sah sie es, ein schwebendes grünes Leuchten, an den Rändern ein paar Töne dunkler als in der Mitte. Wie ein halb durchsichtiges Laken flackerte das Lichtband über das Sternenzelt.

Annabell schnappte nach Luft. Sie hatte davon geträumt, Nordlichter zu sehen. Es wirklich zu hoffen hatte sie nicht gewagt.

»Wow.« Vor Bewunderung formten sich ihre Lippen zu einem O. »Das ist …« Ehe sie die richtigen Worte fand, war das Schauspiel schon wieder vorbei. Der Tanz der Lichter beruhigte sich, wurde zahmer, dann verlor das Grün an Leuchtkraft, bis nur ein Schimmer zurückblieb.

»Hast du dir was gewünscht?« Neben ihr richtete auch Bjarne den Blick gen Himmel.

»Wie meinst du das?«

»Was man sich beim Schein der Nordlichter wünscht, wird Wirklichkeit. Das hat mein Bestefar immer gesagt.«

»Oh.« Sie zog die Mundwinkel nach unten. »Dann habe ich es verpasst. Heißt das, meine Wünsche werden nie in Erfüllung gehen?«

»Nein.« Er tupfte einen Kuss auf ihr Ohrläppchen. »Das heißt nur, ich muss dich wohin entführen, wo man richtig tolle Polarlichter sehen kann. Am besten die ganze Nacht lang, damit du genug Zeit hast, dir den richtigen Wunsch zu überlegen.«

»Einen Wunsch weiß ich schon jetzt.«

»So?«

Sie nickte heftig. »Ich wünsche mir ein Abendessen. Und ein kuscheliges Bett. Und davor vielleicht noch ein gemeinsames Bad mit dir in einer heißen Wanne.«

»Ich glaube ...«, mit dem Zeigefinger tippte er auf ihre Nasenspitze, »... für diese Wünsche brauche ich keine Hilfe vom Universum.«

16

Der ersten gemeinsamen Nacht bei Bjarne folgten viele. Nicht, dass Annabell Berits Gastfreundschaft nicht mehr zu schätzen wusste, aber so groß das Wohnhaus auf dem Solgård auch war, mit vier anderen Personen unter einem Dach gab es kaum Privatsphäre.

Bei Bjarne war das anders. Sie liebte die Atmosphäre in seinem Haus. Hier wirkte alles weniger stylish als in Berits Schöner-Wohnen-Traum. Ein bisschen verwohnter, ein bisschen improvisierter. Das Schachbrett-Linoleum in der Küche war an einigen Stellen abgenutzt. Der Kühlschrank hatte mindestens zwei Jahrzehnte auf dem Buckel, die Dielenbretter im Wohnzimmer waren an einigen Stellen abgetreten, und das Sofa ächzte, wenn man sich darauffallen ließ. Doch dann gab es da auch noch Bjarnes selbst gebaute Möbel. Ein Garderobenständer aus Treibholz, Lampen aus Baumstämmen, Tische und Schränke, Kerzenständer. Sein Markenzeichen bestand darin, die natürliche Form des Holzes zu erhalten. Besonders eindrucksvoll war ihm das bei seinem Bett gelungen. Ein Riesenteil, dessen Rahmen und Füße aus roh belassenen Baumstämmen bestanden. Bjarnes ganzes Schlafzimmer war die Antithese zu Annabells Mädchentraum in Berits Haus. Grob und maskulin, mit einer Zimmerdecke, bei der man die Dachbalken sehen konnte, Schaffellen als Fußwärmer auf dem Boden und statt Gardinen dunklen Jalousien vor den Fenstern.

Annabell liebte diese Männerhöhle. Wann immer sie in Bjarnes Bett lag, umhüllte sie der Duft von Harz und Holz. Sie liebte die schwere Daunendecke, unter der es sich wunderbar kuscheln ließ, und sie liebte den Mann, mit dem sie die Zweisamkeit unter der Decke genoss. Besonders in Momenten wie diesem, wenn Bjarnes gleichmäßiger Atem ihr beim Aufwachen verriet, dass sie noch ein wenig Zeit hatten, ehe der Tag begann. Sie blinzelte, streckte sich.

»Schon wieder die Blase?« Bjarne brummte. Dass er kein Morgenmensch war, hatte sie mittlerweile gelernt. »Du warst doch gerade eben erst.«

»Wem sagst du das? Wenn das so weitergeht, sollte ich überlegen, ob ich künftig nicht gleich im Bad schlafe.«

»Lieber nicht. Hier halte ich dir zwischenzeitlich das Bett warm.« Er lüpfte die Decke für sie. »Komm bald zurück.«

Obwohl sie sich einen dicken Flanellpyjama zugelegt hatte, kribbelte die kühle Morgenluft auf ihrer Haut. Sie huschte ins Bad, erledigte, was es zu erledigen gab, und beeilte sich mit dem Rückweg. Draußen herrschte noch immer Dunkelheit. Es könnte Mitternacht sein oder acht Uhr morgens. Nur die Abwesenheit von Mondlicht deutete darauf hin, dass es eher Morgen war als Nacht. Mit einem Hechtsprung rettete sie sich zurück in den warmen Deckenkokon. Bjarne begrüßte sie mit einem Kuss.

»Es hat wahnsinnig viel geschneit über Nacht. Das sind mindestens zwanzig Zentimeter Neuschnee.«

»Dann behalte ich dich heute einfach bei mir.« Halb rollte er sich auf sie, darauf bedacht, nicht zu fest auf ihren Bauch zu drücken. »Du bist meine Geisel.« Über sie hinweg griff er nach der Spieluhr auf dem Nachttisch.

»Und was muss ich tun, damit du mich wieder freilässt, oh wilder Wikinger?«

»Du m---usst mir gefällig sein.« Er dirigierte sie auf den Rücken, schob den Bund ihrer Schlafanzughose nach unten und das Oberteil nach oben. Wenn tagsüber ihr Bauch von zahlreichen Kleidungsschichten bedeckt war, wirkte sie so schlank wie vor der Schwangerschaft. Darunter wölbte sich jedoch mittlerweile eine unübersehbare Kugel. Auf die presste Bjarne die Spieluhr. Die lustige Weise war Annabell mittlerweile so vertraut, dass sie instinktiv mitsummte. Sie schloss die Augen, genoss das Gefühl der sachten Vibrationen auf ihrer Haut. Versonnen strich sie mit dem Zeigefinger über Bjarnes Handrücken. Wie immer, wenn sie diesem Ritual nachgingen, legte sich Ruhe um sie wie eine warme Decke.

»Und was muss ich tun, um dir zu ...« Da! Sie stockte mitten im Wort, blinzelte, hielt die Luft an. Immer wieder hatte sie in den letzten Tagen ein Blubbern in ihrem Bauch gefühlt. Weit entfernt von den Schmetterlingsflügeln, von denen schwangere Bekannte ihr früher berichtet hatten. Annabell hatte das Blubbern eher auf eine verquere Verdauung geschoben. Doch das gerade waren definitiv keine Gase gewesen. Schmetterlingsflügel auch nicht, überhaupt nichts Poetisches oder Wohliges. Eher ein nachdrückliches Stupsen gegen ihre dauergeplagte Blase. Als wollte da jemand in ihr drinnen sichergehen, dass sie es auch ja nicht zu bequem hatte.

»Annabell?« Bjarne hörte auf, die Drehorgel zu spielen. »Ist was?«

Sie schüttelte den Kopf, brachte es aber nicht fertig, etwas zu sagen. Sie griff nach Bjarnes Hand und presste sie fest auf ihren Bauch. Dorthin, wo sie das Stupsen gespürt hatte, seitlich unterhalb des Bauchnabels über dem Schambein. Noch immer hielt sie die Luft an. Um nichts in der Welt wollte sie es verpassen, falls das Baby sich noch einmal meldete, doch wieder einmal bewies das Kind einen erstaunlichen Dickschädel. In einem langen Zug ließ Annabell die angehaltene Luft entwichen. Ihre Enttäuschung blieb Bjarne nicht verborgen.

»Du hast das Kind gespürt.«

Sie nickte. Wie sehr hätte sie sich gewünscht, dass auch er es gefühlt hätte.

Von ihrer Enttäuschung schien er nichts mitzubekommen. Er grinste von einem Ohr zum anderen. »Wusste ich doch, dass es die Musik mag.«

Sie verdrehte die Augen. »Oder es wollte dir sagen, dass es die Dauerbeschallung nicht mehr aushält.«

»Auf keinen Fall.« Er griff erneut nach der Spieluhr. »Mini da drin und ich sind uns einig.«

»So?«

Er nickte. »Heute kommst du mir nicht davon. Wollen wir doch mal sehen, ob sich der Winzling nicht doch noch mal zu einem Lebenszeichen überreden lässt.«

»Was ist mit Berit? Wenn du mich wirklich als Geisel behalten willst, musst du ihr Bescheid sagen. Ich bin gespannt, wie du das verpackst. Möge die Wut mit dir sein.«

Bjarne lachte leise. Sie hatten noch oft über Berits Wutausbruch bei Annabells Ankunft gesprochen. Mittlerweile wusste Annabell die Launen ihrer Arbeitgeberin besser einzuschätzen, dennoch blieb Berit eine Naturgewalt, auf die man sich lieber vorbereiten sollte.

»Das Risiko nehme ich in Kauf. Wir schieben es einfach auf den Schnee.«

»Wenn du meinst, das funktioniert …«

»Es wird funktionieren, da bin ich mir sicher.«

Bjarne sollte recht behalten. In der Nacht war so viel Schnee gefallen, dass sogar die Kinder nicht in die Schule mussten. Selbst der erprobte norwegische Winterdienst kam mit dem Räumen nicht nach. Berit wünschte ihnen einen schönen Tag und versprach, Loki von Annabell einen Gruß auszurichten, wenn sie nach ihm sah.

Nach dem Telefonat ließen Annabell und Bjarne es langsam angehen. Sie blieben im Bett, bis endlich die Sonne aufging, und genossen in dicken Socken beim Kamin ein Frühstück aus süßem Haferbrei und Beeren. Unter den alten Gesellschaftsspielen seiner Kindheit hatte Bjarne ein Set Hnefatafl gefunden. Auch nach mehrmaligen Versuchen gelang es Annabell nicht, den Namen des Spiels richtig auszusprechen, doch das hinderte Bjarne nicht daran, ihr die Spielregeln zu erklären. Bei einer Tasse dampfenden Tees wies er sie in die Kunst des angeblich ältesten norwegischen Gesellschaftsspiels ein. Im Groben erinnerte Hnefatafl an Schach. Über das Spielfeld regierte ein König mit seinem Gefolge. Gewonnen hatte der Spieler, dem es gelang, seinen König mithilfe des Gefolges sicher in eine der vier Burgen zu bringen, die sich in den Ecken des Spielbretts befanden. Angeblich spielten bereits die Wikinger dieses Spiel und schulten sich damit in Fragen der Strategie. Auf den ersten Blick schienen die Regeln simpler als Schach, doch Annabell merkte bald, dass sie es in sich hatten. Sie entwickelte eine diebische Freude daran, sich die passende Strategie auszudenken, um Bjarnes König in Bedrängnis zu bringen. Er nahm es mit Humor, zog sie mit ihrem Ehrgeiz auf und schenkte ihr ab und zu ein Bauernopfer, nur um kurz darauf aus dem Hinterhalt anzugreifen und zu beweisen, wer von ihnen der echte Wikinger war. Nach fünf Partien brummte Annabells Kopf und sie brauchte dringend eine Abwechslung. Dick eingemummelt mit Schal, Mützen und Handschuhen, versorgten sie die Schafe. Nicht einmal die hartgesottensten Tiere zog es bei diesem Wetter ins Freie. Sie stürzten sich auf das frische Heu, Bjarne gönnte ihnen eine besonders dicke Strohschicht, und Annabell schüttete Kraftfutter in die Tröge im Stall.

Zurück im Freien, äugte Annabell in den Himmel. »Ich kann nicht glauben, dass es in zweieinhalb Stunden schon wieder dunkel wird.« Obwohl die Sonne gerade erst ihren höchsten Punkt überschritten haben sollte, wirkte es bereits, als würde es schon wieder dämmern. Noch immer rieselten feine Flocken aus dem grauweißen Himmel. Die ganze Szenerie wirkte wie eine Schwarz-Weiß-Fotografie, altmodisch und dennoch romantisch.

»So ist das im Winter. An vielen Tagen wird es gar nicht richtig hell.«

Annabell ließ ihren Blick schweifen. Majestätisch, als wären sie in Spitze und Samt gekleidet, ragten die Berghänge in ihrem Rücken auf. Der Schnee ließ sie noch riesiger wirken, noch mächtiger. Auf den Tannen bauschten sich Zuckerhauben, und Weidezäune verschwanden beinah komplett unter der weißen Last. Dann fesselten drei farbige Punkte in der Nähe der Straße ihre Aufmerksamkeit. Sie bewegten sich recht zügig und kamen immer näher. Annabell kniff die Augen zusammen, legte die Hand an die Stirn, um die Flocken abzuwehren und besser sehen zu können.

»Siehst du das?« Mit dem Zeigefinger deutete sie in die Richtung der Punkte.

Bjarne folgte ihrem Blick. »Sieht aus, als würden wir Besuch bekommen.«

Er hatte recht. Im Näherkommen stellten sich die Punkte als Langläufer heraus. Geschickt glitten sie auf den Brettern über den frisch gefallenen Schnee.

»Erwartest du wen?«

Bjarne schüttelte den Kopf. »Aber das muss nichts bedeuten. Komm, wir gehen ihnen entgegen. B-B-Besucher sind i-immer willkommen. Das nennt man Kos.«

Gesagt, getan. Nach dem Vormittag im Haus tat es ihnen gut, sich zu bewegen. Es machte Spaß, in den Schnee zu hüpfen und Fußspuren zu hinterlassen, wo vor ihnen noch niemand gegangen war.

»Hei, da seid ihr ja.« Die eine Skifahrerin hob die Hand, um ihnen zu winken, und jetzt erkannte Annabell sie auch.

»Camilla, was macht ihr denn hier?«

»Im Haus sind Liam und Linnea meiner Mutter schrecklich auf die Nerven gegangen, und bevor wir alle einen

Lagerkoller bekommen, habe ich gedacht, ich lüfte die beiden mal aus. Ein bisschen Sport tut uns allen gut.«

»Wollt ihr ins Haus kommen? Ich kann eine heiße Schokolade machen.« Zum Glück hatte Annabell darauf bestanden, Bjarnes Junggesellenkühlschrank mit dem Nötigsten zu befüllen. »Zutaten für ein paar Waffeln sollte ich auch noch zusammenbekommen. Wir können es uns richtig gemütlich machen.«

»Das klingt herrlich.« An ihre Kinder gerichtet, fügte Camilla hinzu: »Auf geht's, Endspurt. Wer als Erster am Haus ist!«

»Das gewinne ich!« Bjarne, dem die Aufforderung eigentlich nicht gegolten hatte, sprintete los. Eine Sekunde lang sahen Liam und Linnea ihm verdattert nach, dann nahmen sie die Verfolgung auf. Camilla ging es gemächlicher an. Sie passte ihr Tempo Annabells Schrittgeschwindigkeit an. Schnell gewannen die anderen Vorsprung. Bis Annabell und Camilla sie eingeholt hatten, hatten die Kids die Skier und Stöcke abgeworfen, und die wildeste Schneeballschlacht war im Gang.

»In Deckung!« Liam, der sonst durch wohlgepflegtes Desinteresse brillierte, hielt seine kleine Schwester an der Hand. So schnell es ihre viel kürzeren Beine zuließen, zog er sie hinter Bjarnes SUV. Ein Geschoss durchschnitt die Luft, sauste an Annabells Ohr vorbei und krachte, deutlich links von den Kindern, gegen die Kofferraumtür des Wagens.

»Daneben!« Linnea jauchzte.

»Schnell. Du formst Nachschub, ich werfe.« Den ersten Revanche-Schneeball formte Liam selbst. Suchend glitt sein Blick über den Hof. Auch Annabell entdeckte Bjarne erst bei genauerem Hinsehen. Hinter dem Holzvorrat presste er sich mit dem Rücken an die Garagenwand. In den Händen hielt er eine weitere Schneekugel. Er zwinkerte Annabell zu, holte aus und sprang auf den Hof.

»Attacke«, rief er und hielt direkt auf das Versteck der Kinder zu. Linnea juchzte vor Freude, Liam gab seine Deckung auf. Diesmal trafen die Schneebälle beider Männer.

»Na warte!« Nicht nur Bjarne war mit Schneeballschlachten aufgewachsen. Liam war mindestens ein ebenso guter Schütze. Sein Geschoss traf Bjarne am Bauch, und dann prallten auch die Körper der beiden Kontrahenten gegeneinander. Liam war beinah genauso groß wie Bjarne, aber deutlich schmaler, und er versuchte, sich aus dessen Griff herauszuwinden. Aber Bjarne war zu schnell. Taumelnd und lachend fielen sie auf den Boden. Noch im Fallen griff Liam eine Handvoll Schnee und stopfte sie Bjarne in den Mantelkragen. Auch Linnea war jetzt zur Stelle. Mit lautem Gebrüll stürzte sie sich ins Gewühl.

Annabell lachte. »Da hast du ein ziemliches Früchtchen an der Hand, was?«

»Wem sagst du das?« Theatralisch seufzte Camilla. »Den Tag, an dem sie vor mir müde ist, habe ich noch nicht erlebt.«

»Das glaube ich dir gerne. Sieht aus, als wären die drei noch eine Weile beschäftigt.«

»Lieber die als ich.« Sie zwinkerte ihr zu. »Mir reicht die Skitour vom Solgård hierher und wieder zurück vollkommen. Auf eine extra Fitnesseinlage kann ich getrost verzichten.«

»Wollen wir dann schon mal reingehen?« Unter dem Vordach trat sich Annabell den Schnee von den Stiefeln. Camilla löste die Bindungen der Skier und folgte ihr ins Hausinnere.

»Ich muss mal gucken. Sicher hat Bjarne irgendwo noch Ersatzhausschuhe.«

Ganz selbstverständlich streiften sich beide Frauen die Schuhe von den Füßen.

»Lass nur, ich habe dicke Socken an.« Camilla folgte Annabell in die Küche. Aus dem Augenwinkel erkannte sie, wie Berits Tochter große Augen machte. Bjarnes Geschick, mit besonderen Möbeln Persönlichkeit in ein Haus zu bringen, fiel offenbar auch Camilla auf.

»Kaffee oder Tee?«, fragte Annabell.

»Wenn du wirklich vorhast, eine heiße Schokolade zu kredenzen, würde ich auch dazu nicht Nein sagen. Oh Mann, die sind echt verrückt.«

Annabell folgte ihrem Blick hinaus aus dem Fenster. Bjarne, Linnea und Liam waren dazu übergegangen, Figuren in den unberührten Schnee zu zeichnen. Während die beiden Männer sich damit zufriedengaben, mit ihren Schritten Spuren zu hinterlassen, lag Linnea rücklings im Schnee und bewegte die ausgestreckten Arme und Beine zügig hin und her.

»Ein E-E-Engel!« Bjarne klatschte dem Mädchen Beifall. »W---arte, ich m-m-mach ihm einen Heiligensch---ein.« Neben Linnea ließ er sich auf die Knie fallen und drückte den Schnee um ihren Kopf platt. Wenn Linnea aufstand, würde es wirklich aussehen, als hätte der Schnee-Engel einen Heiligenschein.

Das Lächeln auf Camillas Miene wurde liebevoll und zärtlich. Ganz nebenbei nahm sie die Zutaten für einen Waffelteig entgegen, die Annabell ihr aus dem Kühlschrank reichte.

»Ich wusste nicht, dass er so gut mit Kindern umgehen kann.

Um ehrlich zu sein, dachte ich, er sei ein ziemlicher Griesgram, aber wahrscheinlich sind wir daran selber schuld. Als Kinder haben wir es ihm oft nicht leicht gemacht.«

»Wegen seines Stotterns?«

Camilla zuckte mit den Schultern. »Brauchen Kinder einen Grund, um grausam zu sein? Er war anders als wir, das hat schon genügt. Heute schäme ich mich dafür.« Sie schnappte sich eine Rührschüssel von der Arbeitsplatte und begann damit, den Teig zusammenzurühren. Annabell übernahm die Zubereitung des Kakaos.

»Deine Kinder scheint sein Anderssein nicht zu stören.« Ein leicht schnippischer Unterton schlich sich in ihre Stimme. Die Vorstellung, wie Bjarne früher gemieden oder belächelt worden war, weckte einen Beschützerinstinkt in ihr. Als ob sie jetzt, Jahre, womöglich Jahrzehnte später noch etwas dagegen machen könnte.

Camilla fuhr fort: »Nein, sie vergöttern ihn. Sieh ihn dir an. Welches Kind würde ihn nicht lieben bei dem ganzen Blödsinn, auf den er sich mit ihnen einlässt. Er wird ein wunderbarer Vater werden.«

Etwas, das gerade noch ganz weich und fügsam gewesen war, versteifte sich in Annabell. Um ein Haar entglitt ihr die Dose mit dem Kakaopulver. Ehe ein Unglück passieren konnte, stellte sie sie ab. Auf dem Herd kochte die Milch über. Annabell zog den Topf von der Flamme, doch es war zu spät. Der bittere Geruch von angebrannter Milch verpestete die wohlige Atmosphäre in der Küche.

»Hey.« Sacht legte Camilla ihr eine Hand auf den Oberarm. »Ich sag ja nicht, dass er der Vater von deinem Kind sein muss.«

»Das Kind in meinem Bauch hat keinen Vater. Glaub mir, ich habe lange überlegt, wie ich den Mann auftreiben kann, mit dem ich einfach nur ein paar unvorsichtige Stunden verbracht habe, aber mir ist kein Weg eingefallen. Ich kenne nicht einmal seinen Nachnamen, Camilla! Und ich bin auch keine Mutter. Ich habe meinen Job verloren, kurz bevor ich von der Schwangerschaft erfahren habe. Ich habe kein echtes Zuhause. Meine Wohnung in Hamburg ist mit Sicherheit nicht der richtige Ort, um ein Kind großzuziehen. Was hätte ich diesem Wesen denn zu bieten? Ein Kind braucht eine Familie. Alles, was ich habe, ist Unsicherheit und ein ganzer Berg voller Selbstvorwürfe.«

»Ich bitte dich.« Camilla schnaubte. »Niemand hat je gesagt, dass eine Familie aus Vater, Mutter und den durchschnittlichen zwei Komma vier Kindern bestehen muss. Dieses Kind kann drei Mütter, einen Vater, zwei große Geschwister und ein ganzes Tal voll mit Onkeln und Tanten haben. Kein Kind in ganz Elvasund wird es so gut haben wie das in deinem Bauch, wenn du nur den Mut hast, es zuzulassen.«

»So wie du? Bei dir hat das ja auch ganz wunderbar geklappt. Wo hat dich dein Vertrauen in eine gemeinsame Zukunft mit Liams und Linneas Vater denn hingebracht?«

»Zurück nach Hause. Zu meiner Mutter, der es eine Zeit lang wirklich beschissen ging nach Eriks Tod und die mich und die Kids gebraucht hat.«

»Ich dachte, du seist aus Trondheim weggegangen, weil ...«

»... mein Ex eine Niete ist, der unsere Familie an den Rand des Ruins getrieben hat?«, unterbrach Camilla Annabell.

»Ja, das ist die Geschichte, wie Mor sie gerne sieht. Sie mochte Jonas nie. Die beiden sind sich wahrscheinlich einfach zu ähnlich, um miteinander auszukommen. Aber weißt du was?«

»Was?« Endlich hatte sich Annabell wieder genug beruhigt, um die Operation Kakao erneut in Angriff zu nehmen. Sie löffelte Pulver, Zucker, Zimt und Kardamom in ein Schüsselchen und vermengte es mit einem Schwapp heißer Milch zu einem Brei, ehe sie diesen in die restliche Milch rührte. So gab es keine Klümpchen. Den Tipp mit den Gewürzen hatte sie von Bjarne. Er hatte ihr sein Geheimnis verraten, als sie letztens eine Tasse des von ihm zubereiteten Kakaos förmlich in Ekstase versetzt hatte.

»Wenn du mich fragst, haben Jonas und ich unser Leben eigentlich ganz gut hinbekommen. Himmel, wir waren Kinder, als wir zusammengekommen sind, er fünfzehn und ich vierzehn Jahre alt. Zwanzig Jahre lang waren wir immer füreinander da. Das soll uns erst mal jemand nachmachen. Sicher, wir hatten Höhen und Tiefen in unserer Ehe, und als die Balance zu sehr in Richtung Tiefen gekippt ist, war die Trennung das Beste. Aber wir haben zwei wunderbare Kinder zusammen, und wir gehen immer noch respektvoll miteinander um. Eine gescheiterte Ehe sieht in meiner Welt anders aus. Nur weil etwas zu Ende ist, muss es nicht schlecht gewesen sein, solange es andauerte.«

Gepolter und Lachen im Flur verkündeten, dass es Bjarne und den Kindern nun doch zu kalt draußen geworden war.

»Ist der Kakao fertig?« Bjarnes Stimme vibrierte vor Übermut. »Wir haben einen riesigen Kakaodurst.«

»So gut wie. Und das Waffeleisen ist auch schon heiß. Eure Mor hat den Teig gemacht.« Annabell verteilte die heiße Schokolade auf die bereitgestellten Becher, goss eine Kelle voll Waffelteig ins Eisen und schwelgte in dem munteren Brutzeln von buttrigem Teig auf heißem Teflon. Zu fünft verputzten sie einen riesigen Berg Waffeln und tranken heiße Schokolade, bis ihnen die Bäuche wehtaten. Über die aufgeregten Erzählungen von Linnea, was sie mit Bjarne und ihrem Bruder draußen erlebt hatte, ging die Sonne unter. Bjarne bot ihren Gästen an, sie mit dem SUV nach Hause zu fahren, was Camilla und die Kinder gerne annahmen. Und mit jedem Lachen, jeder geteilten Geschichte wuchs die Hoffnung in Annabell, dass Camilla womöglich recht haben könnte. Dass etwas nicht für die Ewigkeit sein musste, um gut zu sein, weil es immer mehrere Wege gab, um ein Ziel zu erreichen.

17

Bjarne sah auf das Kabelknäuel in seiner Hand hinab und stieß einen Fluch aus. Welcher Kobold hatte ihm bloß ins Ohr geflüstert, es sei eine gute Idee, die Kisten mit dem Julschmuck auszugraben? Seit Jahren, genau genommen, seit Vibeke mit ihrer Familie nach Trondheim gezogen war, hatte er die Lichterketten, Schleifen und Leuchtsterne nicht mehr benutzt. Und davor? Davor wäre er niemals freiwillig auf die Idee gekommen, diese Aufgabe zu übernehmen. Trotzdem hatte er es meist gemacht. Es war einer dieser stillen Kämpfe zwischen seinem Vater und ihm gewesen. Die Art, wie Far auf die Leiter stieg, mit zitternden Beinen und leicht gebücktem Rücken, und ihm dabei vorwurfsvolle Blicke zuwarf, hatte er noch gut in Erinnerung. Far war keiner, der mit Tadel sparte, wenn ihm etwas nicht passte. Noch mehr als seinen Worten gelang es jedoch seinen Blicken, Bjarne zu verletzen. Wenn Far sich daranmachte, den Hof fürs Julfest zu dekorieren, dann sagten ebendiese Blicke: Ich wünschte, ich hätte einen richtigen Sohn. Einen, der das zusammen mit mir macht, lachend und feixend und albernd, so wie es sich für einen Vater und seinen Sohn gehört. Doch was habe ich bekommen? Ein stotterndes Wechselbalg, das sich vor den Menschen versteckt und es vorzieht, mit seinem Schnitzmesser am Kamin zu sitzen. Einen Griesgram, mit dem es kein Lachen gibt, keine fröhlichen Gespräche.

Jedes Jahr also, wenn es wieder einmal so weit war, biss Bjarne die Zähne zusammen und tat das, was von ihm erwartet wurde. Als Kind hatte er sich verkrochen, wenn die stille Missbilligung in den Augen seines Vaters ihm zugesetzt hatte. Als erwachsener Mann wusste er, was sein Job war. Die Zähne zusammenbeißen und gute Miene zum bösen Spiel machen. Nicht zusammenzuzucken, wenn Far ihm in angeblichem Kameradentum mit der Hand auf die Schulter drosch und sein Stottern nachäffte. Magnus Ødegård war in Elvasund beliebt gewesen. Er kannte die Nachbarn, war immer zur Stelle gewesen, wenn jemand eine helfende Hand benötigte, und war überall ein gern gesehener Gast. Seine Umsiedlung in die Stadt hatten viele bedauert, wenn sie ihn auch verstanden. Welche Großeltern zogen es nicht vor, in der Nähe der Enkelkinder zu sein, statt sich mit dem eigenen Sohn in Machtrangeleien um den Hof und unbehagliches Schweigen zu verstricken? Keine Frage also, wen die Schuld traf, wenn Bjarne Magnus' Freundlichkeit nicht behaglich fand, sondern schneidend. Wenn Fars Zuwendungen immer an Bedingungen geknüpft gewesen schienen, die Bjarne niemals erfüllen konnte, gleichgültig, wie sehr er sich bemühte. Kein Wunder, dass er sich das Gefummel mit Lichterketten und Aufhängern nicht noch einmal hatte antun wollen, nachdem seine Eltern weggezogen waren.

Trotzdem stand er jetzt hier, fluchend auf einer Leiter, mit Kabelsalat in den Händen. Die Deko-Trolle, die Vibekes Tochter immer so geliebt hatte, hatte er bereits rechts und links der Haustür platziert, von wo aus sie nun den Eingang bewachten. Auf dem Giebel des Großvaterhauses hatte er einen weit sichtbaren Stern angebracht. Leuchteiszapfen hingen vom Vordach des Wohnhauses, Glitzersterne funkelten in den kahlen Birken vor dem Haus, und eine Zeitschaltuhr stellte sicher, dass die Lichter sich anschalteten, sobald die Sonne unterging. Im Grunde brannten sie also mittlerweile fast den ganzen Tag. Drei Wochen noch, dann stand die längste Nacht des Jahres ins Haus.

Wenn er diese Lichterkette noch bezwungen hatte, hätte er jeden Grund, auf sich stolz zu sein. Es war die längste. Achthundertvierzig Lichter verteilten sich auf über fünfzig Metern Länge. Das genügte, um einmal rund um den Stall zu führen. Annabell würde Augen machen, wenn sie von ihrem Termin aus der Stadt kam. Sie, Thorbjørn und einige andere Mitglieder der *Nordlichtträume* trafen sich heute mit Vertretern der Tourismusbehörde. Sie hatten Entwürfe für die Werbeflyer und eine Liste mit den teilnehmenden Betrieben dabei. Natürlich hatte Annabell auch eine Präsentation vorbereitet, inwiefern der Verband und die *Nordlichtträume* von einer Kooperation profitieren könnten. Er lächelte bei der Erinnerung, wie Annabell ihm gestern die Präsentation vorgeführt hatte. In einem kuscheligen Flanellpyjama hatte sie vor ihm gestanden, mit dicken Socken an den Füßen, und geredet hatte sie wie eine echte Businesslady. Der Kabelknoten in seinen Händen löste sich. Er befestigte die ersten Meter der Lichterkette, ehe er die Leiter weiterrutschen und das nächste Stück in Angriff nehmen musste. Mit einem kleinen Hammer schlug er eine Kabelschelle ins Stalldach. Das Holz bebte, ein Haufen Schnee löste sich und fiel ihm in den Mantelkragen. Wieder fluchte er, doch das wohlige Kribbeln hinter der Brust, das der Gedanke an Annabell geweckt hatte, blieb.

Für sie machte er das alles. Sein Herz blutete bei der Vorstellung, dass sie die Früchte ihrer harten Arbeit nicht auch selbst würde ernten können. Wenn im Frühjahr die nächste Tourismussaison begann, wäre Annabell längst zurück in Hamburg, in ihrem alten Leben. Bjarne wäre dann nur noch eine Erinnerung. Und das Kind? Er wollte sich nicht fragen, was bis dahin mit dem Kind sein würde. Annabell spürte es schon eine ganze Weile, doch vor zwei Tagen hatte auch er es zum ersten Mal fühlen können, ein rollendes Drücken unter Annabells Bauchdecke, als wollte das Kleine dem Kerl, der es tagtäglich mit blecherner Weihnachtsmusik malträtierte, Hallo sagen. Bjarne hatte aus dem Bett aufstehen und ins Bad flüchten müssen, so mächtig war die Welle aus Zuneigung und Liebe gewesen, die ihn in diesem Augenblick überrollt hatte. Aus Angst, Annabell würde in seinen Augen lesen können, wie es um ihn stand, war er geflohen. Er wusste, er hatte keine Ansprüche. Nicht auf sie. Nicht auf das Kind. Auf niemanden. Für seine Eltern war er ein schlechter Sohn gewesen. Für Ole ein beschissener Freund. Wie kam er darauf, zu denken, er könnte ein guter Partner sein? Ein guter Vater?

Mit zusammengebissenen Zähnen besah er sein Werk mit der Lichterkette. Als könnten ein paar LEDs ändern, was er war. Als könnten sie Licht in das Dunkel seiner Seele bringen und ihn zu mehr machen als einem Loser, der jeden, der seinen Weg kreuzte, ins Unglück stürzte. Wenn er ein guter Mann wäre, würde er Annabell freigeben. Er sollte sich von ihr fernhalten und die Posse einer werdenden Familie aufgeben, die sie hier spielten. Annabell war nach Norwegen gekommen, um sich selbst zu finden, nicht, um eine Liebesbeziehung aufgedrängt zu bekommen, die ja doch keine Zukunft hatte. Und dennoch, da war dieses Sehnen in ihm, diese Hoffnung, dass es mit ihr anders sein könnte. Dass die Liebe, die er zu geben hatte, diesmal zu etwas gut sein konnte.

Er seufzte und konzentrierte sich wieder auf das Gefummel mit der Lichterkette. Am Ende war er mit dem Ergebnis zufrieden. Er verstaute die Leiter in der Scheune und ging ins Haus, um sich aufzuwärmen. Die Zeiten von Fertigfleischklößen und klebriger Tütensauce waren vorbei. Zum Mittagessen wartete eine heiße Thermoskanne mit Tomatensuppe auf ihn. Im Brotkorb befand sich frisches Brot, und die Butter im Kühlschrank war sahneweiß statt ranzig gelb. Wenn ihm der Sinn danach stand, brauchte es nur ein paar Handgriffe, um aus den Brotschreiben, der Butter und ein paar Scheiben Schnittkäse ein Sandwich zu bereiten, das er in die Suppe tunken konnte.

Mit vollem Magen lehnte er sich zufrieden auf dem Stuhl zurück. Sein Blick fiel auf das Telefon. Wenn er dieser Sehnsucht nachgeben und es wirklich noch einmal mit der Welt probieren wollte, sollte er dann nicht mit dem Naheliegendsten beginnen? Sein Herz stolperte, in seinem Brustkorb zog sich etwas zusammen, aber diesmal ließ er sich nicht aufhalten. Sein schlechtes Gewissen konnte ihn mal. Jahrelang nagte es an seiner Freundschaft zu Ole und versuchte, eine der wenigen Beziehung kaputt zu machen, die Bjarne über die Jahre hinweg hatte retten können. Genug war genug.

Er nahm den Hörer, fand den Eintrag für Oles Festnetzanschluss im Speicher und startete den Anruf. Halb erwartete er, nur eine Mailbox zu erreichen. Womöglich hoffte er das sogar, denn dann müsste er nicht zu seinem Vorhaben stehen und könnte mit Fug und Recht behaupten, es zumindest probiert zu haben.

Aber natürlich machte es ihm sein alter Kumpel nicht so einfach. Bereits nach dem zweiten Klingeln nahm Ole ab.

»Bjarne, so eine Überraschung. Ist was passiert?« Seine Stimme balancierte genau auf der Kante zwischen erfreut und besorgt.

»W-w-was soll p-p-passiert sein? Darf dir dein alter F-F-Freund nicht e-e-einfach einen fröhlichen ersten Advent wünschen?« Da war er wieder. Der Grund, warum er Gespräche vermied und sie so gut wie nie initiierte. Er klang, wie ein männlicher Greis pinkelte. Jeder, der sich über ihn lustig machte, hatte recht.

»Dir auch einen fröhlichen Advent.« Ole schien Bjarnes Stottern weit weniger zu irritieren als ihn selbst. »Wie ist es dort oben bei euch in Trondelag? Ertrinkt ihr schon in Schnee?«

»Es g-g-gibt Schnee. N-n-nicht s-s-so viel.«

Eine Pause folgte seiner knappen Antwort, dann seufzte Ole. »Bjarne?«

»J---a?«

»Hast du wirklich bei mir angerufen, um übers Wetter zu sprechen?«

Er schüttelte den Kopf, aber natürlich konnte Ole das nicht sehen. Noch eines von den vielen Dingen, warum er Telefonate hasste. Nicht einmal die Option, durch Gesten auszudrücken, was seine Zunge nicht sagen wollte, blieb ihm am Telefon. Aber Hadern brachte nichts. Er nahm all seinen Mut zusammen und stellte die Frage, die ihn seit zwölf Jahren beschäftigte. »W--w-wa--r-r-rum h-h-hast du m-m-mir ver---ziehen?« Er holte Luft, setzte noch einmal an. »W-w-warum h-h-hasst du m-m-mich n---icht?«

»Warum ich dich nicht hasse?« Ole klang geschockt. »Bjarne, um Himmels willen, warum sollte ich dich hassen? Ist es ...« Er hielt inne. Ole, der immer einen flotten Spruch auf den Lippen hatte und dem es nie schwerfiel, die richtigen Worte zu finden, stockte. »Ist das der Grund, warum du dich so gut wie nie von selbst bei mir meldest? Denkst du wirklich immer noch, ich würde dir irgendwas verübeln?«

»N--icht irgendwas!« Wut schäumte in Bjarne auf. Scham, Angst, all die Gefühle, die er sonst so bemüht versuchte zu unterdrücken. Damals, in den ersten Jahren, nachdem er aus dem Krankenhaus entlassen und mit eingezogenem Schwanz zurück nach Hause gekommen war, hatte die Panik ihn fest im Griff gehabt. Zu der Zeit hatte es kaum eine Nacht gegeben, in der ihn die Erinnerungen nicht heimsuchten. Bilder, von denen er nie mit Sicherheit sagen konnte, ob sie einem Albtraum entsprangen oder seinem Gedächtnis. Licht, das sich auf einer zum Schlag erhobenen Eisenstange brach. Zu höhnischen Masken verzerrte Mienen. Und er. Unfähig, auch nur einen einzigen Laut über die Lippen zu bringen. Ein Loser. Ein Nichtsnutz. »W-w-wenn ich u---m H-H-Hilfe ...«

»Du standest unter Schock. Genauso wie ich. Wenn du dir die Schuld dafür geben willst, was passiert ist, meinst du dann auch, dass ich schuld sei? Weil ich mich nicht genügend gewehrt habe? Ich habe früher viel Sport gemacht, Bjarne, das weißt du ganz genau. Ich habe jahrelang Karate und Taekwondo trainiert, und in dem Moment, als ich es wirklich gebraucht hätte, hat mir das gar nichts geholfen. Willst du mir das auch zum Vorwurf machen?«

»Natürlich nicht.« Mit der freien Hand fuhr Bjarne sich durch die Haare. Wie kam Ole bloß darauf? Ole hatten diese Kerle am schlimmsten erwischt. Ihm galt ihre Wut, weil er um jeden Preis hatte auffallen müssen. Aber sie waren im Süden gewesen, im sonnigen Spanien, Ole hatte sich einen Spaß daraus gemacht, sich in ultraknappe Shorts und ein hautenges T-Shirt zu zwängen und seine Umgebung zu provozieren. Schlimm genug, dass so was Idiotisches wie Kleidung als Provokation aufgefasst werden konnte.

»Dann hör auf, mich für etwas zu bestrafen, was nicht meine Schuld war.« War das ein Schluchzer in Oles Stimme? Auf jeden Fall war es ein Flehen, und es brach Bjarne das Herz. »Genauso fühlt es sich nämlich an, wenn du immer wieder versuchst, mir aus dem Weg zu gehen. Du bist mein Freund, Bjarne, und ich will dich in meinem Leben haben, auch wenn du es mir verdammt schwer machst.«

Eine ganze Weile sagten sie nichts, beide gefangen in ihren Emotionen. Schließlich brach Bjarne das Schweigen, »Ich wollte dich nie bestrafen.« Er fühlte sich auf einmal sehr müde.

Ole seufzte. Auch er klang erschöpft. »Ich weiß. Derjenige, den du bestrafen willst, bist du selbst. Aber du musst damit aufhören. Dieser Anruf, kann es sein, dass er ein erster Schritt ist? Dass du es leid bist, dich vor der Welt und den Gefahren zu verstecken, die in ihr lauern?«

»Annabell will nur bis Januar in Norwegen bleiben.« Es hatte nichts und alles mit Bjarnes Grund für diesen Anruf zu tun, aber Ole wäre nicht Ole, wenn er ihn nicht trotzdem verstehen würde. Sie waren nicht umsonst seit eineinhalb Jahrzehnten befreundet. Trotz allem, was diese Freundschaft hatte aushalten müssen.

»Und du hast eine Scheißangst davor, um sie zu kämpfen. Weil es so viel einfacher ist, gar nichts zu wollen, als zuzugeben, dass man sich etwas wünscht, was sich womöglich nicht erfüllt.«

»Bist du seit Neuestem unter die Hobbypsychologen gegangen?«

»Nicht seit Neuestem. An meiner mentalen Gesundheit arbeite ich schon lange. Seit damals bin ich regelmäßig in Behandlung. Nach einer gewissen Zeit bekommt man raus, was die Seelenklempner einem raten. Der knifflige Teil ist, es auch durchzuziehen.«

»D-d-dann meinst du, ich s---oll es ihr s---agen? Dass ich gerne Teil ihres Lebens wäre. Auf Dauer. Ich h-h-habe Angst, ihr L---eben zu zerstören.«

»Zu *zerstören*?« Ole gab einen Laut von sich, halb Lachen, halb Schnauben. »Wie um alles in der Welt kommst du denn darauf? Klar hast du Macken, aber die hat sie doch sicherlich auch, und darum geht es auch gar nicht.«

Bjarne fand, damit, seine Schüchternheit und die Unfähigkeit, irgendwo dazuzupassen, als eine simple Macke zu beschreiben, machte Ole es sich ein bisschen leicht. Trotzdem fragte er nach. »Worauf dann?«

Ole seufzte. »Es ist doch so: Jemanden, den man wirklich mag, mag man nicht *weil*, sondern *obwohl*.«

»Das verstehe ich nicht.«

»Wie oft hast du gehört: Mach mal dies, mach mal jenes. Pass ein bisschen besser rein, dann wird alles einfacher. Hat sich das jemals angefühlt wie Liebe?«

Bjarne machte ein verneinendes Geräusch. Gerade eben beim Dekorieren hatte er noch gedacht, wie demütigend es gewesen war, dass die Zuneigung seiner Eltern sich immer angefühlt hatte, als wäre sie an Bedingungen geknüpft.

Ole fuhr fort. »Menschen, die dich lieben, kennen deine Macken, und sie müssen sie nicht gut finden. Aber sie nehmen sie in Kauf, weil ihnen all das andere, was du bist und was du ihnen bedeutest, wichtiger ist als das, was das Zusammensein mit dir für sie schwer macht. Sie lieben dich nicht, *weil* du ihr Leben einfacher machst, sondern *obwohl* es manchmal schwer ist, mit dir zu leben.«

Genau so war es mit Bestefar gewesen. Natürlich hatte auch sein Großvater bemerkt, dass Bjarne anders war als andere Jungs, doch Bestefar hatte trotzdem Wege gefunden, ihm seine Liebe zu zeigen. Er hatte ihn geliebt, obwohl und nicht weil. Und auch wenn Ole ganz allgemein sprach, wusste Bjarne natürlich, dass er auch von sich selbst sprach. Seit Bestefars Tod kannte niemand Bjarnes Schwächen besser als sein Freund, doch auch ihre Freundschaft hielt nicht weil, sondern obwohl. Und wenn es zwei Menschen in seinem Leben gab oder gegeben hatte, die so für ihn empfanden, wer sagte dann, dass es nicht noch mehr geben konnte?

Wer sagte, dass nicht Annabell einer dieser Menschen war und dass sie nicht die Chance auf eine glückliche gemeinsame Zukunft hatten?

»Aber w-w-wie soll ich ihr das s---agen?«

»Ernsthaft?« Bjarne lachte. »Da fragst du mich?«

»Ich hab sonst niemanden.«

»Wenn das so ist: mit einer großen Geste. So was lieben Frauen. Was weiß ich, miete dir eine weiße Stretchlimo, mit der du bei ihr vorfährst, während du aus dem Schiebedach guckst und einen Regenschirm ziehst, als wäre es ein Schwert. So wie dieser Typ in *Pretty Woman*, du weißt schon. Oder du machst einen auf *Die Schöne und das Biest* und schenkst ihr eine ganze Bibliothek.«

»Annabell ist keine Prostituierte, und ich habe kein Schloss.« Schlimm genug, dass er Oles Anspielungen sofort verstand. Offenbar hatte er viel zu viele Abende alleine auf dem Sofa mit Netflix verbracht.

»Dann kann ich dir auch nicht helfen, und du musst dir selbst was einfallen lassen. Romantische Gesten sind sowieso nur romantisch, wenn sie von einem selbst kommen. Irgendeine Idee wird dir schon kommen. Irgendwas, das sie sich wünscht. Es muss doch einen Grund haben, warum sie ausgerechnet nach Norwegen gekommen ist, um der Welt zu entsagen. Alle, die nach Norwegen kommen, sind auf der Suche.«

Ja, aber ganz sicher nicht auf der Suche nach einem einsamen Landwirt, der darauf brannte, ihr sein Herz vor die Füße zu werfen und der Vater für ihr ungeborenes Kind zu sein. Er verbiss sich den Kommentar. Natürlich hatte Ole recht. Eine romantische Geste war nur dann etwas wert, wenn sie persönlich war. war, und das Beste daran war, Bjarne hatte sogar schon eine Idee. Er musste nur fleißig den Weltraumwetterbericht studieren und auf die richtige Gelegenheit warten.

18

Mit dem Oberarm wischte sich Annabell Schweiß von der Stirn. Der Backofen in Berits Küche gab bei stundenlangem Dauerbetrieb ganz schön Hitze ab. Sie hatte Camilla versprochen, auf Linnea aufzupassen, während Berit und sie mit Liam zum Adventskonzert seines Schulchors gingen. Annabell hatte vorgeschlagen, gemeinsam Plätzchen zu backen. In ihrer Vorstellung hatte es geholfen, eine Beschäftigung zu haben, um das Mädchen über Stunden bei Laune zu halten.

»Aber es müssen genau sieben Sorten sein.« Linnea war in ihren Wünschen da sehr deutlich gewesen. »Sonst spielen uns die Wichtel böse Streiche.«

»Wir fangen mal mit einer Sorte an, ja? Und dann sehen wir, wie weit wir kommen.«

Auch das passte Linnea nicht. Sie legte den Kopf schief und sah Annabell streng an. »Probieren gibt es nicht. Entweder machen oder es lassen.«

War es zum Lachen oder zum Weinen, von einer Neunjährigen belehrt zu werden? Annabell war sich da nicht ganz sicher. Trotzdem fuhr sie in Vorbereitung auf den Tag mit

Linnea in den REMA 1000 nach Kyrksæterøra und besorgte pflichtschuldig die Zutaten für sieben Plätzchenrezepte, die sie im Internet gefunden hatte. Das hier sollte funktionieren. Einen Tag lang, vom Frühstück bis zum Abendessen, war sie allein mit dem Mädchen. Zweifel hatten an ihr genagt, als Camilla sie um den Gefallen gebeten hatte, aber dann hatte sie zugestimmt. Sie wollte es schaffen. Wenn sie einen ganzen Tag mit Linnea-Wirbelwind überstand, schlummerte womöglich doch ein Muttertier in ihr. Der Tag würde Härteprobe und Gesellenstück in einem sein. Sie musste ihn nur überstehen, dann konnte sie Bjarne gestehen, was sie seit Wochen wusste. Sie liebte ihn, und sie wollte ihn nicht verlieren, sobald der Januar kam und ihre Zeit als Saisonkraft auf dem Solgård zu Ende ging. Immer noch konnte sie sich sich nicht als Mutter vorstellen. Aber mit der Zeit und dem Vertrauen, das Berit, Camilla und Bjarne in sie pflanzten, spross auch ein Setzling aus Hoffnung und Neugier in ihr. Der heutige Tag würde zeigen, wie widerstandsfähig dieses Pflänzchen war.

Jetzt, drei Stunden nach Beginn des Experiments, waren ihre Nerven dünn wie zerfaserte Rohwolle, und die Hoffnung, dass sowohl Linnea als auch sie den Tag schadlos überstehen würden, schwand mit jeder Sekunde ein wenig mehr.

»... und dann haben wir alle das Lucialied gesungen. Kennst du das Lied? Das geht so ...« Linnea setzte zu einem schiefen Gejaule an. Ein gesangliches Wunderkind war sie nicht, und was ihr an Talent fehlte, machte sie mit Lautstärke wett. »Lussia-nacht, du laaaahange, niemandem sei bahangee. Gott schütze Haus und Weeehege, Fische im Waaahasser und Vögelchen im Hain.«

Was würde Annabell dafür geben, sich jetzt die Ohren zuhalten zu dürfen? »Lass mich mal da hin. Ich muss das Backblech aus dem Ofen nehmen.«

»Und dann haben wir alle Lussekatter bekommen. Backen wir heute auch Luciakatzen, Annabell? Die sind lecker.«

Mit der Hüfte versuchte Annabell, Linnea ein Stückchen zur Seite zu schieben. »Nein, Liebes. Das hättest du mir vorher sagen müssen, dafür habe ich keine Zutaten. Aber meinst du nicht, sieben verschiedene Sorten Småkaker sind genug?« Bisher hatten sie Haferplätzchen, Hefebutterkekse und Zimtkringel gebacken. Das im Ofen waren Weihnachtsringe, außerdem warteten auf dem Küchentisch noch die Zutaten für ein Blech Pfefferkuchen. Die Zutatenliste für die Weihnachtsringe hatte sie besonders irritiert. In den Teig kamen neben Margarine, Mehl, Puderzucker und Vanillearoma auch hart gekochte Eier. Als sie das Rezept gefunden hatte, wollte sie es sofort wieder verwerfen, doch Bjarne hatte ihr versichert, dass seine Mutter es früher genauso zubereitet hatte. Umso gespannter war sie jetzt auf das Ergebnis. Für die letzten beiden Sorten benötigte man den Ofen dann nicht mehr. Sie wurden im Waffeleisen gebacken.

»Bleib jetzt schön weg, wenn ich das Backblech raushole, ja? Wenn wir den Teig für die Pfefferkuchen machen, darfst du wieder helfen.« Ein prüfender Blick versicherte ihr, dass Linnea tat, was Annabell von ihr verlangte. Sie öffnete den Backofen.

»Wir haben schon so viele Plätzchen gebacken. Das ist langweilig.«

»Du warst diejenige, die unbedingt sieben Sorten haben wollte. Die letzten zwei gehen bestimmt ...«

»Es müssen ja auch sieben Sorten sein. Sonst kommt die böse Trollfrau und frisst dich auf.« Mit weit aufgerissenem Mund stürmte Linnea auf Annabell zu. Gerade noch rechtzeitig gelang es Annabell, das ofenheiße Blech auf die Kochplatte zu retten.

»Himmel«, rief sie. »Was habe ich gesagt? Du sollst aufpassen. Das ist gefährlich, Linnea! Mach, dass du aus der Küche kommst. Such dir oben was zu spielen oder mach dir den Fernseher an. Aber ich muss hier weitermachen, sonst werden wir mit deinen sieben Plätzchensorten niemals fertig. Und heute Abend soll doch alles perfekt sein, oder?«

»Wenn Mor und Bestemor und Thorbjørn und Bjarne und Liam zum Essen kommen und wir unser eigenes Lichterfest feiern.«

»Genau.« Annabell atmete tief aus. »Doch damit das passiert, musst du mich jetzt in Ruhe arbeiten lassen, ja?«

»Na gut. Darf ich mir das Luciakleid wieder anziehen? Es ist so schön.«

»Meinetwegen.«

»Dann brauche ich nur noch das hier.« Von der Fensterablage fischte sich das Mädchen eine LED-Kette, mit der Berit eine Rentier-Weidenfigur geschmückt hatte. Kichernd schlang sie sich das Teil um den Kopf. »Lussia-nacht, du laaaahange ...« Tanzend und singend sprang das Mädchen davon.

»Okay«, wiederholte Annabell, diesmal zu sich selbst. »Du schaffst das. Du hast das im Griff. Alles wird gut.« Trotzdem zitterten ihre Finger, als sie die Weihnachtskringel vom Backpapier auf das Kuchengitter hob. Am Ergebnis lag das nicht, denn zumindest optisch sahen die Plätzchen gut aus, goldbraun gebacken, regelmäßig ausgestochen. Fehlten nur noch der Zuckerguss und die Verzierung aus bunten Streuseln und Mandelstückchen, und sie wären fertig. Doch das Verzieren musste warten, bis die Kekse erkaltet waren. In der Zwischenzeit wollte sie die Pfefferkuchen machen. Laut Rezept benötigten die nur wenige Minuten im Rohr, dann hätte Annabell die erste Etappe geschafft und könnte den Ofen ausmachen. Mit etwas Glück würde dann die Affenhitze in der Küche nachlassen und Annabell endlich wieder einen klaren Gedanken fassen können.

Also gut. Sie inspizierte das Rezept. Für die Pfefferkuchen benötigte sie Sirup, ein Ei, Zucker, Sahne, Butter, Mehl und natürlich Gewürze. Ingwer, Nelken, Zimt und Pfeffer. Jawohl, in norwegische Pfefferkuchen gehörte echter, frisch gemahlener schwarzer Pfeffer. Sie wog die Zutaten ab, gab die Butter in einen Topf und ließ sie schmelzen. Als Nächstes kamen Sahne, Zucker, Sirup und die Gewürze in den Topf. Das Ganze sollte dann so lange kochen, bis sich der Zucker vollständig aufgelöst hatte. Je wärmer die Masse wurde, desto intensiver sättigte das Aroma der Gewürze die Luft. Verführerischer Zimtduft stieg vom Herd auf und kitzelte Annabells Nase. Auch bei der fünften Plätzchensorte genoss Annabell noch immer das weihnachtliche Aroma selbst gebackener Süßigkeiten. Na ja, um ehrlich zu sein, hatte sie sich zwischendurch immer wieder ein Stück sauer eingelegten Hering in den Mund gesteckt, als Gegengewicht zu der ganzen Süße um sie herum. Aber die Mischung aus süßen Aromen und herzhaft sauren Zwischensnacks machte diese ganze Tortur mit dem Backen beinah zu einem Genuss.

Sie nahm den Topf von der Flamme, rührte die Masse, bis sie ein wenig abgekühlt war, und gab anschließend das Ei dazu. Kurz hielt sie die Luft an, fürchtend, dass sich ihre Keksmasse in süßes Rührei verwandelte. Aber nein. Auch wenn ihre letzten Backexperimente Jahre zurücklagen, war sie immer noch ganz brauchbar in der Küche. Manchmal hatte es eben doch etwas für sich, als Tochter einer Hippie-Mutter aufgewachsen zu sein, die es vorzog, ihr Brot selber zu backen, und die prozessierte Lebensmittel für eine geheime Massenvernichtungswaffe des Neokapitalismus hielt. Jetzt fehlte nur noch das mit Natron vermischte Mehl in der Backmischung. Annabell gab die letzten Zutaten in die Schüssel und rührte so lange mit einem Holzlöffel, bis ein gleichmäßiger Teig entstand. Bevor die Pfefferkuchen gebacken werden konnten, musste der vollkommen durchkühlen. In Hamburg hätte sie das vor ein Problem gestellt, denn heiße Töpfe durfte man nicht in einen Kühlschrank stellen. Hier in Norwegen befand sich direkt vor der Tür ein natürlicher Kühlschrank. Obwohl die Küchenuhr erst kurz vor zwei Uhr nachmittags zeigte, war es draußen schon wieder duster. Annabell stellte den Topf seitlich neben den Eingang in den Schnee und genoss einen Augenblick lang die Aussicht in die Dunkelheit. Gemütlich sah es aus, wie das warme Küchenlicht aus dem Fenster nach draußen floss. Dazu die Lichterketten und Lampions, die Berit und Camilla mit Liams Hilfe aufgehängt hatten. Zwar war der Solgård nicht genauso prunkvoll geschmückt wie Bjarnes Gehöft, aber auch hier glitzerte das Anwesen in weihnachtlicher Erwartung.

Zurück im Haus, machte sie sich an die Verzierung der Weihnachtskringel. Von Linnea war weder etwas zu hören noch zu sehen. Offenbar hatte das Mädchen in ihrem Zimmer eine Beschäftigung gefunden. Erstaunlich, wie viel schneller die Keksbäckerei ging, sobald nicht mehr zwei übereifrige Kinderhände dazwischenfummelten. Aus Puderzucker, Zitronensaft und einem Klecks Lebensmittelfarbe rührte Annabell den Guss für die Weihnachtskringel an. Sie stellte sich die Zuckerstreusel und Mandelstückchen bereit, breitete die erkalteten Plätzchen ordentlich in Reih und Glied vor sich auf und wollte sich eben an die Arbeit machen, als ihr einfiel, wie sehr sich Linnea auf das Verzieren gefreut hatte. Hatte das Mädchen nicht vorhin noch lautstark verkündet, dass sie die weltbeste Keksverziererin war? Und war das vor dem schiefen Luciagesang gewesen oder danach?

Egal. Annabell hatte sich auf dieses Babysitter-Experiment nicht eingelassen, um sich von ein bisschen schiefem Gesang und kindlicher Quirligkeit aus dem Konzept bringen zu lassen. Linnea hatte eine Weile alleine gespielt, Annabell war wieder zur Ruhe gekommen, jetzt konnten sie gemeinsam weitermachen. Sie wischte sich die Hände an der Schürze ab, die sie sich für die Backorgie um die Hüfte gebunden hatte, und trat aus der Küche in den Flur.

Die Treppe hinauf rief sie nach ihrer kleinen Helferin. »Linnea! Wir können jetzt mit dem Verzieren anfangen. Kommst du wieder runter?«

Eine Sekunde verging. Zwei, drei. Annabell bekam keine Antwort.

»Linnea!«, versuchte sie es erneut, lauter diesmal. »Du wolltest doch die Zuckerstreusel auf dem Guss verteilen.«

Als sie auch nach dem dritten Rufen keine Reaktion erntete, machte sich ein mulmiges Gefühl in ihrer Magengegend breit.

Ach was, sagte sie sich selbst. Linnea wird Kopfhörer in den Ohren haben und laut Musik hören. Sicher hatte sie sich das bei ihrem großen Bruder abgeschaut. Wie oft ignorierte Liam einen, weil er mal wieder nichts hörte?

Während sie die Treppe in den ersten Stock erklomm und an Linneas Zimmertür klopfte, war Annabell beinah so weit, sich selbst zu glauben.

»Horch, horch! Plätzchenbackzeit!« Sie öffnete die Tür.

Das Zimmer war leer. Die Schranktür stand offen, und einige Klamotten lagen verstreut zwischen Playmobilspielzeug auf dem Fußboden.

Annabells Magen zog sich zusammen. Wo war Linnea? Wenn das Mädchen im Wohnzimmer gewesen wäre, hätte Annabell sie von der Küche aus gesehen. Als sie die Türen zu den anderen Zimmern im ersten Stock aufriss, redete Annabell sich nicht mehr ein, alles sei in Ordnung. Wo sie auch suchte, Linnea schien wie vom Erdboden verschluckt. Jedes weitere leere Zimmer stachelte Annabells Sorge weiter an.

Vielleicht war Linnea nach draußen gegangen, zu den Ponys oder den Hühnern. Selbst die Gänse machten dem Mädchen keine Angst. Im Rennen streifte Annabell sich ihren dicken Parka über und schlüpfte in die gefütterten Gummistiefel, die immer an der Eingangstür bereitstanden.

»Linnea, wo bist du? Das ist kein Spiel mehr! Sag, wo du steckst!« Hatte sie die frühe Dunkelheit gerade noch romantisch gefunden? Jetzt verfluchte Annabell sie. Die Welt hinter dem Lichtschein der Dekoketten zerfloss zu Schemen und Schatten.

Die Pferde schnaubten empört, als Annabell in den Stall stürzte, die Hühner flatterten mit den Flügeln und verkrochen sich in die hinterste Ecke ihres Verschlags. Nur Linnea blieb verschwunden.

Zurück im Hof hielt Annabell inne. Ihr Atem ging schnell, sie hatte Seitenstechen, und ihr Puls rauschte in den Ohren. Wo zum Teufel war ihre Kondition hin? Vor gar nicht allzu langer Zeit war sie stundenlang durch die Fjells gestapft. Jetzt brachte sie ein kleiner Sprint über den Solgård vollkommen aus der Fassung. Oder war es in Wahrheit die Angst, die ihr so zusetzte? Sie hätte auf ihr Bauchgefühl hören sollen, das ihr immer wieder zuflüsterte, was für eine grauenvolle Mutter sie sein würde. Nicht einmal einen Tag hielt sie durch, ehe etwas Fürchterliches geschah. Mit wachsender Panik rieb Annabell sich die Wangen, drückte mit den Fingerkuppen in ihre Augenhöhlen. In Tränen auszubrechen würde Linnea nicht zurückbringen. Sehr bewusst atmete sie einmal ein und aus, dann ließ sie die Hände wieder sinken, starrte in die Dunkelheit. Ein winziges Blinken, weit draußen im Fjord, fiel ihr auf. Sie kniff die Augen zusammen, sicher, das Blinken müsste ein Zeichen für ihre überspannten Nerven sein. Doch die tanzenden Lichtpunkte verschwanden, als sie die Lider schloss, und tauchten wieder auf, als sie sie öffnete.

Was zur Hölle? Um die Reflexion von Sternenlicht zu sein, waren die Lichtpunkte zu klar, wurden nicht vom Wasser verzerrt. Plötzlich stand Annabell ein Bild von Linnea vor Augen, die sich die dünne LED-Lichterkette wie eine Krone um den Kopf schlang, um passend zum Luciafest als Lichtermagd durchs Haus tanzen zu können.

Instinkt übernahm ihr Handeln. Sie stürzte zurück ins Haus, holte sich eine Taschenlampe, rannte wieder nach draußen. Den Weg vom Haus zum Fjord kannte sie in- und auswendig. Es waren nur ein paar Meter von der Haustür die Böschung hinab zum Strand, wo die beiden Ruderboote der Solbergs vertäut lagen.

»Linnea!« Immer wieder rief sie nach dem Mädchen. Wie ein goldener Finger tastete der Schein der Taschenlampe das Ufer und das Wasser ab. »Linnea, bist das du?«

Sie hätte sich die Frage sparen können, denn sie sah es doch selbst. Linnea, mutterseelenallein, in einer windigen, kleinen Nussschale, mitten auf dem Fjord. Und was war das in der Hand des Mädchens? Eine Angelrute?

»Komm sofort an Land!«, befahl sie. Ihre Stimme überschlug sich. Nein! Sie musste ruhig sein. Gelassen. Wenn sich Linnea erschrak und ins Wasser fiel, wäre das Annabells Schuld. Soweit sie das vom Ufer aus beurteilen konnte, trug das Mädchen keine Schwimmweste, und selbst wenn, das Wasser musste eiskalt sein. Seit Tagen schon kletterte das Thermometer selten über den Gefrierpunkt. Erst letztens hatte Annabell Bjarne gefragt, wie es kam, dass der Fjord trotz der niedrigen Temperaturen nicht zufror, und der hatte gelacht und ihr geantwortet: »Na, damit die Fischer auch im Winter fischen können.«

Fischen können, haha! Annabell hatte dabei an die großen Fangflotten gedacht, doch nicht an eine Neunjährige, die in der nachmittäglichen Dunkelheit eine unbeobachtete Minute nutzte und alleine auf den Fjord ruderte!

»Linnea!«, schrie sie noch einmal. »Schluss jetzt. Komm zurück, sonst hol ich dich.« Sie hatte keine Ahnung, wie sie die Drohung in die Tat umsetzen sollte, aber in diesem Augenblick war das zweitrangig.

»Mach dir keine Sorgen, Annabell. Ich hab alles im Griff!« Glockenhell und freudig schallte die Stimme des Mädchens übers Wasser.

Annabell sollte sich keine Sorgen machen? Ha! Momentan konnte sie sich an wenige Augenblicke in ihrem Erwachsenenleben erinnern, in denen sie sich mehr Sorgen gemacht hatte. Ein abendfüllender Film an Schreckensbildern zog im Schnelldurchgang an ihrem inneren Auge vorbei. Linnea, die kopfüber ins eiskalte Wasser fiel. Linneas kleiner Körper, der selbst von Spezialtauchern nicht im ölschwarzen Fjord gefunden werden konnte. Ein kleiner weißer Kindersarg. Berit und Camilla, von Trauer in zerbrechliche Abziehbilder ihrer selbst verwandelt. Die Menschen aus Elvasund, Mette und Thorbjørn und Ida und Peter, Ragnhild und Sven und wie sie alle hießen. Die Menschen, um deren Vertrauen Annabell während der letzten Wochen so hart gekämpft hatte. In ihrem Albtraumszenario zeigten sie mit dem Finger auf sie. Auf Annabell, die nicht einmal einen Tag lang auf ein Kind aufpassen konnte. Auf Annabell, die zu gar nichts gut war, am allerwenigsten zur Mutterschaft.

Nein, diese Vorstellung durfte nicht Wirklichkeit werden. Annabell würde es verhindern. Sie zerrte an den Tauen des zweiten Ruderboots, aber das verfluchte Ding bewegte sich keinen Deut.

»Ich hab einen. Annabell, schau! Einer hat angebissen!« Durch die Dunkelheit schallte Linneas Freudenruf.

Annabells Kopf schnellte in die Höhe. Mit dem Lichtfinger ihrer Taschenlampe tastete sie den Fjord ab und konnte nicht glauben, was sie sah. Nein! Sie schüttelte den Kopf. Nein, nein, nein. Das musste ein Traumbild sein. Eine Halluzination. Ebenso wie die Schreckensbilder vorhin.

So oft sie auch blinzelte, das Bild vor ihren Augen blieb dasselbe.

Dort draußen auf dem Boot war Linnea, die kleine, quirlige Linnea, und an ihrer Angel baumelte ein riesiger Fisch. Das Tier zappelte und wehrte sich, Linneas Boot schwankte, aber das Mädchen stand wie eine Eins. Sie ließ die Angel nicht los, während sie im Rumpf der Nussschale nach einem Kescher griff. Geübt, als hätte sie ihr ganzes Leben lang nichts anderes gemacht, fing sie den zappelnden Fisch ein. Ein kurzes Drehen des Handgelenks, und der Kopf des Tieres prallte so gezielt auf den Rand des Bootes, dass er augenblicklich alles Leben aushauchte.

»Ich komme!«

Annabell konnte nichts anderes tun, als ungläubig zu starren, während die kleine, mörderische Lichtermagd dort draußen das weiße Leinenüberkleid anhob, sich auf die Ruderbank setzte und die Ruder, die ins Innere des Bootes gezogen gewesen waren, ins Wasser stach. An der Art, wie sich Linnea in dem kleinen Boot bewegte, konnte jeder erkennen, dass sie das nicht zum ersten Mal machte. Es dauerte keine Minute, bis sie zurück am Strand war. Sie vertäute das Boot, schnappte sich ihren Fang und hüpfte über die Ufersteine in Richtung Haus. Der Lichterkranz in ihrem Haar tanzte aufgeregt mit. An Annabell vorbei, schon den halben Weg zum Hof hoch, drehte sie sich um. »Was ist? Kommst du nicht?«

Annabell blinzelte. Sie konnte sich nicht rühren. Sich

einen Ruck gebend, presste sie an dem Knoten in ihrer Kehle vorbei: »Kannst du mir bitte mal erklären, was das war?«

Linnea zuckte mit den Schultern. Sie sah aus wie ein Engel in ihrem weißen Kleidchen mit der Lichterkrone im Haar.

»Was meinst du? Ich habe Abendessen besorgt.«

»Du hast ... Abendessen besorgt?« Sie kam sich vor wie ein demenzkranker Papagei.

»Du hast doch gesagt, wir wollen Berit und die anderen mit einem schönen Abendessen überraschen.«

»Ja, aber ...«

»Wir können ja wohl kaum nur Plätzchen zu Abend essen, oder? Und die eingelegten Heringe, die eigentlich fürs Abendessen gedacht waren, hast du genascht. Irgendwer musste sich schließlich um den Hauptgang kümmern.«

»Der Fisch soll der Hauptgang werden? Ich dachte, wir holen ein paar Pizzen aus der Tiefkühltruhe und ...«

»Pfft, Pizzen! Das ist doch kein Festessen.«

»Linnea, ich hab keine Ahnung, wie man aus diesem Fisch ein Abendessen machen soll. Außerdem stehe ich seit Stunden in der Küche, weil du unbedingt sieben verschiedene Sorten Plätzchen haben wolltest, und ...«

»Um den Fisch mach dir keine Sorgen. Um den kümmere ich mich. Du hast schon genug getan.« Den letzten Satz betonte Linnea auf eine Weise, die sie sich hundertprozentig von Berit abgeschaut hatte.

In Annabells Brust stieg ein blubberndes Lachen auf. Vielleicht war es auch ein Heulen. Oder beides zusammen, sie konnte sich nicht sicher sein. Abfallendes Adrenalin und schierer Unglaube drohten jeden Augenblick in Hysterie umzuschlagen, und sie wollte nicht, dass Linnea davon Zeugin wurde.

»Also gut«, sagte sie und zwang sich, so ruhig wie möglich zu klingen. »Dann zeig mal, was du draufhast.«

Das tat Linnea. Hocherhobenen Hauptes marschierte sie zu der Außenküche an der Seitenwand des Hauses, wo sie den Fisch schuppte und ausnahm, während Annabell in der Küche die getrocknete Glasur für die Weihnachtskringel mit etwas heißem Wasser wieder streichfähig machte und die letzten Plätzchen verzierte. Immer wieder schüttelte sie den Kopf. Unfassbar. Sie hatte solche Angst gehabt. Und wofür? Für nichts. Das ganze Abenteuer war glimpflich ausgegangen. Es war genau, wie Camilla gesagt hatte. Sie musste sich nur trauen, dann passierten die allergrößten Überraschungen, und manchmal waren diese Überraschungen sogar gut.

Ein Kribbeln ergriff von ihr Besitz, und die Arbeitsschritte gingen leichter von der Hand. Linnea kam zurück ins Haus und filetierte den Fisch.

»Du kannst ja schon mal den Tisch decken«, wies sie Annabell an. »Ich hab noch so viel zu tun.« Theatralisch wischte sie sich mit dem Handrücken nicht vorhandenen Schweiß von der Stirn. Der Lichterkranz auf ihren Locken wackelte, sie zuppelte ihn zurecht.

»Weißt du denn auch, wie du den Fisch zubereiten willst?« Gehorsam packte Annabell die letzte Dose Weihnachtsplätzchen weg und öffnete den Geschirrschrank. Zum Luciafest heute Abend wären sie zu siebt, da brauchte es eine große Tafel, um alle an einem Tisch zu versammeln.

»Mit Nudeln. Und Sahne. Und Dill.«

»Ah.« Die Kombination klang in Annabells Ohren etwas abenteuerlich, aber sie wollte sich nicht beschweren. Von ihr hätte es für die heimkehrende Familie heute nur Tiefkühlpizza gegeben.

Nach und nach stießen die anderen zu ihnen. Zuerst Bjarne, der den ganzen Tag bei sich auf dem Hof beschäftigt gewesen war. Zur Begrüßung küsste er sie mit kalten Lippen. Er roch süß nach Heu und frisch nach Seife, und sein Kuss schmeckte nach Winter.

»Wichtel Bjarne Ødegård meldet sich zur Stelle.« Er imitierte einen militärischen Gruß und brachte Linnea damit zum Lachen. »Wie kann ich der holden Lichtermagd helfen?«

Linnea, die auf einem Stuhl vor dem Herd balancierte und mit einem Holzlöffel in einem großen Topf mit Wasser rührte, winkte ab. »Die Lichtermagd hat alles unter Kontrolle. Wenn jemand Hilfe braucht, ist das Annabell.«

Annabell verdrehte die Augen und ließ sich noch einmal von Bjarne küssen. Gemeinsam machte auch Tischdecken mehr Spaß.

Thorbjørn, Berit, Camilla und Liam stürmten wenig später das Haus. Mit einem tiefen Seufzen ließ Berit sich auf den Küchenstuhl fallen.

»Kind, bring mir einen Aquavit«, stöhnte sie und sah Annabell flehend an. »Drei Stunden Schülerkonzert waren mehr, als mein armer Kopf auszuhalten vermag.«

Mit den Augen rollend, stieß Camilla ihre Mutter in die Schulter. »Hey, sie haben sich echt Mühe gegeben. Und der Chor war toll. Oder, Liam? Was meinst du? Warst du zufrieden mit deinem Solo?«

Der Teenager gab einen Laut von sich, halb Grunzen, halb Schnauben. Sein Blick klebte unverrückbar am Bildschirm seines Handys.

»Er hat ein Video von seinem Solo an Ida geschickt«, flüsterte Camilla laut genug in Annabells Richtung, damit wirklich jeder sie hören konnte. »Jetzt ist er aufgeregt, was sie sagt.«

»Du bist so bescheuert!« Wenn Blicke töten könnten, hätte der von Liam seine Mutter in diesem Moment definitiv in Flammen aufgehen lassen. »Ihr könnt mich alle mal.« Er stürmte aus der Küche, wenig später knallte seine Zimmertür. Berit zeigte sich einen Vogel, Camilla grinste, und Annabell schenkte Berit den gewünschten Aquavit ein. Sie machte einen Doppelten draus, denn sie ahnte, dass ihre Vermieterin den gebrauchen konnte.

»Essen ist gleich fertig«, flötete Linnea.

Aus dem Wohnzimmer ertönte ein Krachen, gefolgt von einem perlenden Klicken, als wäre etwas auf dem Fußboden in tausend Teile zerschellt. Bjarne fluchte.

»Sorry.« Bjarnes Stimme klang laut genug, um das Chaos zu übertönen. »Mir ist das Damespiel runtergefallen. Ich räume das auf.«

»Ich helf dir«, bot Annabell an. Während sie die vielen Teile aufhoben, ging Camilla Linnea dabei zur Hand, die Schüsseln und Platten mit dem Essen an den Tisch zu tragen, und eine Wärme ergriff von Annabell Besitz, die sie von innen her erhellte und tröstete. Wenn das Familie war, dieses laute, verrückte Chaos, in dem jeder sein durfte, wie er wollte, wo nicht immer alles eitel Sonnenschein war, die Dunkelheit aber stets vom Licht der Liebe erhellt wurde, dann wollte auch sie einen Platz in dem Gefüge finden.

19

»Sag Tschüss zu Loki. Du wirst ihn ein paar Tage nicht sehen.« Bjarne stand hinter Annabell, die Arme um sie geschlungen und die Hände rechts und links auf den Rand des Verschlags gestützt, in dem das Böckchen faul an ein paar Halmen Heu knabberte. Über die vergangenen Wochen war Loki ordentlich gewachsen. Eigentlich brauchte er keine Milch mehr, aber Annabell ließ es sich nicht nehmen, ihm einmal am Tag die Flasche zu geben. Die Kuscheleinheiten mit dem halbwüchsigen Lamm waren zu einem festen Bestandteil ihres Tages geworden. Bjarnes Vater hätte zu so viel Sentimentalität sicher einiges zu sagen gehabt, aber Bjarne und Thorbjørn waren sich einig, dass es besser sei, Annabell gewähren zu lassen. Loki schadete es nicht, und Annabell schienen die Kuschelstunden mit dem kleinen Bock gutzutun. Die Verletzung an der Flanke war mittlerweile komplett verheilt, nur ein wenig wacklig war Loki noch auf den Beinen. Noch ein, zwei Wochen, bis Weihnachten, oder spätestens Silvester, und Thorbjørn könnte die Schienen abnehmen und Loki eine neue Familie finden. Dann musste nur noch die Vergesellschaftung mit Bjarnes Herde klappen, und das Weihnachtswunder wäre perfekt.

Annabell sah ihn fragend an. »Warum soll ich Loki ein paar Tage lang nicht sehen? Auch wenn ich bei dir übernachte, nehme ich mir doch immer Zeit für den Kleinen. Nicht wahr, Loki?«

Zur Antwort presste das Böckchen seinen Kopf in Annabells Handfläche. Er schleckte ihre Finger ab. Annabell lachte.

»Das tierische Verwöhnprogramm übernehmen Liam und Linnea in den nächsten zwei Tagen für dich. Du hast nämlich frei.«

Ruckartig drehte sie sich um. »Wie kommst du darauf? Ich bin gerne auf dem Solgård.« Sie tupfte ihm einen Kuss auf die Nasenspitze. »Und bei dir bin ich auch gerne. Sich freinehmen ergibt nur Sinn, wenn man arbeitet, und mit euch zusammen zu sein fühlt sich viel mehr an wie Ferien als wie echte Arbeit.«

»Glaub mir, in diesem Fall ergibt es Sinn. Ich habe eine Überraschung für dich. Wir fahren übers Wochenende weg.«

»Jetzt? Sofort? Du kannst mich doch nicht einfach entführen.«

»Kann ich wohl.« Er zog das vorbereitete Seidentuch aus der Manteltasche. Das Tuch hatte seiner Großmutter gehört und war, wie so einiges in letzter Zeit, ein Scheunenfundstück. Bjarne hatte nicht mehr viele Erinnerungen an seine Bestemor, aber wie sie das bunte Tuch immer sonntags zum Kirchgang um den Hals geschlungen hatte, hatte er noch klar vor Augen. »Und ich fang jetzt direkt damit an. Sag Bescheid, wenn ich dir die Haare einklemme.« Er legte

Annabell den Stoff über die Augen und verknotete ihn am Hinterkopf.

»Ich sehe gar nichts mehr.«

»Das ist der Sinn des Ganzen.«

»Und was machen wir jetzt?«

»Das sagte ich doch bereits. Du lässt dich von mir führen. Vertraust du mir?«

Er sah den Kampf auf ihrer Miene. Das Zucken ihrer Mundwinkel. Einen Augenblick lang wirkte es, als müsste sie sich zu einem Lächeln zwingen, doch dann entspannten sich ihre Wangenmuskeln, und ihr Lächeln gewann an Strahlkraft. Sie hatte eine Entscheidung getroffen. Für ihn.

»Das tue ich. Also, nimm mich mit auf dein Schiff, mein Wikinger.«

»Ich fürchte, mein Auto muss in diesem Fall genügen. Vorsicht, hier kommt eine kleine Schwelle.« Langsam und vorsichtig führte er sie aus dem Gebäude hinaus in den Hof. Berit stand in der Tür des Wohnhauses und winkte ihnen zu. Mit ihrer Hilfe hatte er die Überraschung geplant. Sie hatte heimlich eine Tasche für Annabell gepackt und in Bjarnes Kofferraum verstaut, während er mit Annabell bei Loki gewesen war.

Beim Einsteigen ins Auto schwankte Annabell kurz, aber Bjarne stützte sie schnell. Er legte den Sicherheitsgurt für sie an, überprüfte mehrfach den richtigen Sitz, ehe er selbst auch einstieg und den Motor anließ.

»Und wann darf ich die Augenbinde wieder abnehmen?«

Der Wagen rumpelte auf das Mischwäldchen zu, das die Halbinsel, auf der der Solgård stand, vom Festland trennte. Schnee lag in dicken Hauben auf den Ästen, und immer mehr Flocken kamen dazu. Im Licht der Scheinwerfer funkelten sie wie herabfallende Sterne. Unablässig schoben die Scheibenwischer Feuchtigkeit von der Windschutzscheibe.

»Wenn du nicht mehr weißt, wo wir sind.«

»Verrätst du mir wenigstens, wo es hingeht?«

Er haderte kurz mit sich selbst. »Du wolltest doch mal richtige Nordlichter sehen«, sagte er schließlich. »Das bei uns war ja nur ein ganz kurzes Spektakel.«

Annabells scharfes Einatmen verriet ihre Freude. Sie dabei anzusehen wagte er nicht. In engen Kurven fraß sich die Straße durch das Bergmassiv. Um sie herum herrschte absolute Dunkelheit. Seit sie Kyrksæterøra hinter sich gelassen hatten, war ihnen nicht ein einziges Auto entgegengekommen. Erst in ein oder zwei Stunden, wenn der Berufsverkehr einsetzte, würde wieder mehr los sein. Bis dahin hoffte er, ihr Ziel bereits erreicht zu haben. »Seit wir die Nordlichter in Elvasund gesehen haben, habe ich den Weltraumwetterbericht studiert. Alle Vorhersagen sind sich einig, dass in den kommenden beiden Nächten die Bedingungen optimal sind.«

Annabell streifte sich die Augenbinde ab. »Echt? Das ist ja klasse. Und die können wir nicht von zu Hause aus sehen?«

»Könnten wir schon. Aber in der Hütte von Oles Kumpel ist es romantischer. Die steht mitten im Trollheimen Nationalpark, direkt am Ufer des Gjevilvatnet-Sees, mit Blick auf die Okla-Berge. Wart's ab. Die Gipfel sind zu dieser Jahreszeit vollkommen mit Schnee bedeckt. Das gibt die perfekte Leinwand für die Nordlichter.« Er selbst war ziemlich stolz auf das, was er da auf die Beine gestellt hatte. »Auf dem Weiß reflektieren sie besonders schön, und im Nationalpark müssen sie auch nicht mit der Lichtverschmutzung von den Straßen und Häusern konkurrieren.«

»Hast du gerade wirklich ›Trollheimen‹ gesagt?«

»Ja, warum?«

»Ach, komm schon. Das ist ja wohl offensichtlich. Trollheimen, was ist das denn bitte für ein Name? Heißt der Nationalpark so, weil dort die Trolle zu Hause sind?« Belustigung klang in ihrer Stimme.

»Klar.« Er zuckte mit den Schultern und zwinkerte. »Was denkst du denn? Wenn wir Glück haben, sehen wir nicht nur Trolle, sondern auch Rentiere, Elche und Seeadler.«

»He!« Sie knuffte ihm in die Seite. Fest genug, damit er die Finger ums Lenkrad klammern musste, um die Spur zu halten. »Du machst mir Angst. Ich werde nicht einmal mit einem wütenden Ganter fertig, und jetzt willst du mir Elche und Rentiere auf den Hals hetzen?«

»Dafür hast du mich dabei. Ich habe dich vor Martin gerettet, ich werde dich auch vor wilden Rentieren beschützen.«

»Ohhh, wie heldenhaft und süß.« Sie lehnte sich über die Mittelkonsole und wollte ihm einen Kuss auf die Wange drücken. Du irrst dich, *skatten min*, dachte er, die Sinne vernebelt von ihrer honigsüßen Stimme und der ehrlichen Freude, die sie ausstrahlte. *Du bist es, die zuckersüß ist. Du musst dich nur trauen und deine Schutzschilde senken, dann kommt dein liebenswerter Kern zum Vorschein. Wie sollte ich mich denn da nicht verlieben? Wie sollte ich da nicht davon träumen, alle Bedenken über Bord zu werfen und gemeinsam mit dir alles zu wollen? Wenn ich doch nur daran glauben könnte, dass du mich auch dann noch wollen wür-*

dest, wenn du wüsstest, aus was für einem Holz ich in Wahrheit geschnitzt bin. Dass ich in Wahrheit nicht der Retter bin, sondern der, der gerettet werden muss. Am allermeisten vor sich selbst. Und weil er ihr das natürlich nicht sagen konnte, ließ er sich hinreißen und wandte den Kopf zu ihr, damit ihr Kuss nicht seine Wange traf, sondern seine Lippen. Ein kurzer Kuss nur, aber lang genug, um von ihrem Geschmack zu kosten. Er öffnete wieder die Augen, lächelnd, wandte den Blick zurück auf die Fahrbahn.

Und erstarrte.

Ein Hupen. Laut und röhrend.

Lichter, die wie Drachenaugen in die Dunkelheit vor der Windschutzscheibe starrten. Nur für den Bruchteil einer Sekunde erkannte er den riesigen Körper hinter dem blendenden Licht. Er war groß und bullig.

Sein Herz hörte auf zu schlagen. Die Zeit hielt an, dehnte sich, bis in den Raum zwischen zwei Sekunden Jahre passten. Jahrzehnte, die er nicht mehr erleben würde. Jahrzehnte, die er auch Annabell raubte – und dem Kind unter ihrem Herzen. Dem Kind, das nun nie das Licht der Welt erblicken würde. Seinetwegen.

Das also war der Preis, den das Schicksal von ihm verlangte, weil er zu hoffen gewagt hatte. Ein paar Wochen lang hatte er geglaubt, auch er könnte einen Platz im Leben anderer haben.

Noch einmal hupte der Lastwagen. Der röhrende Ton holte Bjarne zurück in die Wirklichkeit. Er verriss das Lenkrad. Der SUV schlingerte, das Heck brach aus. Bjarne lenkte dagegen. Die Fahrbahn war glatt und seine Reaktionen zu langsam.

Annabell schrie. Der Lkw rauschte an ihnen vorbei, verfehlte sie nur um Haaresbreite. Die Welt verwirbelte in Schlieren aus Schwarz und Grau. Ein Stoß fuhr durch die Karosserie. Bjarne wurde nach vorne geschleudert, fiel in den Sicherheitsgurt. Der Schlag presste ihm die Luft aus den Lungen. Ein Keuchen wollte ihm aus der Kehle steigen, erstarb aber bereits in der Brust. Von den Rändern seines Bewusstseins her stürzte Schwärze auf ihn ein und verschlang ihn.

Ein tödlicher Kuss. Das Quietschen von Bremsen. Das Flackern von Lichtern. Ein Schlag in der Dunkelheit.

»Nein!« Ein einziger Schrei, der alles sagte, wofür sie nie die Worte gefunden hatte. Die Angst brüllte aus ihr heraus, was in Annabell vergraben war. Sie wollte nicht, dass es vorbei war. So durfte es nicht enden. Sie selbst hörte die pure Verzweiflung in ihrer Stimme, doch es war zu spät.

Dann: Dunkelheit und Stille. Ein rhythmisches Rauschen in den Ohren, vielleicht ihr Puls. Feuchtigkeit an ihrer Schläfe. Eisige Kälte auf der Haut ihres Gesichts. Sie sah das Gesicht ihrer Mutter vor sich, lächelnd und voller Energie. So, wie sie es kannte, wie es immer gewesen war. Und sie sah das Gesicht ihres Kindes. So, wie es sein könnte, irgendwann. Und da, gefangen an diesem unmöglichen Ort zwischen Bewusstsein und Ohnmacht, begriff sie etwas. Liebe hielt sich nicht an Regeln. Ihre Mutter war keine schlechte Mutter, weil sie ihr Leben auf die einzige Weise gelebt hatte, die sie glücklich machte. Sie hatte Annabell auf die beste Weise geliebt, die sie vermochte. Und dasselbe konnte Annabell mit ihrem Kind auch tun. Es lieben und halten. Sie musste nicht perfekt sein. Niemand erwartete von ihr, eine Rama-Familie aufzubauen, um gut genug zu sein. Sie musste einfach nur sie selbst sein. Mitsamt ihren Fehlern und Schwächen, mit ihren Ängsten und Zweifeln. Denn sie war nicht allein. Was sie nicht gut konnte, konnte ein anderer. Es lag nicht nur an ihr, dass dieses Kind glücklich und groß wurde. Annabell war nur der winzige Teil eines großen Ganzen, ein einzelnes Glied in einer unendlichen Reihe von Müttern und Töchtern, die alle eines gemeinsam hatten: Sie hatten ihr Leben so gut gelebt, wie sie konnten. Nicht mehr und nicht weniger. Nicht perfekt und nicht schlecht, nicht immer bewusst und nicht immer getrieben, sondern so, wie es passierte, wenn Planung und Schicksal sich trafen und ineinander verwoben.

Sie wollte den Mund öffnen, um etwas zu sagen, doch die Zunge klebte ihr am Gaumen. Kein Laut kam ihr über die Lippen, zentnerschwere Lasten drückten ihre Glieder nieder.

»Annabell.« Ihr Name, ein Stöhnen. So gerne hätte sie geantwortet. So gerne hätte sie gesagt, Annabell, das bin ich, und ich bleibe hier. Aber der Nebel um ihren Geist war zu dicht, die Dunkelheit zu undurchdringlich. Es war die längste Nacht des Jahres, und für sie auch der schwärzeste Tag.

20

Leise, winzig, unsichtbar sein, das war es, was ihn retten konnte. Das, und sonst nichts. Er schämte sich so sehr. Für den Ball, zu dem er sich zusammenrollte. Für die Laute, die er unterdrückte, um nicht gehört zu werden. Für die Angst, diese Scheißangst, die verhinderte, dass er aufstand und kämpfte. Niemand würde ihn ernst nehmen. Sein Stottern würde ungehört bleiben, niemand würde kommen, um zu helfen, und alles wäre umsonst. Er rollte sich enger zusammen, wartete auf den nächsten Schlag. Den nächsten Tritt. Er würde kommen. Bestimmt. Wenn sie mit Ole fertig waren, würden sie sich wieder ihm zuwenden. Furcht trieb ihm Galle in die Kehle. Verzeih mir, flehte er im Stillen. *Verzeih mir, dass ich ein solcher Schwächling bin. Dass ich hier liege und nichts tue. So leise wie möglich bin. So winzig. So unsichtbar.*

Ein Stöhnen durchdrang den Nebel seiner Angst. Ole? Nein, das war nicht Ole. Das war … Annabell. Und das war auch kein Straßenpflaster, auf dem sein Körper lag, sondern der Sitz seines SUV. Die Kälte, die seine Zähne schlottern ließ, kam nicht von der Angst, sondern strömte durch das geborstene Fahrerfenster. Und die Feuchtigkeit auf seinen Wangen? Das waren nicht die Tränen eines Feiglings, sondern Blut.

Wo bin ich? Was ist passiert?

Er hatte doch den Schlag gespürt. Den Ruck gegen das Brustbein, wo die Eisenstange dieser Kerle ihn getroffen hatte. Oder nicht? Er war nicht in Spanien. Lloret de Mar war eine Erinnerung, die er lange hinter sich gelassen hatte.

Wach auf!, befahl er sich. *Mach die Augen auf. Tu was!* Aber dann wäre er nicht mehr unsichtbar. Dann wäre er nicht mehr winzig und still und … egal.

Er zwang sich, die Augen zu öffnen. Seine Lider wogen drei Tonnen. All die Mühe brachte nicht viel, denn die Dunkelheit blieb. Aber auch die Stille. Keine grölende Partymusik, die aus den Clubs und Bars in die Gasse spülte. Kein fernes Gekicher betrunkener Nachtschwärmer auf der Suche nach einem Partner für ein paar leidenschaftliche Stunden. Blind tastete er um sich herum. Seine Fingerspitzen fanden ein Lenkrad. Das kühle Plastik der Armaturen.

Erinnerungen prasselten auf ihn ein wie Hagelkörner. Der Lkw. Der Kuss. Dieser eine unachtsame Moment.

»Annabell.« Er war nicht allein im Wagen. Annabell war bei ihm. Weil er eine Überraschung für sie geplant hatte. Weil er ihr hatte sagen wollen, dass er sie liebte, doch wie immer hatte seine Liebe alles zerstört.

Panik stürzte auf ihn ein. Eine dunkle, zerstörerische Furcht, wie er sie bisher nur ein einziges Mal in seinem Leben erlebt hatte. Kein Wunder, dass er die Orientierung verloren hatte. Im Labyrinth der Schuld waren seine Sünden die Mauern, in denen er gefangen war.

Nein. In seinem Kopf schlug er die Tür vor der Stimme zu, die ihm einreden wollte, dass er ein Nichts sei, ein erbärmlicher Loser, der Grund, warum Ole den Rest seines Lebens auf den Rollstuhl angewiesen war und er, Bjarne, niemals gut genug für Annabell sein konnte.

Er räusperte sich. Zwang Worte aus seiner Kehle. »Annabell? Kannst du mich hören?«

Er lauschte in die Stille. Annabell antwortete nicht, nur ihr Atem durchschnitt die Dunkelheit. Rasselnd, als würde sie mit jedem Atemzug ringen.

Wieder drohte die Panik ihn zu übermannen. Seine Finger bebten, als er in der Mittelkonsole nach dem Handy tastete. Natürlich lag es dort nicht mehr. Bei dem Prall gegen die Leitplanke war es runtergefallen. Er löste den Sicherheitsgurt, versuchte, sich aufzurichten. Alles tat ihm weh. Die Rippen, die Brust, der Hals, der Kopf, einfach alles. Ächzend suchte er im Fußraum nach dem Mobiltelefon, fand es aber auch dort nicht.

»Annabell. Wo ... ist dein Handy. Ich ... Wir brauchen Hilfe.« Vor allem sie brauchte Hilfe. Sie und das Baby. Er wollte sich nicht ausmalen, was alles passiert sein konnte, und tat es doch. Was, wenn Annabell so schwer verletzt war, dass nicht nur ihr Leben auf dem Spiel stand, sondern auch das des Kindes? Ich wollte euch beschützen, dachte er. *Ich wollte für euch da sein und euch lieben.*

Doch seine Liebe brachte Unglück. Wieder einmal. Erst seine Liebe hatte sie in diese Situation gebracht. Er hätte es besser wissen müssen, und er hätte Annabell einen Gefallen getan, wenn er sich von Anfang an von ihr ferngehalten hätte. Aber noch gab es eine Chance. Noch konnte er alles wiedergutmachen, er musste nur besser sein als damals in Spanien. Tapferer. Er musste sich verdammt noch mal zusammenreißen und dafür sorgen, dass Annabell Hilfe bekam. Und danach? Danach würde er tun, was richtig war. Er würde sich wieder zurückziehen in die Einsamkeit, in die er gehörte, die er niemals hätte verlassen sollen.

Froh, einen Plan zu haben, atmete er tief durch. Das Warndreieck und die Neonweste steckten unter dem Fahrersitz. Diesmal hatte er mehr Glück als bei der Suche nach dem Handy. Er griff nach dem Gesuchten, streifte sich die Warnweste über und versuchte, die Fahrertür zu öffnen. Zuerst weigerte sie sich. Der Rahmen war verbogen, zersplittertes Glas lag überall im Auto verstreut. Er nahm seine Füße zu Hilfe, stemmte sich mit voller Kraft gegen die Tür. Schließlich gab das Metall nach.

Ein Bein, dann das andere schob er aus dem Autowrack ins Freie. Unfallstelle sichern. Hilfe holen. Jeder Handgriff glich einem Kraftakt, begleitet von einem Ächzen oder Stöhnen. Wie viele Schritte von der Unfallstelle entfernt musste das Warndreieck stehen? Was konnte er sonst noch tun, um auf sich aufmerksam zu machen?

Seine Gedanken kamen zu langsam. Zäh, als müssten sie sich einen Weg durch Melasse bahnen. Weit vor ihm tauchten Zwillingslichter auf der Straße auf. Er riss die Arme hoch, winkte. Ein Wagen blieb neben ihm stehen. Im Inneren saßen zwei junge Männer. Aus dem Radio dröhnte Musik, die Typen lachten. Wahrscheinlich waren sie auf dem Weg zu einer Sonnenwend-Party.

»Hey, Mann, wie geht's?«

Wie ging es wohl einem Mann, der mit Warnweste über der Jacke im Dunkeln verwirrt eine Straße entlanghumpelte? Und sahen sie nicht das Blut auf seinem Gesicht? Wahrscheinlich nicht. Die Dunkelheit schluckte alle Farben. Sein Blick ruckte zurück, in die Richtung, wo das Autowrack stand. Er konnte es nicht sehen. In seiner Verwirrung hatte sich Bjarne wohl weiter von der Unfallstelle entfernt, als er vermutet hatte. Eine steile Kurve trennte ihn von dem SUV. Von dem SUV und Annabell.

Er atmete tief durch. Ihretwegen war er hier. Ihretwegen hatte er die beiden Kerle angehalten. Jetzt musste er sich zusammenreißen und um Hilfe fragen.

Bjarne öffnete den Mund, doch die Worte klebten ihm am Gaumen. »H-H-H---« Mehr nicht. Nur diesen einen lächerlichen Laut brachte er zustande.

In den Augen der beiden Kerle flackerte Ungeduld auf. Der Fahrer runzelte die Stirn, der andere kämpfte mit einem Lachen.

Renn weg! Bjarnes Selbsterhaltungstrieb brüllte nach Flucht. Zu oft hatte er Situationen wie diese erlebt. Er wusste, wie grausam Menschen sein konnten, wie ungeduldig und gemein, selbst dann, wenn es drauf ankam.

Er nahm all seinen Mut zusammen, nahm den Selbsthass an die Leine, der ihn zu einem Loser abstempeln wollte, weil er versagte. Wieder einmal. »H-H-Hilfe!« Weiter, beschwor er sich, rede einfach weiter. »U-u-n---f---«

»Du hattest einen Unfall?« Das Grinsen fiel von der Miene des Beifahrers, ein Stirnrunzeln löste es ab. Ungeduldig wirkte das. Als würde Bjarnes Gestotter den Mann zu viel Zeit kosten.

Bjarne nickte heftig, froh, keine weiteren Worte finden zu müssen. Mit der Hand deutete er auf die Felsnase, um die die Kurve führte.

»Hinter der Kurve?«, vermutete der Fahrer richtig.

Wieder nickte Bjarne. Der Beifahrer war bereits dabei, aus dem Auto zu springen. Der Fahrer betätigte ein Rädchen auf der Mittelkonsole, und das Display des On-Bord-Computers veränderte sich, zeigte ein Telefonhörersymbol und das Wort »Notruf«.

Erleichterung übermannte Bjarne. Er sah dem Beifahrer nach. Leichtfüßig joggte er um die Kurve. Wie von ganz weit weg hörte Bjarne das Tuten der Freisprecheinrichtung im Wagen seiner beiden Retter. Dann eine Frauenstimme.

»Sie haben die 113 gewählt. Was ist Ihr Notruf?«

Die Lippen des Fahrers bewegten sich. Bjarne hörte kein Wort mehr. Zu laut rauschte das Blut in seinen Ohren. Schwindel ergriff ihn. Er fiel mit dem Rücken gegen die B-Säule des Wagens. Er musste nicht mehr reden. Musste nichts mehr tun. Hilfe war auf dem Weg, für Annabell und das Baby. Er konnte sich wieder verkriechen. Zurück in die Schatten, in die er gehörte.

21

Wie eine Luftblase durch einen See aus Öl kämpfte sich Annabells Bewusstsein an die Oberfläche. Da waren Erinnerungsfetzen. Einzelne Bilder, Geräusche. Worte, aus dem Zusammenhang gerissen und verstörend. Ihr Kopf tat weh, das war das Erste, was sie mit Sicherheit wahrnahm. Dröhnende, pochende Kopfschmerzen und das nagende Gefühl von Angst.

Instinktiv tastete sie nach ihrem Bauch, erfühlte unter dem Nabel die feste Beule, die die Wohnung ihres Kindes war. Tränen sammelten sich unter ihren geschlossenen Lidern, quollen über.

»Hej, hej, hej, nicht weinen. Alles wird gut. Du hattest einen Unfall, aber euch ist nichts geschehen. Dir geht es gut. Und dem Kleinen auch.« Eine warme Hand drückte ihre Finger, streichelte ihren Handrücken. Berits Stimme klang so sanft, wie Annabell sie noch nie gehört hatte.

Sie zwang ihre Augenlider auf. Grelles Licht fiel auf ihre Netzhaut. Sie blinzelte. Einmal, zweimal. Dann versuchte sie das mit dem Augenöffnen erneut. Diesmal hatte sie mehr Erfolg. Schemen schälten sich aus dem Schlierengewirr vor ihren Augen. An der Zimmerdecke hing eine Lampe. Von dort ging das Licht aus, das sie blendete. Dazu beinah komplett leere Wände, eine Tür in hässlichem Siebzigerjahre-Grün, eine wellige Kopie von Van Goghs Sonnenblumen in einem windschiefen Plastikrahmen.

»Wo ... bin ich?«

»Im Krankenhaus.« Dass sie die Frage laut ausgesprochen hatte, merkte sie erst, als Berit antwortete. »Aber das ist eine reine Vorsichtsmaßnahme. Mach dir keine Sorgen.«

»Wie spät ist es?«

»Fast neun.«

»Am Abend?«

Berit schüttelte den Kopf. »Am Morgen, Liebes. Du hast lange geschlafen, und wir haben dich nicht geweckt. Ruhe ist nach der ganzen Aufregung für dich und das Kleine das Beste.«

Neun Uhr am Morgen. Im Kopf überschlug sie die Zeit, was nicht leicht war, wenn ein ganzes Bataillon unsichtbarer Zwerge damit beschäftigt war, ihren Schädel mit Hammer und Meißel zu bearbeiten. Bjarne hatte sie um kurz nach fünf Uhr am Nachmittag vom Solgård abgeholt. Er hatte eine Überraschung für sie geplant gehabt, ein Wochenende im Land der Trolle, um Rentiere, Elche und Nordlichter zu beobachten. Doch dann ... Sie runzelte die Stirn. Die Erinnerungen setzten an dem Punkt aus, als sie Bjarne geküsst hatte. Bjarne, dessen Kuss nach Winter und Zukunft geschmeckt hatte. Bjarne, der immer für sie da gewesen war.

Wieder irrte ihr Blick durchs Zimmer. Hektischer jetzt. Panisch. »Bjarne ... Wo ist ...« Ihre Stimme überschlug sich, sie verschluckte sich an ihrem Speichel.

Berit reichte ihr ein Glas Wasser von dem Nachttisch neben dem Bett. »Ihm ist nichts passiert. Ein paar Kratzer wegen der zerborstenen Windschutzscheibe. Und natürlich der Schreck.«

»Wo ...«

»Pssst.« Als wäre Annabell ein kleines Kind, führte Berit ihr das Wasserglas an die Lippen, half ihr zu trinken. »Gib ihm ein bisschen Zeit.«

Zeit wofür? Sie wollte ihn bei sich haben. Sie musste sich selbst davon überzeugen, dass ihm nichts geschehen war, weil sie sich von ihren Gefühlen hatte überwältigen lassen und ihn im denkbar ungünstigsten Moment hatte küssen wollen. War das der Grund, warum er nicht bei ihr war? Nahm er ihr übel, was sie getan hatte?

Wieder begannen die Tränen zu laufen. »Ich liebe ihn, Berit. Ich ...«

»Ich habe gesagt, du sollst ruhig sein«, unterbrach Berit sie. »Für alles, was es zu sagen gibt, ist auch später noch Zeit. Jetzt sind wir erst einmal froh, dass es euch allen gut geht. Ihr habt mir und Thorbjørn einen ziemlichen Schreck eingejagt. Der alte Kauz hätte um ein Haar einen Herzinfarkt bekommen, als ich ihn heute Nacht angerufen habe. Und lass dir eins sagen: Das hätte ich dir nicht so schnell verziehen. Einen Mann plötzlich zu verlieren reicht mir nämlich für ein ganzes Leben.«

»Aber ...« Sie wollte protestieren, wollte Antworten. Nicht nur welche bekommen, sondern auch welche geben. Das mittlerweile vertraute Stupsen im Bauch ließ sie innehalten. Ziemlich fest trat das Baby zielsicher gegen ihre Rippen. »Au!« Sie presste eine Hand auf den Bauch, musste lachen.

Es gab Wichtigeres als Antworten. So viel Wichtigeres, und ihr Kind erinnerte sie daran. »Da bist du ja«, flüsterte sie. »Ich ...« Sie schluckte, kämpfte mit ihren Emotionen. »Ich hatte solche Angst um dich.«

Von innen schmiegte sich das Baby gegen ihre Hand. Vielleicht war es Zufall. Vielleicht spürte es die Wärme von Annabells Hand auf dem Bauch, oder vielleicht fühlte es einfach, wie sehr seine Mutter diese Nähe jetzt brauchte.

»Ich hab dich lieb, kleiner Zwerg«, flüsterte sie, und es war ihr kein bisschen peinlich, als sie sah, wie Berit sie beobachtete. Und wenn schon! Werdende Mütter durften emotional sein. Annabell hatte in den letzten Stunden weiß Gott genug durchgemacht, um diesen Anflug von Sentimentalität zu rechtfertigen – wenn sie ehrlich war, nicht nur in den letzten Stunden, sondern in den ganzen letzten Monaten.

»Ich lass euch mal kurz allein«, flüsterte Berit und erhob sich von dem Besucherstuhl, den sie an Annabells Bett geschoben hatte.

»Berit?«

»Ja?«

»Ich weiß nicht, wo mein Handy ist. Kannst du Bjarne für mich anrufen? Er gehört doch zu uns. Zu mir und dem Kleinen. Wir brauchen ihn bei uns.«

Berit sah ihr in die Augen. Ihr Lächeln schien ein wenig wackelig. »Ich sage den Schwestern Bescheid, dass du wach bist. Sie sollen dir etwas zu essen bringen. Sicher hast du Hunger. Und dann wollen wir mal sehen, dass wir dich möglichst schnell nach Hause bekommen.«

»Danke.«

Erst als hinter Berit die Tür ins Schloss fiel und Annabell allein im Krankenzimmer zurückblieb, fiel ihr auf, dass Berit ihrer letzten Bitte ausgewichen war.

»Au! Verdammt!« Wütend schmetterte Bjarne den Schraubendreher in die Ecke. Das Scheppern, mit dem das Werkzeug auf dem Boden landete, half nicht gegen den Zorn in seinem Inneren. Seit Jahrzehnten arbeitete er mit Holz. Wann war er zum letzten Mal bei so einer simplen Tätigkeit wie dem Versuch, eine Kreuzschlitzschraube einzudrehen, abgerutscht und hatte sich dabei verletzt? Richtig, es war ewig her. Nicht einmal die einfachsten Arbeiten gelangen ihm gerade. Er war zu nichts gut. Ein stotternder Versager, der um ein Haar das Leben der Frau, die er liebte, und deren ungeborenes Kind auf dem Gewissen gehabt hätte. Und warum? Nur weil er mal wieder nicht das Maul aufbekommen hatte, als es darauf ankam. Widerlich! Er sollte sich den Scheißschraubendreher lieber direkt ins Herz rammen und dem ganzen Elend ein Ende setzen. Dann würde vielleicht auch das Brennen und Ziehen hinter der Brust aufhören. Jedes Mal, wenn er an Annabell dachte, nahm es ihm den Atem.

Annabell. Er rieb sich das Brustbein. Gott, wie sie ausgesehen hatte, dort in seinem Wagen. Der Kopf zur Seite gefallen, die Augen geschlossen. Berit hatte ihn angerufen und ihm auf den Anrufbeantworter gesprochen, dass es Annabell und dem Baby gut ging. Aber das Wissen half nicht gegen die Schuld. Es hätte so viel passieren können. Hätte nicht ein ganzes Bataillon Schutzengel auf Annabell aufgepasst, wäre es passiert.

Er machte sich auf den Weg in die Ecke, in der der Schraubendreher gelandet war. Bis auf diese winzige Unstimmigkeit sah seine Werkstatt so gut aus wie nie. Er hatte beschlossen, den künftigen Showroom für seine Möbel und die Werkstatt miteinander zu verbinden. So konnten potenzielle Besucher nicht nur die Resultate seiner Arbeit bewundern, sondern ihm auch dabei zusehen, wie die Werkstücke entstanden. Überhaupt war er echt fleißig gewesen in den vergangenen Wochen. So skeptisch er der Genossenschaft anfangs gegenübergestanden hatte, so sehr hatte ihn die Aussicht, etwas zu schaffen, worauf Annabell stolz sein konnte, angetrieben. Sein Nordlichtraum sollte sein Geschenk an sie sein. Das Fundament, auf das sie ihre gemeinsame Zukunft aufbauten, denn die *Nordlichträume* waren Annabell wichtig. Ihr Engagement und Wissen hatte aus einem Haufen Einzelkämpfer eine Gemeinschaft gemacht, von der er gerne ein Teil gewesen wäre.

Was für ein Idiot er war! Er bückte sich und hob das Werkzeug auf. Aus einem Einzelkämpfer wurde kein Partner, nur weil er Ordnung in einen Schuppen brachte und sich ein Schild mit *Velkommen* über die Tür hängte. Schlurfend wie ein alter Mann schlich er zurück zu seiner Werkbank. Sein Werkstück würde ohnehin nie fertig werden. Wozu auch?

»Hej.«

Bjarne fuhr herum. Im Türrahmen zur Werkstatt stand Thorbjørn. Dass der pensionierte Tierarzt ihm früher oder später auf die Pelle rücken würde, war zu erwarten gewesen. Nicht nur Berit, auch Thorbjørn hatte Bjarne in den

Stunden, seit er sich selbst aus dem Krankenhaus entlassen hatte, bereits mehrfach auf den Anrufbeantworter gesprochen.

Doch nicht genug, dass Thorbjørn sich nun nicht mehr mit Nachrichten zufriedengab, er hatte sich auch noch Verstärkung geholt.

»W-w-was machst d-du hier?«

Ole grinste. »Was ist das denn für eine Begrüßung? Darf ich nicht meinen guten, alten Freund besuchen? Ich habe dir doch erzählt, dass ich über Weihnachten mit ein paar Kumpeln beim Langlaufen in Trondheim bin. Von dort aus ist es nur ein Katzensprung bis hierher. Natürlich komme ich dich da besuchen.«

»Ja, klar.« Bjarne verdrehte die Augen. »Genauso wird es gewesen sein.«

»Ich habe Ole angerufen.« Thorbjørn setzte dem Theater ein Ende. »Ich dachte, es würde dir guttun, Gesellschaft zu haben.«

»Hm.« Bjarne nickte. »Ja, so hätte ich das auch interpretiert, wenn jemand nicht ans Telefon geht und alle Anrufe unbeantwortet lässt. So ein Verhalten schreit geradezu: *Ich will nicht alleine sein.*«

Ole hatte genug. Er rollte in die Werkstatt und baute sich vor ihm auf. Dass Ole vom Rollstuhl aus zu ihm aufsehen musste, änderte nichts an seiner Präsenz. Zorn umwehte ihn. Schwer abzuschätzen, wer von ihnen beiden als Erster explodieren würde. Ole machte den Anfang. »Jetzt hör mir mal gut zu, Freundchen. Wir alle wissen, dass das, was du willst, ziemlich oft das genaue Gegenteil von dem ist, was du brauchst.«

»O---« Sein Protest erstickte. Nicht nur an seinem Stottern, viel mehr an Oles Wut. Sein Freund war gerade dabei, sich so richtig in Rage zu reden, und dachte nicht daran, sich von Bjarne aufhalten zu lassen.

»Deinen Selbstgeißelungstrip in allen Ehren, aber irgendwann muss Schluss sein. Im Krankenhaus in Kyrksæterøra liegt gerade eine schwangere Frau und fragt sich, warum du sie verlassen hast. Und du willst behaupten, dass du sie liebst? Lieben bedeutet auch, die Arschbacken zusammenzukneifen, wenn es nötig ist. Klar ist es scheiße, dass du am Steuer saßt, als ein Unfall passiert bist.« Ole warf die Arme in die Luft. »Aber was passiert ist, ist passiert. Du hast ja wohl kaum absichtlich ausprobiert, ob man mit einem SUV zwischen Fels und Leitplanke Pingpong spielen kann.«

Thorbjørn räusperte sich, doch Ole war gerade erst warm geworden. »Der Unfall war nicht deine Wahl. Aber dich hier zu verkriechen und in Selbstmitleid zu vergehen, das ist deine Entscheidung. Wenn du Annabell jetzt enttäuschst, hast du das ganz allein dir selbst zuzuschreiben.«

»Wie kommst du auf die Idee, dass sie mich sehen will?«

Diesmal kam Thorbjørn Ole zuvor. »Du warst der Erste, nach dem sie gefragt hat, als sie aufgewacht ist. Das hat Berit mir am Telefon gesagt.«

Bjarne schnaubte. Wahrscheinlich wollte sie ihn persönlich zum Teufel jagen. »I-i-i...« Er gab auf. Das war besser so. Im Grunde wollte er vor diesen beiden Männern nicht zugeben, dass der Unfall nur ein Teil der Katastrophe war. Noch schlimmer war seine Ohnmacht gewesen. Seine Unfähigkeit, Hilfe zu holen und das Notwendige zu regeln. Wenn das Auto mit diesen beiden Typen nicht aufgetaucht wäre, hätte er noch nicht einmal den Notdienst alarmieren können. So neben der Spur, wie er gewesen war, wäre kein einziges Wort aus seiner Kehle gekommen. Genauso wie damals. Er wich Oles Blick aus. Für ihn war jede Hilfe zu spät gekommen. Im Gegensatz zu Annabell war sein Freund damals nicht mit ein paar Kratzern davongekommen. Sein Leben hatte Bjarne für immer zerstört.

»Ich weiß, was du denkst.« Oles Stimme klang sanfter jetzt. »Und du solltest damit aufhören. Die Ärzte in der Klinik meinten, du hättest schwer unter Schock gestanden, als der Rettungsdienst kam.«

»Ja.« Noch ein Schnauben. »So k-kann man es n---ennen.«

Thorbjørn räusperte sich. »Bjarne, du brauchst eine heiße Dusche und einen starken Kaffee.« Sein Blick ging zwischen Ole und Bjarne hin und her. »Es ist klar, dass zwischen euch etwas vorgeht, von dem ich nichts weiß. Aber wisst ihr was? Was auch immer es sein mag, es liegt in der Vergangenheit, und du wirst gerade im Jetzt gebraucht, Bjarne. Ole, sag, was immer du zu sagen hast, damit dieser Sturkopf das endlich einsieht und zu seiner Familie ins Krankenhaus fährt.«

Ole warf die Hände in die Luft. »Ich habe keine Ahnung. Was ich ihm sagen kann, habe ich gesagt. Ich liebe dich, du verdammter Sturkopf. Das weißt du! Aber willst du dir wirklich deine Zukunft verbauen, weil es in der Vergangenheit zwei mit Eisenstangen bewaffnete Arschlöcher auf uns abgesehen hatten? Das waren Idioten, Bjarne. Sie sind nicht wichtig.«

»Wenn ich damals um Hilfe gerufen hätte, wären sie vielleicht geflohen. Aber ich war ein Feigling, Ole! Ich war nicht bewusstlos, wie hinterher alle geglaubt haben. Ich hab mir in die Hosen gemacht vor Angst und deshalb nichts gesagt. Und genauso war es gestern wieder. Wenn einer der beiden Kerle in dem Auto, das ich angehalten habe, nicht die Zügel in die Hand genommen hätte, läge Annabell wahrscheinlich immer noch in dem Autowrack.«

»Hörst du dir eigentlich zu? *Du* hast das Auto mit den Helfern angehalten.« Jetzt schrie Ole, und selbst Thorbjørns Beschwichtigungsversuche konnten ihn nicht mehr besänftigen. »Du hast alles gemacht, was du tun konntest. Und was diese Schläger in Spanien angeht? Den Mund zu halten war das einzig Vernünftige. Die haben uns für ein Paar gehalten, nur weil ich kurze Shorts und ein enges Top getragen habe. Die waren hohl wie eine wurmstichige Nuss und hätten auch noch draufgehauen, wenn die Bullen schon vor ihnen gestanden hätten. Willst du wirklich, dass die gewinnen? Haben die uns beiden nicht schon genug genommen?«

Bjarne blinzelte. Es brannte hinter seinen Augen. Sein Atem machte seltsame Dinge, verdichtete sich in seiner Kehle zu einem Kloß. Wie ein Fisch auf dem Trockenen öffnete und schloss er den Mund.

»Himmel, Junge, setz dich hin.« Von irgendwoher besorgte Thorbjørn einen Stuhl. In einem Showroom für handwerklich gefertigte Holzmöbel war das glücklicherweise nicht allzu schwer. »Du bist ganz blass.«

»Gib diesen Arschlöchern nicht so viel Raum«, beschwor Ole ihn noch einmal. »Zeig ihnen den Mittelfinger, indem du dein Leben lebst, so wie du es willst. Warum, meinst du, lass ich nichts anbrennen und kämpfe jeden Tag darum, alles so gut es geht zu genießen?«

Weil du der Stärkere von uns beiden bist. Weil nicht einmal eine Querschnittslähmung dich aufhalten kann. Weil du du bist und nicht ich.

»Weil jede Freude, die ich erlebe, ein *Fuck you* an diese Typen von damals ist.« Ole holte Luft. Die kurze Pause verlieh seinen Worten noch mehr Eindringlichkeit. »Sie haben nicht die Macht, zu bestimmen, ob mein Leben lebenswert ist oder nicht. Jedes Mal, wenn ich Schmerzen habe oder ein abgesenkter Bordstein zugeparkt ist oder ich keinen Bock mehr auf die Anstrengung habe, die es bedeutet, mit einem Handicap zu leben, rufe ich mir das Bild von diesen beiden Wichsern vor Augen und denke mir: *Fuck you! Nicht mit mir. In meiner Zukunft habt ihr keinen Platz.* Und aus deiner solltest du sie auch verbannen.«

Tränen sammelten sich in Bjarnes Augen, unterdrückte Schluchzer hoben und senkten seine Brust.

»Ach, Junge.« Thorbjørn fummelte sein Seideneinstecktuch aus der Brusttasche des Blazers und hielt es Bjarne hin. »Hier, lass es ruhig raus. Da hat sich 'ne Menge angestaut, was?«

»I---ch will für A-A-Annabell d-da sein.« Er presste sich das Seidentuch auf die Augen. Jetzt heulte er auch noch. Konnte er noch tiefer sinken? Er wagte einen zögerlichen Blick auf Thorbjørn und Ole, und was er dort sah, schockierte ihn. Da war keine Spur von Unbehaglichkeit auf ihren Mienen. Auch kein Spott. Diese beiden Männer waren zu allem bereit, um ihn zu unterstützen. Sogar dazu, seine Schwäche mit ihm zu tragen.

»Ich w-w-will, dass sie sich auf mich ver---lassen kann.«

»Dann zeig ihr das.« Er fühlte Thorbjørns Hand an seiner Schulter. »Sie wartet auf dich. Du musst nur zu ihr kommen.«

I---ch k-k-kann nichts s-s-sagen. H-h-hör d-d-doch z-zu. I---«

»Weißt du was?« Thorbjørn unterbrach ihn, aber Bjarne glaubte nicht, dass es ein Zeichen von Ungeduld war. Eher eines von Solidarität, weil der Ältere nicht wollte, dass Bjarne sich weiter Sorgen über Dinge machte, die er nicht ändern konnte. »Dann schweigt ihr eben gemeinsam. Manche Dinge klingen am lautesten in der Stille. Und ich glaube, Liebe gehört dazu.«

22

Sich von Thorbjørn nach Kyrksæterøra kutschieren zu lassen und Annabells Krankenzimmer zu betreten gehörte zu den furchteinflößendsten Dingen, die Bjarne jemals getan hatte. Er wusste, dass er Mist gebaut hatte, indem er sich am vergangenen Abend auf eigene Gefahr entlassen und zu Hause vergraben hatte. Ole und Thorbjørn hatten recht. Davonzulaufen, vor Problemen, aber vor allem vor den eigenen Schwächen, war einfach. Und es verlieh den Menschen Macht, die er am liebsten für immer aus seinem Gedächtnis verbannt hätte. Trotzdem lag ihm die Nervosität bleischwer im Magen, als er an der Tür zu Krankenzimmer 2-12-4 klopfte. Thorbjørn hatte ihm Annabells Zimmernummer gesagt, und um sicherzugehen, dass Annabell zwischenzeitlich nicht verlegt worden war, hatte er am Schwesternstützpunkt noch einmal nachgefragt. Ihm fiel es heute besonders schwer, deutlich und fließend zu sprechen. Das Letzte, was er an einem solchen Tag gebrauchen konnte, war, in ein Krankenzimmer voller Fremder zu platzen und spontan eine Entschuldigung über die Lippen bringen zu müssen.

Endlich klopfte er an Annabells Zimmertür und lauschte angestrengt. Keine Antwort. Alles in ihm schrie danach, die Flucht anzutreten. Ich habe es probiert, könnte er sich dann sagen. *An mir liegt es nicht.* Sich zurückzuziehen war schon immer seine Art gewesen, mit Konflikten umzugehen. Wer nicht da war, konnte nicht zur Zielscheibe von Spott, Hänseleien und Grausamkeiten werden. Doch auch das Glück fand einen nicht, wenn man sich versteckte, erinnerte er sich. Das war es, was Ole und Thorbjørn ihm hatten klarmachen wollen. Das eine gab es nur mit dem anderen. Nur wer sich öffnete, konnte Menschen wahrhaftig in sein Herz lassen. Es mochte beängstigend sein, aber das Leben war nun einmal kein Wunschkonzert. Noch einmal klopfte er, beherzter diesmal. Sein Mut wurde belohnt.

»Ja? Herein.« Mehr Aufforderung würde er nicht bekommen. Er straffte die Schultern, öffnete die Tür und trat ein.

Sie lag in einem dieser typischen Krankenhausbetten. Graue Plastikpaneele und Metall. Über dem Kopfteil baumelte eine Griffhilfe. Die grüne Farbe der wenigen Möbel im Zimmer – zwei Stühle, ein rollbarer Nachttisch, ein Einbauschrank mit kotzgrüner Tür – ließ Annabell unglaublich blass wirken. Die Bettwäsche tat ihr Übriges. In dem Meer weißer Baumwolle sah Annabell sehr klein und unendlich verletzlich aus. So hatte er sie noch nie erlebt. Eine Welle Selbsthass wollte über ihn hinwegspülen, gespickt mit Schuldgefühlen und Scham. Aber er drängte sie zurück. Was geschehen war, war geschehen. Ändern konnte er nur die Zukunft.

»Hei«, sagte er leise und rieb sich den Bart. »Darf ich reinkommen?«

Sein Herz sank, als er ihre Tränen sah. Ganz langsam füllte die Feuchtigkeit ihre Lider, verwässerte ihren Blick.

»Wo ... warst du?«

Vier schnelle Schritte brachten ihn zu ihr. Er griff nach ihren Händen auf der Bettdecke, setzte sich auf die Bettkante, führte ihre Hände an seinen Mund und küsste ihre Fingerknöchel.

»E---s t-t-tut m---ir l-l-leid.«

»Bist du böse, weil ich dich abgelenkt habe? Mit dem Kuss? Weil du deshalb den Lkw nicht rechtzeitig gesehen und das Lenkrad verzogen hast?«

Er schüttelte so heftig den Kopf, dass ihm ein paar Strähnen seines Haares in die Augen fielen.

»G-g-geht es d-d-dir g-g-gut? Und dem B-B-Baby?«

»Uns geht es gut.« Eine einzelne Träne rann ihre Wange hinab, sammelte sich in ihrem Mundwinkel. Mit dem Daumen tupfte er ihr die Feuchtigkeit von der Haut.

»Hier, fühl mal. Er will dir auch Hallo sagen. Er hat seinen Papa vermisst.«

Sie drückte seine Hand seitlich auf den Bauch, und da fühlte er es, ein deutliches Klopfen. Ein Stück Leben, das von innen seine Nähe suchte.

Durch den Schleier ihrer Tränen lächelte sie ihn an. »Ich glaube, das sind seine Füße. Ihm hat das Abenteuer gestern anscheinend richtig gut gefallen, er ist total aufgedreht.«

»E-e-er?«

Sie nickte. »Sie haben vorhin noch einmal einen Ultraschall gemacht, zur Sicherheit. Und da hat sich der kleine Mann geoutet. Wir haben einen Sohn.«

»W---ir?«

»Natürlich wir. Niemand könnte mehr der Vater für dieses Kind sein als du. Du hast mir die Zeit gegeben, die ich gebraucht habe, um mich an den Gedanken zu gewöhnen, Mutter zu werden, und und mir versichert, dass es okay ist, zu zweifeln. Du hast diesem Kind Liebe geschenkt, als ich noch nicht so weit war. Du warst immer für mich da, als ich nicht wusste, wie es weitergehen soll. Ich weiß nicht, wie ich die letzten Monate durchgestanden hätte, wenn ich dich nicht an meiner Seite gehabt hätte.«

»A---« Himmel nochmal! Wie sollte er ihr sagen, wie viel ihm ihre Worte bedeuteten, wenn seine Zunge sich weigerte? Für sie da zu sein, das hatte er sich von Anfang an gewünscht. Vom allerersten Moment an, als er sie gesehen hatte und vor dem wütenden Martin hatte retten müssen.

»Deshalb hat es so wehgetan, weißt du?« Sie machte einen zitternden Atemzug.

Fragend hob er die Augenbrauen.

»Dass du einfach verschwunden bist. Ich habe mich so nach dir gesehnt, als ich aufgewacht bin. Aber du warst nicht da. Ich dachte, du hättest endgültig genug von mir und meinem Drama.«

Vehement schüttelte er den Kopf.

»Aber warum dann?«

Er legte ihr den Zeigefinger auf die Lippen, bat sie so, ihm die Zeit zu geben, die er benötigte, um die richtigen Worte zu finden. Sie verdiente die Wahrheit. Die ganze Wahrheit, von Anfang an. Er atmete ein und aus, erinnerte sich an die Tricks, die er von seiner Logopädin gelernt hatte, sammelte sich und gab sich dann einen Ruck.

»M-m-mir ist es schon immer schwergefallen, A---Anschluss zu finden.« Er wünschte, sein Stottern würde ihm eine Atempause gönnen, ihm wenigstens die Möglichkeit geben, seine Geschichte an einem Stück hervorzubringen. Wie ein Pflaster, das man mit einem Ruck abriss. Doch sein Kampf um verständliche Worte zwang ihn zur Langsamkeit, verlangte, dass er seine Schwächen und Fehler vor ihr ausbreitete. Stück für Stück, mit genug Zeit für Annabell, um sie in aller Konsequenz zu begreifen.

»Ich habe spät angefangen zu sprechen. Und als ich endlich die ersten Worte sagen konnte, haben meine Eltern mich kaum verstanden, so stark habe ich gestottert. Anfangs sagten die Ärzte, das würde sich verwachsen. Viele Kinder seien schüchtern.« Er seufzte. Wie er dieses Wort hasste. *Schüchtern*. Es beschrieb nicht im Ansatz, was es bedeutete, sein Leben hinter einer Mauer aus Glas zu verbringen. Nah genug dran an den anderen Menschen, um ihre Gemeinschaft zu vermissen, und doch von ihnen getrennt. »Aber als ich älter wurde, wurde es nicht besser, eher im Gegenteil. Die Kinder in der Schule haben mich gehänselt. Wenn ich versucht habe, etwas zu sagen, und dabei gestottert habe, haben sie *Määääh* gemacht, du weißt schon, dieses stockende Blöken von Schafen, und sich dazu die Nase zugehalten.«

»Oh Gott!« Annabells Erschütterung spiegelte sich in ihren Augen. Sie wirkte ehrlich entsetzt. »Das ist ja fürchterlich. Was haben deine Eltern dazu gesagt?«

Er zuckte mit den Schultern. »Mein Vater war der Meinung, ich müsste ihnen nur mal ordentlich Paroli bieten. Und meine Mutter hat alle möglichen Spielverabredungen für mich ausgemacht.« Er verzog das Gesicht. Stundenlange

Treffen mit anderen Kindern unter den wachsamen Augen der Erwachsenen, bei denen er nicht nur hatte versuchen müssen, mit den anderen Kindern auszukommen, sondern auch mit den Erwachsenen, waren der Horror seiner frühen Jugend gewesen. »Es war fürchterlich.«

»Was genau war fürchterlich?«

»Die wollten mit mir reden! Manchmal haben die Mütter mir irgendwelche Geschenke mitgebracht, als Eisbrecher sozusagen, und dann sollten wir Kinder damit spielen.«

»Stimmt.« Annabells Mundwinkel zuckte. »Das klingt nach einem Fall fürs Jugendamt.« Sie zwinkerte.

»Mach du dich nur lustig über mich. Zu der Zeit fand ich es aber wirklich grauenvoll. Ich wollte nicht tun, als ob. Und vor allem wollte ich nicht ständig eine Enttäuschung sein. Egal, wie sehr ich mich angestrengt habe, im Vergleich zu den anderen Jungs war ich immer noch der Schwächere, Leisere, Schüchternere, und das habe ich meiner Mutter angesehen.«

»Aber hattest du denn niemanden, der dich verstanden hat?«

»Doch.« Er nickte. »Meinen Bestefar.« Er rief sich das Gesicht seines Großvaters vor Augen. »Bestefar war selbst ein ziemlicher Eigenbrötler. Er hat mir Wege gezeigt, wie ich die Zeit, die ich mit mir selbst verbringe, genießen kann.«

»So wie mit deinen Holzarbeiten?«

»Ja, er hat mir das Schnitzen beigebracht. Die Schreinerei war dann mehr oder weniger ein Selbstläufer. So beliebt mein Vater im Tal gewesen war, meinen Großvater konnten die meisten nicht sonderlich gut leiden. Meiner Mutter muss er das Leben ziemlich schwer gemacht haben, als sie als junge Braut auf den Hof gekommen ist. Und alle anderen fanden, er sei ein Griesgram, mit dem es kein Auskommen gab. Aber ich habe ihn als glücklichen Menschen erlebt. Ich wollte immer so sein wie er.«

»Deshalb hast du den Hof übernommen?«

»Deshalb bin ich zumindest erst mal zum Studium nach Oslo gegangen. Meine Eltern haben mich jahrelang zur Logopädie geschleift. Ich war nicht unbedingt ein Fan, aber es hat geholfen. Meine Aussprache ist besser geworden, und je älter ich wurde, desto neugieriger wurde ich auf die Welt hinter meiner Glasmauer.«

»Und in Oslo hast du Ole kennengelernt.« Sie betonte es nicht als Frage, dennoch nicke Bjarne.

»Wir haben in derselben WG gewohnt. Er war anders als die Gleichaltrigen, die ich bisher kannte. Er hat mich nicht für anders gehalten, sondern für einzigartig. Mit Ole hatte ich zum ersten Mal in meinem Leben einen richtigen Freund gefunden.«

»Vielleicht hat ihn dein Handicap nicht gestört, weil er selbst eines hat.«

Bittere Galle stieg Bjarne in die Kehle. »N-n-nein, er ... er b-b-brauchte damals noch k-keinen Roll---«

Annabells Hand entwand sich seiner. Er zuckte zusammen. Es fühlte sich an wie eine Zurückweisung. Doch dann merkte er, dass er sich täuschte. Sie streichelte seine Wange. Ihre Fingerspitzen fuhren durch seinen Bart. Stillschweigend gab sie ihm die Kraft, seine Geschichte zu teilen. Er schmiegte sich in die Berührung. Deshalb machte er das. Das war der Grund, warum er ihr einen Blick in die dunkelsten Abgründe seines schlechten Gewissens gewährte. Ole hatte recht. Bjarne wollte nicht mehr, dass die Straftat zweier brutaler Idioten sein Leben bestimmte, aber das war nur ein Teil der Wahrheit. Er offenbarte sich auch, weil er der Glasmauer müde war. Er wollte nicht mehr durch eine Scheibe zusehen, während die anderen lebten. Er wollte, dass nichts zwischen ihm und Annabell stand, sodass ihr Neuanfang wirklich neu sein konnte, unberührt von den Verletzungen der Vergangenheit.

Deshalb fuhr er fort. »Damals brauchte Ole noch keinen Rollstuhl. Er war in verschiedenen Sportteams in der Uni, Langlauf, Cross-Country, Rennrad. Ich war nicht so der sportliche Typ, aber wir hatten trotzdem viel Spaß zusammen. Wir haben einen gemeinsamen Urlaub geplant, nach Lloret de Mar. Das ist in Spanien.«

»Ja, ich habe davon gehört. Diese Partystadt, oder?«

»Genau.« Er fuhr sich mit der Zunge über die Lippen. »Party haben wir auch gemacht. Und Ole ist total aufgeblüht.« Er schüttelte den Kopf bei der Erinnerung. »Wie eine exotische Blume. Er hat sich die wildesten Klamotten angezogen, getanzt wie ein Gogotänzer und Mädels wie Jungs gleichermaßen den Mund wässrig gemacht. Für ihn war das ein Riesenabenteuer, eine Provokation. Er wollte immer sehen, wie weit er gehen konnte. Womit er die Leute als Nächstes schockieren und aus der Fassung bringen konnte.«

»Und du hattest keinen Spaß daran?«

»Ich habe seinen Mut bewundert und war zufrieden mit meinem Platz in seinem Schatten. Für ihn bedeutete aus dem Rahmen zu fallen nicht, anders zu sein, sondern einzigartig.« Er schnappte nach Luft, brauchte eine kurze Pause. Als würde Annabell spüren, dass die Abenteuergeschichte kurz davorstand, in eine Tragödie umzuschwenken, hielt auch sie die Luft an.

»Ein paar Kerlen war Oles Auftreten allerdings ein Dorn im Auge. Die haben sich nicht nur provoziert, sondern auch angegriffen gefühlt. Das Dumme war nur, die gaben sich nicht mit ein paar fiesen Schimpfworten und Beleidigungen zufrieden. Und sie waren mit Eisenstangen bewaffnet.«

»Oh nein!« Annabell schlug sich eine Hand vor ihren Mund.

»Mich traf der erste Schlag in die Seite. Ich bin sofort zu Boden gegangen. Dann haben sie sich Ole vorgeknöpft. Der hat sich gewehrt und konnte ein paarmal ausweichen, aber die Kerle waren zu zweit, und er war allein.«

»Warum ist euch niemand zu Hilfe gekommen? Das muss doch jemand mitbekommen haben.«

»Das alles ist in einer dunklen Seitengasse passiert. Wahrscheinlich hätten wir uns nur bemerkbar machen müssen, dann wäre jemand gekommen.« So leise sprach er mittlerweile, es glich einem Wunder, dass sie überhaupt noch hören konnte, was er sagte.

»Ihr habt um euer Leben gekämpft.«

»Ole schon. Ich lag im Straßendreck und habe kein Wort herausgebracht. Annabell ...« Er schluckte an dem Knoten in seiner Kehle, kämpfte gegen die Übelkeit, die ihm sauer den Gaumen verätzte. Es war so schwer, das zu sagen. So schwer, dem Feigling ins Gesicht zu sehen, der er damals gewesen war. »Mein bester Freund hat um sein Leben gekämpft, und ich war zu feige, um Hilfe zu rufen, weil ich Angst hatte, auf mich aufmerksam zu machen. Ich hatte Schiss, dass man mich sowieso nicht hören würde, geschweige denn verstehen, also habe ich den Mund gehalten und zugesehen, wie diese Kerle Oles Rückgrat zerschmettert haben. Ich bin der Grund, warum er heute im Rollstuhl sitzt. Ich und meine verdammte Feigheit.« Da. Jetzt wusste sie es. Er sackte in sich zusammen und fühlte sich wie eine Marionette, der man die Fäden durchgeschnitten hatte. Das Bild eines Mannes, der da war, wenn man ihn brauchte, der stark war und beständig, ein Fels in der Brandung – es war zerstört. Jetzt wusste sie es besser, und er konnte nur hoffen, dass sie ihn trotzdem noch wollte.

Annabell schluckte trocken. Einmal, zweimal. Sie fühlte sich wie erstarrt. Nicht einmal blinzeln konnte sie.

Dann stieg ein Laut aus Bjarnes Kehle, halb Verzweiflung, halb Resignation. Er nahm die Ellenbogen von der Matratze, wo er sie abgestützt hatte, um ihr so nah wie möglich zu sein, während er ihr seine Vergangenheit in die Hände legte. Er brachte so viel Abstand zwischen sie wie möglich, ohne ganz aufzustehen.

Der Schmerz, der über seine Miene flackerte, brachte sie zurück ins Hier und Jetzt.

»Bjarne ...« Ihre Stimme klang heiser. Wieder bildeten sich Tränen in ihren Augenwinkeln. Himmel, wenn das so weiterging, mutierte sie zu einem Springbrunnen. Seltsamerweise war es diesmal okay. Denn sie weinte nicht für sich, sondern für Bjarne. Sie ahnte, dass er selbst das viel zu selten getan hatte. Vielleicht sogar nie. »Ich weiß nicht, was ich sagen soll.« Sie nahm einen bebenden Atemzug. »Das ist ja schrecklich. Was für eine fürchterliche Tragödie.« Kopfschüttelnd wischte sie sich mit dem Handrücken über die Wangen. »Menschen können echte Arschlöcher sein.«

»Ich verstehe, wenn du es dir jetzt anders überlegst. Deshalb habe ich nicht geantwortet, als du gesagt hast, dass du mich liebst. Damals im Schafstall.« Nachdem sie sich zum ersten Mal geliebt hatten. Hitze stieg Annabell ins Gesicht. Sicherlich wurde sie rot. Sie war sich so naiv vorgekommen damals. Gab es ein idiotischeres Klischee, als ein Liebesgeständnis auf dem Höhepunkt der Lust herauszubrüllen? Trotzdem hatte sie es nicht mehr zurücknehmen wollen. Schon damals war ihr klar gewesen, dass sie die Wahrheit sprach.

»Ich dachte, du würdest mir nicht glauben und deshalb nichts darauf sagen. Du weißt schon, wegen der Umstände.«

»Nein.« Der Geist eines Lächelns zupfte an Bjarnes Mundwinkel, und war das nicht ein Hauch von Röte, der bei ihm zwischen den Bartstoppeln auf den Wangen sichtbar wurde? »Die Umstände waren perfekt. Nur ich bin es nicht. Wie sollte ich deine Liebe annehmen können, wenn du gar nicht weißt, was für ein Feigling ich in Wahrheit bin?« Er befeuchtete sich nervös mit der Zunge die Lippen. »Was wusstest du denn schon über mich? Dass ich ein Eigenbrötler bin? Ja. Etwas seltsam? Sicher. Aber dass ich ein Schisser bin, der immer dann den Kopf in den Sand steckt und auf Vogel Strauß macht, wenn es drauf ankommt, habe ich schön vor dir geheim gehalten. Irgendwann musste es aber herauskommen, und vor diesem Augenblick graute es mir.«

»Kommst du mal her?« So weit es ging, rutschte sie auf der Matratze zur Seite. Für irgendwas mussten diese hochklappbaren Gitter am Bett ja gut sein. So hatten sie gut zu zweit auf der Matratze Platz, und sie musste keine Angst haben, abzustürzen.

Bjarne zögerte. Noch einmal klopfte sie einladend auf den Platz neben sich, hob die Bettdecke an. Endlich folgte er ihrer Aufforderung.

Es wirkte fast instinktiv, wie er einen Arm um ihre Schultern legte. Sie schmiegte sich an seine Seite, ließ ihre Nähe für sie sagen, was zu hören er nicht bereit war. Durch die geschlossene Tür drangen gedämpft die Geräusche der Krankenstation. Essenstabletts klapperten, jemand rief nach einer Schwester. Ein Alarm erklang und verstummte wieder. In ihrem Kokon aus Nähe und Zweisamkeit unter der viel zu dünnen Krankenhausdecke waren sie nur für sich. Sie griff nach Bjarnes Hand und legte sie sich auf den Bauch. Der kleine Mann unter ihrem Herzen hatte offenbar genug vom Turnen. Er schien wieder eingeschlafen zu sein, aber sie bildete sich ein, zu fühlen, dass er die Nähe seines Papas genoss.

Erst als Bjarne sich entspannte, ergriff sie wieder das Wort. »Du bist kein Schisser, Bjarne. Und auch kein Feigling, oder was auch immer es ist, womit du dich gerne beschimpfst. Ich habe Feiglinge kennengelernt, und lass dir gesagt sein, du bist kein bisschen wie sie.«

»Du verstehst nicht.« Er seufzte. »Nach dem Unfall war es genauso wie damals in dieser stinkenden Seitengasse. Ich war wie gelähmt.«

»Du hast Hilfe geholt.«

»Ich habe ein Auto angehalten und kein Wort herausgebracht. Wenn die beiden Jungs in dem Auto nicht auch ohne Erklärungen verstanden hätten, was Sache ist, hätte alles ganz anders ausgehen können. Dann wären du und der Kleine womöglich nicht mit dem Schrecken und ein paar Kratzern davongekommen.« Er schauderte spürbar.

»Du hast getan, was getan werden musste. Damals in Spanien und auch jetzt bei dem Unfall. Niemandem wäre geholfen gewesen, wenn diese Hooligans damals auch dich noch schwerer verletzt hätten. Vielleicht wärst du heute tot, wenn du um Hilfe gerufen hättest.«

»Und vielleicht könnte Ole dann heute seine Beine noch gebrauchen.« Er machte eine kurze Pause, suchte nach Worten. »Was ich sagen will: Es wird immer Situationen geben, in denen du dich nicht auf mich verlassen kannst. Willst du das wirklich? Ist es das, was du von deinem Partner, von dem Mann an deiner Seite, erwartest? Wenn du es wirklich mit mir versuchen willst, musst du verstehen, dass es ein Fehler ist, auf mich zu setzen. Wenn es hart auf hart kommt, erstarre ich zu einer Salzsäule, und du bist auf dich allein gestellt.«

Wie bitte? Sie richtete sich auf die Ellenbogen auf und sah ihm gerade in die Augen. Das hier war wichtig, und sie würde sichergehen, dass er sie verstand. »Jetzt hör mal gut zu, Bjarne Ødegård. Wenn du eine Jungfer in Nöten suchst, die du retten kannst, bist du bei mir falsch. Erstens bin ich schwanger, schon vergessen? Das mit der Jungfrau ist lange vorbei.«

Er zog die Augenbrauen in die Stirn.

»Und was das Retten angeht? Weder will noch brauche ich einen Retter. Was ich mir wünsche, ist ein Partner. Ich brauche niemanden, der mich ständig ansieht. Ich wünsche mir jemanden, der gemeinsam mit mir in dieselbe Richtung schaut. Und wenn wir dabei ein Hindernis sehen, das in unserem Weg liegt?« Sie zuckte mit den Schultern. »Dann stützen wir uns gegenseitig und reichen einander die Hand, um es zu überwinden.«

»So wie wir es getan haben, als du Loki gefunden hast?«

»Als wir Loki gefunden haben.« Sie betonte das Wort *wir*, und ihre Bemühung verfehlte nicht ihre Wirkung. Ganz deutlich konnte sie sehen, wie Zärtlichkeit in Bjarnes Blick aufglomm. Wie seine Züge weicher wurden, ein Teil des Panzers, mit dem er sich vor einer Welt schützte, die zu oft grausam zu ihm gewesen war, von ihm abfiel.

»Ich liebe dich auch, Annabell. Ich liebe dich wirklich«, sagte er schließlich. »Und dein Plan klingt wundervoll. Ich weiß nicht, womit ich dich verdient habe.«

»Liebe muss man nicht verdienen, du Dummkopf.« Sie legte ihre Stirn an seine, küsste ihn zärtlich. Sie liebte es, wie sein Bart ihre Lippen kitzelte, liebte es, dass Bjarne nach außen hin dieses Bild des harten Kerls abgab, innendrin aber ganz weich und verletzlich war. Ein Schaf im Wolfspelz. Genau so musste es sein. Menschen waren keine Klischees, sie waren Wundertüten voller Geheimnisse. Abenteuer, die es jeden Tag zu erleben galt. Wer Berechenbarkeit wollte, Sicherheit oder Planbarkeit, sollte sich lieber einen Roboter anschaffen. Das hatte Annabell in den letzten Monaten gelernt, und zum ersten Mal seit ihrer Kindheit machte ihr dieser Gedanke keine Angst.

»Nicht?«, fragte Bjarne an ihrem Mund.

Sie schüttelte den Kopf. »Nein. Für die Liebe ist Liebe genug.«

Sie küssten einander, und ihr Kuss wurde zum Fundament ihrer gemeinsamen Zukunft.

23

Aus Annabells Plan, so schnell wie möglich das Krankenhaus zu verlassen und endlich in die Zukunft mit Bjarne zu starten, wurde nichts. Ein erhöhter ph-Wert im Urin machte ihr Vorhaben zunichte. Obwohl sie keinerlei Schmerzen hatte, deutete der Wert eine leichte Blasenentzündung an, und die konnte sich negativ auf die Schwangerschaft auswirken.

»Geh lieber auf Nummer sicher«, hatte die junge Gynäkologin mit einem Lächeln gemeint, und Annabell gab ihr zähneknirschend recht. Wenn alles gut lief, würde sie dennoch zu Weihnachten zu Hause sein.

Zu Hause. Sie schloss die Augen und sah den Solgård vor sich. Die bunten Bauklötzchenhäuser am tief verschneiten Fjord, umstanden und beschützt von den Bergen in seinem Rücken. Ja, sie freute sich auf das Jul-Fest im Kreis ihrer neuen Familie. Danach, wenn der Julenisse, der Weihnachtstroll, die Geschenke gebracht hatte, würden sie und Bjarne zurück in ihr eigenes kleines Reich gehen. In Bjarnes Haus voller Holzmöbel und Gemütlichkeit. Hach, sie stellte es sich wunderbar vor und konnte es kaum erwarten. Gut nur, dass sie schon vor Wochen die Geschenke für ihre Lieben besorgt hatte. Zum Glück lieferten die großen Online-Händler auch ans Ende der Welt.

Es klopfte. Annabell schob die Schüssel mit Apfelkompott beiseite, aus der sie gerade naschte, und wischte sich den Mund ab. »Herein.«

Im künstlichen Neonlicht des Krankenhausflurs leuchtete Berits Mähne wie flüssiges Feuer.

Annabell zog die Augenbrauen hoch. »Das ist ja eine Überraschung. Mit dir habe ich nicht gerechnet. Hattest du nicht gesagt, du machst dir heute einen Wellnesstag mit Sigrid?«

»Pah!« Berit schüttelte den Kopf heftig genug, dass ihr Haarturm ins Wanken geriet. »Hab ich schon. Sag bloß, das sieht man nicht.«

»Ähm ...«

»Neue Farbe, neuer Schnitt, neue Frisur. Die Farbe heißt *Tangerine Delight*, nicht gut?«

»Keine Ahnung. Du musst näher kommen, momentan sehe ich es noch nicht richtig. Aber zu Weihnachten passt Mandarine immer, oder?«

»›Tangerine‹ bedeutet ›Mandarine‹?«

Annabell nickte.

Berit betrat das Zimmer. Ihr hing eine riesige Tasche über der Schulter, und im Arm hielt sie einen Laptop. Nicht irgendeinen Laptop, erkannte Annabell, sondern ihren. Sie quietschte vor Freude. »Du bringst mir meinen Rechner?«

»Das und eine Überraschung.« Mit einem Ächzen ließ Berit die Tasche auf den Besucherstuhl fallen und zog den

Reißverschluss auf. Ein wenig erinnerte sie Annabell an Nanny McFee. Mit weniger Warzen natürlich, aber ebenso exzentrisch.

»Die Farbe ist übrigens ganz gut. Zumindest, wenn du es nicht auf den natürlichen Look abgesehen hattest. Sie verleiht dir Strahlkraft.«

»Wer braucht in meinem Alter schon Natürlichkeit? Irgendwann ist der Punkt erreicht, da steht das Ergebnis vor Authentizität. Ich mag eine Bestemor sein, aber zum alten Eisen gehöre ich noch lange nicht. Da, hier ist es.« Sie fischte ein Blatt Papier aus der Tasche und wedelte triumphierend damit in der Luft herum. »Das Schreiben war an die *Nordlichtträume* adressiert. Zwar mit dir als Ansprechpartnerin, aber ich dachte, dann kann es nichts allzu Persönliches sein. Ich hoffe, es war in Ordnung, dass ich es geöffnet habe?«

»Schon okay. Worum geht es? Gute Neuigkeiten?« Sie wollte sich den Brief schnappen, doch Berit zog ihn zurück.

»Nanana.« Spielerisch drohte sie mit dem Finger. »Diese Überraschung will ich dir sagen.«

»Also gut.« Gespielt beleidigt ließ sich Annabell zurück gegen das Kopfteil des Bettes fallen und verschränkte die Arme vor der Brust. »Dann spann mich aber auch nicht mehr länger auf die Folter. Von wem ist der Brief, und was steht drin?«

»Dieses Schreiben«, wieder wedelte Berit mit dem zerknitterten Blatt Papier, »ist von der Gemeinde Namdalen. Sagt dir das was?«

Annabell schüttelte den Kopf.

»Namdalen ist eine der Regionen am Kystriksveien. Du weißt schon, die Küstenstraße Fv17, die angeblich eine der schönsten Straßen Europas sein soll.«

»Aha. Und was hat das mit mir zu tun?«

»Jetzt warte doch ab.« Resolut bugsierte Berit die Tasche auf den Boden und nahm selbst auf dem Besucherstuhl Platz. In ihren Augen funkelte es. »Irgendjemand in Namdalen hat mitbekommen, was du für uns in Elvasund alles getan hast. Die Sache mit den *Nordlichträumen* und so. Sie haben sich die Flyer angesehen und die Webseite, die du ins Leben gerufen hast, und sie waren absolut begeistert.«

»Wirklich?« Ein Strahlen erblühte auf Annabells Gesicht. Gab es etwas Schöneres, als für seine Mühen gelobt zu werden? Wie zur Antwort stupste ihr Sohnemann ihr kräftig gegen die Rippen. Okay, gab sie zu. Es gab etwas Schöneres als den erfolgreichen Abschluss einer Arbeit. Aber auf der Liste ihrer Lieblingserfahrungen gehörte Lob auf jeden Fall in die Top Ten.

»Ja, wirklich. Sie waren sogar so begeistert, dass dich die Gemeindeverwaltung engagieren will. Namdalen hat sich mit Helgeland und Salten zusammengetan, und gemeinsam wollen die drei Regionen etwas daraus machen, dass sie alle an dieser wunderbaren Panoramastraße gelegen sind. Um ehrlich zu sein, habe ich nicht genau verstanden, was sie von dir wollen, aber ich schätze mal, du wirst es wissen.«

»Die wollen mich engagieren?« Annabell konnte kaum glauben, was sie hörte. »Um ihnen ein Marketingkonzept für die Region zu erstellen?«

Berit nickte. »Großartig, oder? Dann musst du dich nicht mehr als Landwirtin probieren. Weil, nichts für ungut, meine Liebe, aber die geborene Bäuerin bist du nicht. Niemand, der fürchterliche Angst vor Gänsen hat, kann auf einem norwegischen Bauernhof allzu lange bestehen.«

Ein Lachen stieg aus Annabells Brust. Sie klatschte in die Hände vor Freude, Berit stimmte in ihr Gelächter ein. Sie fielen einander in die Arme. Als sich die Zimmertür öffnete, bemerkten sie es gar nicht.

»Das klingt ja nach viel Spaß hier drinnen. Darf ich mich mitfreuen?« Bjarne stand im Türrahmen. Draußen musste es schneien, denn er hatte noch immer die Kapuze seines Mantels nach oben geklappt, und ein paar Schneeflocken hatten sich in dem Stoff verfangen. Im Zimmer angekommen, zog er sich den Mantel aus und schüttelte sich wie ein begossener Pudel. Kleine Wassertröpfchen trafen Annabell.

»Ihhh, du bist kalt.«

Er lehnte sich über sie und drückte ihr einen Begrüßungskuss auf die Nasenspitze. »Kalt wie der Julenisse. Hier, ich hab dir was mitgebracht.« Aus der Tasche seines Mantels angelte er eine Papiertüte, aus der es verführerisch nach Zimt und Kardamom duftete.

»Na, für den Julenisse ist dein Bart noch zu rot und die Haare nicht wild genug.« Berit erhob sich von dem Besucherstuhl. »Aber apropos Julenisse, ich muss noch ein paar Geschenke besorgen. Vor allem Liams Wunsch war sehr eindeutig.«

»Du schenkst ihm tatsächlich diese irre teuren Kopfhörer, die er sich gewünscht hat?« Annabell traute ihren Ohren kaum. Niemand mokierte sich öfter als Berit darüber, dass der Teenager ständig Stöpsel im Ohr hatte.

»Zu irgendwas müssen Großmütter ja gut sein. Also

dann, ihr beiden«, sie winkte munter in die Runde, »lasst es euch gut gehen. Sollten die Ärzte sich endlich festlegen, ob du morgen zu Heiligabend nach Hause darfst, ruft mich an. Dann müssen wir uns kurzschließen, wer dich abholt.«

»Aye, aye, Ma'am.« Bjarne deutete einen militärischen Salut an. Annabell lachte, und Berit quittierte Bjarnes Theater mit einer Kopfnuss.

»Frechdachs«, murrte sie. »Als du noch schüchtern warst, hast du mir besser gefallen.« Ihr Ton machte klar, wie wenig sie das meinte. In einer sturmroten Wolke aus Tangerine Delight schwebte sie aus dem Zimmer. Ein paar Sekunden sahen sie beide ihr nach. Aus der Tüte mit dem Gebäck duftete es so himmlisch, dass Annabell ganz schwindlig davon wurde. Ihr Magen knurrte und übertönte um ein Haar Bjarnes Worte.

»Geht es euch gut? Was sagt der heutige Urintest?«

Annabell zog die Ränder der Papiertüte auseinander. »Sind das Weihnachtskringel? Der Test war okay. Sieht aus, als ob das Antibiotikum wirkt.«

»Skillingsboller – Zimtschnecken. Mette hat mir die heute Morgen vorbeigebracht, als sie gehört hat, dass ich dich im Krankenhaus besuchen fahre.«

Annabell fischte eine der Zimtschnecken aus der Tüte. Beherzt biss sie in das Gebäck und stöhnte verzückt. »Mhhh, das ist so gut. Ich sag dir, dieses Kind wird mal ein Vielfraß. Alle haben gesagt, im zweiten und dritten Drittel der Schwangerschaft lässt dieser Dauerhunger nach, aber ich könnte nach wie vor ganze Kuchenberge verdrücken. Am besten mit Camillas selbst gemachter Fischsuppe als Beilage und Waffeln mit Brunost und Himbeermarmelade als Nachtisch.«

Bjarne verzog das Gesicht.

Annabell kaute, genoss die würzige Süße der Zimtrollen und schluckte schließlich. »Wenn gleich Visite ist, wollen sie mir sagen, ob ich morgen nach Hause kann. Wäre schon schön, Heiligabend so zu feiern, wie wir es geplant hatten.« Sie setzte die Zimtschnecke ab, leckte sich Zuckerbrösel von den Lippen und ließ sich mit dem Rücken zurück in die Kissen fallen. »So richtig mit der Familie. Das habe ich noch nie erlebt, weißt du? Und jetzt ist sogar der kleine Mann schon dabei.« Sie schielte zu ihrer Körpermitte. Seit ein paar Tagen kam es ihr vor, als könnte sie dem Bauch beim Wachsen förmlich zusehen. Sie näherte sich dem dritten Schwangerschaftstrimester. Die Ärzte und Schwestern in der Klinik hatten sie beruhigt und ihr versichert, dass es ganz normal sei, wenn sie jetzt schnell an Gewicht zulegte. Die Entwicklung des Fötus im Mutterleib war weitestgehend abgeschlossen. Alles, was ihr Sohn jetzt noch tun musste, war wachsen und reifen. Mit jedem weiteren Tag ihrer Schwangerschaft erhöhten sich von nun an die Überlebenschancen, sollte der Kleine auf die Welt kommen. Früher hatte sie sich nie Gedanken darüber gemacht, welch ein Wunder es war, wenn neues Leben entstand. Was für ein perfekt abgestimmter Prozess. Dieser Tage traf sie die Ehrfurcht und Demut vor diesem Wunder jedes Mal, wenn das Kind in ihrem Bauch sich regte.

»Hej.« Bjarne ließ den Besucherstuhl Besucherstuhl sein und kam zu ihr auf die Bettkante. »Woher kommen denn die Tränen?«

»Das sind Freudentränen.« Sie lächelte bittersüß. »Weil ich nicht glauben kann, wie viel Glück ich habe.« Sie erzählte ihm von dem Schreiben, das Berit ihr gebracht hatte, von den Möglichkeiten, die sich ihr dadurch eröffneten. »Als ich nach Norwegen gekommen bin, war mein Leben ein absoluter Trümmerhaufen. Ich wusste überhaupt nicht, was ich will und wo ich falsch abgebogen bin, um derart in die Scheiße geraten zu sein. Das Beste, was ich für mich gehofft hatte, war, zur Ruhe zu kommen und ...«, sie zögerte, »... keine Ahnung. Weiter haben meine Überlegungen nicht gereicht. Und jetzt ...« Lächelnd wandte sie den Kopf in Bjarnes Richtung, nahm seinen Anblick in sich auf. Die hohen Wangenknochen, die gerade, kräftige Nase. Seine Augen, die ein wenig zu nah beieinanderstanden, seinem Blick aber immer eine Intensität verliehen, die Annabell bis in jede Körperzelle spüren konnte. »Jetzt habe ich alles. Mehr, als ich je zu hoffen gewagt hätte. Dich und unseren Sohn. Berit und Thorbjørn, Camilla und die Kinder. Berufliche Möglichkeiten. Manchmal habe ich Angst, mir das alles überhaupt vor Augen zu führen, weil ich dann befürchte, es könnte nur ein Traum sein.«

»Es ist kein Traum.« Bjarne legte eine Hand auf ihren Bauch, begrüßte seinen Sohn, indem er ein wenig an der Kugel wackelte und das Baby weckte. Prompt reagierte das Kleine mit einem Stoß. »Aber du sprichst etwas an, worüber ich mir auch schon Gedanken gemacht habe.« Annabells Magen ballte sich durch den plötzlichen Ernst in Bjarnes Stimme zu einem Knoten zusammen.

»Ja?«

»Ich finde, du solltest noch einmal versuchen, Danny aus Dublin ausfindig zu machen. Er ist der Vater, und er sollte wissen, dass du das Kind behalten willst.«

»Du bist der Vater.« Trotz regte sich in ihr. In jeder Beziehung, die zählte, war Bjarne der Vater dieses Kindes. Nur seinetwegen hatte sie überhaupt erst angefangen, an eine Zukunft für sich als Mutter zu glauben.

»Ja, und das will ich auch sein. Aber Danny ist es auch, und ob er auch eine Rolle in dem Leben dieses Kindes spielen will, kann nur er entscheiden.«

»Aber ...«

»Annabell.« Weil Bjarne selbst es so sehr hasste, unterbrochen zu werden, tat er es selbst so gut wie nie. Dass er ihr jetzt ins Wort fiel, zeigte, wie wichtig ihm war, was er zu sagen hatte. »Selbst wenn wir Danny finden, und selbst wenn er entscheidet, dass er eine aktive Rolle im Leben unseres Sohnes spielen will, nimmt das nichts von meiner Beziehung zu dem Kind weg. Es ist keine Entweder-oder-Frage. Ich werde da sein. Für dich und den Kleinen. So oder so. Aber vielleicht will Danny auch da sein, in welcher Kapazität auch immer. Meinst du wirklich, dieses Kind kann zu viel Liebe bekommen?«

Sie dachte an die drei Männer, die in ihrem Leben als Väter aufgetreten waren, daran, wie unterschiedlich sie waren und wie gern sie sie gehabt hatte. Jeden auf seine Weise. Nein, der Schmerz war nicht daher gekommen, alle drei zu lieben, sondern daher, ihre Liebe zu verlieren.

Sie schüttelte den Kopf. »Wahrscheinlich nicht. Und wahrscheinlich hast du recht, es ist einfach das Richtige, wenigstens zu versuchen, Danny von seinem Sohn zu erzählen. Vielleicht kann das Hotel mir helfen, ihn ausfindig zu machen. Wenn sie die ganze Geschichte hören, drücken sie womöglich ein Auge zu und nehmen es mit dem Datenschutz nicht so genau.«

»Es ist das Richtige.«

»Und du versprichst, dass es nichts zwischen uns ändert? Wenn wir ihn finden?«

»Versprochen.«

Ein Räuspern ließ sie auseinanderfahren. »Unnskyld«, entschuldigte sich die junge Ärztin, die wie aus dem Nichts plötzlich im Zimmer stand. »Ich dachte, du hättest mich kommen hören.«

Sich räuspernd, richtete sich Annabell im Bett auf. »Nicht wirklich.«

»Nun, ich störe ja nur ungern die glückliche Familie, aber ich denke, für diese Nachricht lohnt sich die Unterbrechung.« Die Ärztin wedelte mit der Kladde in ihrer Hand. »Das hier ist mein Abschlussbericht. Wir haben deinen Fall heute in der Ärzterunde besprochen und sind uns einig, dass du morgen nach Hause kannst.«

»Aber wenn du da schon den Abschlussbericht hast, warum kann ich dann nicht jetzt gleich gehen?«

Die junge Ärztin verdrehte die Augen. »Bürokratie. Du weißt schon.«

Annabell hatte keine Ahnung, bekam aber auch keine Gelegenheit mehr nachzufragen, denn in einer Wolke aus fliegenden Kittelschößen wehte die Ärztin bereits aus dem Zimmer. »God Jul!«, flötete sie noch, dann war sie verschwunden.

»God Jul!«, antwortete Annabell, leiser und viel mehr zu dem Mann, dem sie tief in die Augen sah, statt zu der Ärztin, die längst nicht mehr im Zimmer stand. Frohe Weihnachten. Ja, sie war sich sicher, dass diese Weihnachten wirklich und wahrhaftig froh sein würden.

24

Annabell rutschte auf dem Beifahrersitz hin und her. »Meinst du, wir schaffen es noch? Sieh mal, die ganzen Autos. Das ist ja fast so schlimm wie beim Schafabtrieb. Wir hätten den Wagen wirklich bei dir am Hof stehen lassen und zu Fuß gehen sollen.«

»Dann wären wir ja noch später dran. Irgendwo finden wir schon einen Parkplatz. Zur Not parken wir in zweiter Reihe.« Frustriert biss sie die Zähne zusammen. Was um alles in der Welt hatte im Krankenhaus so lange gedauert? Seit gestern hatte festgestanden, dass sie zu Heiligabend nach Hause gehen könnte, und doch hatte sie eine halbe Ewigkeit auf ihre Entlassung warten müssen. Wieder und wieder waren sie vertröstet worden. Jetzt war es beinah siebzehn Uhr. Bjarne und sie waren drauf und dran, es nicht mehr rechtzeitig zu schaffen.

Sie schlug die Beine übereinander. An Bjarnes neues Auto würde sie sich erst gewöhnen müssen. Sie vermisste den alten SUV, trotz Sitzheizung, Bordcomputer mit automatischem Notrufleitsystem und Hybridantrieb. Womöglich stand sie dem neuen Wagen deshalb so skeptisch gegenüber, weil er symbolisierte, wie nah sie dran gewesen war, alles zu verlieren. Das Handy in ihrer Manteltasche plingte. Sie kramte es hervor und warf einen Blick aufs Display.

Die Nachricht kam von Liam: *Haben euch zwei Plätze frei gehalten. Alles paletti.*

An der Kirche angekommen, navigierte Bjarne den Wagen bis ganz nach vorne. Natürlich gab es hier keinen Parkplatz mehr, doch das störte ihn wenig. Als wäre der neue SUV mit dem glänzenden Lack ein Geschenk, parkte er ihn direkt neben der hell erleuchteten Tanne.

»Warte.« Er legte eine Hand auf Annabells Schenkel. »Ich komm um den Wagen rum und helfe dir beim Aussteigen.«

Annabell hatte absolut keine Probleme damit, selber auszusteigen, aber manchmal war es auch schön, verwöhnt und umsorgt zu werden. Geduldig wartete sie, bis Bjarne das Heck des Wagens umrundet und die Beifahrertür für sie geöffnet hatte.

Exakt in dem Moment, als sie den Kirchplatz betraten, begannen die Glocken zu läuten. Annabells Herz stolperte, und sie ergriff Bjarnes Hand. Diesmal kam der Kloß in ihrem Hals nicht von Angst oder Überforderung, sondern es war der Klang der Glocken, der in ihr das Gefühl von Wunder und Liebe auslöste.

Auch von der anderen Seite des Fjords hallte Glockengeläut übers Wasser. Die winterkalte Luft war erfüllt von Sternenlicht, Glockenklang und Zuversicht. Erhellte Fenster auf der gegenüberliegenden Landseite funkelten wie die Edelsteine eines Diadems entlang der Uferlinie. Vereinzelte

Schneeflocken tanzten durch die Nacht und legten sich auf Kissen aus Schnee zur Ruhe.

So leise es ging, schlüpften Annabell und Bjarne in die Kirche. Das kleine Gotteshaus war bis auf den letzten Platz gefüllt. Annabell erspähte Liam in der Menge. Mit dem Rest der Familie saß er in der dritten Reihe von hinten und winkte ihnen. Gerade noch rechtzeitig, ehe der Pastor den Altarraum betrat, schlüpften Bjarne und sie zu den anderen in die Bank.

Der Gottesdienst verging wie im Flug. Es wurde viel gesungen – Weihnachtslieder, die Annabell noch nie gehört hatte, aber deren Botschaft von Liebe und Verbundenheit, von Zuversicht und Neuanfang ihr Herz erreichte.

»God Jul!«, riefen sich die Elvasunder zu, ehe sie zurück zu den heimischen Höfen strebten. Nils Hagebak hatte das berühmt-berüchtigte Pastorenboot seines Urgroßvaters herausgeputzt. Statt mit einem Auto war er übers Wasser zum Weihnachtsgottesdienst gekommen. Die Planken und die Reling des Schiffs waren mit Lametta und bunten Lichterketten geschmückt, auf dem Mast thronte ein Weihnachtsbaum. Der Julenisse winkte als Galionsfigur in die Nacht.

»Wir sehen uns dann am Solgård«, verabschiedete sich Annabell für den Moment von Berit und ihrer Familie. »Solange Bjarnes Wagen die Durchfahrt versperrt, kommen die anderen nicht weg.«

»Bis gleich.« Camilla winkte ihnen. Linnea hüpfte vor Aufregung auf und ab. Sie konnte kaum abwarten, herauszufinden, was der Julenisse während des Gottesdienstes für sie unter den Weihnachtsbaum gelegt hatte.

Bjarne nahm sich alle Zeit auf der kurzen Fahrt von der Kirche zum Solgård. Wie beim allerersten Mal, als Annabell den Schotterpfad, der von der Hauptstraße zum Sonnenhof führte, entlanggerumpelt war, raubte ihr auch heute der Anblick den Atem, der sich ihr bot, als sie aus dem Mischwäldchen auf die Landzunge kamen. Die Szenerie erinnerte an das Motiv einer Weihnachtspostkarte. Die winterklare Nacht, der atlasblaue Nachthimmel mit den abertausend Sternen, der Schnee, der das Sternenlicht zu speichern und tausendfach zurückzuwerfen schien. Im ölschwarzen Wasser des Fjords spiegelten sich die Lichter der Lichterketten, als würde das kleine Volk unter der Wasseroberfläche sein eigenes Julfest feiern.

Kaum öffneten sie die Haustür zum Wohnhaus, hallte ihnen die Stimme von Mariah Carey entgegen, die voller Inbrunst proklamierte, dass sie sich einzig ihren Liebsten zu Weihnachten wünschte.

Linnea entdeckte sie als Erste. Sie kam ihnen entgegengelaufen, nahm Annabell an der einen, Bjarne an der anderen Hand und zerrte sie ins Wohnzimmer. Im ganzen Haus duftete es nach Essen.

»Jetzt sind wir komplett«, rief sie, die Stimme hoch vor Aufregung. »Jetzt gibt's Geschenke!«

Lachend fuhr Camilla ihrer Tochter übers Haar.

»Erst einmal wird angestoßen«, protestierte Berit. »Gløgg?« Sie reichte Bjarne ein Glas mit dem heißen Würzwein. »Annabell, für dich und die Kinder gibt es alkoholfreien Punsch in der Thermoskanne dort. Bedien dich einfach.«

»Ich nehme lieber einen Gløgg.« Liam griff an Annabell vorbei zu dem bauchigen Kessel, der auf einem Stövchen auf der Tischmitte des Esstischs platziert war.

»Ah, ah, ah.« Kopfschüttelnd nahm ihm Camilla die Schöpfkelle ab. »Netter Versuch, junger Mann. Aber damit musst du noch ein paar Jährchen warten.«

Liam verdrehte die Augen, tat aber, was seine Mutter sagte, und schenkte sich stattdessen vom Kinderpunsch ein.

Sie stießen an, wünschten sich nun auch in kleinerer Runde noch mal ein frohes Weihnachtsfest. Mariah Carey wurde von Andy Williams abgelöst, der musikalisch die allerschönste Zeit im Jahr verkündete, und endlich durfte Linnea ihre Geschenke öffnen.

Wie gewünscht, hatte der Julenisse ihr ein Motorrad für ihre Barbie gebracht, außerdem neue Gummistiefel und selbst gestrickte Socken. Die Socken hatten Berit und Annabell zusammen gestrickt, und nicht nur Linnea, sondern die ganze Familie wurde mit diversen Paar versorgt.

Außerdem bekam Annabell entzückende Babypullover mit Norwegermuster, einen Gutschein über eine Spa-Behandlung – inklusive Babysitterdienst für die Zwischenzeit –, eine kuschelige Mütze mit passendem Schal und eine Wetterjacke, die zwar nicht gerade schick, dafür laut Bjarne aber zu hundert Prozent praktisch, da wärmend und wasserfest, war.

Thorbjørn verschenkte handgetöpferte Tongefäße mit seinen leckeren Honigerzeugnissen, dazu gedrehte Bienenwachskerzen, die einen herrlichen Duft verströmten. Liam freute sich über die heiß ersehnten Kopfhörer so sehr, dass er nicht einmal protestierte, als Berit darauf bestand, dass sie alle zusammen ein Foto machten, für das sie ihre neuen Kuschelsocken in die Kamera hielten. Das Foto schickte er sogar an Ida weiter. Nach und nach war die Freundschaft zwischen ihm und dem Mädchen enger geworden. Und auch wenn er es lautstark bestritt, wollte Annabell wetten, dass der violette Fleck unter seinem rechten Ohr ein Knutschfleck war und nicht, wie er behauptete, eine allergische Reaktion auf seinen Wollschal.

Das Foto im Kasten, setzten sie sich zum gemeinsamen Abendessen. In der Küche hatten alle zusammen geholfen und ein richtiges Buffet aufgebaut. Es gab Svineribbe – Rippchen –, saftigen Schinken im Brotteig, einen Salat aus jungem Grünkohl mit getrockneten Moltebeeren und Honigdressing, gepökeltes Schweinefilet, Töpfe mit herrlich buttriger Sauce hollandaise und jungen Karamellkartoffeln. Linnea hatte tags zuvor einen riesigen Dorsch gefangen, den Berit im Ganzen gebacken hatte und dessen flockig-weißes Fleisch beim Essen auf der Zunge zerging. Überrascht war Annabell von einer Speise namens Pinnekjøtt: gepökelte Lammrippen, deren Fleisch so zart war, dass es sich ganz von allein vom Knochen löste und den Gaumen mit einem würzigen Film köstlicher Aromen überzog.

Bestimmt die Hälfte der Schüsseln und Teller war noch gefüllt, als Annabell sich stöhnend gegen den Stuhlrücken fallen ließ. »Ich kann nicht mehr«, rief sie aus. »Noch ein Bissen und ich platze. Dann macht es puff, und nichts mehr ist von mir da.«

Ohne den geringsten Druck legte Bjarne seine Hand auf Annabells Bauch. »Bitte nicht. Aber ich weiß, was du meinst. Ich bin auch satt bis zum Scheitel.«

Thorbjørn schien es nicht besser zu gehen. Geschickt versteckte er ein leises Aufstoßen hinter der Stoffserviette. »Da sagt ihr was. Einen Nachtisch schaffe ich beim besten Willen nicht mehr.«

Nur Linnea schien noch Platz in ihrem Bauch zu haben. »Aber was ist mit dem Risengrynsgrøt? Wenn wir keinen Nachtisch essen, wissen wir gar nicht, wer die Mandel im Brei findet und das Glücksschwein gewinnt.«

»Linnea.« Der Name ihrer Enkelin kam Berit geradezu als Flehen von den Lippen. »Noch ein Wort vom Essen und ich bin die Nächste, die platzt.«

»Aber ...« Die Unterlippe des Mädchens begann zu beben. Nur zu leicht blendete einen die Selbstständigkeit des Mädchens und täuschte darüber hinweg, dass sie gerade einmal neun Jahre alt und der Heilige Abend für sie der aufregendste Tag im Jahr war. Da brauchte es nur eine Enttäuschung, und die Laune konnte von überschwänglich und aufgeregt zu Weltuntergang wechseln. »Aber wir müssen dem Nisse noch Brei in die Scheune bringen. Als Dankeschön. Sonst wird er böse und ... und ...« Erste Tränen glitzerten in den Augenwinkeln des Mädchens.

»Ich habe eine Idee.« Thorbjørn tupfte sich die Lippen mit der Serviette ab. »Ich denke, wir können alle einen ordentlichen Verdauungsspaziergang vertragen. Eigentlich wollten wir Loki ja erst morgen zu seiner neuen Familie auf Bjarnes Hof bringen, aber was spricht dagegen, dass wir das schon heute tun? Wir schnappen uns das Böckchen und machen einen kleinen Winterspaziergang. Bei der Gelegenheit können wir dem Nisse seinen Grøt bringen. Und wenn wir anschließend zurück sind, haben wir alle wieder genug Appetit für den Nachtisch.«

Nachdenkliches Murmeln erfüllte den Raum.

»Damit ihr den Weg nicht zweimal machen müsst, kann ich euch mit dem alten Lieferwagen zurückfahren«, schlug Bjarne vor.

»Und ich kann mich ausklinken und weiter ein Auge auf Loki haben, ehe ich ins Bett gehe. Ich bin wirklich zum Umfallen müde«, meinte Annabell.

Die Erwachsenen schienen alle angetan von Thorbjørns Idee. Von den Kindern erwartete Annabell zunächst Widerspruch, doch Linnea und Liam überraschten sie und waren sofort Feuer und Flamme.

Gemeinsam räumten sie den Tisch ab und verstauten die Essensreste in der Vorratskammer. Es dauerte keine halbe Stunde, schon machten sie sich, ausgerüstet mit mehreren Taschenlampen und einer elektrischen Laterne, auf den Weg.

Selbst Loki war begeistert von der nächtlichen Wanderung. Wie ein Floh hüpfte das Böckchen durch den Schnee. Irgendwo, auf halbem Weg zwischen dem Solgård und Bjarnes Gehöft, blieb er plötzlich wie angewurzelt stehen.

Ein seltsames Grunzen tönte zu ihnen. Auch Linnea blieb stehen, drückte sich nah an ihre Mutter. Berit warf Thorbjørn einen unsicheren Blick zu. Die Laterne in ihrer Hand warf Licht von unten gegen ihr Gesicht, was ihrer Miene etwas eigentümlich Altersloses, Mythisches verlieh.

»Was war das?«, raunte sie atemlos. Das Geräusch erklang erneut. Näher diesmal und begleitet vom Knirschen im Schnee.

»Da!« Bjarne entdeckte als Erster, wer der Urheber der Unruhe war. Nicht weit von ihnen entfernt, vielleicht zehn Meter ins Nadelbaumdickicht hinein, stand ein imposanter

Elch, den Kopf erhoben, und knabberte an der Rinde einer Kiefer.

»Sieh an. Selbst die Tiere im Wald gönnen sich heute ein Festmahl.« In Thorbjørns Stimme klang ein Schmunzeln. Er machte eine Geste mit der Hand, die die anderen dazu antrieb weiterzugehen. »Lassen wir ihn in Ruhe fressen. Wenn wir ihm keine Angst machen, müssen wir uns auch nicht fürchten.«

Sie taten, was Thorbjørn gesagt hatte. Keiner sprach mehr ein Wort. Elche waren Wildtiere, man durfte sie nicht unterschätzen. Sie legten einen Schritt zu, und es dauerte nicht lange, bis der Glanz der Lichterketten an den Dächern von Bjarnes Gehöft ihnen die letzten Meter ihres Marschs beleuchteten. Zielstrebig hielten sie auf den Schafstall zu.

Der Großteil der Herde hatte sich ins Innere zurückgezogen. Wie immer duftete es im Stall gemütlich nach Heu und Stroh.

Loki hob den Kopf und gab ein begrüßendes Mähen von sich. Offenbar war ihm der Geruch seiner Artgenossen in die Nase gestiegen. Eine Aue löste sich aus der Herde und kam schnurstracks auf Loki und seine menschlichen Begleiter zu. Auch das Böckchen bemerkte das Interesse des Mutterschafs. Es reckte den Hals und zerrte an der Leine.

Mit einem geübten Griff löste Thorbjørn das Geschirr, an dem sie Loki hierhergeführt hatten, während Bjarne das Gatter einen Spaltbreit öffnete, das den Bereich der Schafe vom Eingangsbereich des Stalls trennte.

»Ohhh, schau mal, die haben sich lieb.« Linneas Augen glänzten, und sie hatte recht. Loki und die Aue strebten aufeinander zu, als hätten sie immer zueinandergehört. Sie rieben ihre Nasen aneinander, Loki schnüffelte zwischen den Beinen der Aue nach Milch, wurde zwar nicht fündig, blieb aber im Schutz zwischen den Läufen des älteren Schafs stehen. Die Aue käute zufrieden wieder, immer wieder sah sie über die Schulter nach Loki.

Thorbjørn lachte. »Na, das war wohl die einfachste Vergesellschaftung, die ich je erlebt habe.«

»Och, ist das schön.« Sogar Berit schien gerührt. »Da hat es sich für Loki doch richtig gelohnt, dass wir alle noch diese Wanderung unternommen haben. Jetzt hat er ein echtes Zuhause.«

»Das wäre voll die coole Idee für einen Weihnachtsfilm«, klinkte Liam sich ein. »Das Weihnachtslamm, oder so.«

Alle lachten, und ihr Lachen vermischte sich mit dem zufriedenen Kauen und Blöken der Schafe.

»Ich glaube, hier werden wir nicht mehr gebraucht.« Bjarnes Stimme klang ein wenig wehmütig. »Das heißt, ich kann euch jetzt nach Hause fahren.«

Thorbjørn legte ihm eine Hand auf die Schulter. »Weißt du was? Wenn du mir deinen Lieferwagen anvertraust, brauchst du nicht noch mal zurück zum Solgård. Ich hole Annabell und dich morgen früh zum Weihnachtsbrunch ab, und dann kann auf dem Rückweg jeder von euch ein Auto fahren. Wie klingt das?«

Berit schlug sich mit der flachen Hand gegen die Stirn. »Dass wir da nicht vorher drauf gekommen sind.«

Bjarne warf Annabell einen fragenden Blick zu, und sie nickte. »Das ist eine gute Idee. Solange du für Thorbjørn den Schlüssel holst, warte ich hier und habe ein Auge auf Loki und seine neue Mama.«

»Wie du willst. Bis gleich.« Zum Abschied presste er seine Lippen auf ihre Stirn.

Und plötzlich war es ganz leise im Stall. Nur sie und die Tiere. So musste es damals gewesen sein, in einem anderen Stall, weit weg, in einer anderen Zeit, bei diesem allerersten Weihnachten, als ein neugeborenes Kind die Liebe auf die Welt gebracht und aus vielen, vielen Fremden eine Gemeinschaft geformt hatte, die bis heute anhielt.

Fast unbemerkt schlüpfte Bjarne wenig später zurück in den Stall. Von hinten trat er zu ihr, legte die Arme um ihre Mitte, zog sie mit dem Rücken an sich.

»Alle weg?« Warum sie flüsterte, konnte sie nicht sagen. Womöglich, weil dieser innige Moment zwischen ihnen keine lauten Worte brauchte.

»Ja.« Er lockerte seine Umarmung, nahm stattdessen ihre Hand. »Lassen wir Loki und die Herde allein. Die kommen auch ohne uns zurecht. Ich muss dir was zeigen.«

»Was?«

»Wirst du gleich sehen.«

Das stimmte. Das grün-violett wabernde Glimmen am Himmel fiel ihr sofort auf, als sie aus dem Stall hinaus ins Freie traten.

Sie schnappte nach Atem. »Nordlichter«, hauchte sie. »So viele.«

»Es fing gerade an.« Bjarne deutete auf eine Stelle über dem nächsten Bergkamm, wo das Wetterleuchten der Polarlichter den Himmel in goldglänzenden Schlieren erstrahlen ließ, ehe Streifen von Violett es verdunkelten und sie schließlich im tiefen Blau der Unendlichkeit verglommen. »So schöne Nordlichter sehen wir hier selten.«

»Wir hätten gar nicht probieren müssen, ihnen hinterherzureisen. Sie sind zu uns gekommen. Es ist wie im Traum.« Sie konnte sich nicht sattsehen, konnte nicht genug bekommen von dem irrsinnigen Spektakel, das die Natur für sie inszenierte.

»Du bist mein Traum. Du, der kleine Mann in deinem Bauch und das gemeinsame Leben, das jetzt vor uns liegt.« Er legte sein Kinn auf ihren Scheitel, blickte mit ihr in den Horizont, und eine Ahnung sagte ihr, dass es die Geschichte ihrer Zukunft war, die die Nordlichter für sie beide an den Himmel schrieben.

ENDE

Danksagung

Diese Geschichte ist zu einer Zeit entstanden, in der die Welt um uns herum klein wurde und die Coronapandemie die meisten von uns gezwungen hat, uns in uns selbst zurückzuziehen. Lange Zeit war nicht klar, ob ich die geplante Recherchereise nach Norwegen antreten kann – umso größer war natürlich die Freude, als es doch möglich war, persönlich in die Wunder dieses Landes einzutauchen. Die Eindrücke, die ich während der Reise gesammelt habe, und ganz besonders die wundervollen Menschen, die ich kennenlernen durfte, haben einen großen Teil dazu beigetragen, dass Annabells und Bjarnes Geschichte heute in dieser Form existiert.

Als Erstes möchte ich meiner Familie danken. Ihr seid nicht nur die besten Reise-Buddys, die ich mir ausmalen kann, eure unerschütterliche Unterstützung und eure Bereitwilligkeit, seit Jahren unsere Urlaubsziele nach meinen Romanideen auszuwählen, lässt mir jedes Mal wieder das Herz aufgehen. Henry, Lena, Jule – ich liebe euch wie verrückt. Mit euch würde ich nicht nur den Mond bereisen, mit euch lässt es sich sogar über Monate hinweg richtig gut in den eigenen vier Wänden leben.

Monica Engvik danke ich dafür, dass sie uns ihr wunderschönes Haus zur Verfügung gestellt hat, das mir im weiteren Verlauf als Vorlage für den Solgård diente. Ohne sie und ihre Familie hätten wir niemals Waffeln mit braunem Käse gekostet, Wikingerschach gespielt oder den Weg aus unserer kleinen Ruderboot-Seenot gefunden.

Edvin hat mir die Schafzucht in Norwegen nähergebracht, und Ragnhild hat mich mit der Kunst des Handkardierens vertraut gemacht. Auch wenn ihr das hier wahrscheinlich nie lesen werdet – ich danke euch von Herzen.

Martin – der wilde Ganter – lebt sein glückliches Leben auf Ragnhilds Hof, wo er hoffentlich noch vielen unvorsichtigen Touristinnen und Touristen Angst einjagen kann. Trotzdem danke ich ihm, dass er mich nach gutem Zureden von Ragnhilds Mann Lasse nicht zum Frühstück verspeist hat.

Sylvia vom Klippfischmuseum in Kristiansund danke ich für die interessante Führung und die spannenden Anekdoten, mit denen sie das frühere Norwegen vor unseren Augen lebendig werden ließ. Die Geschichte um den seetüchtigen Pastor, der per Schiff seine Gemeindeschäfchen zum Gottesdienst abgeholt hat, war einfach zu schön, um sie nicht für das Buch zu verwenden.

Damit aus all den Eindrücken und Ideen jedoch ein richtiges Buch werden konnte, hat es neben mir noch ein ganzes Team gebraucht. Mein Dank gilt meiner Agentin Anna Mechler für ihren Einsatz im Namen meiner Projekte und dafür, dass sie stets ein offenes Ohr für Autorenwehwehchen hat.

Mareike Müller von HarperCollins danke ich für die langjährige Zusammenarbeit und dafür, dass sie sich immer wieder von mir für eine gedankliche Reise in den hohen Norden begeistern lässt, und Monika Buchmeier für das feinfühlige Lektorat.

Viola, Karin, Ute und Lisa – wenn ich hier aufführen wollte, wofür ich euch alles danke, würde das definitiv den Rahmen sprengen. Also schreibe ich euch wohl lieber wie immer eine Textnachricht.

Mein letzter, aber wahrscheinlich wichtigster Dank gilt jedoch dir mit dem Buch oder eReader in der Hand. Dass du bis hierhin durchgehalten hast, bedeutet, dass du mir und meiner Geschichte deine Zeit geschenkt und mir erlaubt hast, dich mit auf meine Reise nach Norwegen zu nehmen. Damit machst du mir das größte Geschenk, das eine Autorin sich wünschen kann.